本书受闽南师范大学学术著作出版专项经费资助

宋代分韵诗研究

张明华 著

目 录

绪 论 ………………………………………………………………… 1

第一章　"宋型分韵方式"的确立 ……………………………… 8
第一节　"唐型分韵方式"在宋前的发展 …………………… 8
第二节　宋人对分韵方式的探讨与"宋型分韵方式"的确立 …… 20
第三节　"宋型分韵方式"产生和发展的文化背景 ………… 34

第二章　宋代分韵诗创作考 ……………………………………… 53
第一节　北宋分韵诗创作考 …………………………………… 53
第二节　南宋分韵诗创作考 …………………………………… 82
附录　作品见于《全宋诗》的元代分韵诗创作考 ………… 132

第三章　诗文佳句的分布倾向 …………………………………… 139
第一节　偏重集部和一流作家 ……………………………… 139
第二节　最重诗句 …………………………………………… 154
第三节　重古而不轻今 ……………………………………… 167

第四章　影响佳句选择的现实要素 ……………………………… 182
第一节　集会要素 …………………………………………… 182
第二节　现场气氛 …………………………………………… 190
第三节　现场环境 …………………………………………… 198
第四节　集会人数 …………………………………………… 205

1

第五章　宋代分韵诗发展的阶段性 …………………………… 219
第一节　欧阳修开创了分韵诗的新面貌 …………………… 219
第二节　苏轼推动了新型分韵诗的发展 …………………… 226
第三节　理学家对分韵诗的改造 …………………………… 237

第六章　宋代分韵组诗的新特征 …………………………… 247
第一节　组诗的完整性进一步加强 ………………………… 247
第二节　以古体诗为主 ……………………………………… 251
第三节　篇幅更加长短自由 ………………………………… 259

第七章　宋代分韵诗的横向影响 …………………………… 266
第一节　个人分韵组诗 ……………………………………… 266
第二节　分韵词 ……………………………………………… 281

后　记 ………………………………………………………… 292

绪 论

习近平总书记指出："中华优秀传统文化是中华民族的突出优势，是我们最深厚的文化软实力。"诗歌是中国优秀传统文化中的重要组成部分。唐宋时期是中国诗歌发展的高潮，而分韵诗创作在其中扮演了很重要的角色。自唐代至晚清以至民国，前人留下了大量的分韵诗，最能体现出文学创作中的中国风格、中国特色和中国气派。深入研究这些作品，正确地揭示中国古代诗歌相对于世界其他民族所具有的特点和优势，将其逐步转化为文化软实力，对于提高中华民族的文化自信，对于促进社会主义文化事业的繁荣，都具有积极的意义。

分韵是中国诗歌创作中所独有的创作方式。所谓"分韵"，就是指若干诗人聚集在一起准备创作诗歌时，预先选择一些文字分给大家，作为每个人作诗的韵字，各自即席完成一首诗。这些诗就是分韵诗。按照选择韵字方法的不同，古人的分韵主要可以分为两种方式。

一种是选择孤立的文字分韵。参加者所分的韵字虽然各自独立，彼此没有意义上的关联，但大家必须按照共同约定的诗体、篇幅在有限的时间内各自完成一首诗。每个人的诗歌依照完成的先后顺序编排为一卷，形式上非常整齐。这种方式最早出现在南北朝，主要盛行于唐代，至宋初尚有继承。由于其主要为唐人使用，可以称为"唐型分韵方式"。

另一种是选择现成的诗文佳句分韵。在"唐型分韵方式"的基础上，宋人曾经探讨了多种多样的分韵方式，但最终只有使用诗文佳句分韵这样一种方式得以脱颖而出。由于参加者分得的韵字不再各自独立，而是从诗文佳句中而来，所以完成的诗歌也就因此有了排列顺序的先后，其整体性进一步加强了。至于各人选用古体还是近体以及相关的篇幅，则相对放松了要求。这种方式出现于北宋中期，但自从它出现之后，之前的"唐型分韵方式"就逐渐退出了历史舞台。由于这种方式不仅出现于宋代,而且在宋代走向繁荣,所以可以称之为"宋型分韵方式"。

如果说"唐型分韵方式"是世界各民族中最独特的诗歌创作方式,那么"宋型分韵方式"则是在其基础上的提高和完善。之后盛行于元明清各朝的分韵方式,其实都是"宋型分韵方式"。从这个意义上说,"宋型分韵方式"对后世创作产生的影响,远比"唐型分韵方式"更加深远。

特别遗憾的是,作为在中国历史上曾经盛行了一千多年的诗歌创作方式,分韵在今天的创作中近乎绝迹,将要成为需要大力保护的非物质文化遗产了。通过研究的方式揭示分韵诗创作在中国文化传统中的巨大意义,进一步推动对它的继承和保护,正是古代文学研究者的历史使命。

中国古代文化在宋代发展到高峰,中国各种主要文学类别也在宋代取得了巨大成就。宋代是分韵创作的黄金时期,文人在集会时最喜欢采用这种创作方式,因此流传下来的分韵诗数量既多,水平又高,具有突出的研究价值。可是这个领域尚未受到学者的重视,截止到目前,仅有吕肖奂《宋代诗歌分题分韵创作的活动形态考察》(《徐州工程学院学报》2013年第4期)和《论宋代分题分韵——更有意味和意义的酬唱活动形式》(《社会科学战线》2014年第3期)两篇文章论及相关问题,因此总体上尚有巨大的研究空间。

本书试图对宋代分韵诗进行一次全面而系统的研究。全书共分七章,现略作介绍。

第一章《"宋型分韵方式"的确立》属于概述,主要讨论"宋型分韵方式"的渊源问题。"宋型分韵方式"是宋人在继承"唐型分韵方式"的基础上又对其加以改造而成。分韵创作最早出现在梁代,但直到唐代才真正发展起来。唐五代可考的创作共244次,今存作品304首。"唐型分韵方式"最基本的特点是:参加者各自分得一个孤立的韵字,然后按照共同的约定在一定的时间内即席完成一首诗。在继承前人的基础上,宋人先后探讨了多种分韵方式,但大都没有发展起来,只有使用诗文佳句分韵这一方式得到了广泛接受,一步步发展起来,后来成为分韵诗创作的唯一方式。这就是"宋型分韵方式"。后人在谈到"分韵"时,如果不加特别限定,所指就是这种方式。"宋型分韵方式"之所以能够出现和发展,固然离不开前代的分韵和分题创作留下的丰富养分，也离不开科举考试中诗赋用韵所具有的启发意义，但其深层原因却是宋人"以故为新"的审美追求以及其背后的文学自信。

第二章《宋代分韵诗创作考》是对两宋使用诗文佳句分韵的全部创作进行的具体考察。从理论上说，无论采用哪种分韵方式，创作出来的诗歌都可称为分韵诗，但为了避免含义的混淆，本书特指使用"宋型分韵方式"创作出来的诗歌为"宋代分韵诗"。因为这种方式在宋代极为常见，所以尽管留下来的分韵诗成千上万，但由于绝大多数作品在题目或小序中没有提及所用的佳句，致使今天能落实到具体佳句的创作次数并不多。而本章所考，就是专指这样的创作，其实只是全部创作中的九牛一毛而已。就北宋而言，自从欧阳修、梅尧臣等人在嘉祐元年（1056）开创此法，至宣和七年（1125）赵鼎等人在开封、惠洪等人在湘中开展的创作，总共只有49次。进入南宋，"宋型分韵方式"使用得更为普遍。虽然今存绝大多数分韵诗的题目和小序仍没有记载所用的佳句，但由于作品基数很大，所以能落实到具体佳句的创作次数仍比北宋多得多。今考出的创作有95次，约为北宋的两倍。此外，在《全宋诗》收录的作品中，还有17次创作虽然可以落实到具体佳句，但创作时间其实在元代，就作为附录放在本章之后。这样不仅使得宋代部分的考察更为准确，也在一定程度上可以见出"宋型分韵方式"对后世诗歌创作产生的影响。

第三章《诗文佳句的分布倾向》专门以上章所考的佳句作为讨论对象，试图找出它们在分布上所具有的一些倾向，同时对其背后的原因进行思考。在上章考察的144次创作中，使用的佳句虽偶有重合，但这种情况比较少见。又由于宋人分韵时使用的佳句可以是一句，也可以是连续的若干句，所以不大适合用句数统计。为了方便，本书将每次创作使用的佳句称为一例，而有意忽略其具体的句数。在总计144例佳句中，能考到出处的有141例。从传统的四部分类角度看，在这141例中，出自集部的有117例，占83%，优势极为突出。在属于集部的117例中，出自杜甫的多达32例，超过总数的27%；出自苏轼的有17例，亦接近总数的15%。其他作家中，出自陶渊明的6例，出自韩愈的5例，出自黄庭坚的4例。仅仅这5位作家，名下的佳句即有64例，则接近总数的55%。从这样的统计可以看出，宋人分韵选择佳句时明显表现出对集部、对一流作家的偏重。名下佳句排在前五的作家中，陶渊明与杜甫是宋人最敬仰的两位前代诗人典范，苏轼与黄庭坚则是本朝最杰出的两位诗人，而韩愈亦是唐代的一流诗人和散文大家。学习集部诗文，尤其是熟读一流作家的作品，正是诗人成长过程中不可缺少的环节。宋代诗人分韵时喜欢选择这样的佳句，也就很容易理解了。

从文体属性的角度考察，在144例佳句中，属于诗句的有128例，所占比例接近89%；而属于文句（包括散文和韵文之句）和词句的总共只有16例，仅占总数的11%。这样明显的选择差别，一方面跟宋人有着成熟的文体意识有关。在他们的心目中，文（主要是散文）、诗、词不仅有不同的主题倾向，而且其地位和分量也各不相同。在作诗的环境里，使用文句分韵似乎过于拘谨，而使用词句又显得过于随意，所以还是使用诗句似乎最为切合。另一方面也跟当时的具体环境有关。既然是诗人的集会，分韵目的是为了作诗，选择诗句则是最为自然和切当的事情。

再按照时代顺序来考察。在宋人使用的144例佳句中，出自唐前的有43例，约为总数的30%；出自唐代的有59例，约为总数的41%；出自宋代的有42次，约为总数的29%。这三个数字中，宋代的数字虽然跟唐代有一定的差距，但与唐前的数据基本一致。唐代的数据偏高，主要原因在于唐诗的成就过于辉煌。在这样的前提下，宋人仍然使用了如此多的本朝佳句，明显体现出他们"贵古"而不"贱今"的特点。宋初几位皇帝非常看重本朝诗歌，大大提高了本朝诗人的自信。宋人分韵时常常会选择本朝佳句，甚至使用参加者之一的诗句来分韵，自信就来自这里。

第四章《影响佳句选择的现实要素》进一步探讨佳句选择与现实要素之间的关系。宋人分韵时选择什么样的佳句，固然离不开上一章分析的那些内在因素，但同样离不开创作时的现实要素。为了记录集会时的活动、揭示人物的身份、显示特定的时间和特殊的地域，他们会有意选择叙述性强的佳句以应景；为了渲染集会的气氛，表现对宾主的赞美，传达对远行者的祝福，他们会选择抒情性强的佳句与之相应；为了表现集会处所的环境，比如远处的自然景色，或者寺庙、园林、官府、私宅中的建筑和花草，他们会选择描写性强的佳句来刻画。不仅如此，佳句选择还跟集会人

绪 论

数有直接的关联。由于最常见的情况是每人分一个韵字，所以他们会尽量选择字数与人数相同的佳句。当人数与所选字数不同时，如人数略多，可以让两个人同分一个字，或者在佳句的基础上再增加一个或若干字；如字数略多，则可以让某些人多分一个字。至于一个人分二字或二字以上的情况则比较少见。

第五章《宋代分韵诗发展的阶段性》是对宋代分韵诗发展过程的勾勒和研究。在继承"唐型分韵方式"的基础上，欧阳修、梅尧臣等人在嘉祐元年直接使用前人的诗文佳句分韵，于是"宋型分韵方式"诞生了。据今可考，这样的创作在嘉祐年间仅有三次，第一次为欧阳修、梅尧臣等人饯送裴煜出知吴江县而发起，而裴煜正是第二次创作的参加者之一，第三次创作的主要组织者曾巩是欧阳修的学生，且三次创作都是在开封举行的，可以见出彼此之间的关联，也可见出欧阳修的深刻影响。这三次创作留下的作品虽然不多，但初步显示出宋代分韵诗的一些特征。在欧阳修之后，推广"宋型分韵方式"最力、影响最大的是苏轼。在北宋可考到具体佳句的49次创作中，苏轼至少组织和参与了6次，今存作品13首；如果再加上那些无法考出具体佳句的创作，今存作品共32首，在宋代诗人中居第二位。经过苏轼的大力倡导和发展，"宋型分韵方式"在北宋后期和南宋前期已发展得生机勃勃，成为诗人集会时最喜爱的创作方式。"苏门"弟子以及因学习黄庭坚而成的"江西诗派"成员积极组织与参与，成为当时创作的主力。进入南宋中期以后，随着理学家的文学修养不断提高，他们参与分韵的热情也不断上升，甚至逐渐成为创作的主力，同时也使得分韵诗的文学意味逐渐丧失，而理学习气越来越重。朱熹今存分韵诗36首，魏了翁28首，其数量在两宋诗人中位居第一、第三。他们热心于使用诗文佳句分韵，既体现出理学家对这种创作方式的热爱，也反映出他们企图以理学控制文学的努力。

第六章《宋代分韵组诗的新特征》转而从组诗的角度探讨宋代分韵诗的新特征。相对于唐代，宋代分韵组诗明显朝着两个不同的方向发展，呈现出两方面的新特征。一方面，宋人通过使用佳句分韵的方式，将佳句中所有的字落实到参与集会的诗人，最后完成的组诗按照所用韵字在佳句中的顺序排列，从而组成一个有机的整体。为了这样的目的，当赋诗人数与

5

佳句中的字数不能吻合时，也要采用一些调节措施确保佳句中的每一个字都能落到实处。如果其中有个别人不能成诗，则采用现场补救或事后补救的方式，以确保组诗的完整性。另一方面，在确保完整性的同时，宋人又放松了对诗体和篇幅的限制，既可以限定写作古体诗，也可以不限诗体，参加者可以任意选择古体诗或近体诗，也可以自主决定写作五言诗或者七言诗。不过，从总体倾向来说，宋人写作分韵诗时明显偏重古体诗，在篇幅上又往往不做限制，从而使得组诗在形式上呈现出长短自由、丰富多彩的新面貌。

第七章《宋代分韵诗的横向影响》主要从横向的角度探讨宋代分韵诗的影响。宋代分韵诗的影响可以从纵向和横向两个角度来考察。从纵向的角度看，作为最具生机和活力的创作方式，"宋型分韵方式"不仅在本朝极受欢迎，结出了累累硕果，而且大力推动了后世创作的繁荣。只是这方面内容仍然非常宏大，在这里难以展开，所以笔者拟以后另撰专书研究，故在此暂且略去。从横向影响的角度看，"宋型分韵方式"的影响主要表现为两个方面：一方面，它在宋代催生了一种新的诗歌类别，即个人选择一例佳句然后依次按照各字为韵写作一组诗，本书勉强称之为"个人分韵组诗"。由于这个问题从来没有进入研究者的视野，笔者从发展过程、基本特征、与分韵诗之关系几个方面对其进行了初步讨论。另一方面，它还进一步影响到词的创作，推动了分韵词的出现和发展。尽管今可考的宋代分韵词数量不多，但从中仍可看出其发展的大致脉络、重要词人的成就以及所用词调的共同特点等若干方面。

以上七章，在内容上可以分为四个方面：第一方面（第一章）侧重于概述，主要目的是为了交代研究对象并引出后面的研究重点。第二部分（第二章至第四章）偏于文献考察，不仅详细考察了宋代能落实到具体佳句的144次分韵创作，而且紧紧扣住相关的佳句，从不同侧面对其进行分类和统计，分析选择背后的文化原因，同时还进一步讨论了集会主题、现场气氛、内外环境以及参加人数对选择产生的影响。在以上基础上，第三部分（第五章至第六章）从文学角度研究宋代分韵诗的发展过程，特别对分韵组诗所具有的新特征进行概括和强调，进一步突出其价值和意义。第四部分（第七章）转而探讨宋代分韵方式对"个人分韵组诗"和分韵词创作的影响。四个部分既层层深入，互相依赖，共同构成了一个合乎逻辑的有机整体，又重点突出，文献研究与文学研究并重，在一定程度上保证了研究的质量。

习近平总书记在党的十九大报告中提出："要坚定文化自信，推动社会主义文化繁荣兴盛。"深入研究中华民族的优秀文化遗产，继承和弘扬古代的优秀文化传统，努力做到古为今用，正是我们坚定文化自信，推动社会主义文化繁荣兴盛的力量源泉。

第一章 "宋型分韵方式"的确立

采用分韵的方式进行创作，是中国诗歌所特有的创作方式，其创作出来的作品即是分韵诗。分韵最早出现于南朝，在唐代逐步走向成熟，形成了若干特征，也取得了重要成就。对此，笔者在拙著《唐代分韵诗研究》中已进行了系统的探讨。不过，相对于唐人来说，宋人在分韵方面取得的成就更高，对后世的影响也更加直接和深远。之所以如此，是因为宋人通过改革使分韵诗获得了更大的生机，终于迎来创作的高潮，并成为一种优秀的创作传统，深受此后元明清各朝诗人的普遍欢迎。

第一节 "唐型分韵方式"在宋前的发展

对分韵诗创作来说，唐代与宋代是两个最重要的发展阶段，但两个阶段又各具有不同的个性。为了便于说明这个问题，本书分别称之为"唐型分韵方式"和"宋型分韵方式"。

一 分韵创作最早出现于唐前

分韵诗创作的出现可以追溯到六朝，但由于当时创作的次数不多，保存下来的作品更加稀少。今存最早的分韵诗是梁代庾肩吾的《暮游山水应令赋得"碛"字诗》：

余春属清夜，西园恣游历。入径转金舆，开桥通画鹢。细藤初上

第一章 "宋型分韵方式"的确立

楥，新流渐涵碛。云峰没城柳，电影开岩壁。①

据诗题可知，这次创作的缘起是诸人一起"暮游山水"，于是一起分韵赋诗，庾肩吾分得"碛"字，就作了这首诗。此诗用历、鹝、碛、壁四字作为韵脚，在今存最早的《唐韵》中，碛字属于入声十一陌，历、鹝、壁三字属于十二锡，二部通用。其次是隋代薛昉的《巢王座韵得"余"诗》：

平台爱宾客，缝帔齿簪裾。藉卉怀春暮，开襟近夏初。嫩枝犹露鸟，细藻欲藏鱼。舞袖临飞阁，歌声出绮疏。莫虑归衢晚，驰轮待兴余。②

在"巢王座"举行的这次创作中，薛昉分得"余"字，属于鱼部，于是又选了同部的裾、初、鱼、疏四个韵字作为韵脚，共同完成了这首诗。

从以上两诗可以看出，唐前的分韵创作虽然不多，但却表明一种新的创作方式已经出现了。有时，诗人虽然没有明言在创作中自己分得何字，但诗题中"各赋一字"的说法同样可以表明属于分韵创作的性质。陈后主陈叔宝今存两首这样的作品，其一为《立春日泛舟玄圃各赋一字六韵成篇（座有张式、陆琼、顾野王、谢伸、褚玠、王瑳、傅縡、陆瑜、姚察等九人上）》：

春光反禁苑，暖日暖源桃。霄烟近漠漠，暗浪远滔滔。石苔侵绿薜，岸草发青袍。回歌逐转楫，浮水随度刀。遥看柳色嫩，回望鸟飞高。自得欣为乐，忘意若临濠。③

此诗共有桃、滔、袍、刀、高、濠6个韵脚，虽然无法确定陈叔宝在当时创作中具体分得哪个韵字，但必然在这6字之中。另一首为《上巳宴丽晖殿各赋一字十韵诗》：

---

① 逯钦立辑校《先秦汉魏晋南北朝诗》下册，中华书局，1983，第2000页。
② 逯钦立辑校《先秦汉魏晋南北朝诗》下册，中华书局，1983，第2732页。
③ 逯钦立辑校《先秦汉魏晋南北朝诗》下册，中华书局，1983，第2514页。

芳景满辟窗,暄光生远阜。更以登临趣,还胜祓禊酒。日照源上桃,风摇城外柳。断云仍合雾,轻霞时映牖。远树带山高,娇莺含响偶。一峰遥落日,数花飞映绶。度鸟或遛檐,飘丝屡薄薮。言志递为乐,置觞方荐寿。文学且迥筵,罗绮令陈后。干戈幸勿用,宁须劳马首。①

相对于此诗,此诗篇幅更长,使用了阜、酒、柳、牖、偶、绶、薮、寿、后、首10个韵字。虽然同样无法确定陈叔宝在创作时分得何字,其"各赋一字"的"一字"必在以上10字之中。

唐前可考的分韵诗创作虽然仅有4次,留下的作品仅有以上4首,但至少足以证明分韵创作的的确确已经存在了。

二 "唐型分韵方式"在唐代的发展

分韵创作虽然出现于唐前,但毕竟存世作品太少,可以确定者仅有4首而已,且分别出自不同的创作,因此难以见出其总体特色。到了唐代,伴随着诗歌高潮的到来,每人分得一个韵字的创作方式也蓬勃发展起来,因此留下了较多的作品。这种创作方式因此可称为"唐型分韵方式",相关的作品也可称为"唐代分韵诗"。

就现存的作品看,唐代分韵诗的发展大致可分为四个阶段。

初唐时期(618~712),分韵诗发展成为重要的诗歌类别。在这一阶段中,可考的分韵创作有63次,其中有诗歌流传至今的为39次,今存作品81首。初唐写作分韵诗的主要有两个群体:其一为以帝王为中心的创作群体。以每次创作的题目考察,其中标明"侍宴"的有13次,如许敬宗《五言侍宴莎栅宫应制得"情"一首》、虞世南《侍宴应诏赋韵得"前"字》、乔知之《侍宴应制得"分"字》、宋之问《上阳宫侍宴应制得"林"字(一题上有"九月晦日"四字)》等,都是这样创作的结果。标明"奉敕""应制"的有3次,魏元忠《修书院学士奉敕宴梁王宅(赋得"门"

---

① 逯钦立辑校《先秦汉魏晋南北朝诗》下册,中华书局,1983,第2515页。

第一章 "宋型分韵方式"的确立

字)》、张说《修书院学士奉敕宴梁王宅赋得"树"字》、武三思《奉和宴小山池赋得"溪"字应制》等3首就是三次创作留下的作品。如果就作品而言，则共有41首，占现存初唐分韵诗总数的一半。其中近臣所设之宴有8次，今存诗歌11首。如太子左庶子于志宁曾设家宴招待令狐德棻、封行高、杜正伦、岑文本、刘孝孙、许敬宗等人，并分韵赋诗，今皆存《全唐诗》中。两种数据结合起来，则皇帝与近臣所组织的创作至少有24次，约占总数的38%；今存诗歌52首，占总数的64%。其二为以王勃、杨炯、卢照邻、骆宾王为代表的"初唐四杰"。据现有材料，"四杰"总共参加了33次这样的分韵创作活动，约占初唐总数的52%；有作品流传到今天的共有14次，约占初唐总数的36%；今存分韵诗共有14首，占初唐总数的17%。不过，"四杰"只是分韵诗创作的参加者而非组织者，而那些组织者分散于各个不同的地区，且都是偶尔组织这样的活动。

盛唐时期（713~755），分韵诗发展的速度进一步加快。在这一阶段中，可考的分韵创作共有51次，其中有诗歌流传到今天的为50次，今存作品80首。应该说，这组数据与初唐的比较接近，可是盛唐总共只有短短的40多年，不到初唐的一半。考虑到这样的因素，则知分韵诗在盛唐时期的发展速度比初唐时期提高了一倍以上。盛唐分韵诗创作最大的特点是实现了从开元年间仍以宫廷诗人为主、以帝都为创作中心到天宝年间以地方官员和士人为主、创作活动遍及全国的重大转变。盛唐时期分韵诗的发展可以分为两个阶段。

其一是开元阶段（713~741），由于玄宗参与诗歌创作的热情空前高涨，他甚至用"旬宴"的方式鼓励文臣宴集赋诗，使得分韵诗创作在上流社会继续得到发展。据现有文献，开元年间的分韵诗创作共有28次，今存诗歌48首。其中由玄宗皇帝亲自参与或赐宴的有15次，今存诗歌35首，无论是创作次数还是保存作品数，都超过总数的一半。这里特别值得注意的是，为了鼓励诗歌创作，玄宗皇帝还为近臣建立了"旬宴"制度。张说《张燕公集》中有《三月二十日（一作三月三日）诏（一作承恩）宴乐游园赋得"风"字》：

乐游形胜地（一作绝），表里望郊宫。北阙连天（一作云）顶，

南山对掌中。皇恩（一作情）贷芳月，旬宴美成功。鱼戏芙蓉水，莺啼杨柳风。春光看欲暮，天泽恋无穷。长袖招斜日，留光待曲终。①

此诗作于开元十八年（730），题中云"三月二十日"，正是旬日；诗中云"旬宴美成功"，亦可证明这一点。作为现存最早在旬宴上分韵创作出来的诗歌，此诗表现的是诸人游览和酒宴的享乐生活。张九龄的《曲江集》中，题中标明"旬宴"的分韵诗亦有《龙门旬宴得"月"字韵》《天津桥东旬宴得"歌"字韵》《上阳水窗旬宴得"移"字韵》等3首。尽管现存旬宴时分韵创作的诗歌不多，但至少表明：玄宗皇帝通过赐近臣"旬宴"的方式，有力推动了分韵诗的发展。

其二是天宝阶段（742~755），皇帝与近臣写作分韵诗的热情已经退去。与此同时，分韵诗创作在社会中下层迅速流行起来。天宝年间可考的分韵诗今存作品32首。这32首诗，作者为17个诗人，即刘长卿《惠福寺与陈留诸官茶会（得"西"字)》《送孙逸归庐山（得"帆"字)》，高适《同李司仓早春宴睢阳东亭（得"花"）》《武威同诸公过杨七山人得"藤"字》，岑参《携琴酒寻阎防崇济寺所居僧院（得"浓"字)》《送郑堪归东京氾水别业（得"闲"字)》《送韦侍御先归京（得"宽"字)》《赵少尹南亭送郑侍御归东台（得"长"字)》《醴泉东溪送程皓、元镜微入蜀（得"寒"字)》《南楼送卫凭（得"归"字)》《与鄠县源少府泛渼陂（得"人"字)》《发临洮将赴北庭留别（得"飞"字)》《临洮泛舟赵仙舟自北庭罢使还京（得"城"字)》《送宇文舍人出宰元城（得"阳"字)》《崔驸马山池重送宇文明府（得"苗"字)》《陪封大夫宴瀚海亭纳凉（得"时"字)》《奉陪封大夫宴（得"征"字)》，李白《登黄山凌歊台送族弟溧阳尉济充泛舟赴华阴（得"齐"字)》，萧颖士《留别二三子得"韵"字》，贾邕《送萧颖士（一作夫子）赴东府得"路"字》，刘舟（一作丹）《送萧颖士（一作夫子）赴东府得"适"字》，长孙铸《送萧颖士（一作夫子）赴东府得"离"字》，房白《送萧颖士（一作夫子）赴东府得"还"字》，元晟《送萧颖士（一作夫子）赴东府得"引"字》，刘

---

① 《全唐诗》第3册，中华书局，1960，第965页。

第一章 "宋型分韵方式"的确立

太冲《送萧颖士（一作夫子）赴东府得"浅"字》，姚发《送萧颖士（一作夫子）赴东府得"草"字》，郑愕《送萧颖士（一作夫子）赴东府得"往"字》，殷少野《送萧颖士（一作夫子）赴东府得"散"字》，储光羲《大酺得"长"字韵，时任安宜尉》，杜甫《与鄠县源大少府泛渼陂（得"寒"字）》《白水明府舅宅喜雨（得"过"字）》和皇甫冉《夜集张諲所居（得"飘"字）》。从这些诗歌的标题可以看出，相关分韵创作举行于不同的地区，体现了分韵诗创作不断走向全国的基本趋势。

中唐时期（756~826），分韵创作走向全国。中唐时期可考的分韵诗创作共有119次，其中有诗歌保存到今天的117次，今存作品130首。这组数据，无论是相对于初唐还是盛唐，都有很大的提高，说明分韵诗在中唐获得了更大的发展。

随着长安、洛阳已经丧失了分韵诗创作的中心地位，其余各地进行的分韵诗创作所占的比重越来越高，其中幕府的作用最为突出。早在盛唐后期，地方幕府对分韵诗创作的重要作用已经体现出来。天宝十一载（752）至十四载（755），封常清镇守安西四镇。由于他本人喜好文学，幕府中诗人众多，所以多次举行分韵诗创作。到了中唐，这种情况得到了进一步的发展，尤其是成都已经成了新的分韵诗创作中心。广德二年（764）至永泰元年（765），严武第二次镇守剑南西川时，成都一带成了分韵诗创作的重点。以杜甫的诗歌为据，仅广德二年（764）秋天参与的分韵诗创作就有4次。

1. 杜甫等人在成都严武家咏阶下新松，彼此分韵赋诗。今存杜甫《严郑公阶下新松（得"沾"字）》。

2. 杜甫等人在成都严武家咏竹，彼此分韵赋诗。今存杜甫《严郑公宅同咏竹（得"香"字）》。

3. 杜甫等人陪严武摩诃池泛舟，彼此分韵赋诗。今存杜甫《晚秋陪严郑公摩诃池泛舟（得"溪"字。池在张仪子城内）》。

4. 杜甫等人在严武厅事观岷山沱江画图，彼此分韵赋诗。今存杜甫《奉观严郑公厅事岷山沱江画图十韵（得"忘"字）》。

这种情况表明，在严武的幕府中，分韵赋诗是经常性的活动。特别值得指出的是，严武的这种爱好对其后成都的分韵诗创作也有影响。如杜鸿

13

渐镇守西川时，岑参在其幕府，参与的分韵诗创作亦有 4 次。元和年间武元衡守西川，也举行过分韵诗创作。如元和六年（811）八月十五夜，武元衡与柳公绰、张正一、徐放、崔备、王良会等人在成都锦楼望月，分韵赋诗，其中崔备分得两字。今以上诸人诗皆存。

除了西川，其他一些幕府的分韵诗创作也取得了一定的成就。如江西，李兼、裴胄先后于贞元元年（785）至六年（790）和贞元七年（791）至八年（792）做幕主，幕府中都聚集了一批诗人，他们也开展了一些分韵诗创作活动。

这种情况在当时比较普遍。因此可以说，中唐以后，幕府已经完全取代了帝都成为新的分韵诗创作中心。

更值得注意的是，中唐还出现了几个重视分韵诗创作的诗人，即岑参、杜甫和权德舆。今存数量依次为 41 首、25 首和 14 首，三者相加合计为 80 首，竟然超过总数的一半。这些重要诗人的参与，对分韵诗产生了重要的影响。

晚唐（含五代）时期（827～960），分韵诗走向衰落。晚唐（含五代）共有 100 多年的时间，但其间开展的分韵诗创作次数并不多，今可考者仅有 11 次，虽然每次皆有诗歌或断句流传到今天，亦仅有作品 13 首（含一个断句）。晚唐五代是乱世，天下干戈不息。武人凭借军功可以封侯拜相，而文人的生活天地越来越狭窄，再也不能像过去那样意气风发了。在这样的环境里，文人分韵赋诗的事情虽仍然时而出现，但次数却非常少了。这里当然有文献保存不足的问题，但现存资料太少从一定程度上也可以说明当时的创作活动本来就很少。不过，令人欣喜的是，这时期的创作虽少，却出现了将分韵与分题结合在一起的新现象。如李益《春晚赋得余花落（得"起"字）》：

  留春春竟去，春去花如此。蝶舞绕应稀，鸟惊飞讵已？衰红辞故萼，繁绿扶雕蕊。自委不胜愁，庭风那更起？①

结合诗题和诗作可知，在相关的创作中，李益分得的题目是"余花

---

① 《全唐诗》第 9 册，中华书局，1960，第 3204 页。

落",所以全诗写的都是这个内容;同时,他又分得"起"字作为韵字,这就限定了此诗的用韵。与此相同的还有张祜《赋得福州白竹扇子(探得"轻"字)》:

> 金泥小扇谩多情,未胜南工巧织成。藤缕雪光缠柄滑,篾铺银薄露花轻。清风坐向罗衫起,明月看从玉手生。犹赖早时君不弃,每怜初作合欢名。①

在本次创作中,张祜分得的题目是"福州白竹扇子",所以整首诗就是咏扇;他同时又分得"轻"字作为韵字,这也就限定了本诗的用韵。

这样既分题又分韵的情况虽然不多,但此前没有出现,是晚唐才有的新现象。尽管这种做法在后代没有得到多少继承,但对北宋初年的诗歌创作还是产生了一定的影响。

从初唐到晚唐五代,分韵诗从盛到衰,走过了一个完整的周期。在这个周期中,可考的创作活动为 244 次,其中有作品流传的为 217 次,今存作品 304 首。相对于唐前的寥寥 4 首,这是一个非常巨大的进步。也正因为如此,分韵诗在唐代终于形成了自己的若干特点。

三 唐代分韵诗的基本特征

随着创作数量的大幅度增加,唐代分韵诗呈现出一些比较鲜明的特点。

1. 就题材内容而言,唐代分韵诗主要表现诗酒流连的活动。唐代分韵诗一般都是在宴席上创作的,所以最初侧重于表现集会的欢乐和宴席的活动。如虞世南《侍宴应诏赋韵得"前"字》:

> 芬芳禁林晚,容与桂舟前。横空一鸟度,照水百花然。绿野明斜日,青山澹晚烟。滥陪终宴赏,握管类窥天。②

---

① 《全唐诗》第 25 册,中华书局,1960,第 9984 页。
② 《全唐诗》第 2 册,中华书局,1960,第 473 页。

在这首诗中，虞世南先叙述近臣侍宴前在禁林游赏的欢乐，既有泛舟戏水，又有欣赏花鸟，最后谦称自己厕立于众人之中，提笔写诗好似以管窥天。由于多数分韵诗是在迎来送往的公私宴集上创作的，抒发离别之情也成了这类作品的常见内容。如骆宾王《别李峤得"胜"字》：

芳尊徒自满，别恨转难胜。客似游江岸，人疑上灞陵。寒更承夜永，凉景向秋澄。离心何以赠？自有玉壶冰。①

刚举起饯行的酒杯，悲情已无法抑制，依依不舍、不忍分别之情贯穿了全诗。这样的作品不仅在近体诗中颇为常见，在古体诗中亦有一些，甚至李白、杜甫都有这样的诗歌。尤其是进入天宝年间以后，以前那种以皇帝赐宴和贵家游赏为特征的分韵诗创作越来越少，而饯别宴席可以说成了分韵创作的主要场所。在这样的背景下，离愁别绪在分韵诗中所占的比例也就大大提高了。此外，表现节令的风俗和娱乐活动在唐代分韵诗中也占有一定的比例，因为节日往往是文人游赏、宴集的良辰佳日。唐代有所谓"三令节"，即正月晦日、上巳和重阳，都是文人宴集、赋诗的好日子。

2. 就艺术形式而言，唐代分韵诗最重要的特点是确立了各人根据分配的韵字进行创作的方式。他们首先选择出若干孤立的韵字，然后按照每人一个的方式分配。就这些韵字而言，或者都是平声韵字。如约在贞观十五年（641），刘孝孙、凌敬、赵中虚、许敬宗同到长安郊外的清都观寻沈道士，四人分韵赋诗，刘孝孙得"仙"字，凌敬得"都"字，赵中虚得"芳"字，许敬宗得"清"字，今皆存。虽然现在已经无法确定当时是否只有4人参与创作，但如果这种假设成立的话，则此次创作所分的韵字全是平声字。或者平声字与仄声字并存。如贞观十二年（638）冬，太子左庶子于志宁设家宴招待朝臣，诸人分韵赋诗。《全唐诗》今存7人之诗。其中于志宁得"杯"字，岑文本得"平"字，刘孝孙得"鲜"字，许敬宗得"归"字，所分都是平声字；令狐德棻得"趣"字，封行高得"色"字，杜正伦得"节"字，则所分都是仄声字。对于分得的韵字，诗人只要将其用作韵脚，然后选择与其同一韵部的若干韵字一起押韵，共同完成一

---

① （唐）骆宾王著，骆祥发评注《骆宾王诗评注》，北京出版社，1989，第139页。

第一章 "宋型分韵方式"的确立

首诗。如刘孝孙《游清都观寻沈道士得"仙"字》：

> 纷吾因暇豫，行乐极留连。寻真谒紫府，披雾觌青天。缅怀金阙外，遐想玉京前。飞轩俯松柏，抗殿接云烟。滔滔清夏景，嗭嗭早秋蝉。横琴对危石，酌醴临寒泉。聊祛尘俗累，宁希龟鹤年。无劳生羽翼，自可狎神仙。①

刘孝孙所分是"仙"字，该字自然要用，他用在最后一个韵脚。至于此诗所用连、天、前、烟、蝉、泉、年诸韵字，则并非分得，而是诗人从"仙"字所属的韵部中任意选用的。

确定了韵字之后，分韵创作时还会同时限定诗歌的体式。从现存的分韵诗看，凡同一次创作有两首以上诗歌留存者，皆采用了同样的诗体。如景龙三年（709）中宗与近臣共25人分韵赋诗，留下的全是五言律诗（其中包括6首仄韵律诗）。这显然是出于事前的约定，否则不会如此一致。唐人分韵主要使用近体诗，但偶尔也有采用古体诗的情况。与诗体相联系，唐人对诗歌的句数也有统一的要求。如王勃《越州秋日宴山亭序》云：

> 昔王子敬，琅琊之名士，常怀习氏之园。阮嗣宗，陈留之俊人，直至山阳之坐。岂非琴樽远契，必兆朕于佳辰；风月高情，每留连于胜地？是以东山可望，林泉生谢客之文；南国多才，江山助屈平之气。况乎扬子云之故地，岩壑依然；宓子贱之芳猷，弦歌在属。红兰翠菊，俯映砂亭；黛柏苍松，深环玉砌。参差夕树，烟侵橘柚之园；的历秋荷，月照芙蓉之水。既而星回汉转，露下风高，银烛擒花，瑶觞抒兴。一时仙驭，方深摈俗之怀；五际飞文，时动缘情之作。人分一字，四韵成篇。②

所谓"四韵成篇"，就是规定分韵创作的诗歌必须采用"四韵"即八

---

① 《全唐诗》第2册，中华书局，1960，第453页。
② （唐）王勃著，杨晓彩、姜剑云解评《王勃集》，山西古籍出版社，2008，第100～101页。

17

句的长度。这样的例子很多，从现存作品看，凡同次创作的分韵诗，长度都是相同的，可以看出是诗人共同约定的结果。如贞观十二年（638）冬，于志宁、令狐德棻、封行高、杜正伦、岑文本、刘孝孙、许敬宗等7人分韵创作的一组诗歌都是四韵；调露二年（680）三月三日，崔知贤、席元明、陈子昂、韩仲宣、高瑾、高球、孙慎行等7人分韵创作的一组诗都是六韵等。

3. 诗人们都非常重视组诗的整体性。每次分韵创作，众人完成的作品通常按照写成时间的先后顺序排列在一起，构成一组诗。不仅如此，初盛唐时期的分韵诗创作，往往伴随着一篇精美的诗序。如骆宾王《初秋于窦六郎宅宴得"风"字并序》序云：

> 六郎道合采蘩，啸悬鹑而契赏；诸君情谐伐木，仰登龙以缔欢。于时一叶惊寒，下陈柯而卷翠；百花凝照，扑虚牖以披红。既而俱欣得兔之情，共掩亡羊之泪。物我双致，非［匪］石席以言兰；心口两齐，混污隆而酌桂。虽忘筌戴笠，兴交态于灵台；而搦管操觚，叶神心于胜气。盍陈六义，诗赋一言？即事凝毫，成者先唱云尔。①

从此序可以看出，这次诗歌的编排顺序是所谓"成者先唱"，就是说谁先写成诗，就先"唱"出来，其余的亦按写成的顺序依次排列，最后写成的自然居后。又如景龙三年（709）九月九日中宗举行的大型分韵创作也是如此。《唐诗纪事》卷一载：

> （中宗）《九月九日幸临渭亭登高作》云："九日正乘秋，三杯兴已周。泛桂迎樽满，吹花向酒浮。长房萸早熟，彭泽菊初收。何藉龙沙上，方得恣淹留？（得"秋"字）"时景龙三年也。
>
> 御制序云："陶潜盈把，既浮九酝之观；毕卓持螯，须尽一生之兴。人题四韵，同赋五言，其最后成，罚之饮满。"韦安石得"枝"字，云："金风飘菊蕊，玉露泫萸枝。"苏瑰得"晖"字，云："恩深答效浅，留醉奉宸晖。"李峤得"欢"字，云："令节三秋晚，重阳九

---

① （唐）骆宾王著，骆祥发评注《骆宾王诗评注》，北京出版社，1989，第151页。

第一章 "宋型分韵方式"的确立

日欢。"萧至忠得"余"字,云:"宠极萸房遍,恩深菊酎余。"窦希玠得"明"字,云:"九辰陪圣膳,万岁奉承明。"韦嗣立得"深"字,云:"愿陪欢乐事,长与岁时深。"李迥秀得"风"字,云:"霁云开晚日,仙藻丽秋风。"赵彦伯得"花"字,云:"簪挂丹萸蕊,杯涵紫菊花。"杨廉得"亭"字,云:"远日瞰秦垌,重阳坐灞亭。"岑羲得"涘"字,云:"爱豫瞩秦垌,升高临灞涘。"卢藏用得"开"字,云:"萸依佩里发,菊向酒边开。"李咸得"直"字,云:"菊黄迎酒泛,松翠凌霜直。"阎朝隐得"筵"字,云:"簪绂趋皇极,笙歌接御筵。"沈佺期得"长"字,云:"臣欢重九庆,日月奉天长。"薛稷得"历"字,云:"愿陪九九辰,长奉千千历。"苏颋得"时"字,云:"年数登高日,延龄命赏时。"李乂得"浓"字,云:"捧篚萸香遍,称觞菊气浓。"马怀素得"酒"字,云:"兰将叶布席,菊用香浮酒。"陆景初得"臣"字,云:"登高识汉苑,问道侍轩臣。"韦元旦得"月"字,云:"云物开千里,天行乘九月。"李适得"高"字,云:"禁苑秋光入,宸游霁色高。"郑南金得"日"字,云:"风起韵虞弦,云开吐尧日。"于经野得"樽"字,云:"桂筵罗玉俎,菊醴溢芳樽。"卢怀慎得"还"字,云:"鹤似闻琴至,人疑宴镐还。"是宴也,韦安石、苏瑰诗先成,于经野、卢怀慎最后成,罚酒。①

对照前后的记载不难发现,韦安石、苏瑰排在最前,当是"诗先成"的原因;于经野、卢怀慎排在最后,理由自然是因为"最后成"。据此进一步推断,其余诸人的排列亦当是根据诗歌写成的时间顺序。这里没有列入中宗本人的诗句,其原因可能在于中宗写诗时尚无分韵的意图,待众人和诗时才决定采用分韵的方式创作。按照完成的时间顺序,把所有参加者的诗歌按顺序排列在一起,这些诗歌就组成了一个有机的整体。

唐代分韵诗所具有的这些特点,对宋代以后的分韵诗产生了非常深刻的影响。不过,宋人并没有直接承袭唐人的做法,而是进行了大幅度的改

---

① (宋)计有功:《唐诗纪事》,上海古籍出版社,1987,第8页。

造，发展出若干新的特点，从而为分韵创作带来更大的生机与活力。

第二节　宋人对分韵方式的探讨与"宋型分韵方式"的确立

在"唐型分韵方式"的基础上，宋人对分韵创作进行了多方面的探索。据笔者归纳，宋人曾经使用的分韵方式至少有七种之多，其间虽然有继承唐人之处，但更多的还是出自宋人的新创；即便是继承唐人的方式，在创作过程中也努力体现出一些新变色彩。

一　每人分赋一个孤立的韵字

每人分赋一个孤立的韵字，本是典型的"唐型分韵方式"，这种方式在宋代也得到了继承和发展。如杨亿《上元夜会慎大詹西斋分题，得"歌"字》：

> 帝里风光上元节，乌衣旧巷喜经过。樽中酒渌宁辞醉，梁上尘飞只欠歌。坐听禁城传玉漏，起看河汉转金波。主人爱客春宵永，彩笔题诗奈乐何。[①]

题中所说的"分题"，其实就是分韵。杨亿在这次创作中分得"歌"字，就以其为韵字作了上面这首诗。又如宋祁《早夏集公会亭，饯金华道卿内翰守澶渊，得"符"字》：

> 早夏乘休沐，离襟属饯壶。欣同佩荷橐，恨及唱骊驹。感恋陪云筑，（自注：道卿留预乾元上寿乃行。）翻飞别帝梧。腾装照鱼服，行帐绕犀株。惭去班中诏，宁容滞左符。惟应九里润，蒙福在京都。[②]

在这次创作中，宋祁分得"符"字，所以作了这首诗。从以上两诗来

[①] 北京大学古文献研究所：《全宋诗》第 3 册，北京大学出版社，1991，第 1341 页。
[②] 北京大学古文献研究所：《全宋诗》第 4 册，北京大学出版社，1991，第 2522 页。

看，继承的还是唐代每人分得一个孤立韵字的做法。

为了更好地说明这个问题，这里再举一组保存完整的作品。宋祁《春集东园诗》序云：

> 春集东园诗者，端明学士献臣李君、翰林伯中王君、天章侍讲原叔王君、馆阁校勘景纯刁君、永叔欧阳君、子庄杨君暨予，仲月既望之宴所赋。是集有三胜焉，地之胜则如左晼都雒，前眺畿隧，林薄灌丛，铺芬自环；时之胜如载阳之辰，戡慘傛舒，惠气韶华，怡豫天区；宾之胜则如朝髦国俊，清交石友，驾言相从，簪盍就闲。三者先具，吾人所以挤天下细故，彷徉萧散而自适其适也。若夫俯撷仰援，有花有枚，参行迭馈，有蔌有醪。时哗嘤然，可以悦耳；野芳苊然，可以藉席。轻风舞于快馀，鲜云曳于晒表。乐斯咏，咏斯陶，佥谓会之难常，诗之可以群也。俾永叔列韵，坐者陈章，予与题辞焉，以诧其美。昔郑区区一寰内侯，使七子从赵武赋诗，以观郑志，《阳秋》尚之。今多士乐事，萃此王国，选言足叹，一出治音。使如武者，观诸君之篇，则知贤郑人远矣。章别十二句，句五言，杂附左方云。康定纪元之次年序。①

从序中可以看出，这次分韵时不仅明确约定了诗体和句数，即"章别十二句，句五言"，即都要用五言诗，十二句，而且还指派欧阳修"列韵"，即分派韵字，宋祁"题辞"，即为组诗作序。序后不仅收录宋祁本人的作品，而且收录了其余诸人的作品。

《赋得"笋"字》，天章阁待制宋祁子京

茂气遍春逵，结客并游骖。胜践属园墟，欢言驻骖引。局情适野豁，远目向天尽。林馥树才花，町疏篁未笋。饮来无留醑，嘲往有余鞭。耳热谢时人，戚戚良可悯。

《赋得"蕊"字》，端明殿学士兼侍读学士李淑献臣

东城桃李春，结客玩珍蕍。试过辟疆园，兼屈中郎扆。筠苞烟蔽

---

① （宋）宋祁：《景文集》，《文渊阁四库全书》第1088册，台湾商务印书馆，1982～1986，第46页。

亏,柳带风眠起。岸帻藉芳芳,衔杯嗅新蕊。留连鱼鸟适,放旷山林喜。意赏殊未阑,更作樱厨拟。

《赋得"叶"字》,翰林学士王举正伯中

芳辰聊命驾,郊野赏心惬。亭幽路郁纡,树密花重叠。暂纾朝绂劳,喜与朋簪接。谈麈逗松枝,宴赏澄竹叶。含和寄萧散,选胜穷登蹑。行乐且踌躇,此游非日涉。

《赋得"萼"字》,天章阁侍讲王洙原叔

燕退朝事希,鸣驺出云阁。近游速朋彦,名园接闉郭。幽芳尚闲整,新槛已清漠。欢谈一坐倾,递饮百分涸。我亦醒而狂,遵溪纵行乐。晚驾方惜归,正巾坠香萼。

《赋得"翠"字》,馆阁校勘刁约景纯

托载东城隅,选胜名园地。不问主人来,聊适寻春意。簪花照席光,藉草连袍翠。烟霏远树迷,风猎繁英坠。促行潋滟觞,少驻雍容骑。四者信难并,安敢辞沉醉。

《赋得"节"字》,馆阁校勘欧阳修永叔

绿野秀可餐,游骏嘉初结。芸扃苦寂寞,禁署隔清切。欢言得幽寻,况此及嘉节。鸟哢已关关,泉流初决决。紫萼繁若缀,翠苔柔可撷。屡期无复时,芳物畏鶗鴂。

《赋得"蒂"字》,馆阁校勘杨仪子庄

芳节未晼晚,名园好澄霁。停车没径苔,移席傍丛筀。蝶粉留红房,蜂须抱香蒂。微波生酒杯,轻吹拂衣袂。何当名教乐,况复昌时世。归鞍惜馀欢,阳乌不可系。①

从宋祁诗序可知,这次创作发生在康定二年(1041)。不过,这组分韵诗所使用的韵字"笋""蕊""叶""萼""翠""节""蒂"竟然全是仄声字,而且都是名词,很难组成一个有意义的句子,可以推断为彼此孤立的韵字。唐人选择韵字只有两种情况,或者全部使用平声字,或者平声字、仄声字参用,而未见有全部使用仄声字者,虽然理论上有这种可能,

---

① (宋)宋祁:《景文集》,《文渊阁四库全书》第1088册,台湾商务印书馆,1982~1986,第46~47页。

但至少非常罕见。从这个意义上说，这次创作对韵字的选择也具有一定的创新意义。

需要说明的是，宋人虽然使用"唐型分韵方式"，但创作次数不多，而且主要集中在北宋前期。迨至"宋型分韵方式"在北宋中期流传之后，这种方式就彻底退出了历史舞台。尽管此后仍有大量的分韵诗仅仅在题目中标出所分韵字，但它们实际上都是使用"宋型分韵方式"创作的结果，只是省略或者在流传中佚失了当时使用的佳句，跟"唐型分韵方式"仅仅使用孤立的韵字分韵并不是一回事。

二 参与者根据自己的姓名确定韵字

唐代还曾经出现过使用参加者姓名为韵的情况。《旧唐书》卷一百六十三《李虞仲传》载：

> 李虞仲字见之，赵郡人。祖震，大理丞。父端，登进士第，工诗。大历中，与韩翃、钱起、卢纶等文咏唱和，驰名都下，号"大历十才子"。时郭尚父少子暧尚代宗女升平公主，贤明有才思，尤喜诗人，而端等十人，多在暧之门下。每宴集赋诗，公主坐视帘中，诗之美者，赏百缣。暧因拜官，会十子曰："诗先成者赏。"时端先献，警句云："薰香荀令偏怜小，傅粉何郎不解愁。"主即以百缣赏之。钱起曰："李校书诚有才，此篇宿构也。愿赋一韵正之，请以起姓为韵。"端即襞笺而献曰："方塘似镜草芊芊，初月如钩未上弦。新开金埒教调马，旧赐铜山许铸钱。"暧曰："此愈工也。"起等始服。①

这是现存唐代文献所载唯一一次以姓氏为韵字的创作，而且也不是正常状态下进行的。这次创作本来是同题、分题还是分韵已不可知，只是由于钱起的责难，李端才被迫使用钱起的姓氏"钱"字为韵又作了这样一首诗。

不过，唐代确实出现过以名为韵的情况。权德舆有《送李处士归弋阳

---

① （五代）刘昫：《旧唐书》第13册，中华书局，1975，第4266页。

山居（限姓名中用韵）》：

> 暂来城市意何如，却忆葛（一作"莒"）阳溪上居。不惮薄田输井税，自将嘉句著州间。波翻极浦樯竿出，霜落秋郊树影疏。想到家山无俗侣，逢迎只是坐篮舆。①

值得注意的是，这样的创作方式在宋代也得到了继承，目前亦仅有 5 首作品传世。其一为李廌《史次仲、钱子武与余在报恩寺纳凉分题，各以姓为韵》：

> 天地怒气散，凯风若颠喜。吹彼枳棘墟，不入邃屋里。北风何其凉，雨雪雾不止。辛岁无衣裘，穴处犹冻死。六月如蒸炊，执扇犹秉毁。芃芃黍苗花，吹落不结子。老农悲不获，飞鸟喜自恣。虽难答天恩，愿天投木李。②

这首诗使用"李"字为韵，正是李廌的姓氏。其二为饶节《约方时敏、杨信祖二子同过王立之，观立之所集前辈诗文，各以姓赋诗》：

> 秋容散古原，秋声满寒条。幽人开晓梦，喔喔鸡戒朝。骑马西南隅，不知道里遥。我行将何之，我友昔见邀。斯人非世人，与世不相聊。几年赋归欤，塞耳树上瓢。谁知翰墨功，百倍巴蜀饶。方杨妙天质，两玉不易招。粟马来会盟，此义久寂寥。主人喜开尊，杯斝初刻雕。及乎启丹台，座上皆闻韶。委积山海奇，浩荡江汉朝。此围无郊封，烂漫各乌菀。归来蒲深望，老大犹虚骄。③

据诗题可知，饶节参与的这次创作也是"各以姓为韵"。这首诗以"饶"字为韵，亦是饶节的姓氏。与此类似的还有谢逸《与诸友访黄宗鲁，宗鲁置酒于思猷亭，席上分韵赋思猷亭诗，各以姓为韵，子［予］得"谢"字》：

---

① 《全唐诗》第 10 册，中华书局，1960，第 3643 页。
② 北京大学古文献研究所：《全宋诗》第 20 册，北京大学出版社，1998，第 13593 页。
③ 北京大学古文献研究所：《全宋诗》第 22 册，北京大学出版社，1998，第 14547 页。

第一章 "宋型分韵方式"的确立

我见俗子避百舍，一钱不直灌夫骂。灵谷峰前汝水湄，谁信无双有江夏。平生眼底无可人，子猷粗与吾同社。故栽修竹共岁寒，不与繁花斗荣谢。疏阴时过少陵樽，斜枝最入萧郎画。强排风雨作寒声，巧留雪月延深夜。三伏炎蒸自可逃，一榻清凉那肯借。愿言闭关谢俗子，勿与此曹俱日化。但得风味如晋人，纵无此君自潇洒。①

在谢逸这首诗的标题中，诗人不但指出他当时参与的创作是"各以姓为韵"，而且明言"予得'谢'字"，而其诗也正是以"谢"为韵字写成的。

使用参加者之名字进行分韵创作的情况，宋代同样也曾出现过。今仅存两首诗，均见于谢逸笔下。其一为《吴迪吉载酒永安寺，会者十一，分韵赋诗，以字为韵，予用"逸"字》：

延陵多贤孙，杰然者迪吉。上书因自讼，宾客禁私觌。瞑目数归期，闭口防罚直。谒告呼朋侪，笑谈洗忧戚。开樽青莲界，逍遥以永日。翩翩客鼎来，草草筵初秩。子珍乐易人，开谈见胸臆。宗鲁与人交，坦然无畛域。君泽学古谈，论议简而质。伯更廊庙具，绿发居师席。泽民泮水英，每试辄中的。叔野饱书史，胸中万卷积。文美秉天机，温如苍玉璧。文康气雄豪，目眦天宇窄。中邦最清修，操履有绳尺。乐之似长康，痴绝故无匹。坐客皆奇才，椎钝莫如逸。诸人或见赏，颇爱性真率。不求身后名，但喜杯中物。世故了不知，一醉吾事毕。②

另一首为《游文美清旷亭，各以字为韵》：

人生一月间，开口笑几日。况复岁云暮，在堂悲蟋蟀。胡不为强欢，唧唧复唧唧。吾徒尘外姿，开怀见真率。达如商山皓，清若竹林逸。相逢各拊掌，一笑万事失。主人清旷士，作堂记其实。愿无负此堂，不为势利怵。时时叙离阔，中散志意毕。③

---

① 北京大学古文献研究所：《全宋诗》第22册，北京大学出版社，1998，第14836页。
② 北京大学古文献研究所：《全宋诗》第22册，北京大学出版社，1998，第14813～14814页。
③ 北京大学古文献研究所：《全宋诗》第22册，北京大学出版社，1998，第14814页。

以上二诗，都以"逸"字为韵，而"逸"字正是谢逸的名字。使用参加者的姓也好，名也好，二者在本质上是一致的。当然，可能由于这样的创作游戏意味太重，不但唐人很少采用，宋人很少采用，即便在后世，也没有见到有人继承。

三　与分题结合而每人分赋一个孤立的韵字

分题与分韵本来是不同的创作方式，但也有将这两者结合在一起的情况。这种方式虽然出现在中唐，但并没有发展起来，今存宋前作品不过区区数首。也许正因为如此，北宋前期的诗人反而投入了较多的创作热情，写出了更多的作品。如魏野《陪留台李学士筵上，赋得文石酒杯，分得"杯"字》：

> 知自何山得，磨砻作酒杯。斟疑五色动，醉认一拳开。洼似泉春出，痕如薛渍来。主人心朴素，爱惜过琼瑰。①

结合诗题和诗作不难看出，魏野在参与的这次创作中分到的题目是"文石酒杯"，所以整首诗都扣住这个对象，是一首咏物诗；分到的韵字是"杯"，所以其用韵就是按照这样的要求。据说寇准也曾参与这样的创作，不过竟然当场没有完成作品。《湘山野录》卷中载：

> 寇莱公一日延诗僧惠崇于池亭，探阄分题，丞相得池上柳，"青"字韵；崇得池上鹭，"明"字韵。崇默绕池径，驰心于杳冥以搜之，自午及晡，忽以二指点空微笑曰："已得之，已得之。此篇功在'明'字，凡五押之俱不倒，方今得之。"丞相曰："试请口举。"崇曰："照水千寻迥，栖烟一点明。"公笑曰："吾之柳功在'青'字，已四押之，终未惬，不若且罢。"崇诗全篇曰："雨绝方塘溢，迟徊不复惊。曝翎沙日暖，引步岛风清。"及断句云："主人池上凤，见尔忆蓬瀛。"②

---

① 北京大学古文献研究所：《全宋诗》第 2 册，北京大学出版社，1998，第 926 页。
② （宋）文莹撰《湘山野录续录》，黄益元校点，《宋元笔记小说大观》第 2 册，上海古籍出版社，2001，第 1409 页。

第一章 "宋型分韵方式"的确立

对寇准来说,这是一次不太成功的创作经历,他竟然没能及时写出满意的作品。不过从记载来看,当时分到的字不仅仅作为韵字使用,还要将其意思作为全篇之警策。这可能属于比较特殊的情况。

在此类创作中,杨亿具有突出的作用,他有4首这样的作品。如《诸公于石氏东斋宴郑工部,分韵得悲秋"浮",并序》:

> 古者会友以文,赋诗言志。良辰美景,胥遇几稀;衔杯漱醪,其乐无量。矧石氏二君克承堂构,孝谨不衰;荥阳郑公杰出士林,名声籍甚。以久要之契,伸一献之娱。而我阁老昌武,与二三大夫退食自公,方驾而至,乘秋高会,卜夜纵谈,抵掌盱衡,樽罍方洽;峨冠侧弁,星汉未斜,将何以穷绮席之宴嬉,尽金壶之漏刻?盍赋一时之事,各陈二雅之言。物无遁形,咸抽秘思;朝多君子,庶为美谈云耳。
>
> 楚客登临处,离怀重隐忧。二毛初入鬓,一叶早惊秋。旅雁他乡思,悲笳绝塞愁。凭何遣羁绪,菊蕊满杯浮。①

在这次创作中,杨亿分到的题目是"悲秋",韵字是"浮"字。这在作品里都得到了充分的体现。与此类似的还有一首《即席赋得笔,送宗人大著通判广州("毫"字)》:

> 著作蓬山局,职司华衮褒。已能成马史,何况梦江毫。金劲鸡摇距,霜寒兔堕毛。归来批凤诏,弄翰莫辞劳。②

更重要的是,杨亿在这样的活动中开始使用古人的诗句作为诗题。其《冬夕与诸公宴集贤学士西斋,分得"今夕何夕",探得"云"字,并序》:

> 古者潇湘之会,实重故人;西园之游,亦在清夜。集贤梅君,以神仙之胄,处典籍之司。佐地官之版图,居多暇日;奉穆清之顾问,

---

① 北京大学古文献研究所:《全宋诗》第3册,北京大学出版社,1998,第1348~1349页。
② 北京大学古文献研究所:《全宋诗》第3册,北京大学出版社,1998,第1352页。

出必诡词。国家以西旅弗庭,边烽尚警,欲得城郭之要领,申命朝廷之俊贤,难哉。是行公中其选,且有密旨,未遑戒途。虽饬使者之车,已辞会府之政。杜门终日,端居鲜欢。遂用解榻开樽,集寮寀于三署;割鲜继烛,申宴乐于一时。挥麈清谈,峨冠屡舞;杯盘狼籍,星汉倾颓。因念夫饮酒者,未尝不始于治而卒于乱。盍各吟咏,以止喧哗。于是选出巨题,互探难韵,构思如涌,弄翰若飞。至于断章,曾未移晷。藻绣纷错,金石铿锵,足以知周南变风,诚二雅之可继;郑卿言志,岂七子之足多。顾予非才,获陪高会,形之序引,深所厚颜云耳。

今夕知何夕,良交会以文。烛花寒旋落,漏滴远稀闻。酒面轻浮蚁,歌喉细逼云。明河光未没,候管气初分。玉笛梅花怨,金炉蕙草焚。唯愁曙光发,搔首叹离群。①

虽然不知道当时诸人是如何约定的,但杨亿分到的题目"今夕何夕"出自《诗经·绸缪》,是一个现成的诗句。他的另一首《分得"朝野多欢娱"("鱼"字韵)》也是如此:

皋壤惊秋气,仓箱有岁储。梁园从臣颂,谢墅富人车。休沐新颁诏,珍符不绝书。天心游蠛蠓,民乐在华胥。击壤欢谣洽,凝脂密网除。行将封岱岳,持橐奉金舆。②

将分题与分韵结合起来的创作方式虽然始于唐代,但当时不仅作品很少,更没有出现过使用诗文佳句的情况。从这个意义上说,杨亿等人使用古人诗句来分题而又与分韵结合的做法,对后来"宋型分韵方式"的出现具有更加明显的启发意义。不过,这种创作方式在后世也没有得到发展。

四 每人分赋一个佳句,依次以各字为韵

这是将分韵与分题结合的又一种方式。与上类方式的不同是,参加者

---

① 北京大学古文献研究所:《全宋诗》第3册,北京大学出版社,1998,第1352~1353页。
② 北京大学古文献研究所:《全宋诗》第3册,北京大学出版社,1998,第1389页。

第一章 "宋型分韵方式"的确立

分赋的题目都是现成的佳句,他们要将所分佳句中的每个字作为韵字赋诗,而非在题目外另找韵字。明道元年(1032)秋,梅尧臣、欧阳修等人在洛阳普明院竹林集会。梅尧臣《新秋普明院竹林小饮,得"高树早凉归"》序云:

> 余将北归河阳,友人欧阳永叔与二三君具觞豆,选胜绝,欲极一日之欢以为别。于是得普明精庐,酾酒竹林间,少长环席,去献酬之礼,而上不失容,下不及乱,和然啸歌,趣逸天外。酒既酣,永叔曰:"今日之乐,无愧于古昔,乘美景,远尘俗,开口道心胸间,达则达矣,于文则未也。"命取纸写普[昔]贤佳句,置坐上,各探一句,字字为韵,以志兹会之美。咸曰永叔言是,不尔,后人将以吾辈为酒肉狂人乎?顷刻,众诗皆就,乃索大白,尽醉而去。明日第其篇,请余为叙云。①

由此序可以清楚地看出,选择"普[昔]贤佳句,置坐上,各探一句,字字为韵"是出自欧阳修的建议。参加这次创作的"二三君"及其作品大多已不可考,所以他们到底使用了哪些"昔贤佳句"自然也无从知道了,所幸梅尧臣与欧阳修的诗歌被保存到今天。从上面所引的诗题可知,梅尧臣分到的佳句是"高树早凉归",出自沈佺期《酬苏员外夏晚寓直省中见赠》。梅诗云:

> 翻然思何苦,昨夜秋风高。良友念将别,幅巾邀此遨。
> 清梵隔寒流,乱蝉鸣古树。谁知林下游,复得杯中趣。
> 池上暑风收,竹间秋气早。回塘莫苦留,已变王孙草。
> 未坠高梧叶,初生玉井凉。愁心异潘岳,独自向河阳。
> 不减阮家会,所嗟当北归。厌厌敢辞醉,明发此欢非。②

对梅尧臣来说,他分到的沈佺期诗句"高树早凉归"具有双重意义:一方面,它是分到的题目,也是组诗要表现的内容。另一方面,它也是分

---

① 北京大学古文献研究所:《全宋诗》第5册,北京大学出版社,1998,第2725页。
② 北京大学古文献研究所:《全宋诗》第5册,北京大学出版社,1998,第2725页。

到的韵字,"字字为韵,以志兹会之美",意味着需要依次使用佳句中的几个字作为韵字来创作一组诗,从而记载这次聚会之乐。这与杨亿等人仅仅将前人的诗句作为题目使用又有明显的不同。再结合欧阳修的诗歌看,这样的特点更加清晰。《初秋普明寺竹林小饮饯梅圣俞,分韵得"亭皋木叶下"五首》:

> 临水复欹石,陶然同醉醒。山霞坐未敛,池月来亭亭。
> 洛城风日美,秋色满蘅(一作衡)皋。谁同茂林下,扫叶酌松醪。
> 野水竹间清,秋山酒中绿。送子此酣歌,淮南应落木。
> 劝客芙蓉杯,欲寒芙蓉叶。垂杨碍行舟,演漾回轻楫。
> 山水日已佳,登临同上下。衰兰尚可采,欲赠离居者。①

"亭皋木叶下"出自柳恽《捣衣诗》。这句诗对欧阳修来说同样具有双重意义。一方面,组诗表现的是"亭皋木叶下"的意境;另一方面,组诗正是按照该句诗的五个字依次为韵字创作完成的。

从现在的资料看,这样的创作不仅在唐代没有出现,在宋代似乎仅此一次,有幸保存下来的也仅有梅、欧二人的作品。这样的创作具有特殊的意义,即前人现成的佳句第一次被用来作为分韵的韵字了。只不过在这次创作中每人分到的仅仅是一个孤立的诗句,彼此出处不同,这跟"宋型分韵方式"中使用一个或者连续的诗文佳句分韵仍有根本的不同。

五 使用专有名词分韵

宋代还有使用词牌名、绘画名等专有名词分韵的情况,只不过创作的次数更少,几乎可以忽略,今仅存两首作品。其一为程公许《同振之、德久分韵赋"坐石东坡",得"坡"字》:

> 千年间气落岷峨,惊世声名镇不磨。吟咏西湖虽有案,经年儋耳

---

① 北京大学古文献研究所:《全宋诗》第6册,北京大学出版社,1998,第3728~3729页。

却无波。细看据石横藜坐，想见骑龙跨海过。山谷老人犹剩语，是非元不到东坡。①

"坐石东坡"四字未见于此前的文献，结合标题和诗歌来看，当是程公许等人看到的一幅苏轼画像的题名。据此可以推断，这次分韵使用了绘画的题名，这属于使用专有名词分韵。

其二为戴复古《邵阳赵节斋使君同黄季玉以"合江亭"三字分韵》：

万里清秋景，都归乎此亭。光阴几今古，天地一宫廷。潕（一作浙）水东西白，梅山（一作花）表里青。登临生酒兴，欲醉又还醒。②

合江亭是衡阳的名亭，戴复古等人在此处分韵赋诗，就以亭名来分韵，也是使用了专有名词。

此外，仇远有一首《竹素山房小饮，南徐唐正方善歌，吴伶以长箫和之，客以"凤凰台上忆吹箫"分韵，予得"台"字》：

少时闻箫白玉台，一曲未终丹凤来。金濑空明秋水浅，妙音久不闻蓬莱。吴下老伶燕中回，能以北腔歌落梅。红尘筝笛耳一洗，便觉箜篌愤抑琵琶哀。朱方朦仙古音律，宫长羽短随剪裁。小春梅柳参差开，肯待羯鼓花奴催。我辈钟情忘尔汝，浊醪妙理惟酸醅。晚风吹寒夕阳下，有酒不饮令人咍。今人青眼映山水，古人白骨生莓苔，不如相聚常衔杯。呜呼五公七相安在哉，不如相聚常衔杯。③

这次分韵使用的"凤凰台上忆吹箫"是词牌名，自然也属于专有名词。不过，这次创作虽发生在元代，但被作为宋风遗韵归入了宋诗。

从理论上说，可以用作分韵的专有名词有很多类，可是从宋人的创作实践看，似乎仅见以上三次，且每次仅有一首作品存世。这种现象表明，使用专有名词分韵的方式即便在宋代也很少被采用，更遑论后世人的效法和学习了。

---

① 北京大学古文献研究所：《全宋诗》第 57 册，北京大学出版社，1998，第 35572 页。
② 北京大学古文献研究所：《全宋诗》第 54 册，北京大学出版社，1998，第 33486 页。
③ 北京大学古文献研究所：《全宋诗》第 70 册，北京大学出版社，1998，第 44172 页。

六　根据现场撰写的语句进行分韵

宋代还出现过根据现场撰写的语句来分韵的现象。邹浩《六一岩》诗序云：

> 余与子初同邵武李师聃祖道、姑苏徐武靖国、零陵蒋沨彦回、长老永□（正德本作"文"，四库本作"明"），由澹岩穿后冈，攀援藤萝，穷览胜事，樵不到处，得此岩穴，遂以六人一时同见名之。而以"六人一时同见"分韵有作。乃若年穷气象，妙与人会，则惟出此岩而外瞩，与入澹岩而内盼者心自喻焉，不可以容声（四库本作"言罄"）也。得"同"字。崇宁四年十二月十九日。
>
> 造物有所待，巇岩从此通。千峰韬前障，万象欸来同。涤览进江水，啸睛生虎风。谁知不朽事，成在笑谈中。[①]

由诗序可知，邹浩等六人发现了一处罕见的岩穴，遂将其处命名为"六人一时同见"，之后又以此六字分韵作诗，邹浩分得"同"字，所以作了这样一首诗。可惜其余五人的诗歌都失传了。尽管如此，邹浩的这首诗仍能证明这种创作方式曾经存在过。相对于以上几种创作方式，这种方式在现实中更为罕见，在宋代仅见一次，在后代更未被接受。

七　选择一句或者连续的句子分韵，每人分赋其中一字或多字

嘉祐元年（1056），欧阳修开创了另一种分韵方式。在为出知吴江县的裴煜饯行时，欧阳修等人选择了"黯然销魂，唯别而已"分韵赋诗。详见第二章的具体考证。虽然这次创作似乎在人分一字上与前面六种并没有什么区别，但用来分韵的对象却发生了明显的变化，显示出巨大的优势。

其一，诸人所分不再是各自孤立的韵字，而是江淹《别赋》中的名句。既然选择"黯然销魂，唯别而已"来分韵，则其中的 8 个字就已经不

[①] 北京大学古文献研究所：《全宋诗》第 21 册，北京大学出版社，1998，第 14066 页。

是孤立的韵字了,彼此之间建立了顺序上的关联。正因为有了这样的关联,最后参加者完成的 8 首诗也按照所分韵字在江淹句中的顺序来排列。同时,由于佳句本身具有相对独立和完整的含义,这样的排列顺序才能有效地突出其内涵。试想,如果组诗不按照这样的顺序排列,那么选择佳句分韵与选择孤立的韵字分韵又有什么不同呢?而按照这样的顺序排列组诗,就需要佳句中的每个韵字最后都能带出一首诗来,才能保障组诗的完整性。而一旦有人未能按要求写出诗歌,则组诗的完整性就会受到伤害,分韵佳句具有的内涵也就不能得到很好的体现。

其二,"黯然销魂,唯别而已"本身是连续的两个句子,并非一个句子。这也使得这次创作与欧阳修、梅尧臣等人在明道元年(1032)的创作有了明显的不同。虽然在明道年间的创作中参加者所分的是"昔贤佳句",但这些佳句主要是作为题目分给诸人的,也就是每人都要将自己分得的佳句作为题目来作诗。尽管就各人而言,每人同时还要将所分佳句中的各字作为韵字创作出来一组诗,这些诗歌的排列顺序也就是几个韵字在佳句中的先后,有其相对独立性;可是由于各人所分的佳句互不相干,因此最后完成的诗歌仍是各自独立的,不但没有一个合理的排列顺序,诗歌的完整性也无从谈起。因此,欧阳修等人在嘉祐年间开展的这次创作,可以看作是对明道年间那次创作的重大改进:一方面,清除了其中的分题性质,变每人分得一个佳句为众人共同分赋两个连续佳句中的 8 个字。这样一来,各人所分的韵字以及完成的诗歌都有了一个合理的顺序,按照这样的顺序排列而成的组诗很自然地构成了一个不可分割的整体。另一方面,降低了对现场作诗的数量要求,从而也降低了作诗的难度。明道年间的那次创作中,梅尧臣、欧阳修等人各自分得一个五言佳句,每人就要连续创作五首诗。这样的创作,对于不少有心参加分韵的文人来说,显然难度太大。这种分韵方式仅仅出现一次就消失了,也用实践表明其并不适合在多人参加的创作中应用。比较而言,嘉祐元年开创的分韵方式,不但使得各人的创作关系更加密切,彼此依赖性更强,而且在一定程度上降低了难度,所以更适合推广和普及。

在之前所考察的几种分韵方式中,第一种仅仅使用孤立的韵字,致使各人之诗彼此之间的关联程度不高,所以组诗最后只能按照完成的先后排列。

第三种将分韵与分题结合，但并没有改变使用孤立韵字的性质，而分题的同时存在，只能意味着各人的作品之间关系更加疏远，组诗的内部联系更加松散。第四种虽然较第二种带有更多的分韵色彩，但各人所分都是孤立的佳句，彼此之间没有内在关联，因此最终各人写作的诗歌也同样没有多少关联。至于使用姓名分韵、使用专有名词分韵、使用现场撰写的句子分韵等几种方式，在宋人都是偶尔为之的游戏而已，后人也以游戏视之。虽然这几种方式出现得较迟，但皆属昙花一现，并未产生什么影响。所以，这些方式都没能真正发展起来，在当时已经罕有创作，在后世更是难闻其名。

总之，宋人虽然对分韵方式进行了多方面的探讨，但最后仅仅选择了使用诗文佳句分韵这样一种方式。相对于上面所说的其他几种分韵方式，这种方式出现得不算最早，但有利于密切各人诗歌之间的关联，使得组诗的整体性得到进一步加强，而且难度适中，便于推广，具有巨大的优势，后来发展成为后人心目中唯一的一种分韵方式。这就是"宋型分韵方式"。吕肖奂在《论宋代分题分韵——更有意味和意义的酬唱活动形式》一文中说：

> 以韵点题，应该是分题分韵活动中最有意味最有内涵的形式。这种分韵法，不仅讲究韵句出处，更注意照顾到集会的人数、主题。其韵有宽有窄，有平有险，不像早期分韵那样全以险僻难人，也不像以前分韵那样无序或无味，而是找到了题韵之间最大程度的关联，使得纯粹技术性的游戏变得更有艺术趣味，将分题分韵的性质从游戏提升为艺术，因此受到有宋一代文人喜好，成为分韵诗的主导形式。宋人在大量酬唱活动中继承了前人艺术游戏的方式与精神，更以丰厚的才学将分题分韵规则发展得更加有序、有意味、有意义，为酬唱形式艺术做出了贡献。[①]

第三节 "宋型分韵方式"产生和发展的文化背景

使用诗文佳句分韵的方式至宋代才出现和发展起来，并最终成为典型

[①] 吕肖奂：《论宋代分题分韵——更有意味和意义的酬唱活动形式》，《社会科学战线》2014年第3期，第127页。

的"宋型分韵方式"。那么,其背后的原因与动力何在?笔者以为,探讨这个问题,既离不开对前代分韵、分题创作的纵向分析,也需要从制度的层面进行横向考察,同时还要深入考察其背后的文化心理。

一 前代分韵和分题方式的发展和演变

唐代虽然没有出现使用诗文佳句分韵的情况,但当时的分韵和分题创作所具有的某些特点,已经在为"宋型分韵方式"的出现准备着条件。

先说分韵。唐人分韵虽然使用孤立的韵字,但其同时使用平仄韵字的做法对于宋人使用诗文佳句有一定的启发意义。如贞观十二年(638)冬太子左庶子于志宁在家招待同僚,完成这样一组诗歌:

于志宁《冬日宴群公于宅各赋一字得"杯"》:
陋巷朱轩拥,衡门绂骑来。俱裁七步咏,同倾三雅杯。色动迎春柳,花发犯寒梅。宾筵未半(一作半未)醉,骊歌不用催。①

令狐德棻《冬日宴于庶子宅各赋一字得"趣"》:
高门聊命赏,群英于此遇。放旷山水情,留连文酒趣。夕烟起林兰,霜枝殒庭树。落景虽已倾,归轩幸能驻。②

封行高《冬日宴于庶子宅各赋一字得"色"》:
夫君敬爱重,欢言情不极。雅引发清音,丽藻穷雕饰。水结曲池冰,日暖平亭色。引满既杯倾,终之以弁侧。③

杜正伦《冬日宴于庶子宅各赋一字得"节"》:
李门余妄进,徐榻君恒设。清论畅玄言,雅琴飞白雪。寒云暧落景,朔风凄暮节。方欣投辖情,且驻当归别。④

岑文本《冬日宴于庶子宅各赋一字得"平"》:
金兰笃惠好,尊酒畅生平。既欣投辖赏,暂缓望乡情。爱景含霜

---

① 《全唐诗》第2册,中华书局,1960,第449页。
② 《全唐诗》第2册,中华书局,1960,第449~450页。
③ 《全唐诗》第2册,中华书局,1960,第450页。
④ 《全唐诗》第2册,中华书局,1960,第450页。

晦，落照带风轻。于兹欢宴洽，宠辱讵相惊？①

　　刘孝孙《冬日宴于庶子宅各赋一字得"鲜"》：

解襟游胜地，披云促宴筵。清文振笔妙，高论写言泉。冻柳含风落，寒梅照日鲜。骊歌虽欲奏，归驾且留连。②

　　许敬宗《冬日宴于庶子宅各赋一字得"归"》：

倦游嗟落拓，短翮慕追飞。周醑忽同醉，牙弦乃共挥。油云澹寒色，落景霭霏霏。累日方投分，兹夕谅无归。③

在这次创作中，诸人所分虽然都是孤立的韵字，但其中"杯""平""鲜""归"是平声字，"趣""色""节"是仄声字。这些字有平有仄，在理论上就有了组成有意义短语的可能。

特别值得注意的是，个别唐人在分韵时已试图摆脱孤立的韵字，开始使用有意义的短语了。元和五年（810）韩愈、窦牟、韦执中三人在洛阳同寻刘尊师不遇，以"同寻师"三字分韵。《窦氏联珠集》卷二载其作品，依次为窦牟《陪韩院长、韦河南同寻刘师不遇》：

仙客诚难访，吾人岂易同。独游应驻景，相顾且吟风。药畹琼枝秀，斋轩粉壁空。不题三五字，何以达壶公。

韩愈《同前》：

秦客何年驻，仙源此地深。还随蹑凫骑，来访驭风襟。院闭青霞入，松高老鹤寻。犹疑隐形坐，敢起窃桃心。

韦执中《同前》：

早上逍遥境，常怀汗漫期。星郎同访道，羽客杳何之？物外求仙侣，人间失我师。不知柯烂者，何处看围棋。④

---

① 《全唐诗》第 2 册，中华书局，1960，第 451 页。
② 《全唐诗》第 2 册，中华书局，1960，第 454 页。
③ 《全唐诗》第 2 册，中华书局，1960，第 466 页。
④ （唐）窦常等：《窦氏联珠集》，《文渊阁四库全书》第 1332 册，台湾商务印书馆，1982～1986，第 363～364 页。

需要补充的是,《瀛奎律髓》卷四十八亦载此三诗,在韩诗后云:

> 此诗《昌黎集》中无之,附见《五窦联珠集》。是时昌黎偕窦牟及河南县令韦执中分韵,曰"同寻师"。执中得"师"字,末句曰:"不知柯烂者,何处看围棋。"亦佳。①

又《全唐诗》卷二百七十一载窦牟诗题下有小注:"以'同寻师'三字分韵,牟得'同'字。"② 卷三百四十五载韩愈诗题下亦有小注:"以'同寻师'三字为韵,愈分得'寻'字。"③ 再结合几人的作品,可见其记载是可信的。"同寻师"三字是他们这次活动的最简洁记载,本身是有意义的记述。在这次创作中,他们三人使用的不再是孤立的韵字,而具有了实实在在的意义,这对于当时流行的分韵方式来说是明显的突破。韩愈、窦牟、韦执中分韵时使用的虽然不是诗文佳句,但在使用有意义的语句上是一致的。

唐人尽管只使用孤立的韵字分韵,但由于可以同时使用平、仄韵字,已经为使用诗文佳句分韵打开了一扇小门。特别是韩愈等人以"同寻师"三字分韵的做法,距离宋人使用诗文佳句分韵更近了一步。

再说分题。尽管宋前没有出现使用现成的诗文佳句分韵的情况,但如果跳出这种创作方式,就可以看出以诗句为题的情况早在南朝就出现了。

早在齐梁时期,分题作为一种创作方式在上流社会中逐渐流行。因这类作品的诗题常采用"赋得……"或"赋……得……"的表述方式,所以被今人称为"赋得诗",或称"赋得体"。而前人的诗句正是"赋得诗"的重要题目来源。如梁代萧绎《赋得"蒲生我池中"诗》:

> 池中种蒲叶,叶影荫池滨。未好宫中荐,行堪隐士轮。为书聊可截,匹柳复宜春。瑞叶生苻苑,镂碧(类聚作"璧")献周人。④

---

① (元)方回选评,李庆甲集评校点《瀛奎律髓汇评》下册,上海古籍出版社,1986,第1767页。
② 《全唐诗》第8册,中华书局,1960,第3035页。
③ 《全唐诗》第10册,中华书局,1960,第3871页。
④ 逯钦立:《先秦汉魏晋南北朝诗》下册,中华书局,1983,第2052页。

"蒲生我池中"出自魏甄皇后的乐府诗《塘上行》。虽然我们已经无法知道，这次分题创作有多少人参加？他人是否"赋得"的都是诗句？但萧绎此诗已经表明了所分诗句对于分题的意义。既然他分到的是"蒲生我池中"，他就要紧紧扣住此句的意思当场创作一首新诗。对照诗题和诗歌，这一点很容易理解。又如陈代江总《赋得"三五明月满"诗》：

三五兔辉成，浮阴（类聚作"云"）冷复轻。只轮非战反，团扇少歌声。云前来往色，水上动摇明。况复高楼照，何嗟揽不盈。①

由于缺少必要的背景资料，我们同样无法知道当时其余参加者的相关情况。江总此诗标题中所用诗句"三五明月满"出自《古诗八首》其四。江总全诗演绎的也是"三五明月满"的意境。又如张正见《赋得"垂柳映斜溪"诗》：

千仞清溪险，三阳弱柳垂。叶细临湍合，根空带石危。风翻夹浦絮，雨濯倚（文苑作"向"）流枝。不分梅花落，还同横笛（一作笛里）吹。②

与上面所引两诗不同的是，张正见此诗标题中所用诗句"垂柳映斜溪"出处无考，也可能是当时所撰的新句。

以上三诗标题中所用的诗句虽然不同，或者出自前代乐府诗，或者出自前代文人诗，或者可能出自当时自撰，但在做法上都是相同的，即以所分诗句作为题目，从而完成一首新诗。

到了唐代，这种创作虽然没有发展起来，但仍有一些作品。如唐太宗李世民《赋得"白云半西山"诗》：

红轮不暂驻，乌飞岂复停。岑霞渐渐落，溪阴寸寸生。藿叶随光转，葵心逐照倾。晚烟含树色，栖鸟杂流声。③

"白云半西山"出自王粲《从军诗》其三。李世民此诗所咏也正是王

---

① 逯钦立：《先秦汉魏晋南北朝诗》下册，中华书局，1983，第2592页。
② 逯钦立：《先秦汉魏晋南北朝诗》下册，中华书局，1983，第2495页。
③ 吴云、冀宇：《唐太宗全集校注》，天津古籍出版社，2004，第64页。

綮诗句所具有的意思。李世民又有《赋得"早雁出云鸣"》和《赋得"弱柳鸣秋蝉"》二诗,虽然这两个句子出处无考,但基本可以确定属于诗句,也许是前人的佚句,也许是当时撰写的新句。又如皇甫冉《齐郎中筵赋得"的的帆向浦"留别》:

> 一帆何处去,正在望中微。浦迥摇空色,汀回见落晖。无争高鸟度,能送远人归。偏似南浮客,悠扬无所依。[①]

在这次创作中,皇甫冉分到的是何逊《落日赠范云》中的诗句,就将该句的意思敷衍为一首完整的诗。

虽然这样的作品在唐代不多,而且分题和分韵也有很大的不同,但毕竟都是使用诗句作为诗题,这对宋人使用诗文佳句分韵具有明显的启发意义。

前代分韵、分题两方面的开拓,至宋代明道元年欧阳修、梅尧臣等人以"昔贤佳句"分题而各人又以分到的佳句中各字为韵的创作中走向了结合。可以说,至此距离"宋型分韵方式"的出现仅有一步之遥了。在二十多年后,欧阳修、梅尧臣等人终于创造出新型的分韵方式,其实并不是偶然尝试的产物,而是他们多年探讨的结果。

二 科举考试诗赋的启发

相对于前代分韵、分题对于"宋型分韵方式"的影响,唐宋科举考试中对诗、赋的相关要求所具有的启发意义可能更为直接。

先说试帖诗。试帖诗是唐代科举考试时所使用的专门诗体,基本上都是使用五言六韵的排律。唐代试帖诗的启发意义主要表现在两个方面。

一方面,试帖诗创作时众人使用的是共同的题目,这与使用佳句分韵颇为接近。唐代进士科考试常有使用诗文佳句为题的情况,如贞元十年(794)试《赋得"春风扇微和"》,为陶渊明《拟古》中的诗句;元和十

---

① (唐)皇甫冉、皇甫曾:《二皇甫集》,《文渊阁四库全书》第1332册,台湾商务印书馆,1982~1986,第293页。

年（815）试《春色满皇州》，为谢朓《和徐都曹出新亭渚》中的诗句；乾宁五年（898）试《春草碧色》，为江淹《别赋》中的文句。

另一方面，试帖诗"题中用韵"的要求已与分韵有相通之处。因为考试的需要，试帖诗要面对所有的参加者，实际上属于同题诗创作。在题目相同的情况下，试帖诗通常对用韵有一定的要求，即所谓"题中用韵"，即使用题目中的某个字作为韵字。这又可具体分为三种情况。

第一种，指定题中的某一个平声字作为韵字。如贞元十六年（800）试《赋得"玉水记方流"》，为颜延之《赠王太常》中的诗句。今存六人之诗：

良璞含章久，寒泉彻底幽。矩浮光滟滟，方折浪悠悠。凌乱波纹异，萦回水性柔。似风摇浅濑，疑月落清流。潜颍应傍达，藏真岂上浮。玉人如不见，沦弃即千秋。（白居易。原题下有小注："以'流'字为韵，六十字成。"）①

积水慕文动，因知玉产幽。如天涵素色，侔地引方流。潜润滋云起，荧华射浪浮。鱼龙泉不夜，草木岸无秋。璧沼宁堪比，瑶池讵可俦。若非悬坐测，谁复寄冥搜。（郑俞）②

玉泉何处记，四折水纹浮。润下宁逾矩，居方在上流。映空虚漾漾，涵白净悠悠。影碎疑冲斗，光清耐触（一作掩）舟。珪璋分辨状，沙砾共怀柔（一作愁）。愿赴朝宗日（一作愿献朝宾海），萦回入御沟。（吴丹）③

玉润在中洲，光临碕岸幽。氤氲冥瑞影，演漾度方流。乍似轻涟合，还疑骇浪收。夤缘知有异，洞彻信无俦。比德称殊赏，含辉处至柔。沉沦如见念，况乃属时休。（王鉴）④

明媚如怀玉，奇姿自托幽。白虹深不见，绿水折空流。方珏清沙遍，纵横气色浮。类圭才有角，写月让成钩。久处沉潜贵，希当特达

---

① （唐）白居易著，谢思炜校注《白居易诗集校注》第6册，中华书局，2006，第2832页。
② 《全唐诗》第14册，中华书局，1960，第5274页。
③ 《全唐诗》第14册，中华书局，1960，第5274页。
④ 《全唐诗》第14册，中华书局，1960，第5275页。

收。滔滔在何许，揭厉愿从游。(陈昌言)①

重泉生美玉，积水异常流。始玩清堪赏，因知宝可求。斗回虹气见，磬折紫光浮。中矩皆明德，同方叶至柔。月华偏共映，风暖伫将游。遇鉴终无暗，逢时愿见收。(一作异宝虽无胫，逢时愿俯收。)(杜元颖)②

这6首诗，除了白居易诗题中明确地注出"以'流'字为韵"外，其余5首也同样用"流"字作为韵字。这不大可能是出于巧合，更大的可能是这次考试限定使用题中的"流"字为韵，所以这6人才会如此一致。

第二种，限用题中的某些平声字。如会昌三年（843）试《风不鸣条》，为《盐铁论》中的文句。今存6人之作：

习习和风至，过条不自鸣。暗通青律起（一作暖），远傍白蘋生。拂树花仍落，经林鸟自（一作讵）惊。几牵萝蔓动，潜惹柳丝轻。入谷（一作幽涧）迷松响（一作韵），开（一作闲）窗失竹声。薰弦方在御，万国仰皇情。(卢肇)③

五纬（一作习习）起祥飙，无声瑞圣朝。稍开含露蕊（一作萼），才转惹烟条。密叶应潜变（一作长），低枝几暗摇。林间莺欲啭，花下蝶微飘。初满沿堤草，因生逐水苗。太平无一事，天外奏虞（一作云）韶。(黄颇，一作舒元舆)④

旭日悬清景，微风在绿条。入松声不发，度（一作过）柳影空摇。长养应潜变（一作遍），扶疏每暗飘。有林时袅袅，无树渐（一作暂）萧萧。慢（一作误）逐青烟散，轻和瑞气（一作树色）饶。丰年知有待，歌咏美唐尧。(戈牢。戈，《英华》作左。一作章孝标诗)⑤

寂寂曙风生，迟迟散野轻。露华摇有滴，林叶袅无声。暗翦丛芳

---

① 《全唐诗》第14册，中华书局，1960，第5275页。
② 《全唐诗》第14册，中华书局，1960，第5276页。
③ 《全唐诗》第17册，中华书局，1960，第6383页。
④ 《全唐诗》第17册，中华书局，1960，第6394页。
⑤ 《全唐诗》第17册，中华书局，1960，第6397页。

发，空传谷鸟鸣。悠扬韶景静，澹荡霁烟横。远水波澜息，荒郊草树（一作木）荣。吾君垂至化，万类共澄清。（金厚载）①

圣日祥风起，韶晖助发生。蒙蒙遥野色，袅袅细条轻。荏弱看渐动，怡和吹不鸣。枝含余露湿，林霁晓烟平。缥缈春光媚，悠扬景气晴。康哉帝尧代，寰宇共澄清。（王甚夷）②

吾君理化清，上瑞报时平。晓吹何曾歇，柔条自不鸣。花香知暗度，柳动觉潜生。只见低垂影（一作势），那闻击触声。大王初溥畅，少女正轻盈。幸遇无私力，幽芳愿发荣。（姚鹄）③

卢肇、姚鹄、王甚夷、金厚载用"鸣"字，黄颇、戈牢用"条"字，都是平声字，却无人用另外一个平声字"风"和仄声字"不"，应该是当时限定如此。

第三种，限用题中的任何一个字。如开元十九年（731）试《洛出书》，为《周易·大传》中的文句。今存4人之诗：

海内昔凋瘵，天网斯浮滴。龟灵启圣图，龙马负书出。大哉明德盛，远矣彝伦秩。地敷作乂功，人免为鱼恤。既彰千国理，岂止百川溢。永赖至于今，畴庸未云毕。（萧昕）④

德合天贶呈，龙飞圣人作。光宅被寰区，图书荐河洛。象登四气顺，文辟九畴错。氤氲瑞彩浮，左右灵仪廓。微造功不宰，神行利攸博。一见皇家庆，方知禹功薄。（郭邕）⑤

浮空九洛水，瑞圣千年质。奇象八卦分，图书九畴出。含微卜筮远，抱数阴阳密。中得天地心，傍探鬼神吉。昔闻夏禹代，今献唐尧日。谬此叙彝伦，寰宇贺清谧。（张钦敬）⑥

清洛含温溜，玄龟荐宝书。波开绿字出，瑞应紫宸居。物著群灵首，文成列卦初。美珍翔阁凤，庆迈跃舟鱼。俾姒惟何远，休皇复在

---

① 《全唐诗》第17册，中华书局，1960，第6398页。
② 《全唐诗》第17册，中华书局，1960，第6398~6399页。
③ 《全唐诗》第17册，中华书局，1960，第6406页。
④ 《全唐诗》第5册，中华书局，1960，第1615页。
⑤ 《全唐诗》第22册，中华书局，1960，第8822页。
⑥ 《全唐诗》第22册，中华书局，1960，第8822页。

诸。东都主人意，歌颂望乘舆。（叔孙玄观）①

在这次创作中，郭邕用"洛"字，萧昕、张钦敬用"出"字，叔孙玄观用"书"字。题目中的三个字分别被他们用作韵字。当然，四人并非有意分韵，他们只是按照要求分别从题中选择一个韵字罢了。不过，他们的这种做法，跟"宋型分韵方式"已经比较接近。

在试帖诗之外，唐宋科举考试中对甲赋的相关规定对"宋型分韵方式"的产生也有一定的启发意义。甲赋中"题下限韵"据说始于开元二年（714）。《能改斋漫录》卷二"试赋八字韵脚"条载：

> 赋家者流，由汉、晋历隋、唐之初，专以取士。止命以题，初无定韵。至开元二年，王丘员外知贡举，试《旗赋》，始有八字韵脚，所谓"风日云野，军国清肃"。见伪蜀冯鉴所记《文体指要》。②

自此以往，这种方式在科举考试中多次出现。作为韵脚的这些字，并不是简单地排在一起，而是有具体的意义。王兆鹏在《唐代科举考试诗赋用韵研究》中说："这些限韵字，一方面规定了押韵的数目与韵数，另一方面还像文章的副题一样，对赋题有解说提示作用。"③ 这跟"宋型分韵方式"中所选佳句与创作的关系颇为类似。

考虑到欧阳修是宋代分韵的开拓者，这里就引用一下他本人的甲赋作品。其《省试司空掌舆地图赋（平土之职，图掌舆地）》：

> 率土虽广，披图可明，命乃司空之职，掌夫舆地之名。奉水土以勤修，慎司无旷；览山川而尽载，按牒惟精。所以专一官而克谨，辨九区而底平者也。伊昔令王，尊临下土。以谓绵宇非一，不可以周览；众职异守，俾从于各主。故我因地理之察，宜建冬官而法古。将使如指诸掌，括乎地以无遗；皆聚此书，著之图而可睹。险固咸在，方隅异宜，分形胜以昭若，庶指陈而辨之。度地居民，既修官而有

---

① 《全唐诗》第22册，中华书局，1960，第8822页。
② （宋）吴曾：《能改斋漫录》上册，中华书局，1960，第27页。
③ 王兆鹏：《唐代科举考试诗赋用韵研究》，齐鲁书社，2004，第18~19页。

旧；辨方正位，俾披文而可知。其或作屏建亲，命侯封国，小大有民社之制，远迩异封圻之式。非图无以辨乎数，非官无以奉其职。主于空土，既险阻之尽明；别尔分疆，志广轮而可识。诚由据函夏之至要，赞大君之永图。上以体国而经野，下以建邦而设都。参古号于周官，各司其局；辨群方于禹迹，无得而逾。是何标区域以并分，限华夷而靡爽。域中所以张乎大，天下无以逾其广。亦犹五土异物，必辨于司徒之官；九州有宜，乃命乎职方之掌。用能三壤咸则，四民奠居，穷人迹于遐域，包坤载于方舆。具异夫充国论兵，但模方略之状；酇侯创业，惟收图籍之余。彼《夏贡》纪乎州名，《汉史》标乎地志。虽前策之并载，在设官而未备，曷若我谨三公于汉仪，专掌图于舆地。①

这篇赋是天圣八年（1030）欧阳修参加省试时所作，由于题目已经限定了"平土之职，图掌舆地"八个韵字，所以全文在用韵上就依次使用了这八个字。又如其《殿试藏珠于渊赋（君子非贵，难得之物）》：

稽治古之敦化，仰圣人之作君，务藏珠而弗宝，俾在渊而可分。效乎至珍，虽希世而弗产；弃于无用，媲还浦以攸闻。得《外篇》之寓言，述临民之致理。将革纷华于偷俗，复苴愚于赤子。谓非欲以自化，则争心之不起。盖贱货者为贵德之义，敦本者由抑末而始。示不复用，虽至宝而奚为；舍之则藏，秘诸渊而有以。诚由窒民情者在杜其渐，防世欲者必藏其机。使嗜欲不得以外诱，则淳朴于焉而可归。将抵璧以同议，谅弹雀而诚非。照乘无庸，尽遗碕岸之侧；连城奚取，皆沉媚水之辉。用能崇俭德以外昭，复淳风而有谓，民心朴以归本，物产全而靡费。珍虽无胫，俾临渊而尽除；事异暗投，永沉川而不贵。然而道既散则民薄，风一浇而朴残，玩好既纷乎外役，质素无由而内安。故我斥乃珍奇之用，绝乎侈靡之端。将令物遂乎生，老蚌蔑剖胎之患；民知非尚，骊龙无探颔之难。是则恢至治之风，扬淳古之式。不宝于远，则知用物之足；不见其欲，则无乱心之惑。上苟贱

---

① （宋）欧阳修著，李逸安点校《欧阳修全集》第3册，中华书局，2001，第851页。

于所好，下岂求于难得。是虽宝也，将去泰而去奢；从而屏之，使不知而不识。彼捐金者由是类矣，摘玉者可同言之。谅率归于至理，实大化于无为。致尔汉皋之滨，各全其本；虽有淮蠙之产，无得而窥。自然道著不贪，时无异物，民用遵乎至俭，地宝蕃而不屈。所以虞舜垂衣，亦由斯而弗哺。①

这篇赋是欧阳修在省试第一后参加殿试时所作，题目中限定使用"君子非贵，难得之物"为韵字，全文亦依次由此八个韵字所在的段落构成。

用不着多举例，仅从欧阳修参加省试和殿试的两篇赋作就可以看出，科举考试中甲赋的用韵已经被预先规定好了。对于分韵创作诗歌来说，其启发意义可能表现在两个方面：一方面，"平土之职，图掌舆地"也好，"君子非贵，难得之物"也好，本身都具有完整的意义。宋人分韵赋诗使用的也是这样意义完整的句子。另一方面，具有完整意义的八个韵字要依次使用。这种排列方式对宋代分韵诗的排列具有非常直接的影响。

由于科举考试特别是进士科考试在唐宋士人心中至高无上，其所产生的影响也是非常广泛的。无论是试帖诗规定的题中用韵，还是甲赋以成句限定依次用韵，都可以在"宋型分韵方式"中找到身影。

三 "以故为新"与文化自信

"宋型分韵方式"的出现，虽然可以追溯到之前分韵、分题创作的某些特点，也可以从科举考试诗赋的某些规定中找到相合的方面，但其能够一步步发展起来并且走向繁荣，归根结底还是由当时的文化环境决定的。

"以故为新"是宋人对待文学创作的基本态度。这在其本朝人笔下有较多的论述。王铚《四六话》卷下载：

> 熙宁中彗星见，是岁交趾李乾德叛，邕州二广为之骚动，朝廷遣郭逵、赵禼讨之。荆公作相，草《出师敕榜》，有云："惟天助顺，已兆布新之祥。"为彗星见而出师也。《行年河洛记》：王世充《假隋恭

---

① （宋）欧阳修著，李逸安点校《欧阳修全集》第3册，中华书局，2001，第852~853页。

帝禅位策文》云:"海飞群水,天出长星,除旧之征克著,布新之祥允集。"荆公用旧意为新语也。①

王铚所举,是王安石在四六文中"用旧意为新语"的例子。陈师道《后山诗话》载:

> 王𬤇,平甫之子,尝云:"今语例袭陈言,但能转移尔。"世称秦词"愁如海"为新奇,不如李国主已云:"问君能有几多愁?恰似一江春水向东流。"但以江为海尔。②

陈师道所举,是秦观在词中"以故为新"的例子。同书又云:"闽士有好诗者,不用陈语常谈。写投梅圣俞,答书曰:'子诗诚工,但未能以故为新,以俗为雅尔。'"③ 在这里,陈师道借梅尧臣之言,直接提出了诗歌创作要"以故为新"的主张。除了陈师道,这样的论述在宋人中还有很多。如《苕溪渔隐丛话前集》卷二十三引《潘子真诗话》中"杜牧之"条云:

> 庾信《宇文盛墓志铭》云:"受图黄石,不无师表之心;学剑白猿,遂得风云之志。"牧之《题李西平宅诗》云:"受图黄石老,学剑白猿翁。"亦即旧为新之一端也。④

这里所举,是唐代杜牧在诗中"即旧为新"使用庾信文句的例子。《东坡志林》卷九载:"诗须要有为而后作,当以故为新,以俗为雅。好奇新乃诗之病。柳子厚晚年诗极似渊明,知诗病也。"⑤ 黄庭坚有一首诗题目很长,全文为:

---

① (宋)王铚:《四六话》,王水照:《历代文话》第1册,复旦大学出版社,2007,第14页。
② (宋)陈师道:《后山诗话》,(清)何文焕:《历代诗话》上册,中华书局,1981,第315页。
③ (宋)陈师道:《后山诗话》,(清)何文焕:《历代诗话》上册,中华书局,1981,第314页。
④ (宋)胡仔纂《苕溪渔隐丛话前集》,廖德明校点,人民文学出版社,1962,第152页。
⑤ (宋)苏轼:《东坡志林》,中华书局,1985,第43页。

> 庭坚老懒衰惰，多年不作诗，已忘其体律。因明叔有意于斯文，试举一纲而张万目。盖以俗为雅，以故为新；百战百胜，如孙、吴之兵；棘端可以破镞，如甘蝇、飞卫之射。此诗人之奇也，明叔当自得之。公眉人，乡先生之妙语震耀一世，我昔从公得之为多，故今以此事相付。①

由上引诸例可知，从梅尧臣开始，到王安石、苏轼、黄庭坚等北宋重要诗人，都将"以故为新"视为诗歌创作的法宝之一。杨万里《诚斋诗话》载：

> 庾信《月诗》云："渡河光不湿。"杜云："入河蟾不没。"唐人云："因过竹院逢僧话，又得浮生半日闲。"坡云："殷勤昨夜三更雨，又得浮生尽日凉。"杜《梦李白》云："落月满屋梁，犹疑照颜色。"山谷《簟诗》云："落日映江波，依稀比颜色。"退之云："如何连晓语，只是说家乡。"吕居仁云："如何今夜雨，只是滴芭蕉。"此皆用古人句律，而不用其句意，以故为新，夺胎换骨。②

在这段话中，杨万里不仅一连举了四个唐宋诗人化用前人诗句的例子，而且再次重申了"以故为新"的理论，与上面提到的梅尧臣、王安石、苏轼、黄庭坚等人可谓一脉相承。

使用诗文佳句分韵，不正是"以故为新"的一种突出表现吗？试想，作为他人特别是古人创作的文句和诗句，不论多么出色，毕竟早已是其成品的一部分，已经没有了新鲜感。可是通过使用新的分韵方式，宋人将早就耳熟能详的文句和诗句转化为新的创作题目，将句中的字作为自己写诗的韵字，从而创作出一组又一组的新诗，这不就是很典型的"以故为新"吗？这种方式出现后一直为诗人所喜爱，说到底就是投合了宋代诗人"以故为新"的审美需求。

---

① （宋）黄庭坚：《黄庭坚全集辑校编年》中册，郑永晓整理，江西人民出版社，2011，第765页。
② （宋）杨万里：《诚斋诗话》，丁福保：《历代诗话续编》上册，中华书局，1983，第148页。

而敢于"以故为新",骨子里透露出来的是宋人对本朝诗歌的高度自信。宋代诗人,尤其是北宋诗人,大都对本朝诗歌颇为自豪。《杨文公谈苑》载真宗朝的文豪杨亿曾论"雍熙以来文士诗"云:

> 公言,自雍熙初归朝,迄今三十年,所闻文士多矣,其能诗者甚鲜。如侍读兵部,夙擅其名,而徐铉、梁周翰、黄夷简、范杲皆前辈。郑文宝、薛映、王禹偁、吴淑、刘师道、李宗谔、李建中、李维、姚铉、陈尧佐,悉当时侪流。后来之著声者,如路振、钱熙、丁谓、钱易、梅询、李拱、苏为、朱严、陈越、王曾、李堪、陈诂、吕夷简、宋绶、邵焕、晏殊、江任、焦宗古。布衣有钱塘林逋、缙云周启明。钱氏诸子有封守惟济、供奉官昭度。乡曲有今南郑殿丞兄故黎州家君,及高安簿觉宗人字牧之子。并有佳句,可以摘举,而钱惟演、刘筠特工于诗,其警策殆不可遽数。自兵部而下,公之所尝举,今略记之。兵部《春望》云:"杳杳烟芜何处尽,摇摇风柳不胜垂。"《江行》云:"新霜染枫叶,皓月借芦花。"《嘉阳川》云:"青帝已教春不老,素娥何惜月长圆。"《元夜》云:"云归万年树,月满九重城。"徐铉《游木兰亭》云:"兰烟破浪城阴直,玉勒穿花苑树深。"《观习水战》云:"千帆日助阴山势,万里风驰下濑声。"《病中题》云:"向空咄咄频书字,举世滔滔莫问津。"《谪居》云:"野日苍茫悲鹏舍,水风阴湿弊貂裘。"《陈秘监归泉州》云:"三朝恩泽冯唐老,万里江关贺监归。"《宿山寺》云:"落宿依楼角,归云拥殿廊。"梁周翰《应制》云:"百花将尽牡丹拆,十雨初晴太液春。"黄夷简《题人山居》云:"宿雨一番蔬甲拆,春山几焙茗旗香。"范杲《讲圣》云:"千里版图来浙右,一声金鼓下河东。"郑文宝《春郊》云:"百草千花路,华风细雨天。"《重经贬所》云:"过关已跃樗蒲马,误喘犹惊顾兔屏。"《洛城》云:"星沉会节歌钟早,天半上阳烟树微。"《张灵州》云:"越绝晓残蝴蝶梦,单于秋引画龙声。"《长安送别》云:"杜曲花光浓似酒,灞陵春色老于人。"《送人归湘中》云:"满帆西日催行客,一夜东风落楚梅。"《南行》云:"失意惯中迁客酒,多年不见侍臣花。"《凄灵》云:"旧井霜封仙界橘,双溪晴落海

边鸥。"《送人知韶州》云："人辞碧落春风晚，花老朱陵古渡头。"《永熙陵》云："承露气清驹送日，觚棱人静鸟呼风。"《边上》云："巘间相似雪，峰外寂寒烟。"薛映《送人鄂州》云："黄鹄晨霞傍楼起，头陀秋草绕碑荒。"吴淑《送朱致政》云："浴殿夜凉初阁笔，渚宫岁晚得悬车。"刘师道《寄别》云："南浦未伤春草碧，北山仍愧晓猿惊。"《与张泌》云："久师金马客，勍敌玉溪生。"《荷花》云："有路期奔月，无媒与嫁春。"《残花》云："金谷路尘埋国艳，武陵溪水泛天馨。"《寄陈龙图》云："城瞻北斗天何远，梦断南柯日未沉。"《叹世》云："野马飞窗日，醯鸡舞瓮天。"《春雪》云："青帝翠华沉物外，素娥孀影吊云端。"又《雪》云："三千世界银成色，十二楼台玉作层。"《湘中》云："逝波帝子魂何在？芳草王孙怨未归。"李宗谔《春郊》云："一溪晚绿浮鸂𪄠，万树春红叫杜鹃。"《苏承旨》云："金銮后记人争写，玉署新牌帝自书。"李建中《送人》云："山程授馆闻鸿夜，水国还家欲雪天。"李维《渚宫亭》云："故宫芳草在，往事暮江流。"《朱致政》云："清朝纳禄犹强健，白首还乡正太平。"《和人赠马太保》云："转眄回岩电，分须磔猬毛。"《寄洪湛》云："谪去贾生身健否？秋来潘岳鬓斑无？"姚铉《钱塘郡》云："疏钟天竺晓，一雁海门秋。"陈尧佐《潮州征还》云："君恩来万里，客路出千山。"《送种放》云："风樵若邪路，霜橘洞庭秋。"《送朱荆南》云："部吏百巫通爵里，从兵千骑属鞬櫜。"钱熙《送人金陵拜扫》云："鹤归已改新城郭，牛卧重寻旧墓田。"丁谓《和钱易》云："珊瑚新笔架，云母旧屏风。"《送章南安》云："梅花过岭路，桃叶渡江船。"《章明州》云："泣珠泉客通关市，种玉仙翁寄版图。"《陈荆南》云："楚呼梦云铃阁密，郢人歌雪射堂开。"钱易《画景》云："双蜂上帘额，独鹊衮庭柯。"《芭蕉》云："绿章封奏缄初启，青凤求皇尾乍开。"梅询《阴陵》云："千重汉围合，一夜楚歌声。"李拱《春题村舍》云："犬眠花影地，牛牧雨声坡。"苏为《湖亭》云："春波无限绿，白鸟自由飞。"《刘端州》云："夜浪珠还浦，春泥象印踪。"朱严《赠徐常侍》云："寓直有谁同骑省？立班独自戴貂冠。"陈越《侍宴》云："十钟人既醉，九奏凤来仪。"《与刘从》云：

"谁哀城下酹？不废洛中吟。"《李秦州》云："拥路东方骑，悬腰左顾龟。"王曾《李驸马拜陵》云："人畏轩台久，春归雨泽多。"李堪《哭黎州家君》云："桐乡留语葬，丝路在生悲。"《周建州》云："海月随帆落，溪花绕驿流。"《送人》云："雷风有约春虬振，霜雪无情紫蕙枯。"《退居》云："雨密丝桐润，潮平钓石沉。"陈诂《闲居》云："笼鸡对窗语，三雀绕门飞。"吕夷简《早春》云："梅无驿使飘零尽，草怨王孙取次生。"《九日呈梅集仙》云："人归北阙知何日？菊映东篱似去年。"《寒食》云："人为子推初禁火，花愁青女再飞霜。"宋绶《送人知江陵》云："奇才剑客当前队，丽赋骚人托后车。"《送人洪州》云："江涵帝子翚飞阁，山际真君鹤驭天。"《周贤良》云："楚泽伤春悲鵩鸟，长安索米愧侏儒。"邵焕《送晏集贤南归》云："船官风破浪，关吏鼓通晨。"晏殊《与张临川》云："篱边菊秀先生醉，桑下雏娇稚子仕［仁］。"又云："东阳诗骨瘦，南浦别魂消。"《章明州》云："骚客江山知有助，秦源鸡犬更相闻。"《送人洪州》云："冲斗气沉龙已化，置刍人去榻犹悬。"江任《送人》云："珠盘临路泣，斗印入乡提。"焦宗古《送人游蜀》云："芳树高低啼蜀魄，朝云浓淡极巴天。"《赠周贤良》云："南阳客自称龙卧，东鲁人应叹凤衰。"林逋《湖山》云："片月通萝径，幽云在石床。"周启明《近臣疾愈》云："一丸童子药，五返使人车。"《皇甫提刑》云："鸲夷江上畲田稔，牛斗星边贯索空。"钱惟济《太一宫醮》云："庭下焚香连宿雾，林间鸣佩起栖鸾。"《从驾西巡》云："晓陌壶浆满，春风骑吹长。"《故王第》云："凤箫通碧落，星石辨灵源。"钱昭度《村居》云："黄蜂衙退海潮上，白蚁战酣山雨来。"《大寒》云："雨被北风须作雪，水愁东海亦成冰。"《金陵》云："西北高楼在，东南王气销。"《梅花》云："东北风吹大庾岭，西南日映小寒天。"《雁》云："三年别馆风吹入，万里长沙月照来。"《秋日华山》云："人间路到三峰尽，天下秋随一叶来。"又《郑殿丞》云："青鸟几传王母信，白鹅曾换右军书。"《将至京》云："近阙已瞻龙虎气，思乡犹望斗牛星。"家君《黎州赦至》云："山川百蛮国，雨露九天书。"《寄远》云："胡越自为迢递国，参商元是别离星。"《自遣》云："天上羲轮都易失，人间尧历自难逢。"《哭储屯田》云："部中车雨春无润，天上郎星夜殒光。"《感悟》云："顿缨狂走鹿，煦沫倦游鳞。"《心知》云："远别苦惊云聚散，相逢多倍月亏盈。"《自咏》云："刚肠欺竹叶，衰鬓怯菱花。"《泪》云："一斑早寄湘川竹，万点空遗岘首碑。"《春昼》云："人归汉后黄金屋，燕在卢家白玉堂。"《寄人》云："世味嫌为枳，时光怨落蓂。"《闲居》云："歌怀饭牛起，书愤抱麟成。"《蝉》云："二子自不食，三闾何独清？"《登楼》云："远水净林色，微云生夕阳。"《咏尘》云："已伤花榻满，休妒画梁飞。"凡公之所举者甚多，值公病心烦，不喜人申问，今聊托其十之一二耳。[①]

杨亿虽然认为从太宗朝至真宗朝，"其能诗者甚鲜"，但通过他标举的这些数目非常大的诗联，可以看出诗歌在当时已取得了很大的成就。而这还不是当时诗坛的总貌，在这段之后，他又列举了"钱惟演刘筠警句"75联，"近世释子诗"38联。在这样的风气下，诗人但凡有一联佳诗，即可能获得声誉。当此之时，从皇帝到一般诗人，都对本朝诗歌的成就充满着自信。这才是宋人在继承的基础上敢于坚持大力创新的底气所在。

欧阳修正是在这样的文学环境里成长起来的。一方面，他有感于唐诗取得的巨大成就已难以逾越，不得不在继承的同时又大力改造。另一方面，宋人对本朝诗歌的高度自信又给了他大胆改造的动力和勇气。如果没有这样两个方面的因素，他很难能对唐代分韵方式加以改造。处于大致相同的文学环境，他的这些感触和体会，很容易在其后的诗人中唤起共鸣。正因为如此，欧阳修改造过的分韵方式才会发展起来，并一步步走向繁荣。

总之，"宋型分韵方式"是在继承"唐型分韵方式"的基础上又加以改造而产生的。如果没有唐人的开拓，也就谈不上宋人的改造和发展。在改造的过程中，宋人进行了多方面的探讨，但经过比较，最终仅仅选择了

[①] （宋）杨亿口述，（宋）黄鉴笔录，（宋）宋庠整理，李裕民辑校《杨文公谈苑》，《宋元笔记小说大观》第1册，上海古籍出版社，2001，第515~519页。

使用诗文佳句分韵这样一种方式。当然,"宋型分韵方式"的出现和发展,虽然离不开从前代的分韵和分题创作中汲取营养,也受到了科举考试中诗赋用韵的有益启发,但其深层原因却是宋人"以故为新"的审美追求以及其背后的高度文学自信。

第二章 宋代分韵诗创作考

宋代诗人虽然曾经探索过多种分韵方式，但最终选定的只有一种方式，即使用现成的诗文佳句分韵。这种"宋型分韵方式"最早始于仁宗时期，但此后愈来愈流行，甚至成了文人雅集时最受欢迎的作诗方式，深深影响到此后诗歌的创作和品格。只是由于现存分韵诗的标题或者原本就没有标明分韵创作时所使用的诗文佳句，或者标题已经保存得不够完整，致使曾经使用的绝大多数佳句已无法考知，也就没有办法列入本章的考察之中了。需要说明的是，为了便于统计，本书尽量使用《全宋诗》的材料，但遇到他书保存组诗相对完整的时候，则择善而从。不过，由于这些分韵诗占有很大的篇幅，就不在本章中列出。现分为北宋部分和南宋部分作为两节来加以考察，至于作品见于《全宋诗》而实为入元以后的创作，亦附录于本章之后。

第一节 北宋分韵诗创作考

"宋型分韵方式"开端于仁宗嘉祐元年十月，此后创作逐渐增加。只是由于文献保存得不充分，今考在整个北宋时期可以落实到具体佳句的分韵创作仅有49次。现按照时间顺序具体加以考述。

仁宗至和三年、嘉祐元年丙申（1056）

1. 十月，裴煜出令吴江，翰林学士欧阳修召集王安石等人为其饯行，以"黯然销魂，唯别而已"分韵赋诗。今存欧阳修、梅尧臣、王安石诗。龚颐正《芥隐笔记》"荆公押'而'字"条：

荆公在欧公坐，分韵送裴如晦知吴江，以"黯然消魂，唯别而已"分韵。时客与公八人，荆公、子美、圣俞、平甫、老苏、姚子张、焦伯强也。时老苏得"而"字，押"谈诗究乎而"，荆公乃又作"而"字二诗："采鲸抗波涛，风作鳞之而。"盖用《周礼·考工记·梓人》"旗人深其爪，出其目，作其鳞之而"。（注：之而，颊颔也。）又云："春风垂虹亭，一杯湖上持。傲兀何宾客，两忘我与而。"最为工。君子不欲多上人，王、苏之憾，未必不稔于此也。①

欧阳修诗为《送裴如晦之吴江（原校：一本无下三字，注云"席上分得已字。嘉祐元年"）》（《全宋诗》第6册）。曾枣庄在《苏洵年谱》中将此诗系于嘉祐元年：

苏洵成为欧阳修座上客，作《欧阳永叔白兔》诗（卷二〇）《分韵送裴如晦知吴江》诗（仅存"谈诗究乎而"一句，见龚颐正《芥隐笔记》）《谱例》《大宗谱法》（卷十七）等诗文。苏洵于欧阳修席上初见王安石，拒绝同王交游。②

洪本健《欧阳修诗文集校笺》在诗后云：

如题下注，嘉祐元年（一〇五六）作。是年，裴如晦知吴江（今属江苏）。如晦名煜，临川（今属江西）人。庆历六年（一〇四六）进士。嘉祐七年为太常博士、秘阁校理，后历知扬州、苏州，入判三司都磨勘司，官至翰林学士。见《长编》卷一九七，《江西通志》卷四九、八〇。龚颐正《芥隐笔记》……按：苏舜钦已殁，云子美与会有误。王安石弟安国，字平甫。姚辟，字子张。焦千之，字伯强。《梅集编年》卷二六有《永叔席上分韵送裴如晦得"黯"字》。王安石得"然"字，《临川集》卷二〇有《送裴如晦知吴江》。苏洵得"而"字，仅有残句"谈诗究乎而"，见《芥隐笔记》。③

---

① （宋）龚颐正：《芥隐笔记》，中华书局，1985，第11~12页。
② 曾枣庄：《苏洵年谱》，《四川大学学报》（哲学社会科学版）1981年第4期，第81页。
③ （宋）欧阳修：《欧阳修诗文集校笺》上册，洪本健校笺，上海古籍出版社，2009，第170页。

刘德清等《欧阳修诗编年笺注》卷十一为该诗所作《题解》云：

> 原辑《居士集》卷六，系嘉祐元年。作于是年十月，任翰林学士，兼史馆修撰，主修《唐书》。题下原注："一本无下三字。注云：'席上分得"已"字。'"时欧阳修与王安石、杨褒、梅尧臣、王安国、苏洵、姚辟、焦千之饯裴煜知吴江。吴江，宋代县名，治所在今江苏吴江。王安石《临川先生文集》卷七《送裴如晦即席分题三首》（以"黯然销魂，惟别而已"为韵，拟而惟字韵作），当为此饯宴之作。王诗其二有云："十月颍水滨，问君行何为？"可知时在十月。裴如晦，名煜，临川人。庆历六年进士，嘉祐七年为太常博士、秘阁校理，历知扬州、苏州，官终集贤校理判三司户部勾院。梅尧臣《宛陵先生集》卷五〇有《永叔席上分韵送裴如晦（得"黯"字）》。梅尧臣《宛陵先生集》卷四九、王安石《临川先生文集》卷七另有《送裴如晦宰吴江》诗。诗人感念人生聚散，勉励裴煜志存高远，勿以官小为耻。字里行间充溢朋友间的依依惜别，亦表现诗人的豪放个性与旷达襟怀。通篇以议论为诗，一气回转，起伏顿挫之中，曲尽意趣。①

欧阳修发起这次创作是为了给出知吴江的裴煜饯行，按照龚颐正的说法，参加者除了欧阳修外，尚有"荆公、子美、圣俞、平甫、老苏、姚子张、焦伯强"，即王安石、苏舜钦、梅尧臣、王安国、苏辙、姚辟、焦千之七人，共八人。可是，龚颐正所说的"八人"，没有包括被送之人裴煜，当有误。其错误主要在于多出了一个"子美"即苏舜钦，苏卒于庆历八年（1048），是不可能参加八年之后举行的这次分韵创作的。

欧阳修之外，其他参加者的可考作品还有梅尧臣《永叔席上分韵送裴如晦（得"黯"字）》（《全宋诗》第5册），王安石《送（张本送上有"席上赋得'然'字"六字）裴如晦宰吴江》（《全宋诗》第10册）和苏洵的一个断句。

---

① （宋）欧阳修：《欧阳修诗编年笺注》第3册，刘德清、顾宝林、欧阳明亮笺注，中华书局，2012，第1276~1277页。

嘉祐四年己亥（1059）

2. 清明后二日，韩维、司马光等人在开封灵水轩会饮，以"日暮天无云，春风扇微和"分韵赋诗。今存韩维《同胡、江、范、邵、裴、二宋、司马饮会灵水轩，即席赋"日暮天无云，春风扇微和"为韵，得"日"字》（《全宋诗》第 8 册），司马光《清明后二日同邻几（秘阁校理江休复）、景仁、次道、中道（国子监主簿宋敏求）、兴宗、元明、秉国（大理评事韩维）、如晦（国子监直讲裴煜）、公疏（篆石经胡恢）饮赵道士东轩（以"日暮天无云，春风扇微和"为韵，得"和"字）》。对照两个标题可知，参与这次创作的共有韩维、司马光、江休复、宋敏求（字次道。司马光诗注误）、裴煜、胡恢、范镇（字景仁）、邵亢（字兴宗）、宋敏修（字中道）、元明（不详）十人。明马峦、清顾栋高《司马光年谱》未有相关内容。李之亮《司马温公集编年笺注》卷三"编年"云："皇祐中试馆阁校勘、同知太常礼院时作。"其下"笺注"云：

> 清明后二日同邻几、景仁、次道、中道、兴宗、元明、秉国、如晦、公疏饮赵道士东轩：原本题下注云："以'日暮天无云，春风扇微和'为韵，得'和'字。"邻几：原本注云："秘阁校理江休复。"《东都事略》卷一一五本传："江休复字邻几，开封陈留人也。与尹洙、苏舜钦游。举进士，调蓝田尉，迁殿中丞。召试，充集贤校理。当庆历时，小人不便大臣执政者，欲以事去之。舜钦，宰相杜衍婿也，以祠神会饮得罪，一时名士皆被逐，休复坐落校理、监蔡州商税。久之，自通判庐州复集贤校理，出知同州，提点陕西路刑狱。累迁刑部郎中、修起居注，卒，年五十六。休复善著书，尝作《神告》一篇，言：'皇嗣，国大事也。臣子以为嫌而难言，或言而不见纳，故假神告冀感悟。'休复为人，外若简旷而内行修饬。其为文章淳雅，尤长于诗，善隶书，喜琴弈饮酒，与人交久而益笃云。"休复，《宋史》卷四四三亦有传。次道：原本注云："国子监主簿宋敏求。"秉国：原本注云："大理评事韩维。"韩维字持国，司马光避其父司马池之嫌讳，改"持"为"秉"。见本书卷二《送韩太祝归许昌》注①。

如晦：原本注云："国子监直讲裴煜。"裴煜字如晦，江西临川人，庆历六年进士，皇祐至嘉祐间为国子直讲、太常博士。英宗治平间知扬州、苏州。《宋史》《东都事略》无传。《姑苏志》卷三郡守题名："裴煜，治平二年九月丁未，以开封府提刑除秘阁校理、知苏州。三年九月己丑，入判三司都磨勘司，替沈扶阙。"公疏：原本自注云："篆《石经》胡恢。"《宋史》《东都事略》均无传。①

关于此处未考出的胡恢，陈光崇在《第一部〈南唐书〉的作者胡恢其人》一文中说：

> 关于胡恢的事迹记载很少，最早见于沈括《梦溪笔谈》卷十五：
> 金陵人胡恢，博物强记，善篆隶，臧否人物，坐法失官十余年。潦倒贫困，赴选于京师，是时韩魏公当国，恢献小诗自达。其一联云："建业关山千里远，长安风雪一家寒。"魏公深怜之，令篆太学石经，因此得复官，任华州推官而卒。
> ……
> 司马光《温国文正司马公文集》卷三有《清明后二日同邻几、景仁、次道、中道、兴宗、元明、秉国、如晦、公疏饮赵道士东轩》……按《宋史·宰辅表》，韩琦自仁宗嘉祐三年（1058）六月任相，至英宗治平四年（1067）九月罢相，凡在相位十年。又司马光诗中提到江邻几，而邻几卒于嘉祐五年四月。以此推之，司马光与胡恢等东轩之集，既不能早于嘉祐三年六月，又不能晚于嘉祐五年四月，而嘉祐四年为最可能。按夏历清明节每年约在二三月之交，嘉祐三年六月，清明已过；嘉祐五年清明，距江邻几之卒甚近，邻几能否参加宴集颇成问题。因此我们推定东轩之集在嘉祐四年，这也是胡恢篆写石经的时候。参加东轩宴集的人，有江休复（邻几）、范镇（景仁）、宋敏求兄弟（次道、中道）、邵亢（兴宗）、韩维（秉国）、裴煜（如晦）、胡恢（公疏），另有字元明者不知何名，疑为黄大临（黄庭坚之

---

① （宋）司马光撰《司马温公集编年笺注》，李之亮笺注，巴蜀书社，2008，第114~115页。

兄），连司马光共十人。各赋一诗，以"日暮天无云，春风扇微和"为韵……①

比较两种观点，李之亮之说过于笼统，陈光崇之说更加可信一些。因此，笔者据其观点将此次活动年份确定为嘉祐四年。

嘉祐七年壬寅（1062）

3. 三月，韩缜出任两浙转运使，曾巩等人在开封城东为其饯行，以"池塘生春草，园柳变鸣禽"分韵赋诗。今存曾巩《送韩玉汝（春日城东送韩玉汝赴两浙转运，以"池塘生春草，园柳变鸣禽"为韵，得"生"字）》（《全宋诗》第8册）。《宋史·韩缜传》载：

> 韩缜字玉汝。登进士第，签书南京判官。仁宗以水灾求直言，缜上疏曰："今国本未立，无以系天下心，此阴盛阳微之应。"词极剀切。刘沆荐其才，命编修三班敕。前此，武臣不执亲丧。缜建言："三年之服，古今通制；晋襄衰墨从戎，事出一时。"遂著令，自崇班以上听持服。为殿中侍御史。参知政事孙抃持禄充位；权陕西转运副使薛向赴阙，枢密院辄画旨除为真；刘永年以外戚除防御使；内侍史志聪私役皇城亲从：缜皆极论之。帝为罢抃，寝向与永年之命，而正志聪罪。迁侍御史、度支判官，出为两浙、淮南转运使，移河北……②

据此可知，韩缜在殿中侍御史任上弹劾参知政事孙抃"持禄充位"等事，皇帝在罢黜孙抃后，将韩"迁侍御史、度支判官，出为两浙、淮南转运使"，两者在时间上相距不久。只要找到孙抃被罢黜的时间，也就可以大致确定他出任两浙、淮南转运使的时间。《宋史·仁宗纪》："（嘉祐七年三月）乙卯（初八），孙抃罢，以赵概参知政事……"③孙抃罢参知政事

---

① 陈光崇：《第一部〈南唐书〉的作者胡恢其人》，《史学史研究》1986年第3期，第14页。
② （元）脱脱等：《宋史》第29册，中华书局，1977，第10310页。
③ （元）脱脱等：《宋史》第1册，中华书局，1977，第249页。

在嘉祐七年（1062）三月初八，韩缜"迁侍御史、度支判官，出为两浙、淮南转运使"当在此月初八之后，曾巩等人为其送行而以"池塘生春草，园柳变鸣禽"分韵之事亦当发生在本月。这二句出自谢灵运《登池上楼》，原本就是写春天的诗句。据曾巩诗中"名园分杂英"句，亦可证创作发生在春天。结合前面所考，可确定这次创作发生在嘉祐七年三月。

元丰二年己未（1079）

4. 正月初七，徐州知州苏轼与僚属共十人至城南打猎，以"身轻一鸟过，枪急万人呼"分韵赋诗。今存苏轼《人日猎城南，会者十人，以"身轻一鸟过，枪急万人呼"为韵，得"鸟"字》（《全宋诗》第14册）。由于将官雷胜不善诗，苏轼又代其作了一首，即《将官雷胜得"过"字，代作》（《全宋诗》第14册）。孔凡礼《苏轼年谱》卷十八：

> 元丰二年己未（1079）四十四岁。
>
> 正月七日，猎城南，会者有雷胜等十人，以"身轻一鸟过，枪急万人呼"为韵作诗，并作《猎会诗叙》叙其事。
>
> 苏轼除自作外，并代雷胜作，诗皆见《诗集》卷十八（九一七、九一九页）。自作，《栾城集》卷九有次韵。序见《文集》卷十。《长编》卷三百四十五元丰七年四月壬午纪事：诏陕西路句当使臣雷胜等七人减磨勘年有差，以按阅集教官奏论也。乃胜事迹之可考者。①

5. 本月月底，徐州知州苏轼与诸人游桓山，以"春水满四泽，夏云多奇峰"分韵赋诗。今存苏轼《游桓山，会者十人，以"春水满四泽，夏云多奇峰"为韵，得"泽"字》（《全宋诗》第14册）。苏轼《游桓山记》：

> 元丰二年正月己亥晦，春服既成，从二三子游于泗之上。登桓山，入石室，使道士戴日祥鼓雷氏之琴，操《履霜》之遗音，曰："噫嘻悲夫，此宋司马桓魋之墓也。"或曰："鼓琴于墓，礼欤？"曰："礼也。季武子之丧，曾点倚其门而歌。仲尼，日月也，而魋以为可

---

① 孔凡礼：《苏轼年谱》上册，中华书局，1998，第424页。

得而害也。且死为石椁，三年不成，古之愚人也。余将吊其藏，而其骨毛爪齿，既已化为飞尘，荡为冷风矣，而况于椁乎，况于从死之臣妾、饭含之贝玉乎？使魋而无知也，余虽鼓琴而歌可也。使魋而有知也，闻余鼓琴而歌知哀乐之不可常、物化之无日也，其愚岂不少瘳乎？"二三子喟然而叹，乃歌曰："桓山之上，维石嵯峨兮。司马之恶，与石不磨兮。桓山之下，维水弥弥兮。司马之藏，与水皆逝兮。"歌阕而去。从游者八人：毕仲孙、舒焕、寇昌朝、王适、王遹、王肆、轼之子迈、焕之子彦举。①

此文所载，与上诗所记当为同一事。据此可以断定，这次分韵发生在"正月己亥晦"，即正月的最后一天。由于戴道士未能及时写出诗歌，所以苏轼又代其作了一首《戴道士得"四"字，代作》（《全宋诗》第14册）。

6. 四月，湖州知州苏轼与人绕城观荷花，以曹操《短歌行》中的诗句分韵赋诗。今存苏轼《与王郎昆仲及儿子迈绕城观荷花，登岘山亭，晚入飞英寺，分韵得"月明星稀"四字》（《全宋诗》第14册）。这次创作不仅与上次时间接近，分韵方式也是基本一样的。诸人应该是选择曹操《短歌行》中的几句诗分韵，苏轼分到"月明星稀"四字。孔凡礼《苏轼年谱》卷十八：

（元丰二年四月）二十日，到湖州任，上谢表。
……
王适（子立）、王遹（子敏）来从。苏轼与王氏兄弟赋诗游赏。
《文集》卷十五《王子立墓志铭》谓适、遹"皆从余于吴兴，学道日进，东南之士称之"。
《诗集》卷十九有《与王郎夜饮井水》《与王郎昆仲及儿子迈绕城观荷花，登岘山亭，晚入飞英寺，分韵得"月明星稀"四字》。②

7. 六月，苏轼与秦观等人泛舟湖州城南，以唐文宗与柳公权的《夏日联句》分韵赋诗。今存苏轼《泛舟城南，会者五人，分韵赋诗，得"人皆

---

① （宋）苏轼：《苏轼文集》第2册，孔凡礼点校，中华书局，1986，第370页。
② 孔凡礼：《苏轼年谱》上册，中华书局，1998，第435~436页。

苦炎"字四首》(《全宋诗》第 14 册)。据其一中"绕郭荷花一千顷,谁知六月下塘春"二句①,可以推断这次创作发生在六月。孔凡礼《苏轼年谱》卷十八将其系于五月之后:

> (元丰二年五月)与秦观(太虚)等城南泛舟,赋诗。观旋适越,道潜(参寥)适杭,道中分别寄诗来。

《诗集》卷十九有《泛舟城南,会者五人,分韵赋诗,得"人皆苦炎"字四首》。《文集》卷五十二与观第三简云"分韵诗语益妙,得之殊喜,拙诗令儿子录呈"。拙诗即指泛舟诗,观分韵诗,《淮海集》未见。《文集》卷十二《秦太虚题名记》:"太虚、参寥又相与适越,云秋尽当还。"具体言之,道潜适越之杭州,秦观适越之越州。与观简云"暑湿,惟万万慎护,早还为佳",作于观离湖州前,时当为六月。《参寥子诗集》卷四有《吴兴道中寄子瞻(原注:与少游同赋)》、《淮海集》卷七有《德清道中还寄子瞻》。②

元祐二年丁卯(1087)

8. 六月,开封推官张商英因反对更改新法,出为河东路提点刑狱,范祖禹、苏轼等人为其饯行,以"登山临水送将归"分韵赋诗。今存黄庭坚《送张天觉得"登"字》(《全宋诗》第 17 册)、苏轼《送张天觉得"山"字》(《全宋诗》第 14 册)、范祖禹《席上分韵送天觉使河东,以"登山临水送将归"为韵,分得"临"字》(《全宋诗》第 15 册)、张耒《送张天觉使河东席上分题,得"将"字》(《全宋诗》第 20 册)等 4 首。《苏诗补注》卷二十九《次韵孔常父送张天觉河东提刑》诗后注云:

> 张天觉。《东都事略》:张商英字天觉,蜀州新津人。中进士第,章惇荐其才,召对,除御史里行。元丰中馆阁校勘。哲宗即位,除开封推官。时朝廷稍更新法之不便者,商英上言:"先帝陵土未干,即议更变,可谓孝乎?"除河东路提点刑狱。其进本熙丰,蔡京强置党

---

① 北京大学古文献研究所:《全宋诗》第 14 册,北京大学出版社,1993,第 9287 页。
② 孔凡礼:《苏轼年谱》上册,中华书局,1998,第 441~442 页。

籍中。天下既共恶京，而商英与之异论，以故翕然推重云。《宋史·张商英传》：商英为开封推官，屡诣执政求进，吕公著不悦，出为河东提刑。慎按，《黄山谷年谱》引据《实录》：商英由开封出为河东提刑在元祐二年七月。①

孔凡礼《苏轼年谱》卷二十六亦系于七月。

（元祐二年）七月甲寅（初五日），张商英（天觉）为提点河东路刑狱。有送行诗。

七月甲寅云云，见《长编》卷四百三。送行诗见《诗集》卷二十九（一五三〇、一五三二页）。《山谷诗集注》卷八、《范太史集》卷二有送行诗。②

然据张耒《送张天觉使河东席上分题，得"将"字》中"手持明光节，六月登太行"二句③，这次创作当作元祐二年六月，七月之说当误。

元祐五年庚午（1090）

9. 冬，裴安世从许昌赴太和县尉任，颍昌府学教授邹浩等人为其饯行，以"故人从此去"分韵赋诗。今存邹浩《送裴仲孺为太和尉（时与崔遐绍、苏世美、乐文仲、王仲弓以"故人从此去"为韵，分得"去"字)》（《全宋诗》第21册）。据其中"鸿雁方来飞，霜雪且凝冱"二句④，知当作于冬天。黄庭坚《与徐彦和三首》其三："太和尉裴安世，如晦之子。其人好学善士，但恐为吏不堪快健，不称尊怀，尝试接引之否？其家有如晦时抄书及古墨，皆天下之选，可试观之也……"⑤ 据此，裴仲孺当即裴安世，临川人，裴煜之子。邹浩又有《送裴仲孺赴官江西叙》：

---

① （宋）苏轼撰，（宋）施元之补注《苏诗补注》，《文渊阁四库全书》第1110册，台湾商务印书馆，1982~1986，第568页。
② 孔凡礼：《苏轼年谱》中册，中华书局，1998，第780~781页。
③ 北京大学古文献研究所：《全宋诗》第20册，北京大学出版社，1993，第13060页。
④ 北京大学古文献研究所：《全宋诗》第21册，北京大学出版社，1993，第13949页。
⑤ （宋）黄庭坚：《黄庭坚全集辑校编年》下册，郑永晓整理，江西人民出版社，2011，第1451页。

……后数年官学颍川，一日过僚友苏世美，席未展，有眇然丈夫子趋西阶拜揖已，走席尾坐，不动如石虎，如木鸡，惟鼻间之息栩栩与土偶人异。他日询世美，则曰："裴公之子仲孺也。"屣履见之，仲孺亦不余鄙，相好也，故虽不得师而得友以自幸。仲孺作尉鉴岩中，方且沂长江，绝重湖，背斗去数千里，与洞庭枫叶争飘飖……①

其诗当作于邹浩任颍昌府学教授之时。欧阳光《宋元诗社研究丛稿》下编有"邹浩颍川诗社"，其中据邹浩《颍川诗集叙》考证当时具有"同盟"关系者共五人：邹浩、苏世美、崔德符、裴仲孺、胥述之，此五人即应为颍川诗社之成员。②《宋史·邹浩传》："邹浩字志完，常州晋陵人。第进士，调扬州、颍昌府教授。吕公著、范纯仁为守，皆礼遇之。"③《重修毗陵志·人物·名宦》所记更详："（宋）邹浩字志完，晋陵人。登元丰五年进士第，调苏州吴县簿。试学官第一，改扬州教授，移知安州教职，□改颍昌府教授。元祐中除太学博士，出为襄州教授……"④ 李兆洛《道乡先生年谱》：

（元祐）四年己巳，三十岁。

改除颍昌府学教授。

《宋元通鉴》编入元丰六年，误。

到任有《谢苏尚书颂启》《谢胡右丞宗愈启》。

馆宾友于义斋。

按：田承君画、崔德符鹏俱颍昌阳翟人，公与相善。义斋，其丽泽地也。

有唱和诗。⑤

---

① （宋）邹浩：《道乡集》，《文渊阁四库全书》第1121册，台湾商务印书馆，1982~1986，第407页。
② 欧阳光：《宋元诗社研究丛稿》，广东高等教育出版社，2011，第186页。
③ （元）脱脱等：《宋史》第31册，中华书局，1977，第10955页。
④ （明）朱昱：《重修毗陵志》（影印版），成化二十年刻本，成文出版社有限公司，第1094页。
⑤ （清）李兆洛：《道乡先生年谱》，《宋人年谱丛刊》第6册，四川大学出版社，2013，第3552页。

> （元祐）七年壬申，三十三岁。
> 官颍昌。
> 七月，秩满，除太学博士。
> 尚书右仆射苏颂荐除是职。
> 按：公作《易解序》云："余元祐中为太学博士，讲《易》未终篇，俄以罪去。"又按公作《颍昌题名记》在元祐七年七月初一日，时秩满且去。①

《送裴仲孺为太和尉》前又有《送裴仲孺摄汝阴尉》，中有"羡君匹马秋风前"句②，当作于邹浩在许昌第一年，即元祐四年。应该是"摄汝阴尉"期间的成绩得到了认可，裴安世被升为太和尉，但这应该是下一年的事情了。

又，苏世美参加了这次创作，其人离开许昌的时间可考。邹浩《颍川诗集叙》：

> 故人苏世美佐颍川幕府既阅岁，余始承乏泮宫……宾主间或浮清渼，款招提，谈经议史，揖古人于千百岁之上，有物感之情与言会落于毫楮，先后倡酬，以是弥年，裕如也。世美秩满且行矣，用刘白故事，裒所谓倡酬者，与众自为之者，与非同盟而尝与同盟倡酬者，共得若干篇，名之曰《颍川集》……③

邹浩元祐七年七月初一秩满，至许昌当在四年六月，此时苏世美"佐颍川幕府既阅岁"，则其任颍川幕府当在三年六月之前，"秩满"当在六年六月之前。既然这次分韵创作是在冬天，必在元祐五年。

元祐六年辛未（1091）

10. 约在此年，潘大临、潘大观兄弟离开京城，洪朋等人为其饯行，

---

① （清）李兆洛：《道乡先生年谱》，《宋人年谱丛刊》第 6 册，四川大学出版社，2013，第 3553 页。
② 北京大学古文献研究所：《全宋诗》第 21 册，北京大学出版社，1993，第 13929 页。
③ （宋）邹浩：《道乡集》，《文渊阁四库全书》第 1121 册，台湾商务印书馆，1982~1986，第 406 页。

以"凤凰鸣矣，于彼高冈"分韵赋诗。今存洪朋《奉诸同人饯潘氏兄弟，赋"凤凰鸣矣，于彼高冈"为韵，得"凰"字》（《全宋诗》第 22 册）。据韦海英《洪朋生平考略》，洪朋卒于崇宁元年（1102）。① 此前，洪朋曾于元祐六年春至开封。韦海英《徐俯考论》提到元祐六年上半年黄庭坚在给徐俯的信中曾云"前日洪龟父携师川《上蓝庄诗》来，词气甚壮……"：

> 此书简中提到洪朋来京师，携带徐俯的《上蓝庄诗》（按徐俯此诗今不传）给山谷，山谷对其诗给予高度评价。此书亦当作于同一时期——即任职于京师的元祐六年。②

而此年春，潘大临在开封参加礼部试，落榜。韦海英《潘大临考论》载其事。③ 可能当时其弟潘大观亦同行。洪朋与潘氏兄弟在此前交好，二人归乡，洪朋召集朋友为其送行。

元祐七年壬申（1092）

11. 春，王寔被授籍田令，颍昌府学教授邹浩等人为其饯行，以"之子于征"分韵赋诗。今存邹浩《与仲孺、文仲、述之作诗送仲弓赴籍田，以"之子于征"为韵，分得"子"字》（《全宋诗》第 21 册）。据其中"凤园佳人孤凤起，草木无光春披靡"二句④，知当作于春天。苏世美之所以没有参加这次创作，是因为在元祐六年已任满离开了。这次分韵创作的缘起是为王寔送行。元陆友《研北杂志》：

> 王寔仲弓，许昌人。文恪公陶之子。未冠，从司马温公学，温公不以膏粱蓄之，教以名节，授《礼》《易》二经，仲弓亦超然，不以仕宦进取为意。韩少师持国归，以女仲弓，又为授《诗》，祖陶、谢、韦、杜，故其文典雅温丽，华畅而不靡；诗静而深，婉而丽，有一唱三叹之音。未尝急于人知，人亦不皆知仲弓也，惟范蜀公以耆老退

---

① 韦海英：《江西诗派诸家考论》，北京大学出版社，2005，第 60 页。
② 韦海英：《江西诗派诸家考论》，北京大学出版社，2005，第 99 页。
③ 韦海英：《江西诗派诸家考论》，北京大学出版社，2005，第 9 页。
④ 北京大学古文献研究所：《全宋诗》第 21 册，北京大学出版社，1993，第 13941 页。

居，忘年接之。元祐初，梁右丞焘［燾］首荐于朝，为籍田令。秩满，苏尚书轼镇中山，辟为属，不行。自是浮沉，遂欲远去世故。①

王寔被任籍田令是由于右丞梁焘所荐。《宋史·梁焘传》："元祐七年拜尚书右丞，转左丞。"② 据此可知，梁焘任右丞的时间很短。《宋史·哲宗纪》："（元祐七年六月辛酉）苏颂为尚书右仆射兼中书侍郎……翰林学士梁焘为尚书左丞……"③《皇宋通鉴长编纪事本末》卷九十九："（元祐七年）六月辛酉，左正议大夫、守尚书左仆射兼门下侍郎吕大防为光禄大夫，右光禄大夫、守尚书左丞苏颂为左光禄大夫、守尚书右仆射兼中书侍郎……翰林学士左朝散大夫梁焘为中大夫守尚书左丞……"④ 由此可以推断，王寔被授籍田令必然在元祐七年，陆友所记"元祐初"有误。

元祐八年癸酉（1093）

12. 正月，蒋之奇出知熙河，苏轼与钱勰、王钦臣为其饯行，以"今我来思"分韵赋诗。今存苏轼《送蒋颖叔帅熙河（并引）》（《全宋诗》第14册）。孔凡礼《苏轼年谱》卷三十二：

（元祐八年正月）与钱勰（穆父）、王钦臣（仲至）饯蒋之奇（颖叔）帅熙州，有诗。

《诗集》卷三十六《送蒋颖叔帅熙河》引谓之奇出使临洮，与勰、钦臣同饯之，各赋诗一篇。同卷《再送》《次韵颖叔观灯》，亦送之奇。《文集》卷五十一与勰第二十四简叙饯之奇事，云"元日殿门外更议之"，饯行为正月。《长编》卷四百七十八：元祐七年十月乙亥，户部侍郎蒋之奇知熙州。⑤

---

① （元）陆友：《研北杂志》，《文渊阁四库全书》第 866 册，台湾商务印书馆，1982～1986，第 574 页。
② （元）脱脱等：《宋史》第 31 册，中华书局，1977，第 10890 页。
③ （元）脱脱等：《宋史》第 2 册，中华书局，1977，第 334 页。
④ （宋）杨仲良撰《皇宋通鉴长编纪事本末》第 3 册，李之亮校点，黑龙江人民出版社，2006，第 1708 页。
⑤ 孔凡礼：《苏轼年谱》下册，中华书局，1998，第 1075 页。

13. 三月二十四日，王钦臣、苏轼等人会于信安西园饯别范子奇，宾主八人以"元戎十乘，以先启行"分韵。其创作情形与诗歌见于岳珂《宝真斋法书赞》卷十七所载的《元祐八诗帖》。① 孔凡礼《苏轼年谱》卷三十二：

（元祐八年三月）二十四日，与钱勰、范纯仁、王钦臣等会于信安西园，饯范子奇（中济）帅庆，与钱等赋诗。

轼诗见《诗集》卷三十六（一九六四页）；据该卷校勘记第一百三十九条引《宝真斋法书赞》，当日送行赋诗者，除钱、范、王外，尚有兵部侍郎王觌、刑部侍郎沈孝锡、吏部尚书彭汝砺等三人。按：查《长编》《宋史》及有关别集，无沈孝锡其人。"沈"当为"杜"之误，杜纯字孝锡。②

14. 冬日，襄州知府吕嘉问为离任的州学教授余幹饯行，以"今我来思，雨雪载途"分韵赋诗。今存邹浩《知府吕大卿饯别榑年，以"今我来思，雨雪载途"为韵赋诗，得"雨"字》（《全宋诗》第21册）。除了所选诗句，诗中亦有"江山飞雪霜，冉冉岁云暮"之句③，故当作于冬日。在《道乡先生邹忠公文集》卷四，此诗前题为《次韵答交代余榑年教授见简之什》。邹浩出任襄州州学教授，正是接替余幹，故称其为"交代余榑年教授"。邹浩是年冬日到任。李兆洛《道乡先生年谱》：

（元祐）八年癸酉，三十四岁。

官博士。

四月，出为襄州州学教授。

按《宋史》，苏颂荐为太常博士，来之邵论罢之。

公《谢改官启》云："十年外部，专泮水以横经；弥岁中都，分胶庠而授业。而缘异意，隼起烦言，致御史之交攻，动朝廷而

---

① （宋）岳珂：《宝真斋法书赞》，《文渊阁四库全书》第813册，台湾商务印书馆，1982~1986，第755~757页。
② 孔凡礼：《苏轼年谱》下册，中华书局，1998，第1082~1083页。
③ 北京大学古文献研究所：《全宋诗》第21册，北京大学出版社，1993，第13950页。

耸听。"

  冬到襄州任。

  按公《万山居士颂经序》云："元祐八年冬,余至襄阳。"①

题中"知府吕大卿"即吕嘉问。邹浩《襄州迁学记》：

  今直秘阁知荆南府吕公嘉问守襄之明年,绍圣元年也,思所以改作者。会提刑迁治于邓,委旧宇久弗居,议请以为学。时左朝奉大夫胡公宗炎方提点刑狱事,欣然曰："此吾志也!"遂相继以闻,诏从之。于是委兵马司押东头供奉官徐平董其役,又委知襄阳县右通直郎田衍总其事,因以基址,革以制度。自四月之乙丑,至七月之乙未,凡一百十有四日……②

由此可知,元祐八年冬吕嘉问正在襄州。

绍圣二年乙亥（1095）

15. 春日,邹浩等人至大悲寺观蔡宽夫所画圣像,以"回向心地初"分韵赋诗。今存邹浩《宽夫率同诸公谒大悲寺观所画圣像,以"回向心地初"分韵赋诗,得"初"字》（《全宋诗》第 21 册）。据其中"高亭短棹青春里,云雨晓雾乾坤虚"二句③,知这次创作在春天。此诗前隔一题为《次韵和知府欧阳叔弼学士祷雨武侯祠》。欧阳棐,字叔弼,欧阳修子。据前引邹浩《襄州迁学记》,此文当作于绍圣元年七月之后,而已称"今直秘阁知荆南府吕公嘉问",可知吕嘉问七月前已出任荆南知府,而新任襄阳知府即是欧阳棐。再据其前题《和欧阳彦立再用仲益前韵》"山行迹未扫,倏忽岁已除。东风从东还,天机动群无"几句④,知时间已进入下一年。

---

① （清）李兆洛:《道乡先生年谱》,《宋人年谱丛刊》第 6 册,四川大学出版社,2013,第 3553 页。
② （宋）邹浩:《道乡集》,《文渊阁四库全书》第 1121 册,台湾商务印书馆,1982~1986,第 378 页。
③ 北京大学古文献研究所:《全宋诗》第 21 册,北京大学出版社,1993,第 13955 页。
④ 北京大学古文献研究所:《全宋诗》第 21 册,北京大学出版社,1993,第 13954 页。

绍圣三年丙子（1096）

16. 本年或稍后某年秋，刘跂与李深在梁山泊分韵赋诗。今存刘跂《与李深梁山泊分韵得"轻风生浪迟"五首》（《全宋诗》第 18 册）。此次创作时间难考。刘跂为东平府人，东平府治须城（今山东东平），梁山泊在其境内。其《蜀舍铭》序云："某郡王万寓郑，榜其居曰蜀舍，持余杭朱浚民所为记过须城刘跂，而请铭，为之铭曰……"① 据其一"大泽水常满，秋来洲渚平"和其五"风高不易到，岁晏仍苦饥"，时间当在秋冬之际。从其二"从今鱼易得，居与水相通"数句看，当时诗人应该是闲居东平。刘跂被罢官乃受其父刘安世牵连。《宋史·哲宗本纪》："（绍圣三年八月）庚辰，以范祖禹、刘安世在元祐中构造诬谤，祖禹责授昭州别驾，贺州安置；安世新州别驾，英州安置。"② 据此，刘跂闲居东平当在绍圣三年以后。与刘跂分韵之李深，已无法考知。《元祐党籍碑》所载元祐党人姓名之一为李深，但难以说明此李深即彼李深。姑且系于本年。

绍圣五年、元符元年戊寅（1098）

17. 夏，李之仪等人游许昌西湖，以"君子纳凉晚，此味亦时须"分韵赋诗。今存李之仪《大暑不可逃，偶携数友过湖上，因咏老杜槐叶冷淘句，凡十人，以"君子纳凉晚，此味亦时须"，得"须"字》（《全宋诗》第 17 册）。此诗在《姑溪居士后集》卷七，前有《离颍昌张圣行独出城相送》，后有《张圣行解官入京，僚友饯别，分韵劝酒，得"醇"字》《独坐有怀张圣行、王成伯，偶读摩诘诗，因借其韵》，如能确定张读（字圣行）在颍昌（今河南许昌）的时间，则这次创作时间的上限可推。

李清馥《闽中理学渊源考》卷七《直讲张圣行先生读》："张读字圣行，安溪人。绍圣四年，以上舍生擢第，调颍昌府法曹参军，除编修《国

---

① （宋）邹浩：《道乡集》，《文渊阁四库全书》第 1121 册，台湾商务印书馆，1982～1986，第 597 页。
② （元）脱脱等：《宋史》第 2 册，中华书局，1977，第 345 页。

初会要》。以父年逾九十，求便养，通判本州……"① 又《乾隆安溪县志·人物·理学》："（宋）张读字圣行。绍圣四年，以上舍生擢第，调颍昌府法曹参军。除编修《国朝会典》，以父年逾九十，求便亲，通判本州……"② 据此可知，张读任颍昌参军的时间不早于绍圣四年（1097）。从李之仪几诗的题目看，张读似乎在颍昌未能任满一个任期，而是不久即被解职。《张圣行解官入京，僚友饯别，分韵劝酒，得"醇"字》："密雪不着地，朔风暖如春。天公岂无心，慰此东归人。吾人晚相投，每见每更亲。逾年稻粱俱，未觉旦暮频……"③ 由诗中可知，张读被解职是在冬天，其时李之仪与其交好已经一年多。颍昌在都城开封西南，故李之仪称张读为"东归人"。

然绍圣四年夏，李之仪不在颍昌，且身陷图圄。其《题高平杂诗后》云："绍圣四年夏，鞫狱原州。四月（阙）推，五月二十二日出院。人事不复关与，盖独游息于一堂之上。凡三（阙）……"④ 假定李之仪出狱后居住颍昌，至下年冬张读被解职正好"逾年"。

综合以上因素，可将这次创作时间确定为绍圣五年亦即元符元年夏日。

18. 秋，襄阳知府岑象求受代还朝，李廌、赵令畤、谢悰、潘纬等为其饯行，以"山川悠远，白云自出。相期不老，尚能复来"分韵赋诗。今存李廌《岑使君牧襄阳受代还朝，某同赵德麟、谢公定、潘仲宝皆饯于八叠驿，酒中以西王母所谓"山川悠远，白云自出。相期不老，尚能复来"各人分四字为韵以送之，某分得"相期不老"》（《全宋诗》第20册）。襄阳岘山石幢题名："郡太守岑岩起饮饯前熙帅钟弱翁于此，吴周臣、赵德麟、魏道辅、李方叔俱至。元符元年六月十日。"⑤ 又陈振孙《直斋书录解题》卷十四《艺术类》："《德隅堂画品》一卷。李廌方叔撰。赵令畤德麟

---

① （清）李清馥：《闽中理学渊源考》，《文渊阁四库全书》第460册，台湾商务印书馆，1982~1986，第119页。
② （清）庄成：《乾隆安溪县志》，厦门大学出版社，2012，第275页。
③ 北京大学古文献研究所：《全宋诗》第17册，北京大学出版社，1995，第11254页。
④ （宋）李之仪：《姑溪居士前集》，《文渊阁四库全书》第1120册，台湾商务印书馆，1982~1986，第622页。
⑤ 方莉、李俊勇：《襄阳岘山》，中国文史出版社，2016，第50页。

官襄阳，行囊中诸画，方叔皆为评品之。元符元年也。"① 此亦可证李廌、赵令畤元符元年皆在襄阳。这次创作应在元符元年秋。

19. 李廌等人在襄阳谷隐宴饮，以"采菱渡头风起，策杖村西日斜"分韵赋诗。今存李廌《谷隐饮中以"采菱渡头风起，策杖村西日斜"为韵，探得"采""头"二字》（《全宋诗》第20册）。据其二中"山川纳商气，凛凛天地秋"②，知二诗作于秋天。李廌有《赵令畤德麟作襄阳从事，丁丑季冬出行南山三邑，某同谢公定、曾仲成、潘仲宝携酒自大悲寺登舟，过岘山，宿鹿门，明日，复自岘首目送，缘绝壁而往，上船山下，相与酌酒而去。德麟赋诗，次韵和之》，"丁丑"即绍圣四年（1097），时李廌、赵令畤、谢悰、潘纬等人已在襄阳，之后诸人多次在襄阳出游，分韵赋诗。《谷隐饮中》似作于诸人首次游此地，当在绍圣五年即元符元年。

20. 九月十四日，李廌等人登襄阳秋风阁，以"余霞散成绮，澄江静如练"分韵赋诗。今存李廌《又九月十四日登秋风阁，以"余霞散成绮，澄江静如练"为韵，分得"余""静"二字》（《全宋诗》第20册）。二诗与上二诗同为五言古诗，在李廌《济南集》中列在上二诗之后，故可判断这次创作发生在上次之后。

21. 本月，李廌与赵令畤、潘纬等人至谢悰家酌酒赏菊，以"悲哉秋之为气萧瑟"分韵赋诗。今存李廌《同德麟、仲宝过谢公定酌酒赏菊，以"悲哉秋之为气萧瑟"八字探韵，各赋二诗，仍复相次八韵，某分得"哉""萧"二字》，其中包括分韵二首（《全宋诗》第20册）。此组诗在《又九月十四日》之后，中间仅隔一首诗，可推断其创作时间又在十四日之后。

22. 秋，李廌等人为人饯行，夜宿谷隐，以"何当风雨夜，复此对床眠"分韵赋诗。今存李廌《同诸公饯望元，因宿谷隐，以"何当风雨夜，复此对床眠"为韵，分得"对""此"二字》（《全宋诗》第20册）。此二诗在李廌《济南集》中列在上组诗之后。据其二"秋江冒后土，余潦满沟浍"二句③，知亦当作于秋天。

---

① （宋）陈振孙：《直斋书录解题》，徐小蛮、顾美华点校，上海古籍出版社，1987，第413页。
② 北京大学古文献研究所：《全宋诗》第20册，北京大学出版社，1995，第13573页。
③ 北京大学古文献研究所：《全宋诗》第20册，北京大学出版社，1995，第13585页。

23. 秋，李廌与潘纬至赵令畤家留宿，分韵赋诗。今存李廌《同仲宝风雨中过德麟留宿，以"夜未央"为韵，分得"未"字，并和二公"夜""央"字韵》（《全宋诗》第20册）。此二诗又在上二诗之后，据其一"悲风送寒雨，遥夜俄总至。草木虽战秋，渠能保柔脆"几句①，亦当作于秋天。

元符二年己卯（1099）

24. 约在本年，曾诚与同舍饮于驸马都尉王诜家，以"烟浓近侍香"分韵赋诗。今存曾诚《与同舍诸公饮王诜都尉家，有侍儿辈侍香求诗者，以"烟浓近侍香"为韵（得"浓"字）》（《全宋诗》第18册）。此诗出自《墨庄漫录》卷六："曾诚存之，元符间任馆职，尝与同舍诸公饮王诜都尉家，有侍儿辈试香求诗求字者，以'烟浓近侍香'为韵，存之得'浓'字，赋诗云……"②又《续资治通鉴长编》卷五百十六：

> （元符二年闰九月辛巳，哲宗）又问："嘉问几婿？"（曾）布曰："不悉记。"上曰："寨序辰、曾诚皆是。"又曰："曾诚如何人？闻多预事。"布曰："章惇不喜诚，云安焘倾惇，诚多预谋，然未知虚实。"③

同卷又载：

> （元符二年闰九月乙亥）监察御史、权殿中侍御史石豫言：驸马都尉王诜，辄恃豪贵，抑勒雇人，取舍之间，不畏公法，伏望详酌指挥。诏王诜将罚铜三十斤。诜匿藏妇人，教令写文字投雇，及虚作逃亡迹状故也。④

既然王诜在本年闰九月被处罚，此后行为当有所收敛。而是月之后，曾诚的日子也不好过。故可以推知这次分韵创作在闰九月之前。

---

① 北京大学古文献研究所：《全宋诗》第20册，北京大学出版社，1995，第13588页。
② （宋）张邦基：《墨庄漫录》，中华书局，2002，第185页。
③ （宋）李焘：《续资治通鉴长编》，上海古籍出版社，1986，第4822页。
④ （宋）李焘：《续资治通鉴长编》，上海古籍出版社，1986，第4821页。

又，绍圣五年六月朔改元元符，至此不过一年多的时间。

根据以上诸条，可推断这次创作发生在元符元年六月之后、元符二年闰九月之前，其中以二年的可能性更大。

元符三年庚辰（1100）

25. 谢逸等人在抚州以"朔雪洗尽烟岚昏"分韵赋诗。今存谢逸《与诸人集陈公美书堂观雪，以"朔雪洗尽烟岚昏"为韵，探得"烟"字》（《全宋诗》第22册）。韦海英《谢逸行年考》"元符三年"条：

> 《溪堂集》卷五有《与诸人集陈公美书堂观雪，以朔雪洗尽烟岚昏为韵，探得烟字》……此诗言谢逸与诸人集陈公美书堂观雪，其中"江村""茅舍"句乃写自家所居，故此诗当作于临川。[①]

26. 约在本年冬至，谢逸参加通判陈某宴会，以"一阳来复"分韵赋诗。今存谢逸《冬至日陈倅席上分赋"一阳来复"，探得"复"字》（《全宋诗》第22册）。此诗写作时间无考，但诗题中"陈倅"大约指抚州通判，姑系于本年。

崇宁元年壬午（1102）

27. 约在本年前后，春日，谢逸等人在家乡临川游逍遥寺，以"野寺江天豁，山扉花木幽"分韵赋诗。今存谢逸《游逍遥寺，以"野寺江天豁，山扉花木幽"为韵，探得"山"字》（《全宋诗》第22册）。据所选诗句推断，当作于春天山花盛开之时。韦海英《谢逸行年考》"崇宁元年"条：

> 谢逸虽然科试不利，但由于其学行及诗名甚著，他在临川家乡还是有相当的影响。他在家乡有个共同探讨学问进行诗文创作的小圈子。《溪堂集》卷七《宽厚录序》云："每月一集，各举古人宽厚一事，退而录于简册，号曰《宽厚录序》。"据此他们乃是每月一次聚会。

[①] 韦海英：《江西诗派诸家考论》，北京大学出版社，2005，第29页。

  当然他们的聚会并非仅仅是各举古人宽厚一事而已，饮酒赋诗自然也是聚会的内容。他们或是载酒到名胜处，或是到某人家中聚饮，分韵赋诗……①

谢逸此诗在家乡所作，时间不详，姑系于本年。

  28. 约在本年前后，夏日，谢逸、吴贺、汪革等人游西塔寺，以"荷花日落酣"分韵赋诗。今存谢逸《同吴迪吉、汪信民游西塔寺，分韵赋诗，以"荷花日落酣"为韵，探得"荷""花"字》（《全宋诗》第 22 册）。二诗写夏日景象，当是谢逸等人"每月一集"时赋诗的结果。姑系于本年。

  29. 约在本年前后，夏日，谢逸等人游西塔寺，以"太华峰头玉井莲"分韵赋诗。今存谢逸《游西塔寺，分韵咏双莲，以"太华峰头玉井莲"为韵，探得"华"字》（《全宋诗》第 22 册）。此诗所咏双莲，亦为夏日景象。姑系于本年。

  30. 约在本年前后，谢逸等人游逍遥寺，以"偃蹇龙虎姿，主当风云会"分韵赋诗。今存谢逸《游逍遥寺咏庭前柏树，以老杜〈病柏诗〉"偃蹇龙虎姿，主当风云会"为韵，得"蹇"字》（《全宋诗》第 22 册）。此诗亦谢逸在家乡所作，时间不详。姑系于本年。

  31. 约在本年前后，谢逸等人以"气盖关中季子心"分韵赋诗。谢逸《怀李［季］智伯，以洪龟父赠智伯诗"气盖关中季子心"为韵，探得"盖"字》（《全宋诗》第 22 册）。此诗写作时间不详。姑系于本年。

  32. 约在本年前后，谢逸在家招待客人，以"煌煌灵芝，一年三秀"分韵赋诗。今存谢逸《汪文彬载酒率诸人过予溪堂观芝草，以"煌煌灵芝，一年三秀"为韵，探得"煌"字》（《全宋诗》第 22 册）。此诗写作时间不详。姑系于本年。

  33. 约在本年前后，谢逸等人游泉庵寺，以"徐飞锡杖出风尘"分韵赋诗。今存谢逸《游泉庵寺怀璧上人，以"徐飞锡杖出风尘"为韵，探得

---

① 韦海英：《江西诗派诸家考论》，北京大学出版社，2005，第 31 页。

"徐"字》(《全宋诗》第 22 册)。璧上人即饶节（1065～1129），字德操，与谢逸同为临川人。后出家为僧，法号如璧。《梁溪漫志》卷九"二儒为僧"条：

> 近世儒者绝意声利、飘然游方之外者，有二人焉。饶节字德操，临川人，以文章著名。曾子宣丞相礼为上客，陈了翁诸公皆与之游，往来襄、邓间。始亦有婚宦意，遇白崖长老与之语，欣然有得。尝令其仆守舍，归，见其占对异常，怪而问之，仆曰："守舍无所用心，闻邻寺长老有道价，往请一转语，忽尔觉悟，身心泰然无他也。"德操慨然曰："汝能是，我乃不能，何哉？"径往白崖问道，八日而悟，尽发囊橐，与其仆祝发为浮屠，德操名如璧，仆名如琳，遍参诸方，陈了翁、关子开兄弟皆以诗称美之。至江浙，乐灵隐山川，因挂锡焉。琳抱疾，德操躬进药饵，既卒，尽送终之义。后主襄阳天宁……①

此诗写作时间不详。姑系于本年。

崇宁四年乙酉（1105）

34. 约在本年前后，谢薖等人集庵摩勒园，以"他年五君咏，山王一时数"分韵赋诗。今存谢薖《集庵摩勒园，会者十人，以"他年五君咏，山王一时数"为韵，赋得"时"字》(《全宋诗》第 24 册)。据诗中"十年糊其口，不食故园葵"二句②，此诗当作于谢薖离开家乡十年之后。然由于谢薖离家时间难以确定，故此诗写作时间亦难确定。姑系于本年。

35. 约在本年前后，谢薖等人集庵摩勒园观画，以"不能舍余习，偶被世人知"分韵赋诗。今存谢薖《集庵摩勒园，观李伯时画〈阳关图〉，以"不能舍余习，偶被世人知"为韵，赋得"人"字，赋六言》(《全宋诗》第 24 册)。此诗写作时间不详。姑系于本年。

---

① （宋）费衮撰《梁溪漫志》，金圆点校，上海古籍出版社，2012，第 147 页。
② 北京大学古文献研究所：《全宋诗》第 24 册，北京大学出版社，1995，第 15775 页。

大观四年庚寅（1110）

36. 春，李彭与徐俯、洪刍等人在南昌以"问柳寻花到野亭"分韵赋诗。今存李彭《奉同伯固、驹甫、师川、圣功、养直及阿虎寻春，因赋"问柳寻花到野亭"，分得"野"字》（《全宋诗》第24册）。韦海英《李彭考》：

> 大观四年（1110），徐俯与洪驹父等人在南昌结诗社，李彭亦参与其中……
>
> 李彭《日涉园集》卷一《奉同伯固、驹甫、师川、圣功、养直及阿虎寻春，因赋"问柳寻花到野亭"，分得"野"字》，伯固即苏坚，驹甫乃洪刍，师川为徐俯，圣功姓徐（《日涉园集》卷四有《寄徐无功》），名不详。养直乃苏庠（1065～1147），字养直，坚子。苏轼尝称其诗，自是出名。绍兴间，徐俯荐其贤，召赴行在，不至。阿虎当为李彭家兄弟或子侄辈。《日涉园集》卷一又有《晓发章水道中有怀伯固、驹甫、师川、养直，效何水部体以寄恨》，都是这一时期的作品。①

政和元年辛卯（1111）

37. 谢逸等人重游西塔寺，怀念汪革，以"岂无他人，念子实多"分韵赋诗。今存谢逸《游西塔寺，分韵赋诗怀汪信民，以渊明〈停云诗〉"岂无他人，念子实多"为韵，探得"念"字》（《全宋诗》第22册）。汪革大观四年（1110）卒于山阳（今江苏淮安），次年，其多位友人至临川祭奠。谢逸《溪堂集》卷十有《祭汪伯更教授文》：

> 维政和元年，岁次辛卯，二月甲午朔，十八日辛亥，友人濮阳吴琛、弟贺、侄舆，阳夏谢逸、弟薖，颍川陈之奇、弟彦国，江夏黄洙，渤海季端卿，济阳江野，谨以清酌之奠，昭告于亡友伯更教授之灵……②

---

① 韦海英：《江西诗派诸家考论》，北京大学出版社，2005，第186～187页。
② （宋）谢逸：《溪堂集》，《文渊阁四库全书》第1122册，台湾商务印书馆，1982～1986，第554页。

据此可知，谢逸等人重游西塔寺，并怀念汪革，当在本年。

38. 谢逸等人重游西塔寺，怀念汪革，以"言念君子，温其如玉"分韵赋诗。今存谢逸《集西塔寺怀亡友汪信民，以"言念君子，温其如玉"为韵，探得"念"字》（《全宋诗》第 22 册）。此次创作时间当与上次相近。

政和三年癸巳（1113）

39. 本年，程俱等人在吴兴（今浙江湖州）以"我思古人"分韵赋诗。今存程俱《与江仲嘉褒、赵叔问子昼、潘杲卿杲分题赋诗，以颜鲁公、裴晋公、贺监、陈希夷画像为题，以"我思古人"为韵，余得裴晋公、"我"字韵一首》（《全宋诗》第 25 册）。李欣、王兆鹏《程俱年谱（上）》"政和三年"条：

> 尝至吴兴（今浙江湖州市），拜访仲嘉，识赵子昼，唱酬尤多。
> 时仲嘉在湖州司兵任。卷三十一《宋奉议郎孺人曾氏墓志铭》："政和三年，仲嘉为湖州司兵。到官之三月，实六月某甲子，夫人以疾卒。"则十年三月仲嘉到任。程俱曾拜访之，期间结识赵子昼。卷三十三《宋故徽猷阁直学士左中奉大夫致仕常山县开国伯食邑九百户赠左通奉大夫赵公墓志铭》云："余初识叔问，吴兴一面定交，今三十年，情好弥厚，始终如一。"此墓志作于绍兴十二年（详后），从绍兴十二年（1142）逆推三十年，两人初逢即在本年。赵子昼，字叔问，燕王五世孙，累官至徽猷阁直学士。《宋史》卷二百四十七有传。时叔问为奉议郎。
> 程俱有《送赵子昼奉议归睢阳用熊倅韵》（卷四）、《同赵奉议离吴兴，江仲嘉与其兄仲举送百余里，醉中戏作此句一首》（卷四）诗。仲嘉三年三月到任，六年三月离任，七年卒（详下谱），故此二首应作于政和三年至六年三月之间。另有《与江仲嘉褒、赵叔问子昼、潘杲卿杲分题赋诗……》（卷二）……等，也应作于此期间。①

---

① 李欣、王兆鹏：《程俱年谱（上）》，《中国韵文学刊》2006 年第 2 期，第 105 页。

40. 约在同一时期，程俱在吴兴同赵子昼等人以"东南之美"分韵赋诗。今存程俱《同叔问诸人以橘、栗、柿、蔗为题，以"东南之美"为韵，余得橘"美"字韵一首》（《全宋诗》第 25 册）。诗题中"叔问诸人"，可能即是上首诗题中所说之人。

政和五年乙未（1115）

41. 寒食前一日，赵鼎臣等人游洛阳崇德寺，以"驾言出游，以写我忧"分韵赋诗。今存赵鼎臣《乙未寒食前一日，陪姚季一、吴和甫登崇德寺阁，赋诗以"驾言出游，以写我忧"为韵，分得"我""出"二字》（《全宋诗》第 22 册）。

宣和四年壬寅（1122）

42. 寒食前一日，赵鼎臣等人游西池，以"每日江头尽醉归"分韵赋诗。今存赵鼎臣《寒食前一日率赵伯山、李汉老、杨时可、秦夷行、刘仲忱游西池，泛舟置酒，分韵赋诗，以"每日江头尽醉归"为韵，余得"江"字，因即赋所见》（《全宋诗》第 22 册）。彭国忠《赵鼎臣生平事迹新考》：

> 宣和三年二月，以故事被降为贡院官；迁集英殿修撰，冬，贴职右文殿修撰……
>
> 宣和四年在朝，任集英殿修撰。文集卷二有《宣和四年五月辛亥，诏以神宗皇帝所书鼎说十二字藏于延英阁，臣鼎臣赋诗以纪其事》五言古诗，应制赋诗，自是集英殿修撰分内事。[①]

赵鼎臣宣和三年二月被降为贡院官，之后又升迁为集英殿修撰，其时间虽不详，但当在二月之后。寒食节在清明前，一般在农历二三月。可以推知这次创作最可能发生在本年。

宣和五年癸卯（1123）

43. 正月初三，李弥逊等人在宣城以"梅花年后多"分韵赋诗。今存

---

① 彭国忠：《赵鼎臣生平事迹新考》，《文学遗产》2010 年第 2 期，第 54 页。

李弥逊《岁后三日，与罗叔共、二邵、似表弟席上分"梅花年后多"韵，得"多"字，刻烛成》（《全宋诗》第 30 册）。任群《周紫芝年谱》"宣和五年"条：

> 岁后三日，李弥逊、李弥正、胡充国、竹坡、二罗等聚会宣城丞厅，分梅花，以"梅花年后多"为韵赋诗。
>
> 弥逊有《岁后三日，与罗叔共、二邵、似表弟席上分"梅花年后多"韵，得"多"字，刻烛成》。"梅花年后多"，少陵《江梅》诗句也。胡充国分梅花于诸人，李弥正有诗为谢……①

44. 春，陈与义在开封与人游玉仙观，以"春风吹倒人"分韵赋诗。今存陈与义《游玉仙观，以"春风吹倒人"为韵，得"吹"字》（《全宋诗》第 31 册）。白敦仁《陈与义年谱》"宣和五年"条：

> 春，在太学博士任，有《游玉仙观》等诗。
>
> 诗云"新春碧瓦丽"，有《归路马上再赋》云："春风所经过，水色如泼油。"节令显然。原编又有《来禽花》《放慵》《清明》《春日》诸诗，当是一时前后之作。②

45. 夏日，陈与义在开封与馆阁同舍集葆真池上，以"绿阴生昼静"分韵赋诗。今存陈与义《夏日集葆真池上，以"绿阴生昼静"赋诗，得"静"字》（《全宋诗》第 31 册）。《容斋随笔·四笔》卷十四"陈简斋葆真诗"条：

> 自崇宁以来，时相不许士大夫读史作诗，何清源至于修入令式，本意但欲崇尚经学，痛沮诗赋耳，于是庠序之间以诗为讳。政和后稍复为之，而陈去非遂以《墨梅》绝句擢置馆阁。尝以夏日偕五同舍集葆真宫池上避暑，取"绿阴生昼静"分韵赋诗，陈得"静"字。其词曰……诗成出示坐上，皆诧为擅场。朱新仲时亲见之，云京师无人不

---

① 任群：《周紫芝年谱》，世界图书出版西安有限公司，2014，第 45 页。
② 白敦仁：《陈与义年谱》下册，浙江古籍出版社，2014，第 1178 页。

传写也。①

白敦仁《陈与义年谱》"宣和五年"条：

> 夏，与同舍五人集葆真池上，分韵赋诗，诗成，传诵一时。
> 洪迈《容斋四笔》卷十四云……又胡仔《苕溪渔隐丛话》后集卷三十四引《诗说隽永》云："京师葆真宫，垂杨映沼，有山林之趣。去非将罢尚符日，题其池亭云：'聊将两鬟蓬，起照千丈镜。微波喜摇人，小立待其定。'（胡氏诗注亦引《诗说隽永》此条。）"按简斋此诗，洪迈以为作于在馆阁日，其说得之朱翌，朱翌既亲见其事，所言当可据信。《诗说隽永》以为作于"将罢尚符日"，按罢尚符事在明年冬，不特时令与诗不合，且与原诗编次大相径庭，兹所不取。②

46. 夏日，陈与义、张元干、吕本中等人游开封慧林寺，以"二仪清浊还高下，三峡［伏］炎蒸定有无"分韵赋诗。今存陈与义《游慧林寺以"三峡［伏］炎蒸定有无"为韵，得"定"字。是日欲逃暑阁下，而守阁童子持不可》（《全宋诗》第 31 册）。白敦仁《陈与义年谱》"宣和五年"条：

> 尝与张元干、吕本中等游慧林寺，分韵赋诗。
> 本集不载同游姓名，胡氏亦无注。按张元干《芦川归来集》卷九《跋苏诏君楚语后》云："顷在东都，一日，陈去非、吕居仁诸公同余避暑资圣阁，以'二仪清浊还高下，三伏炎蒸定有无'分韵赋诗，会者适十四人。从周诗颇佳，为诸公印可。然则阮嗣宗喜仲容，又常曰吾不如与阿戎语，方之养直，惓惓如此，不为过也。"据知元干、本中实同游，而苏庠亦与焉，从周则庠侄也。简斋诗所称"阁下"，即资圣阁。李濂《汴京遗迹志》卷十云："相国寺在县治东，神宗元丰中，增建东西厢，又立八院，东曰宝严、宝梵、宝觉、慧林，西曰定慈、广慈、普慈、智海，金元兵毁。"《河南通志》卷五十云："慧林

---

① （宋）洪迈：《容斋随笔》，上海古籍出版社，1996，第782~783页。
② 白敦仁：《陈与义年谱》下册，浙江古籍出版社，2014，第1181页。

禅院，俗呼为铁佛寺，在相国寺东马道街路北，明末经河水没。"①

宣和六年甲辰（1124）

47. 夏，陈与义与馆阁同舍在开封浴室院以"催诗走群龙"分韵赋诗。今存陈与义《浴室观雨，以"催诗走群龙"为韵，得"走"字》（《全宋诗》第31册）。白敦仁《陈与义年谱》"宣和六年"条：

> 夏。有《浴室观雨》《夏日至与同舍会葆真》及《夏日》诗。
> 浴室未详，疑是兴国寺浴室也。东坡嘉祐元年入京，馆于兴国寺浴室。其后三十年自登州召还，再过浴室。又六年自杭州召还，又一年自扬州召还，皆尝寓此。《山谷集》有《跋浴室院六祖师》文，元祐三年题。东坡又有《书鲁直题名后》，皆兴国浴室也。王文诰《苏诗总案》卷一、卷三十考之甚详。又，沈括《梦溪笔谈》卷一记学士院"在浴堂之南"，恐与此无涉。《葆真》诗云："微官有阀阅，三赋池上诗。"谓去年尝两集葆真，及此皆有诗也。②

宣和七年乙巳（1125）

48. 二月初八，赵鼎等人在开封独乐园以"炯如流水涵青苹"分韵赋诗。今存赵鼎《乙巳二月初八日集独乐园，夜饮梅花下，会者宋退翁、胡明仲、马世甫、张与之、王子与、林秀才及余，凡七人，以"炯如流水涵青苹"为韵赋诗，分得"流"字》（《全宋诗》第28册）。

49. 中秋，惠洪等人在湘中以"月色静中见，泉声幽处闻"分韵赋诗。今存释德洪《中秋夕以"月色静中见，泉声幽处闻"，分韵得"见"字》（《全宋诗》第23册）。周裕锴《宋僧惠洪行履著述编年总案》"宣和七年"条：

> 八月十五夜，分韵作诗，得见字。时弟子阿崇、阿橘侍侧。

---

① 白敦仁：《陈与义年谱》下册，浙江古籍出版社，2014，第1181~1182页。
② 白敦仁：《陈与义年谱》下册，浙江古籍出版社，2014，第1185页。

本集卷七《中秋夕以"月色静中见，泉声幽处闻"为韵，分韵得见字》。

错案：诗中有"揭来泊湘濒，此月凡七见"之句。考惠洪自宣和元年移居湘西谷山，下推七年，乃此年。诗又言"崇具纸笔，橘亦磨破砚"，阿崇，惠洪弟子，即本集卷一三《夏日同安示阿崇诸衲子》中之"阿崇"。建炎二年惠洪示寂于同安，阿崇在其旁。参见本谱建炎二年。阿橘，不可考。①

据以上考察，北宋时期可考的分韵创作仅有以上49次，虽然实际上的次数可能多达成千上万，但其中绝大多数已经湮没在历史长河之中，或者虽然有幸保存了部分作品却失去了有关佳句的记载。仅就以上所考的49次创作看，北宋使用诗文佳句分韵的创作呈现出这样几个特征：其一，嘉祐后创作越来越多，说明这种方式越来越受到文人的重视。其二，从欧阳修到苏轼再到"江西诗派"，分韵创作的参加者从诗坛上层向下发展。这种分韵方式从一开始就是在诗坛上层产生的，并且在此后的一段时间里也一直流行于上层诗人之间，但到了北宋末年，却为活动于社会下层的"江西诗派"中人深深喜爱。其三，创作跟地域发生了一定的联系，开封、许昌和襄阳成为创作次数最多的三个地域。最初几次分韵创作都在开封进行，跟这里作为帝都聚集了更多一流诗人有密切关联。至于许昌和襄阳被突出，则在很大程度上可能是由于文献保存不均的原因。

第二节　南宋分韵诗创作考

进入南宋，"宋型分韵方式"成了文人雅集时最常见的创作方式。正因为常见，所以诗人通常也不会将分韵时所使用的佳句记录下来。尽管如此，由于总体基数较大，可考出来的创作仍有以下95次之多。

---

① 周裕锴：《宋僧惠洪行履著述编年总案》，高等教育出版社，2010，第318页。

建炎三年己酉（1129）

1. 冬，周紫芝与王相如在宣城逃难山中，以"何人有酒身无事，谁家多竹门可款"分韵赋诗。今存周紫芝《次卿与余终日坐竹间，以"何人有酒身无事，谁家多竹门可款"为韵，余得上七字》（《全宋诗》第26册）。周紫芝《太仓稊米集》卷五十一《溪堂文集序》：

> 建炎三年，敌骑大入，建康失守，诸将自溃，抄略郡邑。次卿与余皆携家夜窜山谷，不逾日，敌至泾。次卿仓皇与余相失，全家为贼所得。会郡有檄招抚，贼就食疑不敢决，且欲微刺其意，命次卿草书，口授其意，颇不自下，次卿高目奋髯谓敌言："吾知有死尔，不忍为尔作笺也。"遂被害而死。①

次卿即王相如，字次卿。组诗其四"卧瓮宁免贼，窥窦真若狗"，其五"人命甚脆弱，百岁良逡巡"诸句②，与《溪堂文集序》所记情况较为吻合。故可确定这次创作在本年。

绍兴元年辛亥（1131）

2. 春，陈与义至康州（今广东德庆），在船上与耿延僖、李擢、席益、郑滋以"更长爱烛红"分韵赋诗。今存陈与义《康州小舫与耿伯顺、李德升、席大光、郑德象夜语，以"更长爱烛红"为韵，得"更"字（原注：郑德象名滋，任礼部侍郎、显谟阁直学士。)》（《全宋诗》第31册）。白敦仁《陈与义年谱》"绍兴元年"条：

> （春）沂康州，有与耿延僖、李擢、席益、郑滋小舫分韵诗。
> 《嘉庆一统志》卷四百四十七广东肇庆府："德庆州在府西一百八十里，西至封州县界六十里，北至广西梧州府怀庆县一百六十五里。唐武德四年置南康州，兼置都督府，贞观十二年更名康州，宋为端

---

① （宋）周紫芝：《太仓稊米集》，《文渊阁四库全书》第1141册，台湾商务印书馆，1982～1986，第362页。
② 北京大学古文献研究所：《全宋诗》第26册，北京大学出版社，1996，第17110页。

州，属广南东路，绍兴元年升为德庆府。"郑滋字得象，建德人。(《系年要录》卷七) 政和八年嘉王榜及第。(《严州图经》卷一引《登科记》) 宣和七年自侍御史除中书舍人。(《靖康要录》卷一)《系年要录》卷七云："建炎元年七月己丑朔，徽猷阁待制知平江府郑滋责授秘书少监分司南京，筠州居住，坐围城时日事燕饮，为转运通判官顾彦成所劾者。或曰，李纲之罢行营使也，滋当具责词，颇肆丑诋，故彦成以私书言之于纲，复下彦成体量，而有是命。"同书卷十七云："建炎二年八月辛未，郑滋复徽猷阁待制，以言者论滋为李纲所恶，谪非其罪也。"同书卷五十八云："绍兴二年九月己未，徽猷阁待制提举临安洞霄宫郑滋试尚书兵部侍郎。"简斋作此诗时，滋方奉祠闲居，得来康州也。耿延禧、李擢已见前。时诸人皆在谪中，故诗云"海内艰难各饱更"也。①

绍兴五年乙卯（1135）

3. 秋，冯时行率人登洪雅明月楼，以"山水有清音"分韵赋诗。今存冯时行《登洪雅明月楼与陈舜弼、杨养源、任道夫、孙彦和探"山水有清音"韵赋诗，得"有"字》(《全宋诗》第34册)。据其中"秋风吹征衣，我来亦何有"二句②，知作于秋天。胡问涛、罗琴《冯时行及其〈缙云文集〉研究》在注释"洪雅"时说：

> 此指洪雅故城，在今四川省丹棱县。李吉甫《元和郡县图志》卷三二《剑南道中·眉州》："洪雅故城，在（丹棱）县东一百五十步。"明月楼：不详。陈舜弼、杨养源、任道夫、孙彦和：当地士人。此诗作于冯时行知丹棱期间。③

按，此说有误。此处洪雅即宋代洪雅县，元代省入夹江县，明成化间复。洪雅与丹棱为邻。嘉靖《洪雅县志·疆域志·县纪》："东抵丹棱县界

---

① 白敦仁：《陈与义年谱》下册，浙江古籍出版社，2014，第1254~1255页。
② 北京大学古文献研究所：《全宋诗》第34册，北京大学出版社，1998，第21601页。
③ 胡问涛、罗琴：《冯时行及其〈缙云文集〉研究》，巴蜀书社，2002，第12页。

十五里……北抵丹棱县界五十里……"① 而且在历史上，丹棱曾经是洪雅县的一部分。《太平寰宇记·剑南西道·眉州》："丹棱县。南六十里。元十二乡。本南齐之齐梁郡。后周改为洪雅县。隋析为丹棱，属嘉州。武德二年来属。"② 明月楼即在丹棱县治附近。同书《嘉靖洪雅县志·政教志·建设》："（楼三）曰明月楼，在月珠寺。今废……"③ 同书《疆域志·寺观》："月珠寺，在月珠山。古今题刻甚富。"④ 同书《疆域志·山川》："月珠山，五峰山西前一峰如珠，后一峰如月。一名洞溪山……五峰山，城北一里，五峰突兀。县之主山也。"⑤ 至此，则明月楼的方位就比较清楚了。

冯时行出知丹棱在绍兴五年。此诗下题为《隐甫、圣可、子仪同游宝莲，分韵得"郭"字》，当是其初到丹棱时所作，中有"世间出世间，秋风古兰若"二句⑥，可知亦作于秋天，与上诗在时间上离得很近。隐甫，亦作隐父，即杨炜，丹棱人。冯时行《杨隐父墓表》：

> 绍兴乙卯、丙辰间，某尝令丹棱。始至则求乡之贤硕耆艾敬礼之，与之游，而得杨隐父。隐父为人，清中夷外，见微知著，仁义君子也。去官别隐父，盖十三年，而隐父死又九年，其子恕追惟其父所尝信厚者，于是来告葬期，且乞表著其行事。隐父名炜……⑦

由此可知，杨炜是冯时行初至丹棱即所访之人。综合之前各方面，《登洪雅明月楼》似作于本年秋，或者就任丹棱之前，或在就任之初。

---

① （明）张可述：《嘉靖洪雅县志》卷一，嘉靖刻本，上海古籍书店，1963 年影印本，第 2~3 页。
② （宋）乐史：《太平寰宇记》第 3 册，中华书局，2007，第 1505 页。
③ （明）张可述：《嘉靖洪雅县志》卷二，嘉靖刻本，上海古籍书店，1963 年影印本，第 11 页。
④ （明）张可述：《嘉靖洪雅县志》卷一，嘉靖刻本，上海古籍书店，1963 年影印本，第 11 页。
⑤ （明）张可述：《嘉靖洪雅县志》卷一，嘉靖刻本，上海古籍书店，1963 年影印本，第 5 页。
⑥ 北京大学古文献研究所：《全宋诗》第 34 册，北京大学出版社，1998，第 21602 页。
⑦ （宋）冯时行：《缙云文集》，《文渊阁四库全书》第 1138 册，台湾商务印书馆，1982~1986，第 883 页。

4. 冯时行等人游东郊，以"园林无俗情"分韵赋诗。今存冯时行《游东郊以"园林无俗情"为韵，赋得"情"字二首》(《全宋诗》第34册)。据其一中"晚林烟自生""鸦点背孤城"二句①，诗当作于秋天。这次创作年份无考，但该诗在五律类中排列靠前，亦可能作于本年。姑系于本年。

5. 重阳，丹棱知县冯时行与郭印等人游资阳丰乐院翠围亭，以"开林出远山"分韵赋诗。今存郭印《九日同诸友游丰乐院翠围亭，槛前竹树翳蔽，命僧剪除，青山宛然复出，遂以"开林出远山"为题探韵，印得"林"字》(《全宋诗》第29册)，冯时行《重阳登翠围亭，废十年，竹柏翳然，殊蔽远眼，命寺僧芟除剪伐，屏翳豁开，林峦杳霭，殆丹山之绝胜处也。与同游分韵赋诗，以老杜"开林出远山"为韵，得"远"字》(《全宋诗》第34册)。其所谓丹山，当在丹棱境内，或可代指丹棱。郭印有《当可以邑士将赴类试，作诗饯之，因效其体》，其中云："丹山采凤群鸣集，云外舒张览辉翼。"② 其中当可即是冯时行，字当可，是可以为证。郭印为双流人，当时似闲居在家。双流在成都附近，距离丹棱不远。民国《双流县志·乡贤》：

> 郭印，孝子(郭)绛子。贡上庠中第，官终部刺史。秦相桧与印有庠序旧，绝弗与通。历相三郡，家食十八年。晚号亦乐居士。子皆以赏，惟复明世其科，尝入为宗正丞，知崇庆府，除夔州路转运判官，未赴，卒。孙以祖赏得官，曰道子。③

此次创作当在冯时行任丹棱知县时。因有郭印参加，与下次创作时间当相去不远。故推断在本年。

绍兴六年丙辰（1136）

6. 春，丹棱知县冯时行等人郊行，以"江路野梅香"分韵赋诗。今存

---

① 北京大学古文献研究所：《全宋诗》第34册，北京大学出版社，1998，第21623页。
② 北京大学古文献研究所：《全宋诗》第29册，北京大学出版社，1998，第18664页。
③ 殷鲁等：《双流县志》，民国二十六年（1937）重刊本，成文出版有限公司影印，第368页。

冯时行《出郊以"江路野梅香"为韵,得"路"字》(《全宋诗》第 34 册)。据诗中"日正摇江影,春已暖沙路"二句①,此诗当作于春天。上年春天,冯时行可能尚未就任丹棱知县。姑系于本年。

7. 十月六日,丹棱知县冯时行与郭印等人在杨炜家观画,以"知君重毫素"分韵赋诗。今存冯时行《绍兴六年十月六日,同信可、舜弼、进道谒隐甫,值渠晒画于中庭,遂得纵观,中间不无可人意,独范宽雪山八幅超然绝群,令人意象肃如,真得脱身归岩壑间者,请赋诗,以"知君重毫素"为韵,得"君"字》(《全宋诗》第 34 册)。题中所说隐甫即杨炜,丹棱人。见前文所考。信可即郭印。《蜀中广记》卷五《双流县》:"有郭信可隐居,即郭印也。"② 舜弼、进道,皆待考。

8. 冬,郭印等人以"笼竹和烟滴露梢"分韵赋诗。今存郭印《诸公咏竹,以"笼竹和烟滴露梢"为韵,得"滴"字》(《全宋诗》第 29 册)。据其中"夕阳映雪低,晓露和烟滴"二句③,似当作于冬天。此诗年份待考,但似亦作于闲居之时。姑附于本年。

9. 中秋,郭印等人以"星辰避彩乾坤静"分韵赋诗。郭印《中秋待月,以"星辰避彩乾坤静"为韵,分得"避"字》(《全宋诗》第 29 册)。此诗年份待考,姑附于本年。

绍兴八年戊午(1138)

10. 九月九日,李光在洪州南楼与贺允中等宴集,以"人世难逢开口笑,菊花须插满头归"分韵赋诗。今存李光《九日会南楼,坐客十有二人,以"人世难逢开口笑,菊花须插满头归"分韵,得"归"字》(《全宋诗》第 25 册)。方星移《李光年谱》"绍兴八年"条:

> 九月九日,在洪州南楼与贺允中等宴集,有诗。
> 本集卷四有诗《九日会南楼,坐客十有二人,以"人世难逢开口

---

① 北京大学古文献研究所:《全宋诗》第 34 册,北京大学出版社,1998,第 21610 页。
② (明)曹学佺:《蜀中广记》,《文渊阁四库全书》第 591 册,台湾商务印书馆,1982～1986,第 61 页。
③ 北京大学古文献研究所:《全宋诗》第 29 册,北京大学出版社,1998,第 18660 页。

笑，菊花须插满头归"分韵，得"归"字》，原注："余须、满两字，子忱、彦约输棋得之。"又有《次韵子忱郎中九日南楼宴集》。按，子忱，贺允中字，参绍兴五年事。彦约，名里不详，泰发另有诗《八月晦日游东山，彦约有诗，次韵为诗》与之唱和。①

绍兴九年己未（1139）

11. 三月，胡珵出知严州，郑刚中、张扩、朱翌等人为其饯行，以"移石几回敲废印，开箱何处送新图"分韵赋诗。今存郑刚中《胡德辉郎中由礼部出守桐庐，同舍取令狐楚"移石几回敲废印，开箱何处送新图"之句字分韵，某分赋"移"字》（《全宋诗》第 30 册）、张扩《送胡德辉礼部知严州先还毗陵待阙》（得"几"字。《全宋诗》第 24 册）、朱翌《送胡德辉》（《潜山集》卷二，《全宋诗》未收该集）。《建炎以来系年要录》卷一百二十七：

> （绍兴九年三月）秘书省著作郎胡珵守礼部员外郎，兵部员外郎吕用中守祠部员外郎。既而言者以珵、用中为赵鼎之党，乃以珵知严州，用中知建州。（二人补郡在是月甲午。）②

绍兴九年三月辛巳朔，则甲午是十四日。据此，郑刚中、张扩、朱翌等人为其饯行当在本月或稍后。据朱翌"三吴春尽天连海，四月梅黄雨压蓑"二句③，亦可证。

绍兴十一年辛酉（1141）

12. 本年或此前某年春，邓深在家乡湘阴与诗社好友以"直把春赏酒，都将命乞花"分韵赋诗。今存邓深《诸人集予贫乐轩赏花，以"直把春赏酒，都将命乞花"为韵，深得"把"字》（《全宋诗》第 37 册）。据诗题

---

① 方星移：《宋四家词人年谱》，黑龙江人民出版社，2008，第 152 页。
② （宋）李心传：《建炎以来系年要录》第 5 册，中华书局，2013，第 2393 页。
③ （宋）朱翌：《潜山集》，《文渊阁四库全书》第 1133 册，台湾商务印书馆，1982～1986，第 844 页。

可知，此诗作于春天。欧阳光《宋元诗社研究丛稿》有"邓深诗社"：

>邓深，字资道，湘阴（今属湖南）人。绍兴中举进士。轮对论京西湖南北户及士大夫风俗，高宗嘉纳，提举广西市舶。以老求便郡，知衡州。继擢潼川。后以朝散大夫终于家。
>
>邓深《次韵答社友》诗云……
>
>从此诗的内容可以看出，邓深所结诗社的时间当在其中举入仕之前，即绍兴初年；诗社活动之地，则是在其家乡湖南湘阴。
>
>……诗集中还有《诸人集予贫乐轩赏花，以"直把春赏酒，都将命乞花"为韵，深得"把"字》一诗，从分韵的情况来看，此诗社的成员当在十人以上。①

那么，邓深"中举入仕"在什么时间呢？《雍正广西通志·秩官·宋》："（全州教授）邓深。绍兴十二年任。"② 州学博士通常是进士的初任官，则全州教授很可能是邓深的首任官职。又据《宋史·高宗纪》："（绍兴十二年四月）庚午，赐礼部进士陈诚之以下二百五十四人及第、出身。"③ 据此，则邓深很可能即于是年及第。由此进一步推断，则邓深等人的这次创作当发生在绍兴十一年之前。姑系于本年。

13. 本年或稍后某年春，李弥逊等人在福州游陈氏园，以"江头千树春欲暗"分韵赋诗。今存李弥逊《与罗、邵诸公同游陈氏园分"江头千树春欲暗"，得"树"字》（《全宋诗》第30册）。按，陈氏园在福州沙阳。这次创作似发生在归隐连山之后。《宋史》本传："（绍兴）九年春，再上疏乞归田，以徽猷阁直学士知端州，改知漳州。十年，归隐连江西山。"④ 据诗中提到梅花，又写到春风，尚是早春情景，故当作于十一年或稍后。

14. 某年秋，李弥逊等人游山访僧，以"碧潭清皎洁"分韵赋诗。今存李弥逊《黄蘖归途，以"碧潭清皎洁"为韵，分得"碧"字，真歇泛

---

① 欧阳光：《宋元诗社研究丛稿》，广东教育出版社，1996，第212~213页。
② （清）金钺：《雍正广西通志》，《文渊阁四库全书》第566册，台湾商务印书馆，1982~1986，第483页。
③ （元）脱脱等：《宋史》第2册，中华书局，1977，第555~556页。
④ （元）脱脱等：《宋史》第34册，中华书局，1977，第11776页。

舟先归》(《全宋诗》第 30 册)。这次创作时间无考,姑系于本年。

15. 某年暮春,李弥逊与人在福州候官登乌石山,以"石上坐忘归"分韵赋诗。今存李弥逊《与德洪、明甫、伯与暮春六日同登乌石,饮于浴鸦池,琴侍以"石上坐忘归"分韵,得"石"字》(《全宋诗》第 30 册)。按,乌石山在候官,山上有浴鸦池。这次创作亦当发生在李弥逊隐居连山之后。诗中"追随二三子,顾我独衰白",可证是晚年之作。姑系于本年。

绍兴十四年甲子(1144)

16. 本年前后,吴说、向潾等人游信州(今江西上饶)芝山,登五老亭,以"驾言出游"分韵赋诗。今存向潾《从吴傅朋邀芝山登五老亭,以"驾言出游"分韵赋诗(得"驾"字)》(《全宋诗》第 33 册)。《容斋随笔·三笔》卷九"向巨原诗"条:

> 亡友向巨原,自少时能作诗。予初识之于梁宏夫坐上,未深知之也。是日,偕二友从吴傅朋游芝山,登五老亭,以"驾言出游"分韵赋诗。巨原得驾字,其语云……诗成,观者皆服……①

此诗创作时间不详。考向潾随吴说游芝山当在吴任信州知州时期。范成大《吴郡志》卷六《官宇》:"颁春、宣诏二亭,绍兴十四年,郡守王映建,知信州吴说书额。"② 既然吴说绍兴十四年任信州知州,则这次创作当在是年前后。

绍兴二十一年辛未(1151)

17. 五月,周紫芝将出知兴国军,与几位朋友在西湖边以"暝色带飞鸟"分韵赋诗。今存周紫芝《晚集江园,会者五人,黄叔鱼、林平父、黄文若、刁黄(一作文)叔与仆也,以"暝色带飞鸟"为韵,余得"色"字》(《全宋诗》第 26 册)。此诗写作时间不详。据诗中"赖此千载人,相逢共京国"句,当作于临安;据"追凉坐花阴,持杯饮湖色",地点在

---

① (宋)洪迈:《容斋随笔》,上海古籍出版社,1996,第 524~525 页。
② (宋)范成大撰《吴郡志》,陆振从校点,江苏古籍出版社,1986,第 65 页。

西湖旁，时间在夏日；据"匆匆行语离，两别遂南北"，此会当是离别之宴会；据"日落未可归，山高更须陟"，则诗人行当远行，且为山路。① 任群《周紫芝年谱》"绍兴二十一年"条："五月，以右宣教郎、枢密院编修官兼劝实录院检讨官出知兴国军（《要录》卷一六二）。"② 周紫芝绍兴二十一年五月出知兴国军，季节正好为夏。且此前紫芝绍兴十二年以第三人释褐后一直在临安为官，此后则一直外任，直至二十五年卒。可以推知这次创作发生在绍兴二十一年五月。

绍兴二十九年己卯（1159）

18. 本年或上年三月初三，韩元吉在建安与人以"流水放杯行"分韵赋诗。今存韩元吉《上巳日王仲宗、赵德温见过，因招赵仲缜、任卿小集，以"流水放杯行"分韵，得"行"字》（《全宋诗》第38册）。据诗中"朅来官闽陬，江湖渺余情"二句③，此诗作于韩元吉在福建为官之初。《建炎以来系年要录》卷一百八十三：

> （绍兴二十有九年秋七月甲子）诏左朝请郎、两浙东路提点刑狱公事徐度，左朝请郎、两浙西路提点刑狱公事吕广问、左迪功郎朱熹并召赴行在，右通直郎、知建州建安县韩元吉令任满日赴行在，皆用辅臣荐也。④

绍兴二十九年七月韩元吉尚在建安知县任上，三年任期尚未满，其知建安县最迟在绍兴二十七年下半年。上诗乃三月初三所写，故其最早当为二十八年春，最迟为二十九年春，后者可能性更大，姑系于本年。

19. 约在同年底，韩元吉与友人在建安以"独钓寒江雪"分韵赋诗。今存韩元吉《雪中以"独钓寒江雪"分韵，得"独"字》（《全宋诗》第38册）。从诗中"谁言岁将徂"句看，此诗当作于年底；从"我贫固无

---

① 北京大学古文献研究所：《全宋诗》第26册，北京大学出版社，1996，第17344页。
② 任群：《周紫芝年谱》，世界图书出版西安有限公司，2014，第148页。
③ 北京大学古文献研究所：《全宋诗》第38册，北京大学出版社，1998，第23603页。
④ （宋）李心传：《建炎以来系年要录》第8册，中华书局，2013，第3526页。

事，尚赋一囊粟"二句看，当作于出仕之后。① 此诗在韩元吉集中距离上诗甚近，中间仅隔三首诗，其标题分别为《上巳日与客游张园》《避暑灵泉分韵得水字》《七夕与孟婿约汤朝美率徐行中游鹤山》，皆按照时间顺序排列。据以上数条推断，这次创作当发生在同年年底。

绍兴三十年庚辰（1160）

20. 十二月十六日，冯时行等15人在成都王建梅林以"旧时爱酒陶彭泽，今作梅花树下僧"分韵赋诗。今序与诗皆存。详见第六章所引。

绍兴三十一年辛巳（1161）

21. 正月，胡宪因上书言事得罪，奉祠还乡。王十朋等人在临安为其饯行，以"先生早赋归去来"分韵赋诗。今存洪迈《馆阁送胡正字诗序》和汪应辰《送正字胡丈（得"先"字）》（《全宋诗》第38册）、周必大《胡原仲（宪）正字特改官除宫观，馆中置酒饯别，会者七人，以"先生早赋归去来"为韵，人各赋一首，仆得"早"字（辛巳正月）》（《全宋诗》第43册）和王十朋《送胡正字（宪）分韵，得"来"字（胡上书言事，得祠还乡，同赋者七人，以"先生早赋归去来"为韵)》（《全宋诗》第36册）。详见第六章所引。胡宪改宫观在绍兴三十一年正月。《建炎以来系年要录》卷一百八十八：

（绍兴三十有一年正月）癸未，左迪功郎、守秘书省正字胡宪特改左宣教郎、主管台州崇道观。宪以老乞奉祠，吏部言："在法，馆职到任一年，通四考，改官。按宪以贺允中荐，累召方起，今到任半年，却有实历过十余考。"故有是命。宪时年七十有五矣。②

《中兴小纪》卷四十："（绍兴三十一年春正月）初，正字胡宪以年老求去，诏改京秩，三馆之士分韵作诗，共饯其行。"③ 从以上所考可知，胡

---

① 北京大学古文献研究所：《全宋诗》第38册，北京大学出版社，1998，第23605页。
② （宋）李心传：《建炎以来系年要录》第8册，中华书局，2013，第3641页。
③ （宋）熊克：《中兴小纪》，《文渊阁四库全书》第313册，台湾商务印书馆，1982~1986，第1186页。

宪改京秩在正月，这没有疑问，可是关于三馆学士为其饯行的时间，则略有差别：洪迈在序后署"二月四日"，周必大诗题中自注"辛巳正月"。孰是孰非，难以遽断。

22. 岁末，朱熹与刘汝愚等人作巢居之集，以"苍茫云海路，岁晚将无获"分韵赋诗。今存朱熹《巢居之集以"中有学仙侣，吹箫弄明月"为韵，探策赋之，而熹得中字，遂误为诸君所推高，俾专主约，既而赋诗者颇失期，于是令最后者具主礼以当罚，乃稍集。独敦夫圭甫违令后至，众白罚如约，饮罢以"苍茫云海路，岁晚将无获"分韵，熹得"将"字，而子衡兄得"苍"字，实代熹出令》（《全宋诗》第 44 册）。束景南《朱熹年谱长编》：

（绍兴三十一年）岁末，刘汝愚、魏悼夫、黄子衡、黄铢、刘珏皆来集会，有诗唱酬。

《朱文公文集》卷二《巢居之集以"中有学仙侣，吹箫弄明月"为韵……》①

23. 本年或下年，李流谦与冯时行等人游无为山，以"吾独胡为在泥滓"分韵赋诗。今存李流谦《同冯缙云游无为，以"吾独胡为在泥滓"分韵赋诗，得"泥"字》（《全宋诗》第 38 册）。无为山在绵竹，属汉州，与冯时行所知彭州接壤。据诗中自注："久旱，公至连日得雨。"② 此所指当是冯时行知彭州后发生之事。《建炎以来系年要录》卷一百九十二："（绍兴三十有一年八月）甲辰左朝请郎冯时行知彭州。"③ 据此可推断这次创作发生在本年或下年。

绍兴三十二年壬午（1162）

24. 正月十五日，史浩等人在金陵游蒋山，以"三十六陂春水"分韵赋诗。今存史浩《陪洪景庐左司、马德骏、薛季益、冯园中三郎中、汪中

---

① 束景南：《朱熹年谱长编》卷上，华东师范大学出版社，2001，第 272 页。
② 北京大学古文献研究所：《全宋诗》第 38 册，北京大学出版社，1998，第 23920 页。
③ （宋）李心传：《建炎以来系年要录》第 8 册，中华书局，2013，第 3719 页。

嘉总干游蒋山，以"三十六陂春水"分韵，得"三"字（壬午正月十五日）》（《全宋诗》第35册）。

25. 约在正月，张孝祥经过芜湖，与人以"蹑冒顿之区落，焚老上之龙庭"分韵赋诗。今存张孝祥《诸公分韵"蹑冒顿之区落，焚老上之龙庭"，得"老""庭"字》（《全宋诗》第45册）。韩酉山《张孝祥年谱》：

（绍兴三十二年正月）是月，赴建康，与沈瀛（子寿）等人有唱酬。

王明清《玉照新志》卷四云："绍兴辛巳冬，完颜亮自毙于扬州。明年正月，诏起外舅方务德帅淮西，明清实从行。至建康，与张安国会于郊外。安国之妹夫季（应为"李"，见《南涧甲乙稿》卷二十一《承事郎致仕李君墓志铭》）瞻伯山、外姑之甥郑端本德初共途，皆士子也。"按《系年要录》卷一百九十五、一百九十六载，方滋于绍兴三十一年十二月（己亥朔）乙丑，由主管台州崇道观起知庐州（即淮西帅），次年正月（戊辰朔）庚寅，至建康陛辞，与王《志》在时间上是相符的。孝祥去建康的目的，可能是因为这时高宗在建康，他希望通过有力者的说项，得到重新起用。正月庚寅为二十二日，则孝祥当于正月中旬尚在芜湖，因与太平州教授沈瀛（字子寿）等晤，有唱酬。《文集》卷二《和沈教授子寿赋雪三首》……《麒麟砚滴分韵，得"文"字》《诸公分韵"蹑冒顿之区落，焚老上之龙庭"，得"老""庭"字》二首，似亦是时之作。①

26. 十二月，朱熹等人以"梅花已判来年开"分韵赋诗。今存朱熹《岁晚燕集以"梅花已判来年开"分韵赋诗，得"已"字》（《全宋诗》第44册）。束景南《朱熹年谱长编》：

（绍兴三十二年十二月）与士友燕集赏梅，有咏梅诗。

《朱文公文集》卷二《丁丑冬，在温陵陪……》《岁晚燕集以"梅花已判来年开"分韵赋诗，得"已"字》。②

---

① 韩酉山：《张孝祥年谱》，安徽人民出版社，1993，第85～86页。
② 束景南：《朱熹年谱长编》卷上，华东师范大学出版社，2001，第288～289页。

孝宗隆兴元年癸未（1163）

27. 正月，王之道与漕幕同僚在临安西湖千佛阁以苏轼绝句分韵赋诗。今存王之道《上元后漕幕同僚二十八人会饮于西湖，登千佛阁，运干赵渔樵希圣以坡诗七言绝句分韵，得"陌"字》（《全宋诗》第 32 册）。据诗题可知，这次创作当发生在王之道出任湖南转运判官之后。尤袤《赠故太师王公神道碑》：

> （秦）桧死，起知信阳军，绍兴三十一年至郡。明年，北亮败盟，诏沿边为守备，公疏言……除就湖北提举常平茶盐……除湖南转运判官……遂以朝奉大夫致仕……①

又《建炎以来系年要录》卷一百九十一："（绍兴三十一年七月癸巳）左朝请郎、知信阳军王之道提举荆湖北路常平茶盐公事。"② 这里所载王之道提举湖北常平茶盐的时间有一年差别，未知孰是。综此二家，则其出任湖南转运判官当在绍兴三十二年。考虑到王之道在任不久，又诗歌创作在"上元后"，则当在隆兴元年正月。

乾道三年丁亥（1167）

28. 本年，李流谦与同游公玉及兄弟游成都水陆院，以"清斯濯缨"分韵赋诗。今存李流谦《同游公玉、伯氏、季氏游水陆院濯缨阁，以"清斯濯缨"分韵赋诗，得"斯"字》（《全宋诗》第 38 册）。水陆院濯缨阁在成都北郊。据诗中"扣扉适相期""百步得精庐"等句③，可以推知作于李流谦居成都时。李流谦兄李益谦为其所作《行状》：

> 辛以荫补将仕郎，调成都府灵泉县尉。试漕台荐名，以类闱亲嫌试别所，奏名当之官廷对，不果。秩满，调雅州教授。雅，先君旧治

---

① （宋）王之道：《相山集》附录，《文渊阁四库全书》第 1132 册，台湾商务印书馆，1982～1986，第 753～754 页。
② （宋）李心传：《建炎以来系年要录》第 8 册，中华书局，2013，第 3714 页。
③ 北京大学古文献研究所：《全宋诗》第 38 册，北京大学出版社，1998，第 23865 页。

也，士无老少卒欢趋之。会元枢虞公宣抚全蜀，招致之幕下，其所以密赞婉画为多，典刑旁郡县，以狱上者多所平反，人推其恕。通前任资考，关升从政郎。雅州秩满，以资考将改宣教郎……①

据此可知，李流谦入虞允文幕府在其雅州教授任内，而其任雅州教授在灵泉县尉任满之后，那么知道其任灵泉县尉的时间，即可推知其任雅州教授的时间。李流谦《待鹤亭记》：

绍兴壬午岁元日，邑令杨公过焉，顾瞻久之，曰："是去真栖不一弓地，污秽乃尔，其何以安归？"语邑尉李流谦，相视一叹……绍兴三十二年九月日记。②

既然绍兴壬午即三十二年（1162）元日李流谦已在灵泉县尉任上，则其出任该职最迟在三十一年，任满当在孝宗隆兴二年（1164）。故此任雅州教授当在孝宗隆兴二年至乾道三年（1167）。《宋史·孝宗纪》："（乾道三年六月）甲戌，以虞允文为资政殿大学士、四川宣抚使。""戊寅，复以虞允文为知枢密院事，充宣抚使，帝亲书九事戒之。"③ 据此可以推断，这次创作发生在本年。

乾道四年戊子（1168）

29. 二月，张孝祥在长沙劝农，以"湘波不动楚山碧，花压阑干春昼长"分韵赋诗。今存张孝祥《劝农以"湘波不动楚山碧，花压阑干春昼长"为韵，得"干"字》（《全宋诗》第45册）、张栻《陪安国舍人劳农北郊分韵得"阑"字》（《全宋诗》第45册）。张孝祥诗中有"积雨已连月，长沙尚春寒""却望城中花，宝髻垂珠鬟"几句④，张栻诗中有"寒

---

① （宋）李流谦：《澹斋集》附录，《文渊阁四库全书》第1133册，台湾商务印书馆，1982～1986，第761页。
② （宋）扈仲荣、程遇孙：《成都文类》，《文渊阁四库全书》第1354册，台湾商务印书馆，1982～1986，第776页。原不载作者姓名，然此文亦见于李流谦《澹斋集》卷十五，为李作无疑。
③ （元）脱脱等：《宋史》第2册，中华书局，1977，第640页。
④ 北京大学古文献研究所：《全宋诗》第45册，北京大学出版社，1998，第27752页。

收花尚瘦"句①。长沙纬度较低，此时虽然天气尚寒，但已春花烂漫，当为二月景象。张孝祥乾道三年就任潭州知州，本年七月徙知荆南，则此诗当作于本年。韩酉山《张孝祥年谱》：

（乾道四年）二三月间，下乡劝农，张栻等随行。
《文集》卷五《劝农，以"湘波不动楚山碧，花压阑干春昼长"为韵，得"干"字》……张栻《陪安国舍人劳农北郊分韵得"阑"字》……②

30. 稍后，张孝祥送别邵颖，以"人间风日不到处，天上玉堂森宝书"分韵赋诗。今存张孝祥《送邵怀英分鲁直诗韵"人间风日不到处，天上玉堂森宝书"，得"书"字》（《全宋诗》第 45 册）。邵怀英即邵颖。《绍兴十八年同年小录》：

（四甲）第四十人邵颖字怀英，小名兰孙，小字兰郎。年二十二，四月二十二日生。外氏童。重庆下第四。兄弟五人。一举。娶陈氏。曾祖忻故，不仕。祖聪，未仕。父谊，未仕。本贯婺州金华县白砂乡山回里，祖为户。③

《于湖集》中有《元宵同张钦夫、邵怀英分韵得"红""旗"字》一诗，知是年元宵邵颖尚在长沙。又此诗在《于湖集》中列于《劝农》之后，亦约为二月之作。

31. 夏，吴伯承生孙，张孝祥与同僚在长沙以"我亦从来识英物，试教啼看定何如"分韵赋诗。今存张孝祥《吴伯承生孙，交游共为之喜，凡七人，分韵"我亦从来识英物，试教啼看定何如"，某得"啼""定"字》（《全宋诗》第 45 册）。二诗在《于湖集》中位于《酬朱元晦登定王台之作》后。据"楼鼓方行夜，天星恰照奎"二句④，此诗似当作于夏天。李

---

① 北京大学古文献研究所：《全宋诗》第 45 册，北京大学出版社，1998，第 27866 页。
② 韩酉山：《张孝祥年谱》，安徽人民出版社，1993，第 136~137 页。
③ （宋）无名氏：《绍兴十八年同年小录》，《文渊阁四库全书》第 1354 册，台湾商务印书馆，1982~1986，第 372 页。
④ 北京大学古文献研究所：《全宋诗》第 45 册，北京大学出版社，1998，第 27782 页。

一飞《张孝祥事迹著作系年》：

> （乾道四年）七月前，在潭州任上。入夏，湖南又旱。作《湖湘以竹车激水》《次韵南轩喜雨诗》。
> ……是年在潭州还有作：
> 诗：《元宵同张钦夫、邵怀英分韵得"红""旗"字》二首、《出郊》、《劝农，以"湘波不动楚山碧，花压阑干春昼长"为韵，得"干"字》……《吴伯承生孙分韵，得"啼""定"字》……[1]

32. 九月九日，朱熹等人登天湖，以"菊花应插满头归"分韵赋诗。今存朱熹《九日登天湖，以"菊花应插满头归"分韵赋诗，得"归"字》（《全宋诗》第44册）。束景南《朱熹年谱长编》：

> 九月九日，与友人游天湖，有诗唱酬。
> 《朱文公文集》卷五《九日登天湖，以"菊花应插满头归"分韵赋诗，得"归"字》《归报德再用前韵》。[2]

乾道五年己丑（1169）

33. 初秋，周孚等人登镇江多景楼，以"楼高天一握"分韵赋诗。今存周孚《登多景楼分"楼高天一握"为韵，得"一"字。楼非旧址，惟东南面可眺，三隅暗甚，时方改作榜，称米元章书，盖伪也，语寺僧当易之》（《全宋诗》第46册）。多景楼在镇江北固山甘露寺内。此诗在周孚《蠹斋铅刀编》卷九，其下一首为《步至石翁山送江亭下赠同游。是山，予意昔有石姓居之，今说怪甚》，二者在时间上具有连续性。该诗中有"趁此霜林叶未红""落霞孤鹜本非工"二句[3]，知当作于初秋。

同书卷七最后一首《正月五日寄陈道人》题下注有"戊子"二字。卷八《刘氏慈义亭》题下亦有"此后戊子"四字，其下隔三题为《史庆臣

---

[1] 李一飞：《张孝祥事迹著作系年》，《宋人年谱丛刊》第9册，四川大学出版社，2013，第6234~6235页。
[2] 束景南：《朱熹年谱长编》卷上，华东师范大学出版社，2001，第401页。
[3] 北京大学古文献研究所：《全宋诗》第46册，北京大学出版社，1998，第28777页。

止酒》，中有"吴稻新春白，犹堪慰转蓬"二句，可知已然到了夏天。其下再隔两题为《次韵士美求予旧诗之句》，中有"寒江不疗风雅渴""蛰虫欲作雷破柱，大胜秋蛩吊寒月"几句，可知已是冬天。到了卷九第三首为《次韵陈丈。陈丈，宣城人。欧公诗云："共防梅老敌难当。"》，诗中有"梅柳作新还此际，江山增重信吾乡"二句，可知已到了下一年即己丑年春天。而此诗下隔一题即《登多景楼》，当为同年之作。

卷九《登多景楼》下隔三题为《寄辛幼安二首》，其二有"春风绿林壑，还伫短辕车"二句，可知时间又到了另一年即庚寅年之春了。此题下隔六题，即《丙戌重五后一日，予与同舟三人游虎丘。庚寅岁，予亦以是日至枫桥，望虎丘塔，迫日莫，叹息而去》，亦可证此前已进入庚寅年。

综合以上文献，可以推断《登多景楼》作于乾道五年初秋。

乾道六年庚寅（1170）

34. 本年初春，李流谦在临安为朱时敏饯行，以"春草碧色"分韵赋诗。今存李流谦《以"春草碧色"分韵送朱师古知洛县，得"色"字》（《全宋诗》第38册）。从"惊雷忽破地""春湖波如天"二句，知此诗作于初春。[①] 李流谦兄李益谦为其所作《行状》：

> 雅州秩满，以资考将改宣教郎。新制，例当作邑，雅不欲也。亲党勉譬之曰："子秘其所藏，久而不发，岂吾党所望哉？上国之光，盍往观焉？发其所藏，俾吴儿知之，此而不遇，退未晚也。"弟然之。明年至吴，名称籍甚。亲党在要津者皆力引于朝，除诸王宫大小学教授，宗室子孙洒然以得师为惬。[②]

按照"乾道三年"条所考，李流谦雅州教授任满当在乾道三年（1167），其"至吴"并"除诸王宫大小学教授"当在四年之后。又诗题

[①] 北京大学古文献研究所：《全宋诗》第38册，北京大学出版社，1998，第23886页。
[②] （宋）李流谦：《澹斋集》附录，《文渊阁四库全书》第1133册，台湾商务印书馆，1982～1986，第761页。

中所云朱师古,即朱时敏。《南宋馆阁续录·官联二·著作郎》:"(淳熙五年以后二十人)朱时敏。字师古,眉山人。绍兴二十四年张孝祥榜同进士出身,治《礼记》。七年七月除,九年三月为将作少监。"① 朱时敏知洛县当在四年到六年之间。姑系于本年。

35. 本年或此后某年初夏,章甫等人以"万颗匀圆讶许同"分韵赋诗。今存章甫《同张伯子、威子、季子、雉闻、子陆、及之、时子政、家弟辅、小子盘过马清叟摘樱桃,以"万颗匀圆讶许同"分韵,赋得"许"字》(《全宋诗》第47册)。此诗写作时间无考。在四库馆臣据《永乐大典》所辑的《自鸣集》中,此诗前一题为《陪韩子云吊张安国舍人墓》,中有"松柏倏已拱,宿草缠余哀"二句②,知当作于张孝祥卒后几年。张孝祥卒于乾道五年六月,则此诗当作于乾道六年之后。如果二诗的编排保留了章甫诗集的原貌,则章甫等人的这次创作当发生在乾道六年之后。姑系于本年。

乾道九年癸巳(1173)

36. 重阳,李流谦自京城返回四川途中,经过峡中,与人分韵赋诗。今存李流谦《峡中重九以"菊有黄华"分韵,得"菊"字》(《全宋诗》第38册)。李流谦兄李益谦为其所作《行状》:

> 明年至吴,名称籍甚。亲党在要津者皆力引于朝,除诸王宫大小学教授,宗室子孙洒然以得师为愜。休沐则杜门却扫,非其时不见达官贵人面。既久,诸公交口荐誉之,而心已倦游,力丐补外。朝士皆惜其去,力挽之不可,相视叹息。以实历磨勘,循奉议郎,除通判潼川府。朝受命,夕问途,浩歌而西。所过历名迹胜境,率赋咏以自娱。次峡中,赋百韵,极其胜致。将至家,予逆之于南门之外,劳万里之归,叙三岁之别,握手一笑。寻风雨之盟,不觉年余,以贫而出,弟送之郊,分携惘然。久之书来,以病告,日几其愈也,未几,

---

① (宋)陈骙、佚名:《南宋馆阁录·续录》,中华书局,1998,第279页。
② 北京大学古文献研究所:《全宋诗》第47册,北京大学出版社,1998,第29036~29037页。

以讣闻。①

据此文可知，李流谦经过峡中在其受命通判潼川府之时。文中有"叙三岁之别"，上文已考李流谦任诸王宫大小学教授在乾道四年之后，"既久"则不止一个任期，当为四到五年，假定为五年，则其赴任途经三峡当为九年（1173）之后。"不觉年余"之后当为淳熙元年（1174），"久之"之后约为三年，李流谦去世。综合以上，李流谦经过峡中约在乾道九年。

淳熙元年甲午（1174）

37. 六月，朱熹等人游百丈山，以"徙倚弄云泉"分韵赋诗。今存朱熹《游百丈山以"徙倚弄云泉"分韵赋诗，得"云"字》（《全宋诗》第44册）。束景南《朱熹年谱长编》：

（淳熙元年六月）游百丈山，有诗吟唱，作《百丈山记》。
《朱文公文集》卷六《游百丈山以"徙倚弄云泉"分韵赋诗，得"云"字》《百丈山六咏》。②

38. 七月，朱熹等人游芦峰，以"岭上多白云"分韵赋诗。今存朱熹《同丘子服游芦峰以"岭上多白云"分韵赋诗，得"白"字》（《全宋诗》第44册）。束景南《朱熹年谱长编》：

（淳熙元年）七月，云谷居成，遂上芦峰，登云谷，有诗咏之。
《朱文公文集》卷六《七月六日早发潭溪，夜登云谷，翌日赋此》《登芦峰》《同丘子服游芦峰以"岭上多白云"分韵赋诗，得"白"字》。③

39. 本年或下年中秋，李流谦与同僚玩月，以"不择茅檐与市楼，况我官居似蓬岛"分韵赋诗，今存李流谦《中秋玩月，以东坡"不择茅檐与

---

① （宋）李流谦：《澹斋集》附录，《文渊阁四库全书》第1133册，台湾商务印书馆，1982~1986，第761页。
② 束景南：《朱熹年谱长编》卷上，华东师范大学出版社，2001，第514页。
③ 束景南：《朱熹年谱长编》卷上，华东师范大学出版社，2001，第535页。

市楼，况我官居似蓬岛"为韵，得"似"字》(《全宋诗》第 44 册)。中秋玩月乃四川风俗。诗中有"玉峰一掌开乔岳"句①，玉峰山在屏山县，该县在南宋属潼川府，知此诗当作于李流谦通判潼川之时。前已考李流谦经过峡中在乾道九年重阳，则其中秋玩月必在淳熙元年或二年。姑系于本年。

40. 十月初五，喻良能在义乌家中亦好园与兄弟、侄子分韵赋诗。今存喻良能《十月五日从兄、四弟、三侄侍太孺人赏菊亦好园，以"赏心乐事"为韵，分得"赏"字》(《全宋诗》第 43 册)。此诗在喻良能《香山集》卷二，前一首为《偶题》，云："少陵五十六，负暄候樵牧。我今年与齐，而亦处幽独。"②喻良能生于宣和元年，其 56 岁在淳熙元年。这次创作时间不详，姑系于本年。

淳熙三年丙申（1176）

41. 正月，朱熹与刘珪、刘子翔同饮白云精舍，以"醉酒饱德"分韵赋诗。今存朱熹《彦集、圭父、择之同饮白云精舍，以"醉酒饱德"为韵，熹分得"饱"字，醉中走笔奉呈》(《全宋诗》第 44 册)。据其中"寒更尽渠深"句③，知这次创作发生在冬春之时。束景南《朱熹年谱长编》：

> （淳熙三年）正月，与刘珪、刘子翔游天湖、将军岩、金斗，有诗唱酬。刘子翔新营别墅，刘韫将五夫故居赠朱熹。
> 《朱文公文集》卷六《立春大雪邀刘圭夫诸兄游天湖》《次圭父游将军岩韵二首》《圭父约为金斗之游，次韵献疑，聊发一笑》《次彦集经营别墅之作》。④

白云精舍一诗恰好在这里提到的四个诗题之前，且题中所涉友人一致，故可知其创作发生在本年正月。

42. 约在本年春，赵蕃将离开信州，友人设宴，以"为此春酒，以介

---

① 北京大学古文献研究所：《全宋诗》第 38 册，北京大学出版社，1998，第 23891 页。
② 北京大学古文献研究所：《全宋诗》第 43 册，北京大学出版社，1998，第 26924 页。
③ 北京大学古文献研究所：《全宋诗》第 44 册，北京大学出版社，1998，第 27579 页。
④ 束景南：《朱熹年谱长编》卷上，华东师范大学出版社，2001，第 546 页。

眉寿"分韵赋诗。今存赵蕃《徐审知置酒，会者三人，以"为此春酒，以介眉寿"分韵作诗，蕃得"介""眉"字二首》（《全宋诗》第49册）。据诗题可知，此诗作于春日。其下隔五题为《子肃示九日山谷间怀兄弟三诗，因怀子进、子仪，次韵并呈子肃》中有"况方迫穷冬，我褐犹未具"二句，可知已到冬天；其下隔一题《有感》中有"涉春拟办多，才尽不自支"二句，可知已到下年春天；其下隔七题为《秋夜怀彦博审知》，中有"人生七十稀，俯仰半已阑"二句。① 赵蕃三十五岁在淳熙四年，上推一年则为淳熙三年。姑系于本年。

淳熙五年戊戌（1178）

43. 七月，朱熹等人登天湖，以"山水含清晖"分韵赋诗。今存朱熹《秋日同廖子晦、刘淳叟、方伯休、刘彦集登天湖，下饮泉石轩，以"山水含清晖"分韵赋诗，得"清"字》（《全宋诗》第44册）。束景南《朱熹年谱长编》：

> （淳熙五年七月）是月，刘尧夫、廖德明、方士繇来访，同游天湖，有诗吟唱。
> 《朱文公文集》卷六《秋日同廖子晦、刘淳叟、方伯休、刘彦集登天湖，下饮泉石轩，以"山水含清晖"分韵赋诗，得"清"字》。②

44. 七月二十九日，朱熹与廖德明、刘尧夫等人登云谷，以"云卧衣裳冷"分韵赋诗。今存朱熹《淳熙戊戌七月二十九日，与子晦、纯叟、伯休同发屏山，西登云谷，越夕乃至，而季通、德功亦自山北来会，赋诗记事，以"云卧衣裳冷"分韵赋诗，得"冷"字》（《全宋诗》第44册）。束景南《朱熹年谱长编》：

> 二十九日，与廖德明、刘尧夫、方士繇发潭溪，留芹溪，登云谷，宿黄沙，游武夷，蔡元定、刘甫、刘子翔皆来会，多有诗吟留题。

---

① 北京大学古文献研究所：《全宋诗》第49册，北京大学出版社，1998，第30848页。
② 束景南：《朱熹年谱长编》卷上，华东师范大学出版社，2001，第602页。

……《朱文公文集》卷六《淳熙戊戌七月二十九日，与子晦、纯叟、伯休同发屏山，西登云谷，越夕乃至，而季通、德功亦自山北来会，赋诗记事，以"云卧衣裳冷"分韵赋诗，得"冷"字》《宿黄沙以"山如翠浪涌"分韵赋诗，得"如"字》。①

45. 同日，朱熹等人宿黄沙，以"山如翠浪涌"分韵赋诗。今存朱熹《宿黄沙以"山如翠浪涌"分韵赋诗，得"如"字》（《全宋诗》第44册）。其依据已见上条。

46. 本月，朱熹等人游武夷山，以"相期拾瑶草"分韵赋诗。今存朱熹《游武夷以"相期拾瑶草"分韵赋诗，得"瑶"字》（《全宋诗》第44册）。据其中"秋风入庭户，残暑不敢骄"二句②，知此诗当作于七月。束景南《朱熹年谱长编》：

（淳熙六年十二月）游玉涧，有和李吕诗及和杨大法十梅诗韵。

……李吕《跋晦翁游大隐屏诗》："右《大隐屏峰书堂古风》一篇，晦庵先生朱公作也。淳熙己亥，公为南康守。腊中适宴过客，某与武宁丞杨君子直集于幕府之敬老亭，佥判杨君子美实主其事。郡斋客退，公书此诗遣人走送坐上。子美为筹，祝而扬之，一筹跃来，徐取而视，乃得字，二君不能夺也。私窃喜焉，因成一绝以谢曰：'晦翁词翰妙天下，可见元无一点尘。为问争珠谁得者，须还趯倒净瓶人。'归而刻之澹轩，以无忘角弓。且知晦公雅志，未尝不在泉石间，其视富贵，真若浮云。彼世之患得患失者，睹公之诗能无愧乎？"

按：李吕所云《大隐屏峰书堂古风》，即朱熹《文集》卷四之《游武夷以"相期拾瑶草"分韵赋诗，得"瑶"字》……③

李吕虽云朱熹"腊中"所书，但未必是当时所作；结合其诗中的"秋风"二句，更可知作于此前；淳熙六年七月朱熹在南康知州任上，无暇武夷之游；而本年七月朱熹闲居武夷，且多与友人出游，此次亦为当时出游

---

① 束景南：《朱熹年谱长编》卷上，华东师范大学出版社，2001，第602页。
② 北京大学古文献研究所：《全宋诗》第44册，北京大学出版社，1998，第27545页。
③ 束景南：《朱熹年谱长编》卷上，华东师范大学出版社，2001，第645~646页。

赋诗之一例。

47. 本年或下年十二月，赵蕃与友人以"有寒疾不可以风"分韵赋诗。今存赵蕃《与彦博、审知同为问梅之行，到溪南，仆与审知俱以畏风罢兴，止小酌于僧房，以"有寒疾不可以风"分韵作诗，得"有""寒""可"字三首》（《全宋诗》第49册）。据其二中"重此一岁阑"和其三中"山梅且翩翩"二句，知当作于十二月。其下二题为《五月十有八夜与审知同宿塔山次审知韵》《再次韵》，可知已到了次年五月；其下《雨宿永源寺》首句为"六月有此雨"，知时间已到六月；其下隔一题为《孟秋八日夜，伯寿、仲理过予，同访俊义。步月入城南书院，繇东渚上读书堂，过蒙轩，憩卷云，欲访月榭，而月未到，坐濯清者，久之乃归，赋诗十四韵以记》，题中已表明时间到了九月；其下隔一题《题郑氏北墅》中有"主人谁与者，其祖郑七松。流风被云仍，真有隐者风。问年七十余，曳履不扶筇。我年仅其半，而已衰龙钟"几句，假设郑七松是年七十二岁，则赵蕃为三十六岁，假使郑七松七十四岁，则是年赵蕃为三十七岁。[①] 据刘宰《章泉赵先生墓表》，赵蕃卒于绍定二年（1229），享年八十七岁，其生年当为绍兴十三年（1143），其三十六岁在淳熙五年（1178），三十七在淳熙六年（1179）。姑系于本年。

淳熙六年己亥（1179）

48. 十月上休日，朱熹等人在江州游卧龙、玉渊、三峡，以"惊鹿要须野学，盟鸥本愿秋江"分韵赋诗。今存朱熹《十月上休日游卧龙、玉渊、三峡，用山谷"惊鹿要须野学，盟鸥本愿秋江"分韵，得"鸥"字》（《全宋诗》第44册）。束景南《朱熹年谱长编》：

> （淳熙六年十月）上休日，与同僚士友游卧龙、玉渊、三峡，赋诗唱酬。
>
> 《别集》卷七《十月上休日游卧龙、玉渊、三峡，用山谷"惊鹿要须野学，盟鸥本愿秋江"分韵，得"鸥"字》。[②]

[①] 北京大学古文献研究所：《全宋诗》第49册，北京大学出版社，1998，第30477~30479页。
[②] 束景南：《朱熹年谱长编》卷上，华东师范大学出版社，2001，第639页。

49. 本年或下年重阳，李石与汉州知州胡子远以"重阳能插菊花无"分韵赋诗。今存李石《九日同胡子远携三子，以"重阳能插菊花无"分韵》（《全宋诗》第 35 册）。此诗写作时间不详。据周必大《送胡子远出守汉州分韵得"万"字（戊戌十一月）》，知其人知汉州在淳熙五年，当时已是十一月，则其入川当在淳熙六年。又李石卒于淳熙八年。故知这次创作当发生在淳熙六年或七年。

淳熙八年辛丑（1181）

50. 七月初十，朱熹等人游昼寒亭，以"茂林修竹，清流激湍"分韵赋诗。今存朱熹《游昼寒，以"茂林修竹，清流激湍"分韵赋诗，得"竹"字》（《全宋诗》第 44 册）。《朱文公文集》卷八十四《游密庵记》：

淳熙辛丑秋七月癸未，朱仲晦父、刘彦集、敬父、平父、黄德远、方伯休、陈彦忠来游密庵。仲晦父之子塾、在，彦集之子瑾，平父子侄学雅、学文、学古、学博、学裒侍。向夕，冒大雨、涉重涧，登昼寒亭，观瀑布壮甚。明日，仲晦父复与彦集、平父步自野鹤亭，下寻涧底，得水石佳处三四，规筑亭以临之。而陈力就深父继至，见之欣然许相其役，遂复登昼寒。会雨小霁，日光璀璨，尤觉雄丽。归饮清湍，以"崇山峻岭，茂林修竹，清流激湍，映带左右"分韵赋诗。明日，复循涧疏理泉石，饮罢而还。道人宗慧、宗归有约不至。①

是年"七月癸未"为初九，则其"明日"为初十。

淳熙十年癸卯（1183）

51. 二月五日，朱熹访方士繇新居，以陶渊明诗句分韵赋诗。今存朱熹《正月五日欲用斜川故事结客载酒过伯休新居，风雨不果，二月五日始克践约，坐间以陶公卒章二十字分韵，熹得"中"字，赋呈诸同游者》（《全宋诗》第 44 册）。束景南《朱熹年谱长编》：

---

① （宋）朱熹：《朱熹集》第 7 册，郭齐、尹波点校，四川教育出版社，1996，第 4363～4364 页。

二月五日，与士友出游石马，访方士繇新居，有诗唱酬。

《朱文公文集》卷八《正月五日欲用斜川故事结客载酒过伯休新居，风雨不果，二月五日始克践约，坐间以陶公卒章二十字分韵，熹得"中"字，赋呈诸同游者》，卷九《游石马以"驾言出游"分韵赋诗，得"出"字》……①

52. 同日，朱熹等人游石马，以"驾言出游"分韵赋诗。今存朱熹《游石马以"驾言出游"分韵赋诗，得"出"字》（《全宋诗》第44册）。其依据已见上条。

53. 十二月初九，朱熹离开福州。赵汝愚等人为其送行，以"星垂平野阔，月涌大江流"分韵赋诗。今存朱熹《腊月九日晚发怀安，公父教授、寿翁知丞载酒为别，而元礼、景嵩、子木、择之、廷老、考叔、舜民诸贤相与同舟乘便风，顷刻数十里，江空月明，饮酒乐甚，因以"星垂平野阔，月涌大江流"分韵，熹得"星"字，醉中别去，乃得数语，略纪一时之胜云》（《全宋诗》第44册）。束景南《朱熹年谱长编》：

十二月九日，离福州归，赵汝愚、林亦之等送之，有诗韵。

……《朱文公文集》卷八《腊月九日晚发怀安，公父教授、寿翁知丞载酒为别，而元礼、景嵩、子木、择之、廷老、考叔、舜民诸贤相与同舟乘便风，顷刻数十里，江空月明，饮酒乐甚，因以"星垂平野阔，月涌大江流"分韵，熹得"星"字，醉中别去，乃得数语，略纪一时之胜云》。②

54. 此年前后的某个冬天，徐照将离开温州，友人为其送行，以"谓语助者"分韵赋诗。今存徐照《朱可翁、陈西老、徐灵渊携酒饯别，饮罢以周兴嗣〈千字文〉中语为韵曰"谓语助者"，且名为江上行云，分得"语"字》（《全宋诗》第50册）。此诗写作时间不详。此诗下隔七题为《上木詹事生日十月十五》。木詹事即木待问，其任太子詹事时间不详。周必大《文忠集》卷二十六《回太平州木詹事待问启》题下有小注："淳熙十年。"

---

① 束景南：《朱熹年谱长编》卷上，华东师范大学出版社，2001，第759页。
② 束景南：《朱熹年谱长编》卷上，华东师范大学出版社，2001，第785页。

淳熙十三年丙午（1186）

55. 春，赵汝愚出任四川制置使，杨万里等人为其饯行，分韵赋诗。今存杨万里《饯赵子直制置阁学侍郎出帅益州，分"未到五更犹是春"二十八字为韵，得"犹"字》（《全宋诗》第42册）。既以"未到五更犹是春"等字分韵，杨万里诗中又有"舞破春风劝玉舟"之句，则这次创作发生在春天。①《宋史·孝宗纪》："（淳熙十二年十二月）甲子，以知福州赵汝愚为四川制置使。"② 十二月甲子即十五日，被任命为四川制置使的赵汝愚尚在福州知州任上，则其回京述职并前往四川自然在次年春天。

淳熙十五年戊申（1188）

56. 三月，赵蕃将赴衡阳，朋辈在玉山智门寺为其置酒，以"尊前失诗流"分韵赋诗。今存赵蕃《三月审知以余行有日，置酒于智门寺后竹间小亭，时与者王彦博、审知之侄彦章、余之弟成父，审知命以"尊前失诗流"为韵，分得"流"字，书以呈之》（《全宋诗》第49册）。此诗在赵蕃《淳熙稿》卷八，其下隔十五题为《蕃舣舟湘西之明夕，郑仲理、吴德夫、周伯寿、黎季成共置酒于书院阁下，追饯者邢广声、王衡甫，时戊申仲秋七日》，所谓"舣舟湘西"，即前诗题所谓"余行有日"，二者所指为一事，则当为淳熙十五年（戊申）之事。刘宰《章泉赵先生墓表》："少尝从静春先生刘公清之受学，公时守衡，故欲从之卒业。甫至，而刘以非罪去，即从之归。"③《宋史·礼志·吉礼》："（淳熙）十四年，衡州守臣刘清之奏：史载炎帝陵在长沙茶陵，祖宗时给近陵七户守视，禁其樵牧，宜复建庙，给户如故事。"④ 既然淳熙十四年刘清之尚在衡州知州任上，则他"以非罪去"当在是年之后。与此时间相合。

57. 约在本年前后某年秋，谭季壬、曾三聘、王时会等人访张镃于杭

---

① 北京大学古文献研究所：《全宋诗》第42册，北京大学出版社，1998，第26336页。
② （元）脱脱等：《宋史》第3册，中华书局，1977，第684页。
③ （宋）刘宰：《漫塘集》，《文渊阁四库全书》第1170册，台湾商务印书馆，1982~1986，第730页。
④ （元）脱脱等：《宋史》第8册，中华书局，1977，第3560页。

州，宾主以"细思却是最宜霜"分韵赋诗。今存张镃《锦池芙蓉盛开，与谭德称、何国叔、曾无逸、王季嘉、吕浩然、张以道小集，以东坡诗"细思却是最宜霜"分韵，得"却"字》（《全宋诗》第50册）。据其中有"尔时木芙蓉，酣酣纵云萼""西风吹雨小，池波晚烟阁"诸句，可知作于秋天。① 题中所及诸人，谭德称即谭季壬，举进士，曾任国子监学正。杨万里有《谢谭德称国正惠诗》，于北山《杨万里年谱》系于本年：

> （淳熙十五年）正月，朝廷开议事堂，皇太子隔日与宰执相见议事。诚斋所谏，未加采纳。"不得其言则去"，因而归思甚浓。
> 西蜀名士谭季壬（德称）赠诗，赋诗谢，张镃有次韵之作。

其后又有注云：

> 集卷二十三《谢谭德称国正惠诗》……
>
> ［按］谭季壬，字德称，四川崇庆人。祖望（勉翁）、父篆（拂云）均以进士起家，以文章名一代。顾皆有学无年，不盈五十而卒。季壬十岁丧父，赖母教严，肆力为学。既长，亦第进士，以诗文名于时。初为崇庆府府学教授。本年在都，以国子正迁军器监丞。季壬殆卒于绍熙之末，陆游庆元元年已称其为"亡友"，志远年局，故诗文罕传。
>
> ［按］谭季壬为西蜀名士。陆游客蜀日，与之缔交，情好如兄弟。周必大亦甚重其学行，当季壬命教成都日，必大曾函陆游谓"石室得人矣"。范成大帅蜀，与之亦有交往。成大奉诏离蜀，有数人自成都送至泸州合江县始返，季壬其一也。别后，成大有诗怀之："故人新判袂，得句与谁论！"
>
> ［按］《南湖集》卷三《杨秘监为余言，初不识谭德称国正，因陆务观书，方知为西蜀名士，继得秘监与国正唱和诗，因次韵呈教》……②

---

① 北京大学古文献研究所：《全宋诗》第50册，北京大学出版社，1998，第31528页。
② 于北山：《杨万里年谱》，于蕴生整理，上海古籍出版社，2006，第353~356页。

光宗绍熙二年辛亥（1191）

58. 二月晦日，刘孟容出任江陵县丞，项安世等人为其饯行，以"四海良朋能几多"分韵赋诗。今存项安世《送江陵刘县丞得"多"字（孟容，字公度。近诗云"四海良朋能几多"，因以为韵）》（《全宋诗》第44册）。周必大有《送刘公度县丞赴江陵》一诗，题后自注所作时间云："辛亥二月晦。"① 此诗虽非分韵所作，但也是送刘孟容出任江陵县丞，故二诗当作于同时。

59. 本年或稍前某年春，陈造在家乡高邮与人以"人家寒食月，花影午时天"分韵赋诗。今存陈造《分韵得"家"字（以"人家寒食月，花影午时天"为韵）》（《全宋诗》第45册）。详考见下条。此诗在《江湖长翁集》中略前于下条中之诗。

60. 同月稍后，陈造在真州与官员以"寒食数日，得小住为佳耳"分韵赋诗。今存陈造《招朱法曹、赵宰、赵予野饮（以"寒食数日，得小住为佳耳"为韵，分得"食""得"二字）》（《全宋诗》第45册）。据其一中"秦邮望仪真""寓公芹泮士"二句②，知当作于其任平江教授之后。秦邮即陈造家乡高邮。郑兴裔《郑忠肃奏议遗集》卷上有《荐举陈造状》：

> 臣伏见高邮陈造，明经修行，幼居乡曲，早有时誉。淳熙二年第进士甲科，以词赋声震艺苑。调太平州繁昌尉，摘伏发奸，不畏强御。政成报最，除平江教授。启迪生徒，亹亹不倦。撰《芹宫讲古》阐明经义，士子服其论议，憾师承之不早，至有"淮南夫子"之称。每孤高自守，不欲取容当途，然臣窃观其问，学阂深艺，文优赡恭，值国家右文，似此之人不宜置之冷曹。伏乞睿察，特赐简用，必有以副旁求之意。臣无任冒昧应诏，举奏以闻。③

又嘉庆《高邮州志·人物志·列传》：

---

① 北京大学古文献研究所：《全宋诗》第43册，北京大学出版社，1998，第26755页。
② 北京大学古文献研究所：《全宋诗》第45册，北京大学出版社，1998，第28023页。
③ （宋）郑兴裔：《郑忠肃奏议遗集》，《文渊阁四库全书》第1140册，台湾商务印书馆，1982~1986，第204页。

陈造字唐卿。年二十五始知锐意为儒，忘寝与食。直院崔大雅奇其才，勖仕进以行其所学，年四十三登进士，调繁昌尉，改平江府教授，士众悦服。参政范成大见其诗文，谓文士龚颐正曰："陈唐卿亦高邮人，使遇欧苏盛名，当不在少游下。"尚书尤袤、枢密罗点得其骚词杂著，手之不置。谓人曰："吾自是有师法矣。"寻宰定海，减斥卤之课，蠲失额之粮，治行称最，擢通守房陵，摄郡事，皆有治绩。前后上书论列多国家大计，而于桑梓水利尤详。参政张孝伯见之，曰："有才如此，乃陆沉州县耶！"举以自代，授浙西路安抚使参议官，以归，改淮南西路安抚使参议。卒赠朝奉大夫。造两为试官，去取惟允，时称淮南夫子。晚年自号江湖长翁，有诗文杂著四十卷、《芹宫讲古》三卷、《长短句》三卷。子师文、师是，孙宷、宸皆进士，曾孙俨修，元孙寅，来孙奋俊英岩咸历显仕。①

既然陈造由平江教授"寻宰定海"，则知道其任定海知县的时间，即可推知其任平江教授的时间。宝庆《四明志·定海县志·县令》："陈造。宣德郎，绍熙二年七月初二日到任。磨勘转奉议郎，五年（1194）七月初十日满。"② 据此可知，陈造任平江教授当在绍熙二年（1191）七月之前。洪武《苏州府志·人物·名宦》：

　　陈边［造］字唐卿，高邮人。淳熙二年进士，初调太平繁昌尉，改平江教授，士子未之知也。及被教养，咸服其问学议论，恨师承之不早。范成大尤爱其文，谓龚颐正曰："唐卿亦高邮人，使遇欧苏盛名，常［当］不在少游下。"撰《芹宫讲古》十卷。历知定海县、房州通判、浙西参议幕，又改淮西，未赴，卒。造自号江南［湖］长翁，时人称为"淮南夫子"。③

据上引各文献，陈造淳熙二年（1175）进士及第，是年43岁，其生

---

① 《嘉庆高邮州志》（道光重刊），成文出版有限公司，1967，第1236~1238页。
② （宋）罗浚：《宝庆四明志》，《文渊阁四库全书》第487册，台湾商务印书馆，1982~1986，第291页。
③ 《洪武苏州府志》，成文出版有限公司，1983，第1031~1032页。

年在绍兴三年（1133），至绍熙二年（1191）为59岁。这与陈造诗其一中"仕学四十年"也是吻合的。姑系于本年。

绍熙五年甲寅（1194）

61. 寒食后一日，陈文蔚等人游江西铅山游清风峡，以"尘埃已逐双溪去"分韵赋诗。今存陈文蔚《寒食后一日，赵国兴携具拉游清风峡，登一览亭分韵赋诗，以"尘埃已逐双溪去"为韵，得"已"字》（《全宋诗》第51册）。在陈文蔚《克斋集》卷一，此诗前一题为《甲寅寒食日访徐子融，子融同出游，晚归志所历二十六韵》，从题目可以看出，二者显然在时间上非常紧密。

62. 同日，诸人回郑家桥小酌，以"临清流而赋诗"分韵赋诗。今存陈文蔚《回郑家桥小酌，复以"临清流而赋诗"为韵，得"流"字》（《全宋诗》第51册）。

63. 十月，黄灏知常州，石叔访知上饶，彭龟年等人为其饯行，以"人生五马贵，莫受二毛侵"分韵赋诗。彭龟年《同陈秘监诸丈送黄商伯守常州、石叔访守上饶，会于艮山门张园，以"人生五马贵，莫受二毛侵"分韵，得"贵"字》（《全宋诗》第48册）。既然这次创作的起因是为了送黄商伯守常州、石叔访守上饶，只要考知黄商伯守常州的时间，其创作时间也就确定了。黄商伯即黄灏。《宋史》本传云：

> 黄灏字商伯，南康都昌人。幼敏悟强记，肄业荆山僧舍三年，入太学，擢进士第。教授隆兴府，知德化县，以兴学校、崇政化为本。岁馑，行振给有方。王蔺、刘颖荐于朝，除登闻鼓院。光宗即位，迁太常寺簿，论今礼教废阙，请敕有司取政和冠昏丧葬仪，及司马光、高闶等书参订行之。
>
> 除太府寺丞，出知常州，提举本路常平。秀州海盐民伐桑柘，毁屋庐，莩殣盈野，或食其子持一臂行乞，而州县方督促逋欠，灏见之戚然。时有旨倚阁夏税，遂奉乞并阁秋苗，不俟报行之。言者罪其专，移居筠州，已而寝谪命，止削两秩，而从其蠲阁之请。①

---

① （元）脱脱：《宋史》第36册，中华书局，1977，第12791~12792页。

112

黄灏知常州在与提举本路常平当在同时，即兼任二职。范成大《吴郡志》卷七"提举常平茶盐司"条："朝请郎黄灏。绍熙五年十月到任，庆元元年追两官放罢。"① 据此推断，黄灏知常州亦当在绍熙五年十月。迨至下月即闰十月，黄灏已升任浙西提举。陈傅良《止斋集》卷十八有《军器少监兼权司封官李大性除浙东提举、知常州黄灏除浙西提举》一文，后有小注云："大性十月三日，灏闰十月四日。"② 综合以上两方面的资料，彭龟年等人送黄灏知常州当在绍熙五年十月。

宁宗庆元元年乙卯（1195）

64. 本年或此前，孙应时在蜀送别友人杨仲能，以"一蹴自造青云"分韵赋诗。今存孙应时《送友人杨仲能东下，以"一蹴自造青云"分韵，得"一"字》（《全宋诗》第51册）。题曰"送友人杨仲能东下"，诗中又云"蜀山甚疏远""轻舟下三峡"等句③，可知作于孙应时在蜀之时。张淏《会稽续志·人物》：

> 孙应时字季和，余姚人……绍熙壬子（1192），文定丘公崈帅蜀，辟入制幕。兴元帅吴氏将有世袭之势，朝廷患之而未敢轻有变易也。丘公因其病，使公往视疾，以察军情，盛礼正献辟焉，复命以事实告。会吴挺死，即白制帅定议，差统制官权领其军，檄总领杨辅兼利西安抚节制之草奏，乞别选帅材以代吴氏，朝廷从之，以张诏为兴州都统，一方晏然。改秩，知平江府常熟县……④

丘崈入蜀在绍熙三年（1193），张淏所记有误。《宋史·光宗纪》："（绍熙三年四月）乙卯，以户部侍郎丘崈为焕章阁直学士、四川安抚制置使。"⑤ 孙应时入蜀乃因入丘崈制幕，必然不会早于丘崈入蜀的时间。

---

① （宋）范成大：《吴郡志》，江苏古籍出版社，1999，第93页。
② （宋）陈傅良：《止斋集》，《文渊阁四库全书》第1150册，台湾商务印书馆，1982~1986，第644页。
③ 北京大学古文献研究所：《全宋诗》第51册，北京大学出版社，1998，第31699页。
④ （宋）张淏：《会稽续志》，《文渊阁四库全书》第486册，台湾商务印书馆，1982~1986，第515~516页。
⑤ （元）脱脱等：《宋史》第3册，中华书局，1977，第703页。

而其出蜀乃因出任常熟知县，时间在庆元二年。明王鏊《姑苏志·官署·常熟县》："旧治。旧县廨多宋治平间屋。厅东北有琴堂，绍兴中孔攒重修；淳熙中刘颖改扁'学爱'；四年，曾燨新作寝室。旧有君子堂、共赋堂，庆元四年孙应时重建。"① "县楼。永平时所建，绍兴二十一年，太守徐琛篆额。（乾道间赵善括易以林东篆刻石厅侧。）庆元己未（1191），孙应时修之。"② 同书《学校·常熟县学》：

> 常熟县学。县治东南，前临运河。（河东西俱通潮，朝夕到学门相值，中止。）宋《祥符图经》云县东五十步有文宣王庙，初不言学。（仅有旧梁纪至和年，盖宋仁宗时云。）淳熙十年，曾燨建堂曰"进学"。绍熙五年，叶知几改名"明伦"，自书扁斋凡九，曰崇德、时习、好谋、朋来、利仁、隆礼、育英、守卓、隆德。未几，又改四斋名曰尚志、尚德、尚贤、尚文。庆元三年，孙应时建吴公子游祠。③

同书《坛庙·常熟县》："吴公祠。祀孔子弟子子游。初在县东北一里，宋庆元二年知县孙应时别建祠于县治内。"④ 据这些文献可知，庆元二年至五年，孙应时在常熟知县任上。同书《宦迹·宋》：

> 孙应时。字季和，余姚人。从学于陆九渊。为黄岩尉，有惠爱，常平使者朱熹重之。丘崇帅蜀，辟入制幕，改常熟县。既秩满，郡将以私憾据撼仓粟，累政欠三千斛，诘之。士民相率担负诣郡，愿代偿，不报，竟坐贬秩。后通判邵武军。在县尝撰县志。

由此可知，孙应时在常熟知县任上仅任职一个任期，即三年，则其出任必在二年，到任在三月。其《三月八日挈家赴官常熟》："又别吾庐去，

---

① （明）王鏊：《姑苏志》，《文渊阁四库全书》第493册，台湾商务印书馆，1982～1986，第422页。
② （明）王鏊：《姑苏志》，《文渊阁四库全书》第493册，台湾商务印书馆，1982～1986，第423页。
③ （明）王鏊：《姑苏志》，《文渊阁四库全书》第493册，台湾商务印书馆，1982～1986，第439页。
④ （明）王鏊：《姑苏志》，《文渊阁四库全书》第493册，台湾商务印书馆，1982～1986，第488页。

从今复几回。宦情真漫尔，世路亦悠哉。"① 由此进一步可知，孙应时赴常熟知县任前曾在家乡居住过一段时间。

根据以上各种资料考虑，孙应时在蜀送别杨仲能当在绍熙三年（1192）之后，庆元元年（1195）之前。姑系于本年。

庆元二年丙辰（1196）

65. 春，校书郎陈邕前往江州就任通判，崔与之率同舍在都为其饯行，以"老手便剧郡"分韵赋诗。今存崔与之《陈秘书分符星渚，同舍饯别用杜甫"老手便剧郡"之句分韵赋诗，得"老"字》（《全宋诗》第 51 册）。《南宋馆阁录·续录·官联二·校书郎》："（庆元以后十一人）陈邕。字和父，潭州衡山人。淳熙八年黄由榜进士及第，治《春秋》。二年正月除，是月添差通判江州。"② 陈邕正月被授江州通判，其离京当在春天。

66. 约在本年，度正在重庆府为王中父送行，以"离别不堪无限意，艰危深仗济时才"分韵赋诗。今存度正《送王中父制干东归探韵得"限"字，分韵用"离别不堪无限意，艰危深仗济时才"》（《全宋诗》第 54 册）。王中父其人，难以确定。体味其题目及诗意，当作于度正任重庆知府之时。此诗前题为《送新四川茶马》，中有"庆元二年春，有诏来自东。曰东川漕臣，忧国尽变通。东川十五郡，连年岁不丰。国计仅以足，民力几穷空。赖兹经纶手，调护遂奏功"等句③。此诗亦约作于同年。

庆元三年丁巳（1197）

67. 三月初三，朱熹等人以"高阁一长望"分韵赋诗。今存朱熹《三月三日祀事毕，因修禊事于灵梵，以"高阁一长望"分韵赋诗，得"一"字》（《全宋诗》第 44 册）。据其中"时事该礼律"句④，当作于朱熹写成《礼书》之后。束景南《朱熹年谱长编》：

---

① 北京大学古文献研究所：《全宋诗》第 51 册，北京大学出版社，1998，第 31758 页。
② （宋）陈骙、佚名：《南宋馆阁录·续录》，中华书局，1998，第 327 页。
③ 北京大学古文献研究所：《全宋诗》第 54 册，北京大学出版社，1998，第 33656 页。
④ 北京大学古文献研究所：《全宋诗》第 44 册，北京大学出版社，1998，第 27510 页。

（庆元三年）三月一日，《礼书》草定成，定名《仪礼集传集注》，即后来之《仪礼经传通解》。

《黄文肃公年谱》："明年（庆元三年）三月乙亥朔，竹林精舍编次《仪礼集传集注》成。条理经传，写成定本，文公当之；而分经类传，则归其功于先生焉。然《集注集传》乃此书之旧名，自丙辰、丁巳以后，累岁刊定，讫于庚申，犹未脱稿。而先生所分《丧》《祭》二礼，犹未在其中也。"①

嘉泰四年甲子（1204）

68. 腊月，刘宰等人在崇禧山夜坐，以"五士三不同"分韵赋诗。刘宰《崇禧夜坐（以"五士三不同"为韵，得"士"字）》（《全宋诗》第53册）。此诗在刘宰《漫塘集》卷三，据其中"雪景更佳耳""逍遥聊卒岁"等句②，当作于腊月。其下隔八题为《夜梦续句》："乙丑四月四夜，梦中得句云'昏旦视生死'，又云'不种桃与李'。觉坐而思，岂吾寿不延欤？因就枕上足而成诗，既以自悟，亦以自遣云。"③乙丑即开禧元年（1205），则《崇禧夜坐》当作于嘉泰四年（1204）之前。姑系于本年。

嘉定三年庚午（1210）

69. 夏，魏了翁在家乡邛州蒲江（今属四川）与人泛舟沧江，以"落日放船好，轻风生浪迟"分韵赋诗。今存魏了翁《韩叔冲约客泛舟沧江，分韵得"落"字（"落日放船好，轻风生浪迟"，杜句）》（《全宋诗》第56册）。据其中"炎炜避无所"句④，知此诗作于盛夏。此诗前题为《次韵虞永康（刚简）庐居生芝》。虞刚简知永康在嘉定初年。《舆地纪胜·永康军·建置沿革》："又嘉定二年，知军虞刚简五事，曰：本军近接威、茂，并青城一带，山后不五七十里，即是夷界。唐吐蕃入寇，自此途出，

---

① 束景南：《朱熹年谱长编》卷下，华东师范大学出版社，2001，第1287页。
② 北京大学古文献研究所：《全宋诗》第53册，北京大学出版社，1998，第33394页。
③ 北京大学古文献研究所：《全宋诗》第53册，北京大学出版社，1998，第33398页。
④ 北京大学古文献研究所：《全宋诗》第56册，北京大学出版社，1998，第34783页。

又距成都甫百二十里，而近其为繁切，尤甚于黎、稚［雅］。"① 由此可知，嘉定二年，虞刚简尚在永康任上。又《韩叔冲约客》下隔一题为《寄李考公（道传）》。《宋史·李道传传》："嘉定初，召为太学博士，迁太常博士兼沂王府小学教授。会沂府有母丧，遗表官吏例进秩……迁秘书郎、著作佐郎……兼权考功郎官，迁著作郎。"② 据此可知，李道传"权考功郎官"在其任著作佐郎之后、著作郎之前。《南宋馆阁录·续录·官联二·秘书郎》："（嘉定以后五十人）李道传。字贯之，陵阳人。庆元二年邹应龙榜进士及第，治《书》。四年四月除，六月为著作佐郎。"③ 又同书《官联·著作佐郎》："（嘉定以后三十九人）李道传。四年六月除，五年十月为著作郎。"④ 因此，其任"权考功郎官"的时间必然在嘉定四年六月之后，五年十月之前。综合以上资料，《韩叔冲约客》约作于嘉定二年至五年。再考《宋史·魏了翁传》：

> 会史弥远入相专国事，了翁察其所为，力辞召命。丁生父忧，解官心丧，筑室白鹤山下，以所闻于辅广、李燔者开门授徒，士争负笈从之。由是蜀人尽知义理之学。
> 差知汉州……⑤

史弥远入相在嘉定二年六月，则魏了翁辞召命、丁生父忧均在其后。又考缪荃孙《魏文靖公年谱》，嘉定四年，魏了翁已在汉州任上，且八月知眉州。⑥ 比较而言，《韩叔冲约客》作于嘉定三年的可能性最大。

嘉定五年壬申（1212）

70. 重阳前一日，魏了翁在眉州与人宴饮，以"会与州人，饮公遗爱，一江醇醨"分韵赋诗。今存魏了翁《重阳前一日，约寓公饮于新开湖之西

---

① （宋）王象之：《舆地纪胜》第 9 册，赵一生点校，浙江古籍出版社，2012，第 3212 页。
② （元）脱脱等：《宋史》第 37 册，中华书局，1977，第 12945~12946 页。
③ （宋）陈骙、佚名：《南宋馆阁录·续录》，中华书局，1998，第 297 页。
④ （宋）陈骙、佚名：《南宋馆阁录·续录》，中华书局，1998，第 315 页。
⑤ （元）脱脱等：《宋史》第 37 册，中华书局，1977，第 12965~12966 页。
⑥ 缪荃孙：《魏文靖公年谱》，《宋人年谱丛刊》第 11 册，四川大学出版社，2013，第 7504 页。

港，有歌词者，其乱曰："会与州人，饮公遗爱，一江醇醲。"遂以此分韵赋诗，某得"一"字》（《全宋诗》第56册）。西港在眉州。魏了翁《眉州新开环湖记》：

> 临邛魏某居郡之明年，岁熟时康，教孚讼清。图唯宽闲之乡，有以节宣劳佚、疏瀹幽滞也。郡故有沼，而区分壤别，港绝潢断，昔人又多为矼梁以窒之，曾不能容刀焉。乃宣乃理，俾以小艇，于囿之西为洞，循洞之西为亭，榜曰西港……①

魏了翁知眉州在嘉定四年，其"明年"当在本年。

嘉定八年乙亥（1215）

71. 秋，刘学箕在崇安自家新建藏书楼待客，以"善养吾浩然之气"分韵赋诗。今存刘学箕《余少日不能持养志气，所暴多矣，迩来方喜问学之有益也。近筑小楼藏书，楼之下建堂，名曰养浩，七客落成以"善养吾浩然之气"分韵，得"养"字》（《全宋诗》第51册）。此诗见于刘学箕嘉定十年授予门人游梛的《方是闲居士小稿》，此诗必作于是年之前。又此诗前题《长句简敬叟、季仙，兼呈端夫、申父、晦仲》中有"养浩堂中颙惠然，急吐才华染柔翰"二句②，可知作于同时；又前二题为《秋池晓步，败荷万柄，一花挺然可爱，伯益赋诗，和韵录呈元翰、敬叟、君明、季仙，求同赋》《楚骚有正有反，予既以数语咏独开荷花，诸公宠和工甚，辄拾余意反作一章》亦当为同时之作，二诗皆写秋日情形，可推《余少日不能持养志气》作于秋天。该诗下题为《与政仲、端夫、敬叟、季仙至旧囿，采采芙蓉、金菊之妙，时之所当艳者，江梅、海棠烂然照目，可无数语纪之？为书长句》，亦是同时之作，亦作于秋天。同卷下面又至少写到两年的季节变化，至此可推断《余少日不能持养志气》约作于嘉定八年秋。

---

① （宋）魏了翁：《鹤山集》，《文渊阁四库全书》第1172册，台湾商务印书馆，1982~1986，第455页。
② 北京大学古文献研究所：《全宋诗》第53册，北京大学出版社，1998，第32925~32926页。

嘉定十二年己卯（1219）

72. 七月，秘书监柴中行前往赣州就职，崔与之率同舍在都为其饯行，以"世间万事皆尘土，留取功名久远看"分韵赋诗。今存崔与之《柴秘书分符章贡，同舍饯别用蔡君谟"世间万事皆尘土，留取功名久远看"之句分韵赋诗，得"世"字》（《全宋诗》第51册）。据其中"清秋玉壶露""西风吹马耳，新凉雨初霁"几句①，知其写在初秋。《南宋馆阁录·续录·官联一·监》："（嘉定以后十二人）柴中行。十一年七月除，十二年六月除秘阁修撰知赣州。"② 柴中行六月被授赣州知州，当是七月方前往赴任。

73. 八月，著作郎张虙出知南康军，崔与之等人为其饯行，以"晚风池莲香度，晓日宫槐影西"分韵赋诗。今存《张秘书分符星渚，同舍饯别，用山谷"晚风池莲香度，晓日宫槐影西"分韵赋诗，得"晚"字》（《全宋诗》第51册）。据其中"天凉彩舆稳"③，知亦作于秋天。《南宋馆阁录·续录·官联二·著作郎》："（嘉定以后）张虙。十二年六月除，八月知南康军。"④ 张虙八月被命知南康军，则为其饯行不当早于此月。

74. 约在同月，某李姓阁臣被授豫章别驾，崔与之等人为其饯行，以"天上秋期近，人间月影清"分韵赋诗。今存崔与之《李大著赴豫章别驾，同舍饯别用杜工部"天上秋期近，人间月影清"之句分韵赋诗，得"天"字》（《全宋诗》第51册）。关于此李大著，《南宋馆阁录·续录》失载或所载信息不完整，其任职时间亦无考。据诗中"两旬三作送行篇"⑤，所指可能包括了为柴中行、张虙所作的送行诗。若此说成立，则此诗亦当作于八月。

75. 冬，著作郎危稹前往潮州赴任，崔与之等人在都为其饯行，以"北风随爽气，南斗近文星"分韵赋诗。今存崔与之《危大著出守潮阳，同舍饯别，用杜工部"北风随爽气，南斗近文星"分韵赋诗，得"北"

---

① 北京大学古文献研究所：《全宋诗》第51册，北京大学出版社，1998，第32245页。
② （宋）陈骙、佚名：《南宋馆阁录·续录》，中华书局，1998，第246页。
③ 北京大学古文献研究所：《全宋诗》第51册，北京大学出版社，1998，第32246页。
④ （宋）陈骙、佚名：《南宋馆阁录·续录》，中华书局，1998，第283页。
⑤ 北京大学古文献研究所：《全宋诗》第51册，北京大学出版社，1998，第32246页。

字》(《全宋诗》第 51 册)。《南宋馆阁录·续录·官联二·著作郎》："（嘉定以后）危稹。十二年六月除，十一月知潮州。"① 危稹十一月被授潮州知州，其离都亦当在是月或下月。

嘉定十五年壬午（1222）

76. 秋，陈宓在南剑州郡斋招待友人，以"时秋积雨霁，新凉入郊墟"分韵赋诗。今存陈宓《延平郡斋分韵》，其序云：

> 壬午，诏友人赴漕适南剑，郡斋流杯石乃故家百年物。同席十人以"时秋积雨霁，新凉入郊墟"分韵，得"时"字。②

嘉定十六年癸未（1223）

77. 春，南康知州携客前往都昌曹彦约之湖庄，以"茂林当日映群贤"分韵赋诗。今存曹彦约《使君领客访湖庄，分简斋"茂林当日映群贤"之句，得"群"字》(《全宋诗》第 51 册)。在四库馆臣为曹彦约辑录的《昌谷集》中，此诗列在卷一，前隔四题为《家本谯人，得奉祠亳州，喜赋述怀》，如这些诗歌就是曹彦约原来的顺序，则可据此推断《使君领客》的写作时间。曹彦约"奉祠亳州"在第二次知潭州之后。《宋史·曹彦约传》："改知福州，又改知潭州，彦约力辞，提举明道观，寻以焕章阁待制提举崇福宫。理宗即位，擢兵部侍郎兼国史院同修撰。宝庆元年入对……"③《宋史·宁宗纪》："（嘉定三年三月）己亥，以湖南转运判官曹彦约知潭州，督捕峒寇。"④ 此为曹彦约第一次知潭州。据上引本传，曹彦约第二次知潭州及提举亳州明道观当在"理宗即位"前不久。理宗即位在嘉定十七年八月，则曹彦约提举明道观当在十六年（1223）之前。姑系于本年。据其前的《家本谯人，得奉祠亳州，喜赋述怀》中"雨后湖庄水一

---

① （宋）陈骙、佚名：《南宋馆阁录·续录》，中华书局，1998，第 283 页。
② 北京大学古文献研究所：《全宋诗》第 54 册，北京大学出版社，1998，第 34084～34085 页。
③ （元）脱脱等：《宋史》第 35 册，中华书局，1977，第 12343 页。
④ （元）脱脱等：《宋史》第 3 册，中华书局，1977，第 754 页。

腰"句①，诗当作于夏秋之际；又据《送钱文季国博赴召》中有"冲暑相迎慰寂寥，忍寒为别助萧条"②，知当时已是冬天。至《春到湖庄》《湖庄述怀》《湖庄春晚》三题所咏当都是下年春天的情事，之后的《使君领客》也是如此。

理宗绍定三年庚寅（1230）

78. 中秋，魏了翁在靖州与人以"狂云妒佳月，怒飞千里黑"分韵赋诗。今存魏了翁《中秋无月，分韵得"狂"字（东坡"狂云妒佳月，怒飞千里黑"）》（《全宋诗》第 56 册）。此诗在《鹤山先生大全文集》卷五，前题为《湖北提刑林寺丞（岳）赴召以书索诗》，中有"我时困卧五溪东，一日八九阴蒙蒙"二句，显然作于靖州任上。其前题为《送程叔运、高不妄西归》，中有"绍定二年夏，临轩策群俊。似闻甲乙选，参错吐忠荩。其间亲与友，斯德及叔运。俱负康时略，耻为谐俗韵。后先来过我，双璧陡清峻……春情撩客梦，归思不可忍。各趋青油幕，新发苍梧轫。正学予所知，申言以为贶"。③ 前写"绍定二年夏"，后写"春情撩客梦"，可知已至绍定三年。这些作品连同《中秋无月》下之《九日分韵，得"寒"字》《送吴门叶元老归浮光》等题，在时间上具有连续性。故推断《中秋无月》作于本年。

79. 约在本年冬天，张榘与同官在台州登巾山，以"前峰月照半江水"分韵赋诗。今存张榘《约台府同官王元敬以次七人登巾山，以"前峰月照半江水"分韵，得"半"字》（《全宋诗》第 62 册）。此诗写作时间不详。诗题中众人所登巾山在台州，又提到"台府同官"，当作于诗人在台州为官时。刘宰《漫塘集》卷三十五《故令人汤氏行状》载汤氏卒于"绍定庚寅岁四月二十有七日"，"三女，长适从事郎台州仙居县丞尤熽，次适通直郎知绍兴府上虞县事胡爟，次适文林郎监台州在城都商税务张榘。"④ 由

---

① 北京大学古文献研究所：《全宋诗》第 51 册，北京大学出版社，1998，第 32161 页。
② 北京大学古文献研究所：《全宋诗》第 51 册，北京大学出版社，1998，第 32161 页。
③ 北京大学古文献研究所：《全宋诗》第 56 册，北京大学出版社，1998，第 34905 页。
④ （宋）刘宰：《漫塘集》，《文渊阁四库全书》第 1170 册，台湾商务印书馆，1982~1986，第 780 页。

此可知，绍定庚寅（1230）张椠监台州在城都商税务。姑系于本年。

绍定六年癸巳（1233）

80. 重阳，魏了翁在泸州携客赋诗，以"旧日重阳日"分韵赋诗。今存魏了翁《重阳领客，以老杜"旧日重阳日"诗分韵，凡宾主十八人，得"不"字》（《全宋诗》第56册）。此诗在《鹤山先生大全文集》卷六，前二题为《七夕南定楼饮同官》《中秋领客》，可见时间的连续性很强，当为同年所作。南定楼在泸州。据缪荃孙《魏文靖公年谱》，魏了翁绍定五年"八月，进宝章阁待制、潼川路安抚使，知泸州"，端平元年"五月，召赴阙"，[①] 知其只有绍定六年（1233）的七夕才能在泸州南定楼宴饮。此诗亦当作于本年。

81. 冬日，魏了翁在泸州携客游北岩寺，以"鬓发丝丝半已华，犹将文字少年夸"分韵赋诗。今存魏了翁《游北岩之畴昔，梦作二诗，觉而仅记一联云："鬓发丝丝半已华，犹将文字少年夸。"明日为客诵之，客十三人，请以是为韵，予分"鬓"字》（《全宋诗》第56册）。据其中"晓笻度云壑""寒流烛蛟蜃"二句[②]，知此诗作于冬日。又此诗在《鹤山先生大全文集》卷六，与《重阳领客》排列在一起，故推断为同年之作。

端平三年丙申（1236）

82. 三月，魏了翁在杭州与宾佐谒濂溪先生祠，以"云淡风轻"之诗分韵赋诗。今存魏了翁《端平三年春三月戊午朔，天子有诏，俾臣了翁以金书枢密院奏事。既上还山之请，乃休沐日丁丑与宾佐谒濂溪先生祠，宾主凡二十有二，谓是不可无纪也，遂以明道先生"云淡风轻"之诗分韵而赋，而诗有二言，有四言，同一韵者，则二客赋之。了翁得"云"字》（《全宋诗》第56册）。

[①] 缪荃孙：《魏文靖公年谱》，《宋人年谱丛刊》第11册，四川大学出版社，2013，第7511页。
[②] 北京大学古文献研究所：《全宋诗》第56册，北京大学出版社，1998，第34915页。

嘉熙二年戊戌（1238）

83. 重阳后一日，程公许与亲友会饮于家乡叙州（今四川宜宾），以"初九未成旬，重阳即此辰"分韵赋诗。今存程公许《重阳后一日亲友会饮于沧洲，以"初九未成旬，重阳即此辰"探韵，得"初""未"二字》（《全宋诗》第 56 册）。从其一"雅志厌阛阓，考盘乐郊墟。言归憩桑梓，不惮躬拮据""衣食粗能给，吾当赋遂初"几句①，可知诗当作于程公许被解职之后。《宋史》本传：

> （嘉熙元年）夏，行都大火，殿中侍御史蒋岘逢君希宠，创为邪说，禁锢言者。公许应诏……迁秘书丞兼考功郎官，竟为岘劾去，差主管云台观、知衢州，未上。改江东宣抚司参议官，不赴。②

据此可知，程公许去职在出任秘书丞之后。《南宋馆阁录·续录·官联一·丞》：

> （嘉熙以后）程公许。字季与，眉州人，寄居叙州，嘉定四年赵建大榜进士出身，治诗赋。元年十一月以太常博士除，兼权考功郎官；二年正月与宫观，寻差知衢州。③

既然程公许在嘉熙二年正月罢秘书丞，之后所授衢州知州、江东宣抚司参议官，皆未曾就任。迨至三年二月，程公许又到杭州任著作佐郎。《南宋馆阁录·续录·官联二·著作佐郎》："（嘉熙以后）程公许。三年二月以添差江东安抚司参议官未赴除，四月兼权尚左郎官，三年十一月为著作郎。"④ 因此，程公许只有在二年七月才有可能在家乡与亲友会饮赋诗。

淳祐元年辛丑（1241）

84. 因赵汝腾出知绍兴府，七月十五，程公许等馆阁同僚在杭州为其

---

① 北京大学古文献研究所：《全宋诗》第 57 册，北京大学出版社，1998，第 35509 页。
② （元）脱脱等：《宋史》第 36 册，中华书局，1977，第 12455 页。
③ （宋）陈骙、佚名：《南宋馆阁录·续录》，中华书局，1998，第 266 页。
④ （宋）陈骙、佚名：《南宋馆阁录·续录》，中华书局，1998，第 320 页。

饯行，以"东海独来看出日，石桥先去踏长虹"分韵赋诗。今存程公许《祖饯三山赵茂实二首》，其序云：

> 茂实毓秀麟定，振采鹓班，由掌故籍田令试馆职，历正字、校书、秘书郎，载笔史筵，转丞容台兼南宫舍人，权直学士院，晋贰戎监，擢宗正少卿，骎骎禁涂，遽请外补。宰相以上意留行，茂实请益力，诏直焕章阁，佩以永嘉郡二千石印组。二三执政及在庭百执事，咸愕眙惜其去。于是馆阁诸彦，以茂实为册府旧游，请置酒道山堂祖饯，饮酣，有诵大苏公"东海独来看出日，石桥先去踏长虹"之句，相约赋诗为赠分韵。凡十一人，余三韵，三人各补一篇。淳祐改元，龙集辛丑，中元节也。分韵得"东"字、"踏"字二首。①

淳祐二年壬寅（1242）

85. 约在本年正月，高斯得等人可能在绍兴宴饮，以"红萼是乡人"分韵赋诗。今存高斯得《觞客海棠下，以东坡诗"红萼是乡人"之句分韵，予得"丝"字》（《全宋诗》第61册）。据其中"蜀花异凡品，作态能矜持。可怜多迫蹙，竟随群卉移"几句，知此诗作于作者的家乡蜀地之外；又据开头"南国候伤旱，东皇驾如驰。月正未强半，红紫皆离披"，知此诗作于正月，而且应该作于作者第一次在浙东居官后的第一个正月。②《宋史》本传：

> 时丞相史嵩之柄国，斯得遇对，空臆尽言。冬雷，斯得应诏上封事，乞择才并相，由是迕嵩之意。迁太常寺主簿，仍兼史馆校勘。时斯得叔父定子以礼部尚书领史事，时人以为美谈。会太学博士刘应起入对，抗嵩之，嵩之恚，使其党言叔父兄子不可同朝，以斯得添差通判绍兴府。淳祐二年，四朝《帝纪》书成，上之。③

---

① 北京大学古文献研究所：《全宋诗》第57册，北京大学出版社，1998，第35526页。
② 北京大学古文献研究所：《全宋诗》第61册，北京大学出版社，1998，第38544页。
③ （元）脱脱等：《宋史》第35册，中华书局，1977，第12322~12323页。

由此可知，高斯得通判绍兴府必在淳祐二年之前。既然高斯得是因为史嵩之独相而"乞择才并相"，则当在与史嵩之"并相"的乔行简于淳祐元年二月去世之后。高斯得"应诏上封事"的契机是"冬雷"，则其通判绍兴府不会早于这年冬天。综此二者，可将时间确定为淳祐二年正月。然不可确知就是作于高斯得通判绍兴府时，姑系于此。

淳祐七年丁未（1247）

86. 十一月初一日，蔡节自江东提刑抵家，三馆诸公为送别，以"风霜随气节，河汉下文章"分韵赋诗。今 10 首诗皆存。李之亮《宋代路分长官通考》：

> 淳祐七年丁未（1247）。
>
> 蔡节。《蔡氏九儒书》卷八《久轩集》附录《淳祐七年十一月朔蔡久轩自江东提刑归抵家，时三馆诸公以"风霜随气节，河汉下文章"分韵赋诗送别，得"文"字》诗，久轩，蔡节号。①

淳祐十一年辛亥（1251）

87. 暮春，林尚仁与来客以"手挥素弦"分韵赋诗。今存林尚仁《此山林佥、药房陈户偕张牧隐暮春晦日载酒相过，席上以"手挥素弦"为韵，得"弦"字》（《全宋诗》第 62 册）。此诗创作年份不详。然该诗见于《江湖小集》卷三十三所载林尚仁《端隐吟稿》，其前有时人陈必复所作序：

> 有林君尚仁者，一日以诗来谒。读其诗，识其为人也。揖之进，使之坐，与之上下议论，皆缅缅可听，知其深乎诗而非苟于作者也，因请定交。越数日，林君又出数则以示，读之矍然而喜，因请见全稿。林君曰："余平生苦于吟，所得亦不少矣，然微不合我意，则裂去惟恐缓，今存者无几何。公有命，其奚敢辞？"又数日，林君携短

---

① 李之亮：《宋代路分长官通考》中册，巴蜀书社，2003，第 1606 页。

125

编以过，见之愕然而惊，离席而起，执其手，谓林君曰："子肠腑间岂皆锦绣耶？不然，何其言之多美也？"……每来对余言，切切然惟忧其诗之不行于世，而贫贱困苦莫之忧也。观其志，盖知所尚矣。余诚惧乎世之知林君者未能众，故乐为序其诗而表出之，后有知林君必自此诗始。淳祐岁辛亥小至日，陈必复书于封禺山中。①

从这段序文可以看出，陈必复为林尚仁作序时二人交往的时间尚不甚久，既然序作于"小至日"即冬至前一日，则此诗约作于本年春天。

88. 九月九日，高斯得等人在衡阳以"采菊东篱下，悠然见南山"分韵赋诗。今存高斯得《九日会客面岳亭，以"采菊东篱下，悠然见南山"分韵，得"采"字诗》（《全宋诗》第 61 册）。面岳亭在衡山上，此诗当作于高斯得任湖南转运判官之时。《宋史》本传：

> 迁浙东提点刑狱，遂劾知处州赵善瀚、知台州沈塈等七人倚势厉民，疏上，不报。改江西转运判官，斯得具辞免，上奏曰……章既上，坦自谓己任台谏而反见攻，遍恳同列论斯得，同列难之，计急，自上章劾罢斯得新任，未几，坦亦罢，七人竟罢去。
>
> 移湖广提点刑狱，荐通判潭州徐经孙等六人。攸县富民陈衡老，以家丁粮食资强贼，劫杀平民。斯得至，有诉其事者，首吏受赇而左右之，衡老造庭，首吏拱立。斯得发其奸，械首吏下狱，群胥失色股栗。于是研鞫具得其状，乃黥配首吏，具白朝省，追毁衡老官资，籍录其家。会诸邑水灾，衡老愿出米五万石振济以赎罪。衡老婿吴自性，与衡老馆客太学生冯炜等谋中伤斯得盗拆官椟。斯得白于朝，复正其罪，出一箧书，具得自性等交通省部吏胥情状。斯得并言于朝，下其事天府，索出赇银六万余两，黥配自性及省寺高铸等二十余人。初，自性厚赂宦者言于理宗曰："斯得以缗钱百万进，愿易近地一节。"理宗曰："高某硬汉，安得有是。"而斯得力求去，清之以书留之。又荐李晞颜等五人。

---

① （宋）陈起：《江湖小集》，《文渊阁四库全书》第 1357 册，台湾商务印书馆，1982～1986，第 265 页。

加直秘阁、湖南转运判官，改尚右郎官，未至，改礼部郎中。①

高斯得出任湖广提点刑狱在浙东提点刑狱、江西转运判官之后，可是他在这两任上时间都不久，因此只要知道他任浙东提点刑狱、江西转运判官的时间，就可以大致确定他出任湖广提点刑狱的时间。《景定严州续志》卷二《知州题名》："高斯得。朝奉郎，在任转朝散郎。淳祐七年三月初四日到任，八年六月除浙东提刑，当年七月十九日去任。在任有惠政。"②《会稽续志》卷二《提刑题名》："高斯得。以知严州除，淳祐八年七月二十八日到任，九月二十一日除江西运判。"③ 既然淳祐八年九月二十一日高斯得被除江西转运判官，则其出任湖广提点刑狱不会早于本月。高斯得在湖广提点刑狱任上做了不少事情，则其出任湖南转运判官必在淳祐九年以后，很可能在十年以后。

又《南宋馆阁录·续录·官联一·少监》："（淳祐以后）高斯得。十二年五月以礼部郎官兼国史院编修官、实录院检讨官除，兼职依旧；当月兼直史馆，七月时暂兼权侍立修注官。"④ 高斯得淳祐十二年五月出任秘书少监，考虑到其在湖南转运判官任上似乎不久，中间又有改尚右郎官（未至）和礼部郎中的经历，则其任湖南转运判官当在十一年之前。

综合以上两个方面，可以推断这次创作发生在淳祐十年或十一年，而且以十一年更为可能。

宝祐四年丙辰（1256）

89. 十二月，姚勉与人游新昌先人故居旁之灵源天境，以"不是溪居者，那知风雨来"分韵赋诗。今存姚勉《游灵源天境遇雨，各奔归，晚坐以"不是溪居者，那知风雨来"分韵，得"那"字，奉呈一笑》（《全宋诗》第64册）。据其中"寒鸦落平田""是日冬曦温"二句，此诗当作于

---

① （元）脱脱等：《宋史》第35册，中华书局，1977，第12325页。
② （宋）郑瑶、方仁荣：《景定严州续志》，《文渊阁四库全书》第487册，台湾商务印书馆，1982~1986，第535页。
③ （宋）张淏：《会稽续志》，《文渊阁四库全书》第486册，台湾商务印书馆，1982~1986，第466页。
④ （宋）陈骙、佚名：《南宋馆阁录·续录》，中华书局，1998，第256页。

冬天。又据"归欤亟诛茅，结亭依岩阿"二句，似当作于将归隐或初归隐之时。① 灵源天境在新昌，乃姚勉先世所居地附近之胜景。姚勉《雪坡集》卷三十五有《灵源天境记》：

> 维新昌灵源，乃先君子世居之乡，意必有佳山水以为适，而求弗可得，独爱一溪清驶东去得山而聚为境必佳。未至灵源二里许，实为先夫人墓。近其地，有玉虚坛，溪流经之，林荟鲜茂，意所谓境之佳者必都于是。询之族，族人景周曰："是有佳泉石，吾欲钓于斯、游于斯而未能者也。"往观焉。②

据此可知，姚勉发现灵源天境是在其父亲去世多年之后。又文中提到"先夫人墓"，姚勉曾两娶，即竹堂夫人与梅庄夫人，最后被合葬在一起。此处仅仅提及"先夫人墓"，当作于梅庄夫人去世之前。《雪坡集》卷五十《梅庄夫人墓志铭》：

> 越五年癸丑，某对大廷，天子亲赐以第一。感念不忍负外舅，复于大人再请盟，外氏方许诺。夫人曰："是不易交易妻者，亦可之。"将以是冬娶，会十有一月先君弃诸孤，不果。丙辰二月，乃克亲迎夫人……是年五月，某得越幕。七月误恩蒙召，辞弗俞。九月，除某秘书省正字……丁巳正月归至家，戒某杜门谢客，一意读书……三月而夫人死矣……墓与竹堂夫人同域，葬以戊午三月壬申。③

梅庄夫人于宝祐五年四月去世，次年三月与竹堂夫人合葬。因此，宝祐四年冬可以看作这次创作的时间上限。

再看其时间下限。姚勉，《宋史》无传。《万姓统谱》卷二十九"姚勉"条：

---

① 北京大学古文献研究所：《全宋诗》第64册，北京大学出版社，1998，第40493~40494页。
② （宋）姚勉撰，姚龙起编《雪坡集》，《文渊阁四库全书》第1184册，台湾商务印书馆，1982~1986，第236页。
③ （宋）姚勉撰，姚龙起编《雪坡集》，《文渊阁四库全书》第1184册，台湾商务印书馆，1982~1986，第354~356页。

字成一，新昌人。少颖敏，日诵数千言。理宗宝祐中状元。当时儒臣谓其洋洋万言，得奏对体。议论本于学识，忧爱发于忠忱。张、程奥旨，晁、董伟对，贾、陆忠言，皆具此篇。初授平江节度判官，丁父忧。服阕，除正字。时太学生因论丁大全被逐，勉上言："斥逐 [逐] 学校之士以禁天下之言者，此蔡京、秦桧所为，今日岂宜有此？"遂归。除通判处州，辞不就。吴潜入相，召为校书郎，兼太子舍人。上过东宫，勉讲否卦，因指斥权奸无所顾避，忤贾似道，讽孙附凤劾为吴潜党，免归。有《雪坡集》。①

姚勉为理宗宝祐元年状元，同年授平江节度判官，丁父忧。至四年五月，"得越幕"，九月被授秘书省正字。《雪坡集》卷一载其《丙辰封事》，首句即云："十二月吉日，承事郎、新除秘书省正字臣姚勉百拜献书皇帝陛下。"② 姚勉既然是因为这次上疏被劾，则其"遂归"当在本月之后。

至于姚勉再次入仕则在景定元年（1260）正月。《南宋馆阁录·续录·官联二·校书郎》："（景定以后）姚勉。开庆元年十一月以除校书郎召，辞，景定元年正月一日依所乞除正字，六月再除校书郎，当月兼太子舍人，兼职依旧。"③《南宋馆阁录·续录·官联三·正字》："（景定以后）姚勉。字成一，贯瑞州，宝祐元年进士及第，习诗赋。元年正月除正字，二月兼沂靖惠王府教授，六月除校书郎。"④ 之后姚勉被"免归"，但此时已是梅庄夫人与竹堂夫人合葬之后的事情了。如果姚勉此时才去寻找灵源天境，提到"先夫人墓"时似当突出"二"字。

综合以上各方面的文献，姚勉组织的这次创作当在宝祐四年（1256）十二月。

宝祐五年丁巳（1257）

90. 此后某年上巳，婺源通判吴琳集众客以"踏遍仙人碧玉壶"分韵

---

① （明）凌迪知：《万姓统谱》，《文渊阁四库全书》第956册，台湾商务印书馆，1982～1986，第486页。
② （宋）姚勉撰，姚龙起编《雪坡集》，《文渊阁四库全书》第1184册，台湾商务印书馆，1982～1986，第4页。
③ （宋）陈骙、佚名：《南宋馆阁录·续录》，中华书局，1998，第335页。
④ （宋）陈骙、佚名：《南宋馆阁录·续录》，中华书局，1998，第353页。

赋诗。今存吴琳《上巳集七客顾南墅以"踏遍仙人碧玉壶"分韵得"壶"字》(《全宋诗补辑》第6册，其人已见于《全宋诗》第67册)。这次创作时间不详，但吴琳为宝祐四年进士，其出任婺源通判当在本年之后(乾隆《婺源县志》卷三七)。

度宗咸淳元年乙丑（1265）

91. 本年或稍后的九月初九，何梦桂在台州与府城贵人游南山寺，分韵赋诗。今存何梦桂《九日偕府城诸贵人游南山寺，分韵和杜工部〈九日〉诗（宽字韵）》(《全宋诗》第67册)。杜甫以"九日"为题的诗有数首，但只有《九日蓝田崔氏庄》中使用了"宽"字，故可推断即是此诗。南山寺在临海县，当作于何梦桂任台州军事判官时。嘉靖《淳安县志·科贡·进士（宋）》："何梦桂。探花郎……俱咸淳元年阮登炳榜特奏名。"[①] 同书《儒林·宋》：

> 何梦桂，字岩叟。幼颖悟，从乡先生夏讷斋游，所得良深。咸淳元年廷试第三，授台州军判官。改太学录，迁博士，添倅吉州。时厢军不受令，鼓噪而起，梦桂舆疾往谕，遂帖然。除太常博士，转监察御史。抗疏言守避之计，大略谓：今之言守者，以守为守，不若以攻为守；以避为避，不若以守为避。书未上而省符，迁军器监以归。寻转大府卿，时事已不可为矣。元初，御史程文海荐之朝，授江西儒学提举，以疾辞不赴。筑室小有源，不复与世接。著书自娱，有《易衍》《大学说》《中庸致用》等书，而于《易》尤精，解释图象，发挥奥妙，有先儒所未言者，学者因其自号称为潜斋先生。祠之于石峡书院，但宵遁之事有遗议焉，君子惜之。[②]

何梦桂为咸淳元年进士，则其任台州军判官当在本年。此次创作当在本年或稍后。姑系于此。

咸淳五年己巳（1269）

92. 约在本年三月，周密在家乡湖州与人游绣谷山，以"柳塘春水慢，

---

① (明) 姚鸣鸾：《嘉靖淳安县志》卷十，中华书局上海编辑所，1965，第6页。
② (明) 姚鸣鸾：《嘉靖淳安县志》卷十一，中华书局上海编辑所，1965，第7页。

花坞夕阳迟"分韵赋诗。今存周密《游绣谷,以"柳塘春水慢,花坞夕阳迟"分韵,得"水"字》(《全宋诗》第67册)。绣谷在周密的家乡湖州。此诗在《草窗韵语三稿》,卷首为《南郊庆成口号二十首》,其一云:"亲郊诏下半年前,正是咸淳第二年。"① 组诗作于咸淳三年元日。根据其下各诗标题和诗歌中体现的季节变化,《游绣谷》约作于五年。

具体时间无考,但可以确定为南宋后期的创作有三次:

93. 某年重阳,刘汝进与客游龙山,以"尘世难逢开口笑"分韵赋诗。今存刘汝进《与客九日游龙山以"尘世难逢开口笑"分韵,得"口"字》(《全宋诗》第57册)。此诗最早见于元蒋正子《山房随笔》:

> 刘山翁汝进,漫塘幼子,学问宏深,文字典雅。与客九日游龙山,以"尘世难逢开口笑"分韵,翁得"口"字云……众服其工,诸信斋诵此。②

刘汝进为刘宰(1167~1240,号漫塘)幼子。此次创作时间无考,约作于宋亡之前。

94. 某年暮春,胡仲弓在家乡清源与友人以"灯前细雨檐花落"分韵赋诗。今存胡仲弓《夜饮颐斋,以"灯前细雨檐花落"为韵,分得"前"字,又得"花"字,赋二首》(《全宋诗》第63册)。此诗写作时间不详,但似为宋亡之前。

95. 某年冬,张绍文与其叔父饮梅花树下,以"疏影横斜,暗香浮动"分韵赋诗。今存张绍文《云溪叔父赐饮大梅花下,以"疏影横斜,暗香浮动"分韵,得"动"字》(《全宋诗》第70册)。此诗写作时间不详,然张绍文为张榘之子,且已见于《江湖后集》卷十四,当作于宋亡之前。

这里考察到的95次创作,远远不是南宋使用诗文佳句分韵创作的全部,而只是其中很小的一部分。尽管如此,仍可看出这样几个特征:其一,普及化程度更高。相对于北宋人不断探讨各种分韵方式,南宋人几乎

---

① 北京大学古文献研究所:《全宋诗》第67册,北京大学出版社,1998,第42522页。
② (元)蒋正子:《山房随笔》,(清)何文焕《历代诗话》下册,中华书局,1981,第717页。

全部使用诗文佳句分韵，这是一个明显的变化。其二，创作中心发生了转移。如果说开封、许昌和襄阳是北宋创作的重要区域，南宋的创作已遍及各地，仅有临安和四川相对较多，可以说成为新的创作中心。其三，以朱熹、魏了翁为代表的理学家积极参与创作，并逐渐成为创作的主力。

附录　作品见于《全宋诗》的元代分韵诗创作考

除了以上所考的 144 次创作（北宋 49 次，南宋 95 次），《全宋诗》所录还有少量元代前期的分韵诗作品。这些作品也是使用"宋型分韵方式"创作的结果，而且今天尚能够考出创作时使用的佳句。不过这些创作毕竟发生在元代，因此笔者虽加以考察，但仅将其作为附录放在这里。

元世祖至元十七年庚辰（1280）

1. 六月，黎廷瑞等人游西禅寺，以"道人庭宇静"分韵赋诗。今存黎廷瑞《庚辰六月，陪谨斋、准轩、雅山游西禅超师院，以柳诗"道人庭宇静"分韵，约有兴即赋，余得"庭"字，时小寐禅房，风雨适至，遂赋"宇"字》（《全宋诗》第 70 册）。

至元二十三年丙戌（1286）

2. 十月六日，方回在建德路与友人小酌，以"自宝此身方有寿"分韵赋诗。今存方回《十月六日小酌，以"自宝此身方有寿"分韵，得"身"字》（《全宋诗》第 66 册）。此诗在《桐江续集》卷十一，与此前后的诗歌皆按照时间详细排列，由其上推到上卷，有《丙戌元日二首》；推至下卷，有《丙戌十一月二十八日南至寓杭》；可以推断中间的诗歌皆作于此年。

至元二十五年戊子（1288）

3. 十月中浣，方回在杭州与客以"采菊东篱下，悠然见南山"分韵赋诗。今存方回《十月中浣，酒熟客至，分韵得"菊"字（采菊东篱下，悠然见南山)》(《全宋诗》第 66 册)。此诗在《桐江续集》卷十六,与前后诗皆同年之作,在时间上具有连续性。前有《戊子生日》《生日病腹疾书事》,后者开头云:"今年六十二,弃官八年矣。"① 后有《十一月二十日南至二首》,首句云:"风吹六十二年春,又见阳和一夜新。"② 由此可推断,此诗作于本年。

至元二十七年庚寅(1290)

4. 二月,徐瑞在鄱阳山中与叔祖以"那知风雨夜,复此对床眠"分韵赋诗。今存徐瑞《庚寅正月十六携家入山,大雪弥旬止,既月,叔祖东绿翁以"那知风雨夜,复此对床眠"分韵,瑞得"那""眠"字》(《全宋诗》第 71 册)。

5. 春,黎廷瑞离开郡学教职,孟使君为其饯行,以"几时杯重把"分韵赋诗。今存黎廷瑞《孟使君饯行,即席以"几时杯重把"分韵,得"几"字》(《全宋诗》第 70 册)。据诗中"小雨凉众卉"句③,可知此诗作于春天。《明季六遗老集》后附清代史简所作《黎廷瑞传》:

> 至元丙戌,按察副使五善王公懋至番,会郡博士久疾,不任职,诸生以请王公檄公摄教事。公始出受事,宾礼耆英,激扬后进……自丙戌至庚寅,凡五载。④

此诗题目言孟使君为其饯行,当是离职之时。当作于本年。

至元二十九年壬辰(1292)

6. 春日,徐瑞、黎廷瑞、仇远等人在庐山游芝山寺,以"云飞过江去,花落大城东"分韵赋诗。今存黎廷瑞《春社同梁必大、汤景文、徐山玉、吴昭德、吴仲退、李思宣、周南翁饮芝山五峰亭,二羽士来会,以范文正公"云飞过江去,花落大城东"分韵,得"云"字》(《全宋诗》第

---

① 北京大学古文献研究所:《全宋诗》第 66 册,北京大学出版社,1998,第 41668 页。
② 北京大学古文献研究所:《全宋诗》第 66 册,北京大学出版社,1998,第 41684 页。
③ 北京大学古文献研究所:《全宋诗》第 70 册,北京大学出版社,1998,第 44504 页。
④ 《豫章丛书集部》第 11 册,江西教育出版社,2006,第 749 页。

70册），徐瑞《壬辰社日，芳洲领客梁必大、汤景文、吴德昭、吴仲退、李思宣、周南翁游芝山寺，登五峰亭，瑞在其间，羽士洪和叟、方君用载酒来会，以"云飞江外去，花落人城来"分韵赋诗，瑞得"江"字》（《全宋诗》第71册）。二诗的标题虽略有不同，但稍加对照即不难看出，必为同一次创作的结果。

7. 端阳后一日，陆文圭在家乡江阴与人以"竹深留客处，荷净纳凉时"分韵赋诗。今存陆文圭《壬辰端阳后一日会潜斋，以"竹深留客处，荷净纳凉时"分韵，得"净"字》（《全宋诗》第71册）。

至元三十一年甲午（1294）

8. 九月，黎廷瑞在浮梁郊外与友人会饮，以"黄叶覆溪"分韵赋诗。今存黎廷瑞《甲午九月留浮梁，与郑瑞卿、吴可翁、方玉父、方可大晚出郭，饮溪上古树下，以"黄叶覆溪"分咏，得"黄"字》（《全宋诗》第70册）。

成宗元贞三年、大德元年丁酉（1297）

9. 正月初九，徐瑞前往抚州郭仙峰看望叔父，与吴存等人以"春山多胜事"分韵赋诗。今存徐瑞《丁酉正月九日省谒家叔洁山居士于郭仙峰下，是日仲退亦省其叔四山翁，于是偕行，洁山既留饭送别乌龙潭上，裴回久之，绝壁梅花炯然独立，如高人招之不来，冻泉泠泠下岩窦，如瑟筑声，相顾绝赏，因以"春山多胜事"分韵，约四山父子同赋，时四山留外未归也。韵以齿次，瑞得"多"字》（《全宋诗》第71册）。

大德五年辛丑（1301）

10. 六月三日，徐瑞等人在鄱阳以"高山流水"分韵赋诗。今存徐瑞《六月三日赴周南翁之招，时芳洲留梅山堂述行，实仆与观焉，临别以"高山流水"四字分韵，约仲退同赋，瑞得"山"字》（《全宋诗》第71册）。此诗虽未标年份，然据该诗在《松巢漫稿》卷二的排列可以推断。此诗前一题为《有酒相与饮》，中有"去去欲语谁，挈瓶灌吾瓜"二句，似为四五月情事。又前一题为《夜中不成寐》，中云："矧今六八年，华发日夜生。"① 也就是说，该诗作于徐瑞48岁时。据《松巢漫稿》前作者小传"公生于宋宝祐甲寅（1254）十二月"，其48岁当为大德五年。

大德十年丙午（1306）

11. 秋天，仇远与众友人在金陵游钟山，以"峰多巧障日，江远欲浮天"分韵赋诗。今存仇远《与杨志行、郭斗南、马德润、屠存博、吕公弼、僧义庆游钟山，以"峰多巧障日，江远欲浮天"分韵，予得"浮"字》（《全宋诗》第70册）。此诗在《金渊集》卷一，前隔三题为《寄史贵质（延珪，丁未同庚）》，首句云："淳祐六十翁，生遇时节好。"② 后隔八题为《九日邻翁招饮》，中有"六十始平头，甲子须循环"二句。③ 仇远生于丁未年（1247），前云"六十翁"，后云"六十平头"即刚六十，则知在大德十年（1306）。又其前一题《夜半见月》中云："仰观乌鹊飞，俯听蛩螿鸣。"④ 后隔一题《蟋蟀》中云："蟋蟀一何多，晓夜鸣不已""秋风满庭砌，安能久居此"几句⑤，由此可知，时间当在秋天。

大德十一年丁未（1307）

12. 此年或稍后某年九月九日，方凤等人在浦江会葬友人吴似孙，以"菊为重阳冒雨开"分韵赋诗。今存方凤《重阳对菊得"菊"字》，其序云：

> 止所吴翁归窆，客会葬者雨留。明日重阳，对菊命觞，取"菊为重阳冒雨开"析为韵，不拘体，各赋以致慨。⑥

除了方凤本人的诗作，在其《存雅堂遗稿》卷一还附录了方樗的《得"雨"字》和方梓《重阳对菊得"开"字》二诗。这次集会是由于会葬友人吴似孙（字续古）。《祭温州路教授吴君》：

---

① 北京大学古文献研究所：《全宋诗》第71册，北京大学出版社，1998，第44701页。
② 北京大学古文献研究所：《全宋诗》第70册，北京大学出版社，1998，第44164页。
③ 北京大学古文献研究所：《全宋诗》第70册，北京大学出版社，1998，第44167页。
④ 北京大学古文献研究所：《全宋诗》第70册，北京大学出版社，1998，第44165页。
⑤ 北京大学古文献研究所：《全宋诗》第70册，北京大学出版社，1998，第44166页。
⑥ 北京大学古文献研究所：《全宋诗》第69册，北京大学出版社，1998，第43328页。

昔年丙子，始识君家。而父伯叔，三荆正花。当兵革余，同馆谷我。二儿来趋，旁列右左。金兰之契，胶漆之坚。道义相与，逾三十年。中虽暂违，虚左以待。信誓重寻，前规弗改。详君出处，意在徜徉。室扁止所，舟名安航。园丁莳花，厮役锄药。沼乐观鱼，亭率放鹤。家庭燕集，宾客过从。有壶有奕，觞咏从容。居尝语余，人苦形役。或拥牙须，或肆毒螫。当其触网，顿踣纠缠。我则此中，心身泰然。剩拟耆年，爱乐始旦。徐行装游，宜瓯泮涣。彼苍不惠，苦戕善根。疾未及药，吊已在门。顾予衰摧，期托晚岁。君乃先余，逝矣莫逮。纵论三世，赖有象贤。犹存楚醴，不乏郑毡。忆君断弦，自为卜兆。岂知今斯，继飞丹旐。兹率二儿，荐此金卮。望望新阡，老泪交颐。①

由"丙子（1276）"下推"逾三十年"，则当在元成宗大德十一年（1307）以后。具体年份不详，姑系于此。

13. 次日，诸人复以"相逢不用忙归去，明日黄花蝶也愁"分韵赋诗。今存三首。方凤《重阳明日得"日"字》诗序云：

重阳明日，会葬诸宾当归，吴良贵留之不置，又析东坡"相逢不用忙归去，明日黄花蝶也愁"之句，各赋五言四韵。②

此外尚有方樗《得"蝶"字》（《存雅堂遗稿》卷一附）和方梓《得"也"字》（《存雅堂遗稿》卷一附）。

仁宗延祐四年（1317）

14. 九月九日，在江西贡院考校乡试的吴澄与同官将别，登楼宴饮，以"日月依辰至，举俗爱其名"分韵赋诗。今存吴澄《江西秋闱分韵（有序）》：

延祐四年，江西府中书省钦奉天诏第二举进士，典校文者七人，

---

① （宋）方凤：《方凤集》，方勇辑校，浙江古籍出版社，1993，第78页。
② （宋）方凤：《方凤集》，方勇辑校，浙江古籍出版社，1993，第22页。

或居千里外，或居千里内，一时麇至，来集于兹，晨夕相亲，亦云乐矣。其将别也，能无情乎？乃九月九日，开尊畅饮，登楼远眺，秋意满目，悠然兴怀。酒阑，以"日月依辰至，举俗爱其名"为韵，各赋古诗一首，爰记良辰会聚之乐，且抒异日离索之思焉。①

具体时间无考，但可以确定为南宋灭亡之后的创作有三次。

15. 某年九月九日，黄庚等人在绍兴王英孙家会饮，以"落霞与孤鹜齐飞"分韵赋诗。今存黄庚《九日会王修竹西楼，预坐者七人，以"落霞与孤鹜齐飞"分韵，予得"落"字，即席走笔》（《全宋诗》第69册）。王修竹即王英孙，其西楼应即后世所谓修竹楼。万历《绍兴府志·人物·义行》：

王英孙。字才翁，会稽人。博学通经史，历官将作监簿，辞归。值越中大饥，发私廪以赈，全活甚众。道上有弃孩，辄收恤之。又喜延致四方贤士，日以赋咏为乐，若谢翱、郑朴翁、林景熙、唐珏辈，皆慕其义，与之友。②

该诗前一首为《故相贾丘壑旧府》，中有"苍生颠堕崖，国亡身孰托"二句③，可知已在宋亡以后。因此，《九日会王修竹西楼》写作年份虽无考，但无疑作于入元之后。

16. 某年四月八日，陆文圭等人游江阴城西诸寺，以"山高水长"分韵赋诗。今存陆文圭《四月八日偕张菊村、邓匪石、洪乐闲游城西诸寺，以"山高水长"分韵，得"长"字》（《全宋诗》第71册）。此诗写作年份无考。陆文圭在宋末曾为官，入元不仕，还乡隐居。据该诗中"少年余气习，棋酒愧疏狂"二句④，应为中年以后所作，已经入元。

17. 某年，汪炎昶与友人及婺源学官游石龙潭，以韩愈《炭谷湫诗》分韵赋诗。今存汪炎昶《同张、李二同知及诸学官游石龙潭，以韩公〈炭

---

① 汤华泉：《全宋诗辑补》第7册，黄山书社，2016，第3579~3580页。
② （明）萧良幹、张元忭：《万历绍兴府志》，成文出版有限公司，1983，第3091~3092页。
③ 北京大学古文献研究所：《全宋诗》第69册，北京大学出版社，1998，第43548页。
④ 北京大学古文献研究所：《全宋诗》第71册，北京大学出版社，1998，第44562页。

谷湫诗〉为韵,分韵得"捧"字》(《全宋诗》第71册)。汪炎昶又有《游龙潭记》:

> 龙潭在婺源城东百里,山涧僻处,颇称有灵异,距予所寓馆五里而近,主人亦趣尚高洁。以其地有悬崖飞瀑之胜,约予同游,予亦欣然欲往。既有期日,而雨弗辍,予试默祷于龙,其感与否,固未必也。至是晨,雨疏逗,已乃大霁,遂同游。凡八人……①

二者所记可能为一事。此文虽未署写作年月,但当作于入元之后。汪炎昶在宋末曾为官,入元不仕,还乡隐居。

由于历史上诗歌文献大量散佚的原因,以上所考仅仅是实际创作中极少的一部分,但见微知著,仍可在一定程度上反映出当时创作的具体情况。如果说"宋型分韵方式"在北宋已超越了其他方式形成一枝独秀的局面,但发展得尚不够充分。到了南宋,这种方式才真正走向普及,成为各个阶层的诗人集会时最乐于采用的创作方式,就连朱熹、魏了翁等理学家也乐于此道。

---

① (明)程敏政撰《新安文献志》,何庆善、于石点校,黄山书社,2004,第360页。

第三章 诗文佳句的分布倾向

既然使用诗文佳句是"宋型分韵方式"的最基本特征，那么宋人喜欢选择什么样的佳句？这些佳句体现出什么样的特征？他们为什么选择这些佳句？尽管今天能落实到佳句的分韵创作只有144次，跟实际创作相比只是九牛一毛，但仍可在一定程度上反映出宋人使用佳句的情况。需要说明的是，一方面因为个别佳句被不止一次使用，另一方面因为宋人在同一次创作中使用的佳句可能是一句，也可能是连续的两句甚至多句，所以本书在进行数据分析时不依据句子数量，而仅仅关注使用的次数。为方便起见，本书称一次创作中使用的佳句数量为1"例"。通过具体的统计和分析可以看出，宋人在选择和使用佳句时呈现出以下几个鲜明的特征。

第一节 偏重集部和一流作家

经史子集四部是中国最传统的图书分类法。按照这种分类法，属于文学作品的诗、文、词三类都在集部之内。在本书所考的144次创作中，其中可以考到出处的有141例，虽然遍及经史子集四部，但分布很不均匀，明显体现出对集部和一流作家的偏重。需要说明的是，下文的排列均依据使用佳句分韵创作的作品在《全宋诗》中的所在册数为序，其册数在括号内列出。

一 在四部中偏重集部，在经部中偏重《诗经》

在可以考到出处的141例佳句中，出自集部的有117例，占83%。而出自经部的佳句在数量上虽然排在第二，也只有20例。其中又以出自《诗经》的佳句最多，有以下14例：

1. "今我来思"句（第14册），出自《诗经·小雅·采薇》或《诗经·小雅·出车》。

2. "元戎十乘，以先起行"二句（第14册），出自《诗经·小雅·六月》。

3. "夜未央"句（第20册），出自《诗经·小雅·庭燎》。

4. "之子于征"句（第21册），出自《诗经·小雅·车攻》或《诗经·小雅·鸿雁》。

5. "今我来思，雨雪载途"二句（第21册），出自《诗经·小雅·出车》。

6. "凤凰鸣矣，于彼高冈"二句（第22册），出自《诗经·大雅·卷阿》。

7. "言念君子，温其如玉"二句（第22册），出自《诗经·秦风·小戎》。

8. "驾言出游，以写我忧"二句（第22册），出自《诗经·邶风·泉水》。二句虽亦见于《诗经·卫风·竹竿》，然含义与宋人所取之意不同。

9. "我思古人"句（第25册），出自《诗经·邶风·绿衣》。

10. "东南之美"句（第25册），出自《尔雅·释地》。

11. "驾言出游"句（第33册），出自《诗经·邶风·泉水》或《诗经·卫风·竹竿》。

12. "醉酒饱德"句（第44册），出自《诗经·大雅·既醉》，原作"既醉以酒，既饱以德"。

13. "驾言出游"句（第44册），出自《诗经·邶风·泉水》或《诗经·卫风·竹竿》。

14. "为此春酒，以介眉寿"二句（第49册），出自《诗经·豳风·七月》。

出自《孟子》的有三例：

15. "清斯濯缨"句（第38册），出自《孟子·离娄》。

16. "有寒疾不可以风"句（第49册），出自《孟子·公孙丑》。

17. "善养吾浩然之气"句（第53册），出自《孟子·公孙丑》，原作"我善养吾浩然之气"。

而属于礼学、易学和小学类仅各有一例：

18. "菊有黄华"句（第38册），出自《礼记·月令》，原作"鞠有黄华"。

19. "一阳来复"句（第22册），出自宋人对《周易·复卦》的普遍解释。

20. "谓语助者"句（第50册），出自周兴嗣《千字文》，原作"谓语助者，焉哉乎也"。

这20例句子，约占总数的14%。除了《千字文》外，其余所涉典籍即《诗经》《孟子》《礼记》《周易》都是地道的儒家经典，在北宋都进入了"十三经"。宋人重视对儒经中佳句的使用，特别是使用《诗经》《孟子》中的佳句，跟二者在当时的巨大影响有关。在几种重要的儒家经典中，《诗经》最富有文学色彩，且被认为是后世诗歌的源头，彼此关系非常密切。宋人一方面将《诗经》视为最重要的儒家经典，将其中的篇章牢记于心，另一方面又将其看作文学作品，从而有意识地借用其中的佳句。因此，《诗经》中的佳句较多为宋人选用，也就不足为奇了。而《孟子》在北宋的地位变化很大，经历了一个今人所说的"上升运动"，因而其在当时受到的关注虽然不及文学色彩浓郁的《诗经》，但已经超过了其他几种儒经。宋人多次使用《孟子》中的佳句分韵，在一定程度上也是这种学术风气的反映。

至于出自史部、子部的佳句，数量就很少了，共有4例。其中出自史部的佳句仅有以下3例：

1. "蹑冒顿之区落，焚老上之龙庭"二句（第45册），出自班固《封燕然山铭》，见于《后汉书·窦融传》所附窦宪传。

2. "赏心乐事"句（第43册），出自张缵《与陆云公叔襄兄晏子书》，见于《梁书·陆云传》。

3. "一蹴自造青云"句（第51册），出自《南史·刘穆之传》，原作"一蹙自造青云"。

而出自子部的佳句更少，仅见下面一例：

4. "山川悠远，白云自出。相期不老，尚能复来"四句（第20册），出自《穆天子传》中西王母的《白云谣》，原作："白云在天，山陵自出。道里悠远，山川间之。将子无死，尚能复来。"

这种情况表明，宋人分韵时虽然没有有意排斥史部、子部中的佳句，但使用的频率很低。即便是出自经部的 20 例佳句，如果除去文学性最强的《诗经》中的 14 例，剩下的也不过 6 例而已。也就是说，宋人分韵时不但罕用子部、史部中的佳句，即便是使用经部中的书籍，也主要选择文学性较强的句子。这在总体上可以看作对文学性的重视。

二　在集部中偏重一流作家

在属于文学作品的集部内部，宋人又进一步表现出对一流作家的偏重。出自集部的 117 例佳句中，属于杜甫的最多，共有 32 例：

1. "身轻一鸟过，枪急万人呼"二句（第14册），出自杜甫《送蔡希鲁都尉还陇右寄高三十五书记》。

2. "君子纳凉晚，此味亦时须"二句（第17册），出自杜甫《槐叶冷淘》，原作"君王纳凉晚，此味亦时须"。

3. "轻风生浪迟"等句（第18册），出自杜甫《陪诸贵公子丈八沟携妓纳凉晚际遇雨》。

4. "回向心地初"句（第21册），出自杜甫《谒文公上方》。

5. "故人从此去"一句（第21册），出自杜甫《送何侍御归朝》。

6. "野寺江天豁，山扉花木幽"二句（第22册），出自杜甫《游修觉寺》，原作"野寺江天豁，山扉花竹幽"。

7. "偃蹇龙虎姿，主当风云会"二句（第22册），出自杜甫《病柏》。

8. "徐飞锡杖出风尘"句（第22册），出自杜甫《留别公安太易沙门》。

9. "每日江头尽醉归"句（第22册），出自杜甫《曲江二首》其二。

10. "问柳寻花到野亭"句（第24册），出自杜甫《严中丞枉驾见过》。

11. "开林出远山"句（第29册），出自杜甫《早起》。

12. "笼竹和烟滴露梢"句（第29册），出自杜甫《堂成》。

13. "梅花年后多"句（第30册），出自杜甫《江梅》。

14. "三峡炎蒸定有无"句（第31册），出自杜甫《又作此奉卫王》，原作"三伏炎蒸定有无"。

15. "更长爱烛红"句（第31册），出自杜甫《酬孟云卿》。

16. "江路野梅香"句（第34册），出自杜甫《西郊》。

17. "知君重毫素"句（第34册），出自杜甫《奉先刘少府新画山水障歌》。

18. "先生早赋归去来"句（第36册），出自杜甫《醉时歌》。

19. "吾独胡为在泥滓"句（第38册），出自杜甫《奉先刘少府新画山水障歌》。

20. "相期拾瑶草"句（第44册），出自杜甫《赠李白》，原作"方期拾瑶草"。

21. "云卧衣裳冷"句（第44册），出自杜甫《游龙门奉先寺》。

22. "星垂平野阔，月涌大江流"二句（第44册），出自杜甫《旅夜书怀》。

23. "万颗匀圆讶许同"句（第47册），出自杜甫《野人送朱樱》。

24. "人生五马贵，莫受二毛侵"二句（第48册），出自杜甫《送贾阁老出汝州》。

25. "尊前失诗流"句（第49册），出自杜甫《送长孙九侍御赴武威判官》。

26. "天上秋期近，人间月影清"二句（第51册），出自杜甫《月》。

27. "北风随爽气，南斗近文星"二句（第51册），出自杜甫《衡州送李大夫赴广州》，原作"北风随爽气，南斗避文星"。

28. "离别不堪无限意，艰危深仗济时才"二句（第54册），出自杜甫《送王十五判官扶侍还黔中得开字》。

29. "落日放船好，轻风生浪迟"二句（第56册），出自杜甫《陪诸贵公子丈八沟携妓纳凉晚际遇雨》。

30. "旧日重阳日"诗（第56册），即杜甫《九日五首》其三。

143

31. "灯前细雨檐花落"句（第63册），出自杜甫《醉时歌》。

32. "老去悲秋强自宽"等句，即"杜工部《九日》诗"（第67册），实为杜甫的《九日蓝田崔氏庄》。

其次为出自苏轼的佳句，有17例：

33. "他年五君咏，山王一时数"二句（第24册），出自苏轼《叔弼云履常不饮，故不作诗，劝履常饮》。

34. "炯如流水涵青苹"句（第28册），出自苏轼《月夜与客饮酒杏花下》。

35. "江头千树春欲暗"句（第30册），出自苏轼《和秦太虚梅花》。

36. "春风吹倒人"句（第31册），出自苏轼《大寒步至东坡赠巢三》。

37. "催诗走群龙"句（第31册），出自苏轼《行琼儋间，肩舆坐睡梦中得句云："千山动鳞甲，万谷酣笙钟。"觉而遇清风急雨，戏作此数句》。

38. 苏轼一首七言绝句（第31册）。具体何诗无法判断，仅知其中有"陌"字，苏轼使用"陌"字的七绝不止一首。

39. "不择茅檐与市楼，况我官居似蓬岛"二句（第38册），出自苏轼《催试官考较戏作》。

40. "徙倚弄云泉"句（第44册），出自苏轼《游东西岩》。

41. "山如翠浪涌"句（第44册），出自苏轼《郁孤台》，原作"山为翠浪涌"。

42. "我亦从来识英物，试教啼看定何如"二句（第45册），出自苏轼《贺陈述古弟章生子》。

43. "细思却是最宜霜"句（第50册），出自苏轼《和陈述古拒霜花》。

44. "老手便剧郡"句（第51册），出自苏轼《送钱藻出守婺州得英字》。

45. "狂云妒佳月，怒飞千里黑"二句（第56册），出自苏轼《妒佳月》。

46. "会与州人，饮公遗爱，一江醇醥"三句（第56册），出自苏轼

《醉蓬莱·重九上君猷》，原作："会与州人，饮公遗爱，一江醇酎。"

47．"东海独来看出日，石桥先去踏长虹"二句（第57册），出自苏轼《次韵周邠寄雁荡山图二首》其二。

48．"红萼是乡人"句（第61册），出自苏轼《三月二十日开园三首》其三，原作"丝丝红萼是乡人"。

49．"踏遍仙人碧玉壶"句（《全宋诗补辑》第6册，其人已见于《全宋诗》第67册），出自苏轼《宝山新开径》。

出自陶渊明的佳句排在第三，有6例：

50．"日暮天无云，春风扇微和"二句（第8册），出自陶渊明《拟古》其七。

51．"岂无他人，念子实多"二句（第22册），出自陶渊明《停云》。

52．"园林无俗情"句（第34册），出自陶渊明《李氏园卧疾》，原作"林园无俗情"。

53．陶渊明《斜川诗》卒章二十字（第44册），即"中觞纵遥情，忘彼千载忧。且极今朝乐，明日非所求"。

54．"临清流而赋诗"句（第51册），出自陶渊明《归去来兮辞》。

55．"采菊东篱下，悠然见南山"二句（第61册），出自陶渊明《饮酒》其五。

出自韩愈的佳句排在第四，有5例：

56．"太华峰头玉井莲"句（第22册），出自韩愈《古意》。

57．"何人有酒身无事，谁家多竹门可款"二句（第26册），出自韩愈《游青龙寺赠崔大补阙》。

58．"直把春赏酒，都将命乞花"二句（第37册），出自韩愈《嘲少年》，原作"直把春偿酒，都将命乞花"。

59．"苍茫云海路，岁晚将无获"二句（第44册），出自韩愈《杂诗四首》其二，原作"苍苍云海路，岁晚将无获"。

60．"时秋积雨霁，新凉入郊墟"二句（第54册），出自韩愈《符读书城南》。

出自黄庭坚的佳句排在第五，有4例：

61．"旧时爱酒陶彭泽，今日梅花树下僧"二句（第38册），出自黄庭坚《王才元惠梅花三种皆妙绝戏答三首》其二，原作"旧时爱菊陶彭泽，今作梅花树下僧"。

62."惊鹿要须野学，盟鸥本愿秋江"二句（第44册），出自黄庭坚《次韵公择舅》，原作"惊鹿要须野草，鸣鸥本愿秋江"。

63."人间风日不到处，天上玉堂森宝书"二句（第45册），出自黄庭坚《双井茶送子瞻》。

64."晚风池莲香度，晓日宫槐影西"二句（第51册），出自黄庭坚《次韵王荆公题西太一宫壁二首》其二。

出自韦应物与杜牧的佳句排在第六，各有3例：

65."何当风雨夜，复此对床眠"二句（第20册），出自韦应物《示全真元常》，原作"宁知风雪夜，复此对床眠"。

66."绿阴生昼静"句（第31册），出自韦应物《游开元精舍》。

67."高阁一长望"句（第44册），出自韦应物《西楼》。

68."人世难逢开口笑，菊花须插满头归"二句（第25册），出自杜牧《九日齐安登高》，原作"尘世难逢开口笑，菊花须插满头归"。

69."菊花应插满头归"句（第44册），出自杜牧《九日齐安登高》，原作"菊花须插满头归"。

70."尘世难逢开口笑"句（第57册），出自杜牧《九日齐安登高》。

仅有两例佳句被使用的诗人有宋玉、嵇康、谢灵运、江淹、王维、柳宗元、王安石、陈师道、陈与义等9人：

71."登山临水送将归"句（第15册），出自宋玉《九辩》，原作"登山临水兮送将归"。

72."悲哉秋之为气萧瑟"八字（第20册），出自宋玉《九辩》，原作"悲哉秋之为气也，萧瑟兮草木摇落"。

73."煌煌灵芝，一年三秀"二句（第22册），出自嵇康《忧愤诗》。

74."手挥素弦"句（第62册），出自嵇康《兄秀才公穆入军赠诗十九首》其十五。

75."池塘生春草，园柳变鸣禽"二句（第8册），出自谢灵运《登池上楼》。

76."山水含清晖"句（第44册），出自谢灵运《石壁精舍还湖中作》。

77. "黯然销魂，惟别而已"二句（第 10 册），出自江淹《别赋》，原作"黯然销魂者，唯别而已矣"。

78. "春草碧色"句（第 38 册），出自江淹《别赋》。

79. "采菱渡头风起，策杖村西日斜"二句（第 20 册），出自王维《田园乐》其三，原作"采菱渡头风急，策杖村西日斜"。

80. "不能舍余习，偶被世人知"二句（第 24 册），出自王维《偶然作六首》其六。

81. "烟浓近侍香"句（第 18 册），出自柳宗元《弘农公以硕德伟材屈于诬枉，左官三岁，复为大僚，天监昭明，人心感悦。宗元窜伏湘浦，拜贺末由，献诗五十韵以毕微志》。

82. "独钓寒江雪"句（第 38 册），出自柳宗元《江雪》。

83. "荷花日落酣"句（第 22 册），出自王安石《题西太一宫壁二首》其一，原作"荷花落日红酣"。

84. "三十六陂春水"句（第 35 册），出自王安石《题西太一宫壁二首》其一。

85. "五十三不同"句（第 53 册），出自陈师道《次韵苏公劝酒与诗》。

86. "风霜随气节，河汉下文章"二句（第 57 册），出自陈师道《贺关彦长生日二首》其一，原作"风霜随气节，河汉借文章"。

87. "梅花已判来年开"句（第 44 册），出自陈与义《又和岁除感怀用前韵》，原作"梅花已判隔年看"。

88. "茂林当日映群贤"句（第 51 册），出自陈与义《次韵光化宋唐年主簿见寄二首》其一。

仅有一例佳句被使用的作者有 29 人，即：

89. "月明星稀，乌鹊南飞。绕树三匝，何枝可依"四句（第 14 册），出自魏武帝曹操《短歌行》。

90. "山水有清音"句（第 34 册），出自左思《招隐诗二首》其一。

91. "茂林修竹，清流激湍"二句（第 44 册），出自王羲之《兰亭集序》，原作"此地有崇山峻岭，茂林修竹，又有清流激湍，映带左右"。

147

92. "春水满四泽,夏云多奇峰"二句(第14册),出自顾凯之《神情诗》(一作陶渊明诗)。

93. "岭上多白云"句(第44册),出自陶弘景《诏问山中何所有赋诗以答》。

94. "余霞散成绮,澄江静如练"二句(第20册),出自谢朓《晚登三山还望京邑》。

95. "碧潭清皎洁"句(第30册),出自寒山《山居》其一。

96. "初九未成旬,重阳即此辰"二句(第57册),出自孟浩然《九日得新字》,原作"九日未成旬,重阳即此晨"。

97. "寒食数日,得小住为佳耳"二句(第45册),出自颜真卿《寒食帖》,原作"寒食只数日间,得且住为佳耳"。

98. "月色静中见,泉声幽处闻"二句(第23册),出自灵澈《石帆山》(佚句),原作"月色静中见,泉声深处闻"。

99. "移石几回敲废印,开箱何处送新图"二句(第30册),出自令狐楚佚句。

100. "柳塘春水慢,花坞夕阳迟"二句(第67册),出自严维《酬刘员外见寄》。

101. "朔雪洗尽烟岚昏"句(第22册),出自沈传师《次潭州酬唐侍御姚员外游道林岳麓寺题示》。

102. "人皆苦炎"等句(第14册),出自唐文宗与柳公权的《夏日联句》诗:"人皆苦炎热,我爱夏日长。(帝)熏风自南来,殿阁生微凉。(柳公权)"

103. "未到五更犹是春"二十八字(第42册),即贾岛《三月晦日赠刘评事》一诗,原作"未到晓钟犹是春"。

104. "湘波不动楚山碧,花压阑干春昼长"二句(第45册),出自温庭筠《湖阴词》,原作"吴波不动楚山晚,花压阑干春昼长"。

105. "人家寒食月,花影午时天"二句(第45册),出自司空图佚句。

106. "前峰月照半江水"句(第62册),出自任翻《题天台寺壁》。

107. "疏影横斜,暗香浮动"二句(第70册),出自林逋《山园小梅二首》其一，原作"疏影横斜水清浅，暗香浮动月黄昏"。

108. "流水放杯行"句（第37册），出自晏殊佚句。

109. "尘埃已逐双溪去"句（第51册），出自刘煇《洗山》。

110. "石上坐忘归"句（第30册），出自陈伯孙《诗一首》。

111. "云淡风轻"之诗（第57册），即程颢《偶成》："云淡风轻近午天，傍花随柳过前川。旁人不识予心乐，将谓偷闲学少年。"

112. "重阳能插菊花无"句（第35册），出自刘季孙《寄苏内翰》。

113. "世间万事皆尘土，留取功名久远看"二句（第51册），出自蔡襄《喜永叔安道仲仪除谏官》。

114. "气盖关中季子心"句（第22册），出自洪朋《赠智伯诗》断句。

115. "四海良朋能几多"句（第44册），出自刘孟容佚句。

116. "楼高天一握"句（第46册），出自胡仲弓《倚楼》。

117. "鬓发丝丝半已华，犹将文字少年夸"二句（第56册），出自魏了翁佚句。

从这117例佳句来看，仅出自杜甫的就有32例，超过总数的27%。如果加上苏轼、陶渊明、韩愈与黄庭坚的诗句，有64例，则接近总数的55%。这五个诗人中，陶渊明与杜甫是宋人最敬仰的前代诗人，苏轼与黄庭坚则是最杰出的本朝诗人，韩愈亦是唐代的一流诗人和散文大家。如果进一步加上出自韦应物、杜牧、宋玉、嵇康、谢灵运、江淹、王维、柳宗元、王安石、陈师道、陈与义等人的佳句，则有88例，超过总数的75%，而这里涉及的11位作家，亦无一不是前代或本朝的重要作家。至于仅有一例佳句被使用的29位诗人，虽然名气要小一些，但亦非泛泛之辈。

三　偏重集部、偏重一流作家与宋诗发展

宋人分韵时喜欢使用一流作家的佳句，而很少使用一般作家或者无名作家的句子。这跟宋诗发展有一定的内在关联。

宋人大力发展诗歌，既需要对前代诗人的学习，也离不开对当代诗人的标举。在学习前人方面，宋人选择了陶渊明和杜甫作为典范。将陶、杜并列，在宋人笔下非常常见。葛立方《韵语阳秋》卷二十云：

贤者豹隐墟落，固当和光同尘，虽舍者争席奚病，而况于杯酒之间哉？陶渊明、杜子美皆一世伟人也，每田父索饮，必使之毕其欢而尽其情而后去。渊明诗云："清晨闻叩门，倒裳往自开。问子为谁与？田父有好怀。壶浆远见候，疑我与时乖。"老杜诗云："田翁逼社日，邀我尝春酒。""叫妇开大瓶，盆中为我取。"二公皆有位者也，于田父何拒焉。至于田父有"一世皆尚同，愿君汨其泥"之说，则始守陶之介。"久客惜人情，如何拒邻叟。"则何妨杜之通乎？①

　　林駉《古今源流至论后集》卷九云："论渊明之诗，当取其有补风教；论子美之诗，当取其爱君忧国。外是不论，徒工于文墨章句间，岂深知二公哉？"② 当代学者不但对此非常认同，而且从不同角度进行了分析。金净在《宋诗与陶杜》一文中说：

>　　朱自清先生说："中国诗人里影响最大的似乎是陶渊明、杜甫、苏轼三家。他们的诗集、版本最多，注家也不少。"（《日常生活的诗——序肖望卿〈陶渊明批评〉》）有趣的是，三家之中，苏轼是宋人，而陶、杜两家在文学史上崇高地位的确立也都是在宋代，而且对他们的最具代表性的评价，也都出自苏轼之口："吾于诗人无所甚好，独好渊明之诗……其诗质而实绮、癯而实腴，自曹刘鲍谢李杜诸人，皆莫及也。"（《与子由书》）"古今诗人众矣，而杜子美为首，岂非以流落饥寒、终身不用而一饭未尝忘君也欤！"（《王定国诗集序》）自此以后，"质而实绮、癯而实腴"和"一饭未尝忘君"，就成为一般士大夫文人对陶、杜"皆莫及"和"为首"地位的一致定评，后世很少能越出此一理论框架。③

　　陶、杜二人虽然在各方面差异较大，有的地方甚至正好相反，但都在宋代建立了非常崇高的经典地位。至于二人何以在众多的前代诗人中独领

---

① （宋）葛立方：《韵语阳秋》，（清）何文焕《历代诗话》下册，中华书局，1981，第651页。
② （宋）林駉：《古今源流至论》，《文渊阁四库全书》第942册，台湾商务印书馆，1982~1986，第29页。
③ 金净：《宋诗与陶杜》，《中州学刊》1988年第4期，第84页。

风骚，黄坤在《陶杜异同论》中认为：

> 陶、杜成为伟大诗人，全在他们身上所共有的纯真。在陶渊明诗中，屡见一个"真"字："傲然自足，抱朴含真"（《劝农》）、"羲农去我久，举世少复真"（《饮酒》其二十）。前人推重渊明，也往往集中在一个"真"字上。萧统称他"颖脱不群，任真自得"（《陶渊明传》）；王十朋赞美他"潇洒风姿太绝尘，寓形宇内任天真"（《观渊明画像》）。陶渊明的诗文，景真情真，无非天机流行，均有真气盘旋纸上。而"真"也是杜甫的本色，和陶渊明一样，他也在诗中屡及"真"字："天涯喜相见，披豁道吾真"（《奉简高三十五使君》）、"剧谈怜野逸，嗜酒见天真"（《寄李十二白二十韵》）。至于后人以"真"称誉杜甫为人及其诗歌的，更是不胜枚举。[①]

纯真固然是陶、杜在宋代成为典范的重要基础，但他们能够齐名的缘由自然不止于此。程杰在《从陶杜的典范意义看宋诗的审美意识》一文中选择周紫芝《乱后并得陶杜二集》中"少陵有句皆忧国，陶令无诗不说归"，曾巩《孙少述示近诗兼仰高致》中"少陵雅健材孤出，彭泽清闲兴最长"，黄庭坚《赠高子勉四首》其四中"拾遗句中有眼，彭泽意在无弦"三个诗联，分别从二人的诗歌价值取向、风格形态和创作形态三个方面，深刻地分析了陶、杜齐名的原因。[②]

陶、杜在宋代被推为典范，实则是适应了宋诗发展的内在需要。而这种需要，既包括了思想价值方面的要素，也包括了形式、技巧等方面的成分。在前代众多的诗人中，只有杜甫与陶渊明的诗句在宋代诗人分韵时被选用最多，也就很容易理解了。而韩愈在宋人心目中虽然不像陶、杜那样崇高，但作为唐代最有个性且影响深远的大诗人，其作品亦深受诗人的喜爱。

对于本朝诗人，宋人最推重的是苏轼和黄庭坚。经过众多诗人前赴后

[①] 黄坤：《陶杜异同论》，《文学遗产》1991年第3期，第44页。
[②] 程杰：《从陶杜的典范意义看宋诗的审美意识》，《文学评论》1990年第2期，第71~74页。

继的努力,宋代诗歌终于形成了与"唐音"不同的"宋调"。严羽《沧浪诗话·诗评》云:"唐人与本朝人诗,未论工拙,直是气象不同。"又云:"诗有词理意兴。南朝人尚词而病于理,本朝人尚理而病于意兴,唐人尚意兴而理在其中。"① 钱锺书《谈艺录》云:

>唐诗、宋诗,亦非仅朝代之别,乃体格性分之殊。天下有两种人,斯分两种诗。唐诗多以丰神情韵擅长,宋诗多以筋骨思理见胜。严仪卿首唱断代言诗,《沧浪诗话》即谓"本朝人尚理,唐人尚意兴"云云。曰唐曰宋,特举大概而言,为称谓之便。非曰唐诗必出唐人,宋诗必出宋人也。故唐之少陵、昌黎、香山、东野,实唐人之开宋调者;宋之柯山、白石、九僧、四灵,则宋人之有唐音者。②

至缪钺撰《论宋诗》一文,则通过对比,将"宋调"的特点概括得更加具体,此不赘言。

当然,"宋调"的形成非一日之功,始于梅尧臣、欧阳修,经王安石、苏轼而发展和变化,至黄庭坚和"江西诗派"而确立。在这个过程中,苏、黄二人因其成就杰出,产生的影响也很巨大。胡仔在《苕溪渔隐丛话前集》卷四十九说:

>元祐文章,世称苏、黄。然二公当时争名,互相讥诮,东坡尝云:"黄鲁直诗文,如蝤蛑江珧柱,格韵高绝,盘飧尽废,然不可多食,多食则发风动气。"山谷亦云:"盖有文章妙一世,而诗句不逮古人者。"此指东坡而言也。二公文章,自今视之,世自有公论,岂至各如前言,盖一时争名之词耳。俗人便以为诚然,遂为讥议,所谓"蚍蜉撼大树,可笑不自量"者邪。③

其实,苏、黄之间只是对诗文的审美认识和要求不同,并非为了"争名"。再说,他们二人的大名也不是自己争来的,而是出自时人和后人的

---

① (宋)严羽:《沧浪诗话》,(清)何文焕:《历代诗话》下册,中华书局,1981,第695~696页。
② 周振甫、冀勤编著《钱锺书〈谈艺录〉读本》,中央编译出版社,2013,第453页。
③ (宋)胡仔纂《苕溪渔隐丛话前集》,廖德明校点,人民文学出版社,1962,第334页。

推重。据《朱子语类》卷一百四十,朱熹曾说:"古诗须看西晋以前,如乐府诸作皆佳;杜甫夔州以前诗佳;夔州以后自出规模,不可学。苏黄只是今人诗。苏才豪,然一滚说尽,无余意;黄费安排。"① 这个评价,基本扣住了二人诗歌的主要特征。受二人影响,当时诗坛上形成了学苏、学黄两者潮流。晦斋在《简斋集》中引述陈与义之言云:

> 诗至老杜极矣,东坡苏公、山谷黄公奋乎数世之下,复出力振之,而诗之正统不坠。然东坡赋才也大,故解纵绳墨之外而用之不穷;山谷措意也深,故游泳玩味之余而索之益远。大抵同出老杜,而自成一家,如李广、程不识之治军,龙伯高、杜季良之行己,不可一概语也。近世诗家知尊杜矣,至学苏者乃指黄为强,而附黄者亦谓苏为肆。要必识苏、黄之所不为,然后可以涉老杜之涯涘。②

刘克庄《后村诗话前集》卷二云:"元祐后,诗人迭起,一种则波澜富而句律疏,一种则锻炼精而性情远,要之不出苏、黄二体而已。"③ 二人所论,实有其相近之处。

特别值得注意的是,即便是不喜宋诗的人,也常常将苏、黄放在一起进行批判。如张戒《岁寒堂诗话》卷上云:

> 《国风》《离骚》固不论,自汉魏以来,诗妙于子建,成于李杜,而坏于苏黄。余之此论,固未易为俗人言也。子瞻以议论作诗,鲁直又专以补缀奇字,学者未得其所长,而先得其所短,诗人之意扫地矣。④

与其意思相近的又有元好问《论诗三十首》其二十二:

> 奇外无奇更出奇,一波才动万波随。只知诗到苏黄尽,沧海横流

---

① (宋)黎靖德编《朱子语类》第8册,王兴贤点校,中华书局,1985,第3324页。
② (宋)陈与义:《简斋集》附录,《文渊阁四库全书》第1129册,台湾商务印书馆,1982~1986,第665页。
③ (宋)刘克庄:《后村诗话》,中华书局,1983,第26页。
④ (宋)张戒:《岁寒堂诗话》,丁福保:《历代诗话续编》上册,中华书局,1983,第455页。

153

却是谁。①

如果说在北宋后期，由于受到新旧党争的株连，苏、黄的文集成为禁书，所以只能在民间偷偷流传。即便如此，作为宋代最杰出的两位诗人，他们的诗句在北宋后期已开始被用来分韵。进入南宋以后，原来的新党被彻底铲除，他们的诗句也逐渐成为诗人分韵时的主要选择对象，并最终超越了本朝的其余所有诗人。

宋人使用佳句时，在四部中偏重集部和经部中文学性最强的《诗经》，在集部中又偏重一流作家。这样的结论虽然没有超出人们的预期，但通过具体的数据来对比和分析，还是有利于对这个问题的理解和深化。

第二节　最重诗句

从文体属性的角度考察，可以看出这 144 例佳句体现出的差别很大。具体地说，就是宋人分韵时主要使用诗句，而很少使用其他文体中的句子。

一　大多数佳句出自诗歌

在 144 例佳句中，属于诗歌的数量最多，共有以下 128 例。按照使用佳句分韵创作的作品在《全宋诗》中的册数顺序排列，依次为：

1. "日暮天无云，春风扇微和"二句（第 8 册），出自陶渊明《拟古》其七。

2. "池塘生春草，园柳变鸣禽"二句（第 8 册），出自谢灵运《登池上楼》。

3. "身轻一鸟过，枪急万人呼"二句（第 14 册），出自杜甫《送蔡希鲁都尉还陇右寄高三十五书记》。

---

① （金）元好问著，姚奠中主编《元好问全集》上册，李正民增订，山西古籍出版社，2004，第 270 页。

4. "人皆苦炎"等句（第 14 册），出自唐文宗与柳公权的《夏日联句》诗："人皆苦炎热，我爱夏日长。（帝）熏风自南来，殿阁生微凉。（柳公权）"

5. "春水满四泽，夏云多奇峰"二句（第 14 册），出自顾凯之《神情诗》（一作陶渊明诗）。

6. "月明星稀，乌鹊南飞。绕树三匝，何枝可依"四句（第 14 册），出自魏武帝曹操《短歌行》。

7. "今我来思"一句（第 14 册），出自《诗经·小雅·采薇》或《诗经·小雅·出车》。

8. "元戎十乘，以先起行"二句（第 14 册），出自《诗经·小雅·六月》。

9. "登山临水送将归"句（第 15 册），出自宋玉《九辩》，原作"登山临水兮送将归"。

10. "君子纳凉晚，此味亦时须"二句（第 17 册），出自杜甫《槐叶冷淘》，原作"君王纳凉晚，此味亦时须"。

11. "轻风生浪迟"等句（第 18 册），出自杜甫《陪诸贵公子丈八沟携妓纳凉晚际遇雨》。

12. "烟浓近侍香"句（第 18 册），出自柳宗元《弘农公以硕德伟材屈于诬枉，左官三岁，复为大僚，天监昭明，人心感悦。宗元窜伏湘浦，拜贺末由，献诗五十韵以毕微志》。

13. "山川悠远，白云自出。相期不老，尚能复来"四句（第 20 册），出自《穆天子传》中西王母的《白云谣》，原作："白云在天，山陵自出。道里悠远，山川间之。将子无死，尚能复来。"

14. "采菱渡头风起，策杖村西日斜"二句（第 20 册），出自王维《田园乐》其三，原作"采菱渡头风急，策杖村西日斜"。

15. "余霞散成绮，澄江静如练"二句（第 20 册），出自谢朓《晚登三山还望京邑》。

16. "悲哉秋之为气萧瑟"八字（第 20 册），出自宋玉《九辩》，原作"悲哉秋之为气也，萧瑟兮草木摇落"。

17. "何当风雨夜，复此对床眠"二句（第 20 册），出自韦应物《示全真元常》，原作"宁知风雪夜，复此对床眠"。

18. "夜未央"句（第20册），出自《诗经·小雅·庭燎》。

19. "之子于征"句（第21册），出自《诗经·小雅·车攻》或《诗经·小雅·鸿雁》。

20. "今我来思，雨雪载途"二句（第21册），出自《诗经·小雅·出车》。

21. "回向心地初"句（第21册），出自杜甫《谒文公上方》。

22. "故人从此去"一句（第21册），出自杜甫《送何侍御归朝》。

23. "凤凰鸣矣，于彼高冈"二句（第22册），出自《诗经·大雅·卷阿》。

24. "言念君子，温其如玉"二句（第22册），出自《诗经·秦风·小戎》。

25. "驾言出游，以写我忧"二句（第22册），出自《诗经·邶风·泉水》。二句虽亦见于《诗经·卫风·竹竿》，然含义与宋人所取之意不同。

26. "煌煌灵芝，一年三秀"二句（第22册），出自嵇康《忧愤诗》。

27. "岂无他人，念子实多"二句（第22册），出自陶渊明《停云》。

28. "野寺江天豁，山扉花木幽"二句（第22册），出自杜甫《游修觉寺》，原作"野寺江天豁，山扉花竹幽"。

29. "太华峰头玉井莲"句（第22册），出自韩愈《古意》。

30. "偃蹇龙虎姿，主当风云会"二句（第22册），出自杜甫《病柏》。

31. "徐飞锡杖出风尘"句（第22册），出自杜甫《留别公安太易沙门》。

32. "朔雪洗尽烟岚昏"句（第22册），出自沈传师《次潭州酬唐侍御姚员外游道林岳麓寺题示》。

33. "每日江头尽醉归"句（第22册），出自杜甫《曲江二首》其二。

34. "荷花日落酣"句（第22册），出自王安石《题西太一宫壁二首》其一，原作"荷花落日红酣"。

35. "气盖关中季子心"句（第22册），出自洪朋《赠智伯诗》断句。

36."月色静中见，泉声幽处闻"二句（第23册），出自灵澈《石帆山》（佚句），原作"月色静中见，泉声深处闻"。

37."不能舍余习，偶被世人知"二句（第24册），出自王维《偶然作六首》其六。

38."问柳寻花到野亭"句（第24册），出自杜甫《严中丞枉驾见过》。

39."他年五君咏，山王一时数"二句（第24册），出自苏轼《叔弼云履常不饮，故不作诗，劝履常饮》。

40."我思古人"句（第25册），出自《诗经·邶风·绿衣》。

41."人世难逢开口笑，菊花须插满头归"二句（第25册），出自杜牧《九日齐安登高》，原作"尘世难逢开口笑，菊花须插满头归"。

42."何人有酒身无事，谁家多竹门可款"二句（第26册），出自韩愈《游青龙寺赠崔大补阙》。

43."炯如流水涵青苹"句（第28册），出自苏轼《月夜与客饮酒杏花下》。

44."开林出远山"句（第29册），出自杜甫《早起》。

45."笼竹和烟滴露梢"句（第29册），出自杜甫《堂成》。

46."移石几回敲废印，开箱何处送新图"二句（第30册），出自令狐楚佚句。

47."碧潭清皎洁"句（第30册），出自寒山《山居》其一。

48."梅花年后多"句（第30册），出自杜甫《江梅》。

49."江头千树春欲暗"句（第30册），出自苏轼《和秦太虚梅花》。

50."石上坐忘归"句（第30册），出自陈伯孙《诗一首》。

51."绿阴生昼静"句（第31册），出自韦应物《游开元精舍》。

52."三峡炎蒸定有无"句（第31册），出自杜甫《又作此奉卫王》，原作"三伏炎蒸定有无"。

53."更长爱烛红"句（第31册），出自杜甫《酬孟云卿》。

54."春风吹倒人"句（第31册），出自苏轼《大寒步至东坡赠巢三》。

55."催诗走群龙"句（第31册），出自苏轼《行琼儋间，肩舆坐睡梦中得句云："千山动鳞甲，万谷酣笙钟。"觉而遇清风急雨，戏作此数句》。

56. 苏轼一首七言绝句（第31册）。具体何诗无法判断，仅知其中有"陌"字，苏轼使用"陌"字的七绝不止一首。

57. "驾言出游"句（第33册），出自《诗经·邶风·泉水》或《诗经·卫风·竹竿》。

58. "山水有清音"句（第34册），出自左思《招隐诗二首》其一。

59. "园林无俗情"句（第34册），出自陶渊明《李氏园卧疾》，原作"林园无俗情"。

60. "江路野梅香"句（第34册），出自杜甫《西郊》。

61. "知君重毫素"句（第34册），出自杜甫《奉先刘少府新画山水障歌》。

62. "三十六陂春水"句（第35册），出自王安石《题西太一宫壁二首》其一。

63. "重阳能插菊花无"句（第35册），出自刘季孙《寄苏内翰》。

64. "先生早赋归去来"句（第36册），出自杜甫《醉时歌》。

65. "直把春赏酒，都将命乞花"二句（第37册），出自韩愈《嘲少年》，原作"直把春偿酒，都将命乞花"。

66. "流水放杯行"句（第37册），出自晏殊佚句。

67. "独钓寒江雪"句（第38册），出自柳宗元《江雪》。

68. "吾独胡为在泥滓"句（第38册），出自杜甫《奉先刘少府新画山水障歌》。

69. "旧时爱酒陶彭泽，今日梅花树下僧"二句（第38册），出自黄庭坚《王才元惠梅花三种皆妙绝戏答三首》其二，原作"旧时爱菊陶彭泽，今作梅花树下僧"。

70. "不择茅檐与市楼，况我官居似蓬岛"二句（第38册），出自苏轼《催试官考较戏作》。

71. "未到五更犹是春"二十八字（第42册），即贾岛《三月晦日赠刘评事》一诗，原作"未到晓钟犹是春"。

72. "岭上多白云"句（第44册），出自陶弘景《诏问山中何所有赋

第三章　诗文佳句的分布倾向

诗以答》。

73. "山水含清晖"句（第44册），出自谢灵运《石壁精舍还湖中作》。

74. 陶渊明《斜川诗》卒章二十字（第44册），即"中觞纵遥情，忘彼千载忧。且极今朝乐，明日非所求"。

75. "醉酒饱德"句（第44册），出自《诗经·大雅·既醉》，原作"既醉以酒，既饱以德"。

76. "驾言出游"句（第44册），出自《诗经·邶风·泉水》或《诗经·卫风·竹竿》。

77. "高阁一长望"句（第44册），出自韦应物《西楼》。

78. "苍茫云海路，岁晚将无获"二句（第44册），出自韩愈《杂诗四首》其二，原作"苍苍云海路，岁晚将无获"。

79. "相期拾瑶草"句（第44册），出自杜甫《赠李白》，原作"方期拾瑶草"。

80. "菊花应插满头归"句（第44册），出自杜牧《九日齐安登高》，原作"菊花须插满头归"。

81. "云卧衣裳冷"句（第44册），出自杜甫《游龙门奉先寺》。

82. "星垂平野阔，月涌大江流"二句（第44册），出自杜甫《旅夜书怀》。

83. "梅花已判来年开"句（第44册），出自陈与义《又和岁除感怀用前韵》，原作"梅花已判隔年看"。

84. "徙倚弄云泉"句（第44册），出自苏轼《游东西岩》。

85. "山如翠浪涌"句（第44册），出自苏轼《郁孤台》，原作"山为翠浪涌"。

86. "惊鹿要须野学，盟鸥本愿秋江"二句（第44册），出自黄庭坚《次韵公择舅》，原作"惊鹿要须野草，鸣鸥本愿秋江"。

87. "四海良朋能几多"句（第44册），出自刘孟容佚句。

88. "湘波不动楚山碧，花压阑干春昼长"二句（第45册），出自温庭筠《湖阴词》，原作"吴波不动楚山晚，花压阑干春昼长"。

89. "人家寒食月，花影午时天"二句（第45册），出自司空图佚句。

159

90."人间风日不到处,天上玉堂森宝书"二句(第45册),出自黄庭坚《双井茶送子瞻》。

91."我亦从来识英物,试教啼看定何如"二句(第45册),出自苏轼《贺陈述古弟章生子》。

92."楼高天一握"句(第46册),出自胡仲弓《倚楼》。

93."万颗匀圆讶许同"句(第47册),出自杜甫《野人送朱樱》。

94."人生五马贵,莫受二毛侵"二句(第48册),出自杜甫《送贾阁老出汝州》。

95."为此春酒,以介眉寿"二句(第49册),出自《诗经·豳风·七月》。

96."尊前失诗流"句(第49册),出自杜甫《送长孙九侍御赴武威判官》。

97."细思却是最宜霜"句(第50册),出自苏轼《和陈述古拒霜花》。

98."天上秋期近,人间月影清"二句(第51册),出自杜甫《月》。

99."北风随爽气,南斗近文星"二句(第51册),出自杜甫《衡州送李大夫赴广州》,原作"北风随爽气,南斗避文星"。

100."尘埃已逐双溪去"句(第51册),出自刘翚《洗山》。

101."茂林当日映群贤"句(第51册),出自陈与义《次韵光化宋唐年主簿见寄二首》其一。

102."世间万事皆尘土,留取功名久远看"二句(第51册),出自蔡襄《喜永叔安道仲仪除谏官》。

103."老手便剧郡"句(第51册),出自苏轼《送钱藻出守婺州得英字》。

104."晚风池莲香度,晓日宫槐影西"二句(第51册),出自黄庭坚《次韵王荆公题西太一宫壁二首》其二。

105."五十三不同"句(第53册),出自陈师道《次韵苏公劝酒与诗》。

106."离别不堪无限意,艰危深仗济时才"二句(第54册),出自杜甫《送王十五判官扶侍还黔中得开字》。

107. "时秋积雨霁,新凉入郊墟"二句(第 54 册),出自韩愈《符读书城南》。

108. "落日放船好,轻风生浪迟"二句(第 56 册),出自杜甫《陪诸贵公子丈八沟携妓纳凉晚际遇雨》。

109. "旧日重阳日"诗(第 56 册),即杜甫《九日五首》其三。

110. "狂云妒佳月,怒飞千里黑"二句(第 56 册),出自苏轼《妒佳月》。

111. "鬓发丝丝半已华,犹将文字少年夸"二句(第 56 册),出自魏了翁佚句。

112. "初九未成旬,重阳即此辰"二句(第 57 册),出自孟浩然《九日得新字》,原作"九日未成旬,重阳即此晨"。

113. "尘世难逢开口笑"句(第 57 册),出自杜牧《九日齐安登高》。

114. "云淡风轻"之诗(第 57 册),即程颢《偶成》:"云淡风轻近午天,傍花随柳过前川。旁人不识予心乐,将谓偷闲学少年。"

115. "东海独来看出日,石桥先去踏长虹"二句(第 57 册),出自苏轼《次韵周邠寄雁荡山图二首》其二。

116. "风霜随气节,河汉下文章"二句(第 57 册),出自陈师道《贺关彦长生日二首》其一,原作"风霜随气节,河汉借文章"。

117. "采菊东篱下,悠然见南山"二句(第 61 册),出自陶渊明《饮酒》其五。

118. "红萼是乡人"句(第 61 册),出自苏轼《三月二十日开园三首》其三,原作"丝丝红萼是乡人"。

119. "手挥素弦"句(第 62 册),出自嵇康《兄秀才公穆入军赠诗十九首》其十五。

120. "前峰月照半江水"句(第 62 册),出自任翻《题天台寺壁》。

121. "灯前细雨檐花落"句(第 63 册),出自杜甫《醉时歌》。

122. "柳塘春水慢,花坞夕阳迟"二句(第 67 册),出自严维《酬刘员外见寄》。

123. "老去悲秋强自宽"等句,即"杜工部《九日》诗"(第 67 册),实为杜甫的《九日蓝田崔氏庄》。

161

124. "踏遍仙人碧玉壶"句（《全宋诗补辑》第 6 册，其人已见于《全宋诗》第 67 册），出自苏轼《宝山新开径》。

125. "疏影横斜，暗香浮动"二句（第 70 册），出自林逋《山园小梅二首》其一，原作"疏影横斜水清浅，暗香浮动月黄昏"。

这 125 例佳句，接近总数的 87%，已居于绝对的优势地位。此外，还有出处无考的佳句三例：

1. "暝色带飞鸟"句（第 26 册）。
2. "星辰避彩乾坤静"句（第 29 册）。
3. "不是溪居者，那知风雨来"二句（第 64 册）。

虽然不知道出处，但是从句式和句意及词采几方面来看，基本可以判断为诗句。如果加上这三例，则诗句达到 128 例，所占比例已接近 89%。

二 出自其他文体的佳句很少

比较而言，宋人分韵时使用其他文体中的佳句数量不多，仅有以下 16 例，在全部 144 例佳句中仅占 11% 而已。

1. "黯然销魂，惟别而已"二句（第 10 册），出自江淹《别赋》，原作"黯然销魂者，唯别而已矣"。
2. "一阳来复"句（第 22 册），出自宋人对《周易·复卦》的普遍解释。如朱震《汉上易传》、吴沆《易璇玑》、都絜《易变体义》、郭雍《郭氏传家易说》、方闻一《大易粹言》、吕祖谦《古周易》等书均有此语。
3. "东南之美"句（第 25 册），出自《尔雅·释地》，原作："东南之美者，有会稽之竹箭焉。"
4. "清斯濯缨"句（第 38 册），出自《孟子·离娄》。
5. "春草碧色"句（第 38 册），出自江淹《别赋》。
6. "菊有黄华"句（第 38 册），出自《逸周书·时训解》。
7. "赏心乐事"句（第 43 册），出自张缵《与陆云公叔襄兄晏子书》。
8. "茂林修竹，清流激湍"二句（第 44 册），出自王羲之《兰亭集序》，原作："此地有崇山峻岭，茂林修竹，又有清流激湍……"

9. "蹑冒顿之区落，焚老上之龙庭"二句（第45册），出自班固《封燕然山铭》。

10. "寒食数日，得小住为佳耳"二句（第45册），出自颜真卿《寒食帖》，原作："寒食只数日间，得且住为佳耳"。

11. "有寒疾不可以风"句（第49册），出自《孟子·公孙丑》。

12. "谓语助者"句（第50册），出自周兴嗣《千字文》。

13. "一蹴自造青云"句（第51册），出自《南史·刘穆之传》，原作"一蹩自造青云"。

14. "临清流而赋诗"句（第51册），出自陶渊明《归去来兮辞》。

15. "善养吾浩然之气"句（第53册），出自《孟子·公孙丑》，原作"我善养吾浩然之气"。

从上面的考察可以看出，这15例佳句，出处非常广泛，涉及多种文体，远非散文、韵文而已。

此外，使用词句的亦有一例：

"会与州人，饮公遗爱，一江醇酽"三句（第56册），出自苏轼《醉蓬莱·重九上君猷》，原作："会与州人，饮公遗爱，一江醇酎。"

加上这个例子，出自诗句以外的共有16例，约占可考总数的11%。这个数量和比例虽然不高，但至少表明了宋人分韵时选择佳句的范围非常广泛这样一个事实。

三 偏重诗句与宋人之文体意识

通过以上的统计可以看出，宋代诗人在进行分韵创作时，虽然既使用诗句也使用文句和词句，但二者之间差别极大，明显呈现出以诗句为主的基本特征。之所以如此，应该跟宋人的文体意识已经比较成熟有很大关系。钱锺书在《中国诗与中国画》一文中说：

> 我们常听说中国古代文评里有对立的两派，一派要"载道"，一派要"言志"。事实上，在中国旧传统里，"文以载道"和"诗以言

志"主要是规定各别文体的职能,并非概括"文学"的界说。"文"常指散文或"古文"而言,以区别于"诗""词"。这两句话看来针锋相对,实则水米无干,好比说"他去北京""她回上海",或者羽翼相辅,好比说"早点是稀饭""午餐是面"。因此,同一个作家可以"文载道",以"诗言志",以"诗余"的词来"言"诗里说不出口的"志"。这些文体就像梯级或台阶,是平行而不平等的,"文"的等次最高。①

钱先生在这里所说的"中国旧传统",实际上就是在宋代形成的以散文、诗和词为主流的文学传统。在这个传统里,文的等次最高,其次是诗,再次是词。在此基础上,王水照《宋代文学通论》在论及宋词的地位时进一步发挥说:

> 宋代文学的五大文体中,小说、戏曲尚处萌芽时期,固不足比,但是宋文、宋诗亦处于繁荣时期,并不比宋词稍逊;而从今存作品数量来看,还大大超过宋词。据《全宋词》的统计,今存词人1300多家,作品近2万首(孔凡礼《全宋词补辑》又新补词人100家,增收430多首)。而正在编纂中的《全宋文》(四川大学编)共收作者逾万(其中百分之九十五为无集作者),收文约10万篇,达5000万字,为《全唐文》的5倍。正在编纂中的《全宋诗》(北京大学编),"所收作者和诗篇,据不完全的初步统计,作者不下9000人,为《全唐诗》的4倍,诗篇的数量当为更多(按,《全唐诗》所收诗人2200余家,诗48900余首)"。估计《全宋文》和《全宋诗》两部总集编成后,实际数量还将超过这些预测。②

如今,上海辞书出版社与安徽教育出版社出版的《全宋文》多达360册(其中包括散文),收作品170000篇;北京大学出版社出版的《全宋诗》有72册,收诗约270000首(尚未包括汤华泉在黄山书社出版的《全宋诗补辑》12册所补20000多首)。虽然不能单纯从数量多少去判断,但

---

① 钱锺书:《七缀集》,北京三联书店,2002,第4页。
② 王水照:《宋代文学通论》,河南大学出版社,1997,第46页。

至少在一定程度上也体现出宋人对几种文体的不同重视程度。

在王先生所说的五大文体中，除了处于萌芽时期的小说、戏曲外，在宋代发展最充分的也就只有文、诗和词三类。谷曙光《经纬交织与文体的多元并存格局——宋代文体关系新论》又说：

> 从观念上说，宋人在文体认识上有尊卑高低之分。文无疑是他们最看重的，诗次之，词则最不足道。从宋代诗、词、文作品的存世数量上比较，可知词远不及诗、文，这说明宋人对诗、文创作的热情和投入是大大超过了词的。从艺术成就上看，宋代诗、文、词都在各自领域内大有作为、大放异彩，更难以强分高下。①

宋代已经大致厘定了几种主要文体的地位和功能。具体说来，文（包括散文）的地位最高，因为它是"载道"的，承担了治国平天下的社会功能；其次是诗，主要用来"言志"，即便是谈论社会问题，也往往偏于个人的感受；再次是词，偏于个人的闲愁或男女之情，较少关注社会问题。散文、诗、词地位的大致确定，深刻影响了宋人的文学创作。既然宋人如此重视散文，那么为什么他们较少选择文句呢？

其主要原因在于分韵创作需要多位诗人参加，而且要创作的文体也是诗歌。从理论上说，只要有两位诗人参与，就可以分韵作诗，但是在实践上，这样的情况并不多见。以宋代的创作实际来看，仅见北宋后期刘跂与李深游梁山泊彼此分韵赋诗、南宋建炎三年（1129）周紫芝与王相如在宣城逃难山中彼此分韵赋诗二例。至于人数的上限，虽然没有规定，也不是越多越好。据前第二章所考，人数在20以上的分韵创作在宋代仅有两次：一次在端平三年（1236）三月，魏了翁在杭州与宾佐共22人谒周濂溪先生祠。一次在隆兴元年（1163）正月，王之道与同僚共28人在临安西湖分韵赋诗。即使降低要求，参加者在10人以上的创作次数也不多。综合起来看，参加者为七八人左右的情况最为常见。之所以如此，应该跟宴席的

---

① 谷曙光：《经纬交织与文体的多元并存格局——宋代文体关系新论》，《中国人民大学学报》2009年第2期，第140页。

规模有关。由于大多数分韵都是在宴席上进行的,则宴席的规模跟分韵创作的人数有直接的关联。宋代分韵创作的宴席大都为私人所设,而私人的财力和精力都是有限的,所以以一桌的规模最为寻常。三五同好固然可成一桌,十个八个人聚在一起也算是高朋满座。而且在一定的地域内,可以同时招致一起的诗人也不会太多。如果参加者的诗艺过于悬殊,聚在一起写诗会显得不伦不类。

尽管每次创作的参加者未必皆以诗见长,但既然是多人同时创作,除了武人和方外之人外,其余参加者当都具备作诗的能力。诗人的成长固然需要多方面的条件,其中最重要的自然是离不开诗艺的培养,而培养诗艺就要从熟读和模拟前人的诗作开始。如屈原的《离骚》里有《诗经》的烙印,李白、杜甫皆从南朝诗歌里汲取丰富的养分。即便是具有理论指导意义的诗品、诗式、诗法、诗格、诗话之类,也往往以列举前人的诗句作为例证。至于五代开始出现的秀句图(或称句图),更是专门选取若干诗句而成。在这样环境下成长起来的诗人,哪个不是胸中装满前人的"秀句"呢?《唐诗三百首》的编者蘅塘退士孙洙在该书序里曾引述一句谚语:"熟读唐诗三百首,不会作诗也会吟。"① 很能说明这方面的道理。学习唐诗是如此,学习唐前的诗词又何尝不是如此呢。对于宋代诗人来说,岂有不熟读唐诗或唐前诗歌(至少是其中一部分)的道理呢?而且,当众多的诗人聚集在一起,不管是因为什么样的缘由,总是更容易谈论起前人的诗歌。更何况这些诗人还要分韵写诗,因此谈论前人诗歌更是题中应有之意。大家在谈论的时候,突然觉得某个诗句或诗联特别切合当前的情景,于是将其拿来分韵,这也是很容易理解的。

聚会时选择的创作文体是诗歌。文人在聚会时进行文学创作,可以有不同的文体选择。曹操筑铜雀台成,让几个儿子登台作赋,使用的文体是赋。但此后的文人聚会大都选择创作诗歌。迨至南宋,选择词的情况也出现了。就分韵而言,宋前诗人分韵时仅仅分配一些孤立的韵字,尚未跟某个佳句发生联系。宋人在学习唐人的基础上,又创造出使用佳句分韵的新方式。从理论上来说,凡是参加者所熟悉的佳句,不论是诗句、文句还是

---

① (清)蘅塘退士编《唐诗三百首》书前序,陈婉俊补注,中华书局,1959,第3页。

词句，都可成为他们的选择，但既然是多位诗人的聚会，既然他们还要写诗，则文句和词句被选择的机会自然较少，而使用诗句的机会要多得多了。既然宋人已经有了比较成熟的文体意识，在分韵创作中使用散文之句似乎显得过于庄重，而使用词句又似乎过于随意，所以比较起来还是使用诗句最为合情合理。

总之，宋人分韵时主要选择诗句，跟他们心目中的文体意识有着很大的关联。既然是作诗，选择同一文体的句子不是更加自然而然吗？

第三节　重古而不轻今

宋人分韵时所使用的佳句，如果从其产生的时代看，明显呈现出以古人佳句为主的特征。现依次分为唐前、唐代和宋代三个阶段来考察。

一　唐前佳句

中国的文学起源很早，诗歌、辞赋与散文在唐代之前均已获得较大发展。就诗歌而言，在这漫长的时间里，只有先秦和六朝两个阶段成就较高，宋人选择的佳句也主要集中在这样两个阶段。至于两者之间的秦汉时期，由于诗歌本来就不多，所以被宋人选用的佳句也很少。据今考察，宋人使用的唐前佳句共有以下43例。依次为：

1. "日暮天无云，春风扇微和"二句（第8册），出自陶渊明《拟古》其七。

2. "池塘生春草，园柳变鸣禽"二句（第8册），出自谢灵运《登池上楼》。

3. "黯然销魂，惟别而已"二句（第10册），出自江淹《别赋》，原作"黯然销魂者，唯别而已矣"。

4. "春水满四泽，夏云多奇峰"二句（第14册），出自顾凯之《神情诗》。

5. "月明星稀，乌鹊南飞。绕树三匝，何枝可依"四句（第14册），出自魏武帝曹操《短歌行》。

6. "今我来思"一句（第14册），出自《诗经·小雅·采薇》或《诗经·小雅·出车》。

7. "元戎十乘，以先起行"二句（第14册），出自《诗经·小雅·六月》。

8. "登山临水送将归"句（第15册），出自宋玉《九辩》，原作"登山临水兮送将归"。

9. "山川悠远，白云自出。相期不老，尚能复来"四句（第20册），出自《穆天子传》中西王母的《白云谣》，原作："白云在天，山陵自出。道里悠远，山川间之。将子无死，尚能复来。"关于《穆天子传》的写作时代，目前虽有西周、战国和秦汉三种说法，但似乎"战国说"略占优势，毕竟其西晋初年出自古代墓葬，属先秦古籍的可能性最大。

10. "悲哉秋之为气萧瑟"八字（第20册），出自宋玉《九辩》，原作"悲哉秋之为气也，萧瑟兮草木摇落"。

11. "夜未央"句（第20册），出自《诗经·小雅·庭燎》。

12. "余霞散成绮，澄江静如练"二句（第20册），出自谢朓《晚登三山还望京邑》。

13. "之子于征"句（第21册），出自《诗经·小雅·车攻》或《诗经·小雅·鸿雁》。

14. "今我来思，雨雪载途"二句（第21册），出自《诗经·小雅·出车》。

15. "凤凰鸣矣，于彼高冈"二句（第22册），出自《诗经·大雅·卷阿》。

16. "言念君子，温其如玉"二句（第22册），出自《诗经·秦风·小戎》。

17. "驾言出游，以写我忧"二句（第22册），出自《诗经·邶风·泉水》或《诗经·卫风·竹竿》。

18. "煌煌灵芝，一年三秀"二句（第22册），出自嵇康《忧愤诗》。

19. "岂无他人，念子实多"二句（第22册），出自陶渊明《停云》。

20. "我思古人"句（第25册），出自《诗经·邶风·绿衣》。

21."东南之美"句（第25册），出自《尔雅·释地》。

22."驾言出游"句（第33册），出自《诗经·邶风·泉水》。二句虽亦见于《诗经·卫风·竹竿》，然含义与宋人所取之意不同。

23."山水有清音"句（第34册），出自左思《招隐诗二首》其一。

24."园林无俗情"句（第34册），出自陶渊明《李氏园卧疾》，原作"林园无俗情"。

25."清斯濯缨"句（第38册），出自《孟子·离娄》。

26."春草碧色"句（第38册），出自江淹《别赋》。

27."菊有黄华"句（第38册），出自《礼记·月令》，原作"鞠有黄华"。

28."赏心乐事"句（第43册），出自张缵《与陆云公叔襄兄晏子书》。

29."岭上多白云"句（第44册），出自陶弘景《诏问山中何所有赋诗以答》。

30."山水含清晖"句（第44册），出自谢灵运《石壁精舍还湖中作》。

31.陶渊明《斜川诗》卒章二十字（第44册），即"中觞纵遥情，忘彼千载忧。且极今朝乐，明日非所求"。

32."茂林修竹，清流激湍"二句（第44册），出自王羲之《兰亭集序》，原作"此地有崇山峻岭，茂林修竹，又有清流激湍，映带左右"。

33."醉酒饱德"句（第44册），出自《诗经·大雅·既醉》，原作"既醉以酒，既饱以德"。

34."驾言出游"句（第44册），出自《诗经·邶风·泉水》或《诗经·卫风·竹竿》。

35."蹑冒顿之区落，焚老上之龙庭"二句（第45册），出自班固《封燕然山铭》。

36."为此春酒，以介眉寿"二句（第49册），出自《诗经·豳风·七月》。

37."有寒疾不可以风"句（第49册），出自《孟子·公孙丑》。

38."谓语助者"句（第50册），出自周兴嗣《千字文》，原作"谓

169

语助者,焉哉乎也"。

39. "一蹴自造青云"句(第51册),出自《南史·刘穆之传》,原作"一蹙自造青云"。

40. "临清流而赋诗"句(第51册),出自陶渊明《归去来兮辞》。

41. "善养吾浩然之气"句(第53册),出自《孟子·公孙丑》,原作"我善养吾浩然之气"。

42. "采菊东篱下,悠然见南山"二句(第61册),出自陶渊明《饮酒》其五。

43. "手挥素弦"句(第62册),出自嵇康《兄秀才公穆入军赠诗十九首》其十五。

在所考宋代的144次创作中,使用了43例唐前佳句,约为总数的30%。考虑到唐前文学在总体上并不繁荣这样一个事实,这个比例还是相当高的。宋人之所以选择这些佳句,除了这些句子本身具有艺术魅力外,还跟它们的创作年代距离宋朝久远有很大关系。

二 唐代佳句

唐朝是中国的盛世,也是文学发展的黄金时期,尤其是诗歌,进入了一个前所未有的繁荣阶段。宋人写作分韵诗时,使用的唐人(包括五代)佳句至少有以下59例。依次为:

1. "身轻一鸟过,枪急万人呼"二句(第14册),出自杜甫《送蔡希鲁都尉还陇右寄高三十五书记》。

2. "人皆苦炎"等句(第14册),出自唐文宗与柳公权的《夏日联句》诗:"人皆苦炎热,我爱夏日长。(帝)熏风自南来,殿阁生微凉。(柳公权)"

3. "君子纳凉晚,此味亦时须"二句(第17册),出自杜甫《槐叶冷淘》,原作"君王纳凉晚,此味亦时须"。

4. "轻风生浪迟"等句(第18册),出自杜甫《陪诸贵公子丈八沟携妓纳凉晚际遇雨》。

5. "烟浓近侍香"句(第18册),出自柳宗元《弘农公以硕德伟材屈于诬枉，左官三岁，复为大僚，天监昭明，人心感悦。宗元窜伏湘浦，拜贺末由，献诗五十韵以毕微志》。

6. "采菱渡头风起，策杖村西日斜"二句（第20册），出自王维《田园乐》其三，原作"采菱渡头风急，策杖村西日斜"。

7. "何当风雨夜，复此对床眠"二句（第20册），出自韦应物《示全真元常》，原作"宁知风雪夜，复此对床眠"。

8. "回向心地初"句（第21册），出自杜甫《谒文公上方》。

9. "故人从此去"一句（第21册），出自杜甫《送何侍御归朝》。

10. "野寺江天豁，山扉花木幽"二句（第22册），出自杜甫《游修觉寺》，原作"野寺江天豁，山扉花竹幽"。

11. "太华峰头玉井莲"句（第22册），出自韩愈《古意》。

12. "偃蹇龙虎姿，主当风云会"二句（第22册），出自杜甫《病柏》。

13. "徐飞锡杖出风尘"句（第22册），出自杜甫《留别公安太易沙门》。

14. "朔雪洗尽烟岚昏"句（第22册），出自沈传师《次潭州酬唐侍御姚员外游道林岳麓寺题示》。

15. "每日江头尽醉归"句（第22册），出自杜甫《曲江二首》其二。

16. "月色静中见，泉声幽处闻"二句（第23册），出自灵澈《石帆山》（佚句），原作"月色静中见，泉声深处闻"。

17. "不能舍余习，偶被世人知"二句（第24册），出自王维《偶然作六首》其六。

18. "问柳寻花到野亭"句（第24册），出自杜甫《严中丞枉驾见过》。

19. "人世难逢开口笑，菊花须插满头归"二句（第25册），出自杜牧《九日齐安登高》，原作"尘世难逢开口笑，菊花须插满头归"。

20. "何人有酒身无事，谁家多竹门可款"二句（第26册），出自韩愈《游青龙寺赠崔大补阙》。

21. "开林出远山"句（第29册），出自杜甫《早起》。

22. "笼竹和烟滴露梢"句（第29册），出自杜甫《堂成》。

171

23. "移石几回敲废印，开箱何处送新图"二句（第 30 册），出自令狐楚佚句。

24. "碧潭清皎洁"句（第 30 册），出自寒山《山居》其一。

25. "梅花年后多"句（第 30 册），出自杜甫《江梅》。

26. "绿阴生昼静"句（第 31 册），出自韦应物《游开元精舍》。

27. "三峡炎蒸定有无"句（第 31 册），出自杜甫《又作此奉卫王》，原作"三伏炎蒸定有无"。

28. "更长爱烛红"句（第 31 册），出自杜甫《酬孟云卿》。

29. "江路野梅香"句（第 34 册），出自杜甫《西郊》。

30. "知君重毫素"句（第 34 册），出自杜甫《奉先刘少府新画山水障歌》。

31. "先生早赋归去来"句（第 36 册），出自杜甫《醉时歌》。

32. "直把春赏酒，都将命乞花"二句（第 37 册），出自韩愈《嘲少年》，原作"直把春偿酒，都将命乞花"。

33. "独钓寒江雪"句（第 38 册），出自柳宗元《江雪》。

34. "吾独胡为在泥滓"句（第 38 册），出自杜甫《奉先刘少府新画山水障歌》。

35. "未到五更犹是春"二十八字（第 42 册），即贾岛《三月晦日赠刘评事》一诗，原作"未到晓钟犹是春"。

36. "高阁一长望"句（第 44 册），出自韦应物《西楼》。

37. "苍茫云海路，岁晚将无获"二句（第 44 册），出自韩愈《杂诗四首》其二，原作"苍苍云海路，岁晚将无获"。

38. "相期拾瑶草"句（第 44 册），出自杜甫《赠李白》，原作"方期拾瑶草"。

39. "菊花应插满头归"句（第 44 册），出自杜牧《九日齐安登高》，原作"菊花须插满头归"。

40. "云卧衣裳冷"句（第 44 册），出自杜甫《游龙门奉先寺》。

41. "星垂平野阔，月涌大江流"二句（第 44 册），出自杜甫《旅夜书怀》。

42. "湘波不动楚山碧，花压阑干春昼长"二句（第 45 册），出自温庭筠《湖阴词》，原作"吴波不动楚山晚，花压阑干春昼长"。

43. "人家寒食月，花影午时天"二句（第45册），出自司空图佚句。

44. "寒食数日，得小住为佳耳"二句（第45册），出自颜真卿《寒食帖》，原作"寒食只数日间，得且住为佳耳"。

45. "万颗匀圆讶许同"句（第47册），出自杜甫《野人送朱樱》。

46. "人生五马贵，莫受二毛侵"二句（第48册），出自杜甫《送贾阁老出汝州》。

47. "尊前失诗流"句（第49册），出自杜甫《送长孙九侍御赴武威判官》。

48. "天上秋期近，人间月影清"二句（第51册），出自杜甫《月》。

49. "北风随爽气，南斗近文星"二句（第51册），出自杜甫《衡州送李大夫赴广州》，原作"北风随爽气，南斗避文星"。

50. "离别不堪无限意，艰危深仗济时才"二句（第54册），出自杜甫《送王十五判官扶侍还黔中得开字》。

51. "时秋积雨霁，新凉入郊墟"二句（第54册），出自韩愈《符读书城南》。

52. "落日放船好，轻风生浪迟"二句（第56册），出自杜甫《陪诸贵公子丈八沟携妓纳凉晚际遇雨》。

53. "旧日重阳日"诗（第56册），即杜甫《九日五首》其三。

54. "初九未成旬，重阳即此辰"二句（第57册），出自孟浩然《九日得新字》，原作"九日未成旬，重阳即此晨"。

55. "尘世难逢开口笑"句（第57册），出自杜牧《九日齐安登高》。

56. "前峰月照半江水"句（第62册），出自任翻《题天台寺壁》。

57. "灯前细雨檐花落"句（第63册），出自杜甫《醉时歌》。

58. "柳塘春水慢，花坞夕阳迟"二句（第67册），出自严维《酬刘员外见寄》。

59. "老去悲秋强自宽"等句，即"杜工部《九日》诗"（第67册），实为杜甫的《九日蓝田崔氏庄》。

相对于唐前漫长的诗歌发展史，唐五代总共只有342年，但被宋人使用的佳句却要比此前的多得多。仅从以上统计可以看出，使用唐人佳句多

173

达59例，约为此前总数（43例）的1.4倍；如果与总数（144例）相比，比例竟然达到41%。由此不难看出，唐代佳句最为宋代诗人所看重。

三　宋代佳句

相对于此前，宋代诗人使用的本朝佳句虽然不及唐代，但也不算少，大约与唐前的总量相当，共有42次。依次为：

1. "一阳来复"句（第22册），出自宋人对《周易·复卦》的普遍解释。关于复卦，汉唐之儒已进行了详细的解读，但只有隋何妥"一阳来下"之句最为接近。唐李鼎祚《周易集解》卷六引其言云："复者，归本之名。群阴剥阳，至于几尽，一阳来下，故称反复。阳气复反，而得交通，故云'复，亨'也。"①

2. "荷花日落酣"句（第22册），出自王安石《题西太一宫壁二首》其一，原作"荷花落日红酣"。

3. "气盖关中季子心"句（第22册），出自洪朋《赠智伯诗》断句。

4. "他年五君咏，山王一时数"二句（第24册），出自苏轼《叔弼云履常不饮，故不作诗，劝履常饮》。

5. "炯如流水涵青苹"句（第28册），出自苏轼《月夜与客饮酒杏花下》。

6. "江头千树春欲暗"句（第30册），出自苏轼《和秦太虚梅花》。

7. "石上坐忘归"句（第30册），出自陈伯孙《诗一首》。

8. "春风吹倒人"句（第31册），出自苏轼《大寒步至东坡赠巢三》。

9. "催诗走群龙"句（第31册），出自苏轼《行琼儋间，肩舆坐睡梦中得句云："千山动鳞甲，万谷酣笙钟。"觉而遇清风急雨，戏作此数句》。

10. 苏轼一首七言绝句（第31册）。具体何诗无法判断，仅知其中有"陌"字，苏轼使用"陌"字的七绝不止一首。

---

① （唐）李鼎祚集注《周易集解》，王鹤鸣、殷子和整理，中央编译出版社，2011，第95页。

11. "三十六陂春水"句（第 35 册），出自王安石《题西太一宫壁二首》其一。

12. "重阳能插菊花无"句（第 35 册），出自刘季孙《寄苏内翰》。

13. "流水放杯行"句（第 37 册），出自晏殊佚句。

14. "旧时爱酒陶彭泽，今日梅花树下僧"二句（第 38 册），出自黄庭坚《王才元惠梅花三种皆妙绝戏答三首》其二，原作"旧时爱菊陶彭泽，今作梅花树下僧"。

15. "不择茅檐与市楼，况我官居似蓬岛"二句（第 38 册），出自苏轼《催试官考较戏作》。

16. "梅花已判来年开"句（第 44 册），出自陈与义《又和岁除感怀用前韵》，原作"梅花已判隔年看"。

17. "徙倚弄云泉"句（第 44 册），出自苏轼《游东西岩》。

18. "山如翠浪涌"句（第 44 册），出自苏轼《郁孤台》，原作"山为翠浪涌"。

19. "惊鹿要须野学，盟鸥本愿秋江"二句（第 44 册），出自黄庭坚《次韵公择舅》，原作"惊鹿要须野草，鸣鸥本愿秋江"。

20. "四海良朋能几多"句（第 44 册），出自刘孟容佚句。

21. "人间风日不到处，天上玉堂森宝书"二句（第 45 册），出自黄庭坚《双井茶送子瞻》。

22. "我亦从来识英物，试教啼看定何如"二句（第 45 册），出自苏轼《贺陈述古弟章生子》。

23. "楼高天一握"句（第 46 册），出自胡仲弓《倚楼》。

24. "细思却是最宜霜"句（第 50 册），出自苏轼《和陈述古拒霜花》。

25. "尘埃已逐双溪去"句（第 51 册），出自刘煇《洗山》。

26. "茂林当日映群贤"句（第 51 册），出自陈与义《次韵光化宋唐年主簿见寄二首》其一。

27. "世间万事皆尘土，留取功名久远看"二句（第 51 册），出自蔡襄《喜永叔安道仲仪除谏官》。

28. "老手便剧郡"句（第 51 册），出自苏轼《送钱藻出守婺州得英字》。

175

29. "晚风池莲香度，晓日宫槐影西"二句（第51册），出自黄庭坚《次韵王荆公题西太一宫壁二首》其二。

30. "五十三不同"句（第53册），出自陈师道《次韵苏公劝酒与诗》。

31. "狂云妒佳月，怒飞千里黑"二句（第56册），出自苏轼《妒佳月》。

32. "会与州人，饮公遗爱，一江醇酽"三句（第56册），出自苏轼《醉蓬莱·重九上君猷》，原作："会与州人，饮公遗爱，一江醇酎。"

33. "鬓发丝丝半已华，犹将文字少年夸"二句（第56册），出自魏了翁佚句。

34. "云淡风轻"之诗（第57册），即程颢《偶成》："云淡风轻近午天，傍花随柳过前川。旁人不识予心乐，将谓偷闲学少年。"

35. "东海独来看出日，石桥先去踏长虹"二句（第57册），出自苏轼《次韵周邠寄雁荡山图二首》其二。

36. "风霜随气节，河汉下文章"二句（第57册），出自陈师道《贺关彦长生日二首》其一，原作"风霜随气节，河汉借文章"。

37. "红荸是乡人"句（第61册），出自苏轼《三月二十日开园三首》其三，原作"丝丝红荸是乡人"。

38. "踏遍仙人碧玉壶"句（《全宋诗补辑》第6册，其人已见于《全宋诗》第67册），出自苏轼《宝山新开径》。

39. "疏影横斜，暗香浮动"二句（第70册），出自林逋《山园小梅二首》其一，原作"疏影横斜水清浅，暗香浮动月黄昏"。

此外，尚有以下3句出处无考，暂作为宋代佳句计入：

40. "暝色带飞鸟"句（第26册），出处无考。

41. "星辰避彩乾坤静"句（第29册），出处无考。

42. "不是溪居者，那知风雨来"二句（第64册），出处无考。

据上统计可以看出，即使加上3个出处无考的句子，宋人使用本朝佳句也只有42例，约占总数的29%。这个数量，与唐前的数量相当，而与唐代有较大的距离。

四　重古而不轻今背后之文化原因

从前面的考察可以看出，本书所考的 144 例佳句在时间分布上呈现出以下几个鲜明的特征。

一方面，以古代佳句为主。144 例佳句中，属于唐前的 43 例，属于唐五代的 59 例，两者相加，共 102 例，超过总数的 70%。对宋人来说，这些无疑都是古人的佳句。由此不难看出，宋代以前的诗文佳句，在宋人进行分韵时使用的频率最高。

宋代诗人分韵时为何如此偏爱古代的佳句呢？这跟中国文化中的"尚古"传统有关，更与宋人喜爱读古人书有密切的关联。宋代是中国文化发展的高峰。陈寅恪先生在《宋史职官志考证序》里曾说："华夏民族之文化，历数千载之演进，造极于赵宋之世。"[1] 宋初的几位皇帝都喜好读书，其实就是学习古代的优秀文化遗产，从历史中寻找长治久安的道理，并将其运用到治国之中。太祖重视读书人，最初是由于"乾德"年号确定之失。《宋朝事实类苑》引《刘贡父诗话》云：

> 太祖欲改元，谓宰相等曰："今改年号，须古来未有者。"时宰相以乾德为请，且言前代所无。三年正月平蜀，蜀宫人有入掖庭者，太祖因阅其奁具，得鉴背字云："乾德四年铸。"大惊曰："安得四年所铸乎？"出鉴以示宰相，皆不能对，乃召学士陶穀、窦仪，奏曰："蜀少主曾有此号，鉴必蜀中所铸。"太祖大喜，因叹曰："作宰相须是读书人。"自是大重儒臣矣。[2]

朱熹《宋名臣言行录前集》卷一引述这段文字时亦注引自《刘贡父诗话》。刘攽字贡父，曾著《中山诗话》。然上面引文不见于《中山诗话》。

宋太祖不仅重视读书人，他本人也热爱读书。《元城语录》卷上载："先生尝曰：太祖极好读书，每夜于寝殿中看历代史，或至夜分，但人不

---

[1] 陈寅恪：《金明馆丛稿二编》，上海古籍出版社，1980，第 245 页。
[2] （宋）江少虞：《宋朝事实类苑》下册，上海古籍出版社，1981，第 782 页。

知，口不言耳。"① 太宗、真宗亦皆喜读书。为了储藏书籍，太宗在宫城旁建立秘阁。《渑水燕谈录》卷六《文儒》载：

> 太宗锐意文史，太平兴国中，诏李昉、扈蒙、徐铉、张洎等，门类群书为一千卷，赐名《太平御览》。又诏昉等撰集野史为《太平广记》五百卷，类选前代文章为一千卷，曰《文苑英华》。太宗日阅《御览》三卷，因事有阙，暇日追补之，尝曰："开卷有益，朕不以为劳也。"②

不但太祖、太宗如此，真宗也是如此。《青箱杂记》卷三载：

> 真宗听政之暇，唯务观书，每观毕一书，即有篇咏，使近臣赓和，故有御制《看尚书诗》三章、《看春秋》三章、《看周礼》三章、《看毛诗》三章、《看礼记》三章、《看孝经》三章。复有御制《读史记》三章、《读前汉书》三首、《读后汉书》三首、《读三国志》三首、《读晋书》三首、《读宋书》二首、《读陈书》二首、《读魏书》三首、《读北齐书》二首、《读后周书》三首、《读隋书》三首、《读唐书》三首、《读五代梁史》三首、《读五代后唐史》三首、《读五代晋史》二首、《读五代汉史》二首、《读五代周史》二首，可谓近代好文之主也。③

太宗、真宗不仅热爱读书，还喜好编书，掀起了宋代大规模的编书事业。《春明退朝录》卷下载：

> 太宗诏诸儒编故事一千卷，曰《太平总类》。文章一千卷，曰《文苑英华》。小说五百卷，曰《太平广记》。医方一千卷，曰《神医普救》。《总类》成，帝日览三卷，一年而读周，赐名曰《太平御览》。又诏翰林承旨苏公易简、道士韩德纯、僧赞宁集三教圣贤事迹，

---

① （宋）马永卿、（明）王崇庆解《元城语录解》，《文渊阁四库全书》第813册，台湾商务印书馆，1982~1986，第366页。
② （宋）王辟之：《渑水燕谈录》，中华书局，1981，第70页。
③ （宋）吴处厚：《青箱杂记》，中华书局，1985，第27页。

各五十卷。书成，命赞宁为首坐，其书不传。真宗诏诸儒编君臣事迹一千卷，曰《册府元龟》，不欲以后妃妇人等事厕其间，别纂《彤管懿范》七十卷。又命陈文僖公裒历代帝王文章为《宸章集》二十五卷。复集妇人文章为十五卷，亦世不传。①

这些类书的编纂，有力地推动了当时文化事业的发展，也使得宋人的尚古意识进一步得到加强。其中《太平御览》《文苑英华》《太平广记》和《册府元龟》四大类书今皆存，是后人了解宋前文化的重要载体。

在皇帝的引导和带领下，宋代社会上掀起了强烈的重学风气。跟前代的诗人相比，宋代诗人读书最多，知识最为渊博，对"以学问为诗"特点的形成起到了至关重要的作用。宋人分韵时之所以大量使用唐前及唐代的诗文佳句，主要原因即在于他们广泛阅读宋前的古籍并且能在分韵赋诗时想到恰当的佳句。

另一方面，重视本朝佳句。从前面的统计可以看出，宋人使用本朝佳句只有42例，约占总数的29%。这个比例看起来虽然不高，但考虑到宋代文化中浓重的尚古色彩，这样的比例已经证明宋人对当代诗人的认可了。太祖本是武人出身，却对诗歌创作表现出一定兴趣，并且在统一过程中特别注意收罗诗人。徐铉、李昉等人都是这样入宋的。阮阅《诗话总龟》载："太祖尝顾近侍曰：'五代干戈之际，犹有诗人。今太平日久，岂无之也！'"② 太宗、真宗不仅诗歌造诣更高，还常有向臣僚赐诗之举，尤喜向新科进士赐诗，后来甚至成为定制。《中山诗话》载：

  太宗好文，每进士及第，赐闻喜宴，常作诗赐之，累朝以为故事。仁宗在位四十二年，赐诗尤多，然不必尽上所自作。景祐初，赐诗落句云："寒儒逢景运，报德合如何？"论者谓质厚宏壮，真诏旨也。③

不仅如此，太宗还专门选取臣僚的诗句以示标举。《渑水燕谈录》卷

---

① （宋）宋敏求：《春明退朝录》，中华书局，1980，第46页。
② （宋）阮阅：《诗话总龟前集》，人民文学出版社，1987，第132页。
③ （宋）刘攽：《中山诗话》，（清）何文焕：《历代诗话》上册，中华书局，1981，第284页。

七《歌咏》载：

> 杨侍读徽之，以能诗闻于祖宗朝。太宗知其名，索其所著。以百篇献上，卒章曰："少年牢落今何幸，叨遇君王问姓名。"太宗和赐，且语近臣曰："徽之文雅可尚，操履端正。"拜礼部侍郎，选十联写于御屏。梁周翰贻之诗曰："谁似金华杨学士，十联诗在御屏风。"《江行》云："犬吠竹篱沽酒客，鹤随苔岸洗衣僧。"《寒食》云："天寒酒薄难成醉，地迥楼高易断魂。"《塞上》云："戍楼烟自直，战地雨长腥。"《嘉阳川》云："青帝已教春不老，素娥何惜月长圆。"又云："浮花水入瞿塘峡，带雨云归越巂州。"《哭江为》云："废宅寒塘水，荒坟宿草烟。"《元夜》云："春归万年树，月满九重城。"《僧舍》云："偶题岩石云生笔，闲绕庭松露湿衣。"《湘江舟行》云："新霜染枫叶，皓月借芦花。"《宿东林》云："开尽菊花秋色老，落迟桐叶雨声寒。"①

太宗将杨徽之的十个诗联写于屏风上，充分显示出他对于当代诗人和诗歌的重视，其产生的影响是难以估量的。《玉壶清话》卷一载：

> 枢密直学士刘综出镇并门，两制、馆阁皆以诗宠其行，因进呈。真宗深究诗雅，时方竞务西昆体，碟裂雕篆，亲以御笔选其平淡者，止得八联。晁迥云："凤驾都门晓，微凉苑树秋。"杨亿止选断句："关榆渐落边鸿过，谁劝刘郎酒十分。"朱巽云："塞垣古木含秋色，祖帐行尘起夕阳。"李维云："秋声和暮角，膏雨逐行轩。"孙仅云："汾水冷光摇画戟，蒙山秋色锁层楼。"钱惟演云："置酒军中乐，闻笳塞上情。"都尉王贻永云："河朔雪深思爱日，并门春暖咏《甘棠》。"刘筠云："极目关山高倚汉，顺风雕鹗远凌秋。"上谓综曰："并门在唐世皆将相出镇，凡抵治遣从事者，以题咏述怀宠行之句，多写于佛宫道院，纂集成篇，目《太原事绩》，后不闻其作也。"综后写《御选句图》立于晋祠。②

---

① （宋）王辟之：《渑水燕谈录》，中华书局，1981，第83～84页。
② （宋）文莹：《玉壶清话》，中华书局，1984，第2页。

如果说太宗选杨徽之的十个诗联还主要是供自己鉴赏品味，真宗的《御选句图》已走向了民间。据《宋史·刘综传》和雍正《山西通志》，刘综出镇并州在景德四年（1007），其时杨亿、刘筠、钱惟演等已在馆阁唱和，但《西昆酬唱集》此年尚未刻印，西昆体尚未得名。文莹关于"时方竞务西昆体，碟裂雕篆"的记载，于事实并不符合。对于杨亿等人，太宗的评价还是很高的。《隆平集·杨亿传》载：

  真宗常谓王旦："亿词学无比，后学多所法则，如刘筠、宋绶、晏殊而下，比比相继，文章有正元、元和风格，自亿始也。"旦曰："后进皆师慕亿，惟李宗谔久与之游，终不能得其鳞甲。盖李昉词体弱，不宗尚经典故也。"①

虽然难以确定真宗与王旦对话的年份，但既然提到"后学多所法则"，则当是《西昆酬唱集》盛行以后之事，时间必然在《御选句图》之后。

宋初几位皇帝对本朝诗人和诗歌的重视，大大提高了本朝诗歌的地位，也提高了本朝诗人的自信心。笔者在第一章曾经引《杨文公谈苑》中所载杨亿对本朝众多诗人的佳句，表现出由衷的称道。同杨亿一样，宋代诗人尤其是北宋诗人大都对本朝诗人和诗歌颇为自负。宋人分韵时，常常会选择本朝人的佳句，甚至使用参加者之一的诗句来分韵，自信就是来自于这里。

从以上三节对144例佳句的考察可以看出：在经史子集四部文献中，宋人最喜欢从集部中选择佳句，特别是选择一流作家的佳句；在几种主要文体中，宋人最喜欢从诗歌中选择佳句，而很少使用文句和词句；从时代角度考察，宋人虽然表现出重古的倾向，但并不轻视本朝的作品，体现出很强的文化自信。最后需要补充说明的是，本章分析的三个方面，只是依据有限的资料进行统计后概括出来的结论，也许尚不能说是佳句的特征，最多只能算是体现出来的一些倾向罢了。

---

① （宋）曾巩：《隆平集》，《文渊阁四库全书》第371册，台湾商务印书馆，1982~1986，第133页。

第四章　影响佳句选择的现实要素

宋人分韵时使用什么样的佳句，通常并非预先确定，而是在现场临时商定，因此主要受到两个方面因素的影响：一方面，佳句选择是由宋人的文化素养决定的。毕竟，他们只能从自己熟悉和喜爱的文献中选择，而不可能使用自己不熟悉甚至不了解的文献。对于这一方面，第三章已经有具体的分析，此不赘言。本章讨论的则是集会主题、气氛、环境和分韵人数等现实因素对佳句选择的制约作用。

第一节　集会要素

在分韵诗创作的各种集会中，作诗往往并不是唯一的目的，而只是活动的最后一个环节。无论是哪种性质的集会，都会有一个主题，会涉及一些具体的诗人，并且要在具体的时间、具体的地点举行，而这些都是诗人选择佳句时所要考虑的重要因素。

众人分韵赋诗，要使用什么样的佳句，原因虽然很多，但集会的主题无疑在其中起到最重要的作用。分韵赋诗以诗人集会为前提，而集会的主题又各不相同，有的是结伴游赏，有的是亲友闲聚，有的是为人饯别，有的是节日活动。集会主题的不同，往往对佳句的选择有重要的影响。在这个选择过程中，有时还要考虑到某个特定人物的身份和处境，要考虑到具体的时间和地域因素。

一　揭示集会的主题

既然每次集会总会有一个主题，如果选择的佳句能够将其揭示出来实在是最好不过了。属于这种情况的创作有以下 28 例。

1. 苏轼诗题中有《送范中济经略侍郎分韵赋诗，以"元戎十乘，以起先行"为韵，轼得"先"字，且赠以鱼枕杯四、马棰一》（第 14 册）。范子奇出帅庆州，该地为宋与西夏战争前线，故亦可谓"元戎"。在为其饯行的集会上，苏轼等人选择《诗经》中这两句诗来分韵，可谓非常得体。

2. 范祖禹诗题中有《席上分韵送天觉使河东，以"登山临水送将归"为韵，分得"临"字》（第 15 册）。张商英出使河东，范祖禹等人为其饯行，于是就选择了《楚辞》中的一个送别诗句。

3. 李廌诗题中有《岑使君牧襄阳受代还朝，某同赵德麟、谢公定、潘仲宝皆饯于八叠驿，酒中以西王母所谓"山川悠远，白云自出。相期不老，尚能复来"各人分四字为韵以送之，某分得"相期不老"》（第 20 册）。襄阳距离北宋的都城也算得上山遥路远，知府岑象求受代还朝后恐怕再无机会重返该地。从这个意义上说，在为岑使君送行的集会中，李廌等人选择了《穆天子传》中王母娘娘送别穆天子时所唱的送别诗句，也很切合当时的情事。

4. 邹浩诗题中有《与仲孺、文仲、述之作诗送仲弓赴籍田，以"之子于征"为韵，分得"子"字》（第 21 册）。邹浩任颍昌府学教授时，与当地人王寔为友，王被任籍田令，因此邹浩等人为其饯别时，选择了一个出自《诗经》送别诗句也很恰当。

5. 邹浩诗题中有《送裴仲孺为太和尉（时与崔遐绍、苏世美、乐文仲、王仲弓以"故人从此去"为韵，分得"去"字）》（第 21 册）。邹浩任颍昌府学教授时与裴安世游处甚多，当裴要离开此地前往江西就任太和县尉时，邹浩等人所选的这句诗不仅切合送别之事，而且亦体现出强烈的惋惜之情。

6. 赵鼎臣诗题中有《乙未寒食前一日，陪姚季一、吴和甫登崇德寺阁，赋诗以"驾言出游，以写我忧"为韵，分得"我""出"二字》（第 22 册）。赵鼎臣等人选择这两个诗句，不仅切合了他们的出游之事，同时也反映出他们当时的心情。

7. 赵鼎臣诗题中有《寒食前一日率赵伯山、李汉老、杨时可、秦夷行、刘仲忱游西池，泛舟置酒，分韵赋诗，以"每日江头尽醉归"为韵，余得"江"字,因即赋所见》(第22册)。赵鼎臣等人所选诗句,正是他们当时水边饮酒作乐的写照。

8. 谢逸诗题中有《与诸人集陈公美书堂观雪,以"朔雪洗尽烟岚昏"为韵,探得"烟"字》(第22册)。谢逸等人这次观赏的对象是雪,所选诗句也是说雪净化了周围的环境。

9. 李彭诗题中有《奉同伯固、驹甫、师川、圣功、养直及阿虎寻春,因赋"问柳寻花到野亭",分得"野"字》(第24册)。李彭等人之所以选择这句诗,也是因为其能够记录他们正在进行的寻春活动。

10. 郭印诗题中有《九日同诸友游丰乐院翠围亭,槛前竹树蓊蔽,命僧剪除,青山宛然复出,遂以"开林出远山"为题探韵,印得"林"字》(第29册)。郭印等人之所以选择"开林出远山"这个诗句,就是因为他们当时确确实实做了这样的事情。

11. 李弥逊诗题中有《与德洪、明甫、伯与暮春六日同登乌石,饮于浴鸭池,琴侍以"石上坐忘归"分韵,得"石"字》(第30册)。李弥逊等人同登乌石,很自然想到了使用这个最能反映当时情境的诗句来分韵。

12. 陈与义诗题中有《浴室观雨,以"催诗走群龙"为韵,得"走"字》(第31册)。所选诗句很能反映出陈与义等人一边观雨一边写诗的状态。

13. 陈与义诗题中有《游玉仙观,以"春风吹倒人"为韵,得"吹"字》(第31册)。陈与义等人在游览玉仙观的过程中,能感受到风力的巨大,所以选了这个佳句记载其事。

14. 向潚诗题中有《从吴傅朋邀芝山登五老亭,以"驾言出游"分韵赋诗(得"驾"字)》(第33册)。既然是一次出游,所以选择了表现出游的佳句。

15. 王十朋诗题中有《送胡正字(宪)分韵得"来"字(胡上书言事,得祠还乡,同赋者七人,以"先生早赋归去来"为韵)》(第36册)。虽然胡宪"得祠还乡"是遭到朝廷贬黜后的行为,但王十朋等人选择这样的诗句为其送行仍可谓得体。

16. 邓深诗题中有《诸人集予贫乐轩赏花,以"直把春赏酒,都将命乞花"为韵,深得"把"字》(第37册)。多位客人前来赏花,邓深设宴招待，所以选了带有赏花、饮酒内容的两个诗句来记载此诗。

17. 韩元吉诗题中有《上巳日王仲宗、赵德温见过，因招赵仲缜、任卿小集，以"流水放杯行"分韵，得"行"字》（第38册）。自东晋王羲之兰亭雅集之后，上巳日成了文人集会赋诗的重要节日，韩元吉等人所选的诗句，不也正是他们当时饮酒赋诗的反映吗？

18. 朱熹诗题中有《游百丈山，以"徙倚弄云泉"分韵赋诗，得"云"字》（第44册）。所选诗句正好大致反映出几位诗人当时的游赏活动。

19. 朱熹诗题中有《游石马，以"驾言出游"分韵赋诗，得"出"字》（第44册）。因为一起出游，所以选用了一个关于出游的诗句。

20. 朱熹诗题中有《三月三日祀事毕，因修禊事于灵梵，以"高阁一长望"分韵赋诗，得"一"字》（第44册）。灵梵院在朱熹家乡，朱熹等人登上高阁远望，正是他们的重要活动之一。

21. 朱熹诗题中有《彦集、圭父、择之同饮白云精舍，以"醉酒饱德"为韵，熹分得"饱"字，醉中走笔奉呈》（第44册）。朱熹等人所用的佳句，表明他们的聚会不仅饮酒，而且所谈也是做人的道理。

22. 赵蕃诗题中有《徐审知置酒，会者三人，以"为此春酒，以介眉寿"分韵作诗，蕃得"介""眉"字二首》（第49册）。之所以选择这样两句诗，应该跟当时酒席之设确有祝寿之意有关。

23. 赵蕃诗题中有《三月，审知以余行有日，置酒于智门寺后竹间小亭，时与者王彦博、审知之侄彦章、余之弟成父，审知命以"尊前失诗流"为韵，分得"流"字，书以呈之》（第49册）。这次集会所选诗句恰好表达这样的意思：有个诗人要离开这里，以后就没有机会跟在座的各位一起写诗了。

24. 陈文蔚诗题中有《回郑家桥小酌，复以"临清流而赋诗"为韵，得"流"字》（第51册）。陈文蔚等人选择这样一个佳句，正好可以表现他们坐在桥上分韵赋诗的情形，可谓惊人地吻合。

25. 崔与之诗题中有《危大著出守潮阳，同舍饯别用杜工部"北风随爽气，南斗近文星"分韵，赋诗得北字》（第51册）。危大著到潮州任职，崔与之等人选择的两句诗不仅切合他当时的行走方向和目的地，而且有赞美之意。

26. 魏了翁诗题中有《端平三年春三月戊午朔，天子有诏，俾臣了翁以金书枢密院奏事。既上还山之请，乃休沐日丁丑与宾佐谒濂溪先生，计宾主凡二十有二，谓是不可无纪也，遂以明道先生"云淡风轻"之诗分韵而赋，而诗有二言，有四言，同一韵者则二客赋之。了翁得"云"字》（第56册）。程颢诗中有"傍花随柳过前川"之句，跟魏了翁等人三月出行时见到的景致是一致的。

27. 林尚仁诗题中有《此山林佥、药房陈户偕张牧隐暮春晦日载酒相过，席上以"手挥素弦"为韵，得"弦"字》（第62册）。在林尚仁为来客举行的宴席上，应该有人即席抚琴，所以才会想到以"手挥素弦"为韵赋诗。

28. 吴琳诗题中有《上巳集七客顾南墅以"踏遍仙人碧玉壶"分韵得"壶"字》（《全宋诗补辑》第6册，其人已见于《全宋诗》第67册）。吴琳等人选择的佳句，也正是他们当时游览生活的写照。

从以上28例可以看出，所选佳句或者直接点出诸人的出游和送别之事，或者记载他们游赏时的具体活动，虽然不可能做到彼此完全吻合，但大体切合，也算是难能可贵了。

二　突出特定人物的身份

集会有时会跟某个人物有特殊关联，或者着意突出某位参加者的身份、职务和才能，所以选择佳句时也会体现出这方面的特点。属于这样的创作共有以下11例。

29. 谢逸诗题中有《游泉庵寺怀璧上人，以"徐飞锡杖出风尘"为韵，探得"徐"字》（第22册）。璧上人即如璧，俗名饶节。谢逸等人怀念如璧，所选的诗句不仅切合其僧人身份，而且表现出希望能够早日会面的意思。璧上人虽然不是这次集会的参加者，却成了谢逸等人赋诗的主题，其意义甚至超过一般的参加者。

30. 谢薖诗题中有《集庵摩勒园，观李伯时画〈阳关图〉，以"不能舍余习，偶被世人知"为韵，赋得"人"字，赋六言》（第24册）。谢薖等人所赏之画，是李公麟（字伯时）依据琴曲《阳关曲》（一作《阳关三叠》，乃由王维《送元二使安西》改编而成）所画之《阳关图》，所以选择了王维的一个诗联，感叹李公麟像王一样长于作诗，可惜世人却仅以画家视之。李公麟也不是这次集会的参加者，可是他的画成了集会的主题，其意义亦超过了参加者。以上两例属于特殊情况。

31. 谢薖诗题中有《集庵摩勒园，会者十人，以"他年五君咏，山王一时数"为韵，赋得"时"字》（第24册）。谢薖等人之所以选择这个诗联，是借颜延之《五君咏》对当时所有参加者品格和才能的肯定。

32. 郑刚中诗题中有《胡德辉郎中由礼部出守桐庐，同舍取令狐楚"移石几回敲废印，开箱何处送新图"之句字分韵，某分赋"移"字》（第30册）。所送之人曾任礼部郎中，所以郑刚中等人选择了令狐楚叙述唐代礼部职能的诗句，并祝愿他早日归来。

33. 冯时行等15人游成都王建梅林，以"旧时爱酒陶彭泽，今作梅花树下僧"分韵赋诗。今皆存。冯时行诗及《梅林分韵诗序》收入《全宋诗》第34册。冯时行等人选择这样两句诗，可能有两个原因：一是诗句写到梅花，与他们当时正游于梅林密切相关。二是诗句写到僧人，跟参加者"正法宝印老"的身份切合。

34. 赵蕃诗题中有《与彦博、审知同为问梅之行，到溪南，仆与审知俱以畏风罢兴，止小酌于僧房，以"有寒疾不可以风"分韵作诗，得"有""寒""可"字三首》（第49册）。这次分韵所用的佳句，亦恰好说明赵蕃二人未去"问梅"的个人原因。

35. 曹彦约诗题中有《使君、领客访湖庄，分简斋"茂林当日映群贤"之句，得"群"字》（第51册）。曹彦约等人所选佳句，不就是当时群贤聚集的写照吗？

36. 刘学箕诗题中有《余少日不能持养志气，所暴多矣，迩来方喜问学之有益也。近筑小楼藏书，楼之下建堂，名曰养浩，七客落成以"善养吾浩然之气"分韵，得"养"字》（第53册）。刘学箕等人所选佳句，也非常适合表现楼主的志趣所在。

37. 刘宰诗题中有《崇禧夜坐（以"五士三不同"为韵，得"士"字）》（第53册）。虽然关于这次分韵的参加者不详，但照常理推测，刘宰等人选择的佳句，应该是根据当时参加者的实际情况确定的。

38. 魏了翁诗题中有《重阳前一日，约寓公饮于新开湖之西港，有歌词者，其乱曰："会与州人，饮公遗爱，一江醇醲。"遂以此分韵赋诗，某得"一"字》（第56册）。这次集会在眉州新开湖之西港，而所约之"寓公"当是开湖的功臣，歌者所唱显然有歌颂之意，所以魏了翁等人就选择了这几句来分韵。

39. 姚勉诗题中有《游灵源天境，遇雨各奔归，晚坐以"不是溪居者，那知风雨来"分韵，得"那"字，奉呈一笑》（第64册）。姚勉等人选择这个诗联，主要不是为了表现他们出游遇雨的经历，而是为了说他们因为"不是溪居者"，对于将要来的风雨没有预见性，所以才会如此狼狈。

在以上11个例子中，所选佳句往往能够表现出某个特殊人物或者参加者的某些方面的特征，亦显然非常得体。

三　显示特定的时间

集会总要有一个具体的时间，如果其时间具有特定的意义，则亦会影响到佳句的选择。属于这种情况的有以下9例。

40. 李廌诗题中有《同仲宝风雨中过德麟留宿，以"夜未央"为韵，分得"未"字，并和二公"夜""央"字韵》（第20册）。李廌等人夜里住在赵令畤家，彼此交谈到深夜，选择"夜未央"一句就是为了突出这个时间。

41. 谢逸诗题中有《冬至日陈倅席上分赋"一阳来复"，探得"复"字》（第22册）。谢逸等人在这次创作中所选的佳句，正是冬至日阴极而生阳的气候写照，即所谓俗称的"冬至一阳生"。

42. 李流谦诗题中有《峡中重九以"菊有黄华"分韵，得"菊"字》（第38册）。赏菊是重阳节的风俗活动，李流谦等人选择这样的佳句，也是恰合其时。

43. 杨万里诗题中有《饯赵子直制置阁学侍郎出帅益州，分"未到五更犹是春"二十八字为韵，得"犹"字》（《全宋诗》第42册）。所分即贾岛《三月晦日赠刘评事》一诗，尾句原作"未到晓钟犹是春"。杨万里等人之所以选择这首诗，主要就是为了突出当时已经是春末甚至是最后一夜了。

44. 朱熹诗题中有《岁晚燕集，以"梅花已判来年开"分韵赋诗，得"已"字》（第44册）。从朱熹的诗题可以看出，当他们在年底集会时，看到的只有光秃秃的梅枝，断定只有到了年后梅花才会开放，所以才选了这样一个佳句来突出时间特点。

45. 陈造诗题中有《招朱法曹、赵宰、赵予野饮（以"寒食数日，得小住为佳耳"为韵，分得"食""得"二字）》（第45册）。据常理推断，因为时值寒食之后，所以陈造等人选择了这样应景的佳句。

46. 魏了翁诗题中有《重阳领客以老杜"旧日重阳日"诗分韵，凡宾主十八人，得"不"字》（第56册）。在这次创作中，魏了翁等人选用杜甫写重阳的诗句来表现他们自己的重阳集会，也是非常吻合的。

47. 程公许诗题中有《重阳后一日亲友会饮于沧州，以"初九未成句，重阳即此辰"探韵，得"初""未"二字》（《全宋诗》第56册）。程公许等人在重阳后一日集会，就同样选了关于重阳的诗句。

48. 高斯得《九日会客面岳亭，以"采菊东篱下，悠然见南山"分韵，得"采"字诗》（第61册）。在这次创作中，高斯得等人选择的佳句不仅切合在面岳亭能看到南面有山的情形，而且选择带有"菊"字的诗句来分韵，也很切合重阳日的时令特征。

在以上9例中，因为集会的时间有特殊性，所以诗人们会有意选择一个表现这一特殊时间的佳句来分韵，从而使得佳句与分韵创作的关联更为密切。

四 切合特定地域

有时，对佳句的选择还跟特定的地域有关。属于这种情况的不多，但亦有以下4例。

49. 程俱诗题中有《同叔问诸人以橘、栗、柿、蔗为题，以"东南之美"为韵，余得橘，"美"字韵一首》（第25册）。程俱等人进行的这次创作，地点在吴兴，在中国地理版图上属于东南，所以他们才会选用"东南之美"这个句子。

189

50. 史浩诗题中有《陪洪景庐左司、马德骏、薛季益、冯园中三郎中、汪中嘉总干游蒋山，以"三十六陂春水"分韵，得"三"字（壬午正月十五日）》（第35册）。史浩等人这次游蒋山，想到此处曾是王安石隐居之所，于是就选了他的这个诗句。

51. 朱熹诗题中有《游武夷以"相期拾瑶草"分韵赋诗，得"瑶"字》（《全宋诗》第44册）。武夷山在朱熹的家乡，而且是其最爱之山，山上多有一些珍稀花草。朱熹等人选择这个句子，就是为了表明他们将要去采摘这些花草的喜悦之情。

52. 张孝祥诗题中有《诸公分韵"蹋冒顿之区落，焚老上之龙庭"，得"老""庭"字》（第45册）。这次集会的地点在芜湖，长江之滨，抗金前线，此前企图南侵的金主完颜亮在江北被部下所杀。张孝祥等人之所以选择这两个句子，就是想到了这样的事情，因此非常渴望能抓住时机灭掉金国，收复失地。

此外，情况不明的还有一例：

53. 徐照诗题中有《朱可翁、陈西老、徐灵渊携酒饯别，饮罢以周兴嗣〈千字文〉中语为韵曰："谓语助者。"且名为江上行云，分得"语"字》（第50册）。这次分韵何以选择《千字文》中的句子，也许四人中有人偏爱该书，也许恰好身边正有该书，皆不可知。

从前面的考察可以看出，在可考的144次创作中，使用此类佳句53次，占总数的37%。这些佳句在书写手法上有一个共同的指向，即大都属于叙述性或者说明性的句子。宋人之所以选择这些佳句，或者因其比较贴近集会的主题，或者有利于突出某些人物的特殊身份背景，或者能够突出集会的时间，甚至反映集会的地域特征。正因为如此，这些佳句也就有了更多的当下意义，跟分韵创作的关系也更加密切了。

第二节　现场气氛

不论是哪种性质的集会，也不论是在何时、何地举行的集会，既然是多位诗人聚集在一起，总要有共同的话题，才能将大家的注意力集中在一起。由于这样的话题往往带有强烈的情感特征，从而形成一种氛围，这也影响到宋人分韵时对佳句的选择。这又可以大致分为以下几种情况。

一　渲染集会的欢乐

在带有游赏性质的集会中，宋人会选择一些带有喜庆情感的佳句来分韵，借以渲染当时的气氛。属于这种情况的最多，有以下 21 例。

1. 苏轼诗题中有《泛舟城南，会者五人，分韵赋诗，得"人皆苦炎"字四首》（第 14 册）。这次分韵使用的佳句是唐文宗与柳公权的一首联句："人皆苦炎热，我爱夏日长。（唐文宗）熏风自南来，殿阁生微凉。（柳公权）"苏轼等人选择这首诗，就是取其表现夏日美好的一面，很适合烘托当时的欢乐气氛。

2. 李之仪诗题中有《大暑不可逃，偶携数友过湖上，因咏老杜"槐叶冷淘"句，凡十人，以"君子纳凉晚，此味亦时须"分韵，得"须"字》（第 17 册）。李之仪等人游湖时吃到消暑佳品"蒲菹"，非常开心，于是想到杜甫诗中提到的"槐叶冷淘"，所以选了这两句诗表达喜悦之情。需要说明的是，杜甫原诗作"君王纳凉晚，此味亦时须"，本是表现"一餐不忘君"的忠君思想。李之仪等人不仅改了一个关键字，而且所取之意跟原意差别也较大。

3. 邹浩诗题中有《宽夫率同诸公谒大悲寺观所画圣像，以"回向心地初"分韵赋诗，得"初"字》（第 21 册）。邹浩等人到寺院观看佛祖的画像，于是心头涌起了向往之情。这种感情虽然谈不上欢快，但至少是一种恬静，带有淡淡的喜悦。所选诗句的原来情感亦与此大致相同。

4. 谢逸诗题中有《汪文彬载酒率诸人过予溪堂观芝草，以"煌煌灵芝，一年三秀"为韵，探得"煌"字》（第 22 册）。既然是观赏灵芝，谢逸等人就选了两句赞美灵芝的诗句来分韵，以表达大家的欢乐心情。

5. 李光诗题中有《九日会南楼，坐客十有二人，以"人世难逢开口笑，菊花须插满头归"分韵，得"归"字》（第 25 册）。饮菊花酒是重阳节的民俗活动，所以李光等人在这天的集会上选择了这样两个诗句，希望大家及时行乐,尽兴而归。这次创作中选择的佳句,虽然很切合重阳节的节日特点,但主要还是突出集会的欢乐。

6. 陈与义诗题中有《康州小舫与耿伯顺、李德升、席大光、郑德象夜语,以"更长爱烛红"为韵,得"更"字(原注:郑德象名滋,任礼部侍郎、显谟阁直学士)》(第 31 册)。船中夜雨,众人在烛光下赋诗,所选诗句"更长爱烛红"不正是当时其乐陶陶的写照吗?

7. 陈与义诗题中有《游慧林寺以"三峡[伏]炎蒸定有无"为韵,得"定"字。是日欲逃暑阁下,而守阁童子持不可》(第 31 册)。陈与义等人因为欲上慧林寺小阁避暑而不得,所以非常向往,认为那里一定很凉爽。他们选择的佳句很好地表现出这样的向往之情。

8. 冯时行诗题中有《登洪雅明月楼,与陈舜弼、杨养源、任道夫、孙彦和探"山水有清音"韵赋诗,得"有"字》(第 34 册)。冯时行等人在明月楼观赏周围山水美景,感慨良多,于是选择了这个带有强烈喜悦之情的佳句。

9. 冯时行诗题中有《游东郊以"园林无俗情"为韵,赋得"情"字二首》(第 34 册)。冯时行等人之所以选择一个赞美园林的诗句,也是为了突出大家出游时心情的畅快。

10. 李石诗题中有《九日同胡子远携三子,以"重阳能插菊花无"分韵(笔者按,当为得"无"字)》(第 35 册)。李石等人在重阳节赋诗,就选了一句前人写重阳的诗句以突出节日的喜庆。

11. 喻良能诗题中有《十月五日,从兄弟、三侄侍太孺人赏菊亦好园,以"赏心乐事"为韵,分得"赏"字》(第 43 册)。这次家人间的聚会,气氛非常融洽,所以喻良能选择了"赏心乐事"这个诗句。

12. 李流谦诗题中有《中秋玩月,以东坡"不择茅檐与市楼,况我官居似蓬岛"为韵,得"似"字》(第 44 册)。因为当时大家在玩月,所以李流谦等人选择了苏轼赞美月光美好的两个诗句。

13. 朱熹诗题中有《正月五日欲用斜川故事结客载酒过伯休新居,风雨不果,二月五日始克践约,坐间以陶公卒章二十字分韵,熹得"中"字,赋呈诸同游者》(第 44 册)。陶渊明《游斜川》的"卒章二十字"是:"中觞纵遥情,忘彼千载忧。且极今朝乐,明日非所求。"朱熹等人选择这样几个诗句，显然是为了突出"且极今朝乐"的及时行乐之意。

14. 朱熹诗题中有《淳熙戊戌七月二十九日，与子晦、纯叟、伯休同发屏山，西登云谷，越夕乃至，而季通、德功亦自山北来会，赋诗记事，以"云卧衣裳冷"分韵赋诗，得"冷"字》（第44册）。七月登山，天气尚不冷，所谓"云卧衣裳冷"表现的其实是沁人心脾的愉悦感受。

15. 朱熹诗题中有《九日登天湖，以"菊花应插满头归"分韵赋诗，得"归"字》（第44册）。朱熹等人选择这个佳句，是为了突出他们的归隐之情并想象未来的归隐之乐。

16. 朱熹诗题中有《十月上休日游卧龙、玉渊、三峡，用山谷"惊鹿要须野学，盟鸥本愿秋江"分韵，得"鸥"字》（第44册）。朱熹是这次出游的主角，他之所以选择这样两个诗句来分韵，当是大自然的美丽令他乐而忘返，在他心中唤起了强烈的归欤之感。

17. 张镃诗题中有《锦池芙蓉盛开，与谭德称、何国叔、曾无逸、王季嘉、吕浩然、张以道小集，以东坡诗"细思却是最宜霜"分韵，得"却"字》（第50册）。张镃等人欣赏木芙蓉，所以选择了苏轼写拒霜花即木芙蓉的一句诗，喜悦之情洋溢于其中。

18. 魏了翁诗题中有《游北岩之畴昔，梦作二诗，觉而仅记一联云："鬓发丝丝半已华，犹将文字少年夸。"明日为客诵之，客十三人，请以是为韵，予分"鬓"字》（第56册）。不论魏了翁本来的诗意是自矜还是自嘲，但用在这里分韵都是为了烘托热烈的气氛。

19. 刘汝进诗题中有《与客九日游龙山，以"尘世难逢开口笑"分韵，得"口"字》（第57册）。刘汝进等人在重阳出游，选择前人的重阳诗句，主要是为了表现游览的快乐。

20. 高斯得诗题中有《觞客海棠下，以东坡诗"红萼是乡人"之句分韵，予得"丝"字》（第61册）。高斯得等人在海棠下饮酒，气氛欢悦，所以就选了苏轼对海棠投入很深情感的一个诗句。

21. 何梦桂《九日偕府城诸贵人游南山寺，分韵和杜工部〈九日〉诗（"宽"字韵）》（第67册）。杜甫以"九日"为题的诗有数首，但只有《九日蓝田崔氏庄》中使用了"宽"字，故可推断即是此诗。何梦桂诗题中言"偕府城诸贵人"，则同游者不在少数。杜甫《九日蓝田崔氏庄》是一首七律：

> 老去悲秋强自宽，兴来今日尽君欢。羞将短发还吹帽，笑倩傍人为正冠。蓝水远从千涧落，玉山高并两峰寒。明年此会知谁健，醉把茱萸子细看。①

结合何梦桂分得"宽"字韵判断，这次分韵使用的是前两句，最多是前四句。但不论两句还是四句，原诗显然都是表现杜甫在集会时的狂放心态的，这恰好与何梦桂等人当时的心情是一致的。

在宋人所用的佳句中，能够体现欢快情感的数量不少。这一点很容易理解。人生短暂，新知旧雨能够聚集在一起，本身就是难得的乐事。选择喜庆的诗句，有利于烘托当时的气氛，自然容易为众人所接受。

二　赞美宾主

为了赞美参与分韵诗创作的某位人物的品格和才能，宋人也会有意选择一些感情色彩比较强烈的佳句。属于这种情况的有以下 8 例。

22. 苏轼诗题中有《人日猎城南，会者十人，以"身轻一鸟过，枪急万人呼"为韵，得"鸟"字》（第 14 册）。由于将军雷胜是这次打猎的主角，苏轼等人选择这联诗句，固然能够切合其人的将军身份，但主要还是赞美其武艺高强。

23. 谢逸诗题中有《集西塔寺怀亡友汪信民，以"言念君子，温其如玉"为韵，探得"念"字》（第 22 册）。这次集会时，汪革已经去世，所以谢逸等人选择的诗句不仅能够体现出对他的怀念之情，而且赞美了他的品格。

24. 洪朋诗题中有《奉诸同人饯潘氏兄弟，赋"凤凰鸣矣，于彼高冈"为韵，得"凰"字》（第 22 册）。洪朋等人送潘大临、潘大观兄弟归乡，所选择的两句诗明显具有将二人创作比作岐山凤鸣的意味。

25. 谢逸诗题中有《怀李［季］智伯，以洪龟父赠智伯诗"气盖关中

---

① （唐）杜甫：《杜甫集校注》第 4 册，谢思炜校注，上海古籍出版社，2015，第 1511 页。

季子心"为韵,探得"盖"字》(第22册)。这次创作的主题是怀念季智伯,所以选了一句能够赞美其雄心壮志的诗句。

26. 程俱诗题中有《与江仲嘉裦、赵叔问子昼、潘呆卿呆分题赋诗,以颜鲁公、裴晋公、贺监、陈希夷画像为题,以"我思古人"为韵,余得裴晋公,"我"字韵一首》(第25册)。众人所分都是前代贤人的画像,所以程俱等人选择这个诗句本身就含有赞美他们的意思。

27. 冯时行诗题中有《绍兴六年十月六日,同信可、舜弼、进道谒隐甫,值渠晒画于中庭,遂得纵观。中间不无可人意,独范宽雪山人八幅超然绝群,令人意象肃如,真得脱身归岩壑间者,请赋诗,以"知君重毫素"为韵,得"君"字》(第34册)。既然是观画,冯时行诸人所选的诗句很能体现出对主人喜欢画作的赞赏。

28. 李流谦诗题中有《同游公玉、伯氏、季氏游水陆院濯缨阁,以"清斯濯缨"分韵赋诗,得"斯"字》(第38册)。既然是濯缨阁集会,则选择"清斯濯缨"显然有赞美主人品格的用意。

29. 张孝祥诗题中有《吴伯承生孙,交游共为之喜,凡七人,分韵"我亦从来识英物,试教啼看定何如",某得"啼""定"字》(第45册)。张孝祥等人之所以在别人生孙的喜庆活动中选用这样两句诗,是因为它们本来就是苏轼贺人生子的诗句(出自《贺陈述古弟章生子》)。

在以上8个例子中,无论是赞美主人也好,赞美客人也好,赞美古人也好,在这样以赞美为主题的创作中,所选择的佳句在感情上总是偏于赞美。需要说明的是,以上所论突出的是情感色彩,而且主要是赞美之情,这跟上节所论使用叙述性或说明性的佳句相对客观地体现人物的身份、职业、能力甚至功业,仍有很大的不同。

三 祝福远行者

在以送别为主题的分韵创作中,诗人们常会选择抒情类佳句表达对客人的良好祝愿,并表现出希望早日重聚之意。

30. 苏轼诗题中有《送蒋颖叔帅熙河(并引)》(第14册)。其序云:"颖叔出使临洮,轼与穆父、仲至同饯之,各赋诗一篇,以'今我来思'

为韵，致遄归之意。轼得'我'字。"① 选择"今我来思"的原因，苏轼在序中已经说得很明白，就是祝愿他早日归来。

31. 李廌诗题中有《同诸公饯望元，因宿谷隐，以"何当风雨夜，复此对床眠"为韵，分得"对""此"二字》（第20册）。李廌等人选择这样两句诗，很清晰地表达出希望将行之人早日归来再次团聚的期盼。

32. 张孝祥诗题中有《送邵怀英，分鲁直诗韵"人间风日不到处，天上玉堂森宝书"，得"书"字》（第45册）。张孝祥等人所选的一联诗，原是黄庭坚对苏轼任翰林学士时的生活写照，这里显然有祝福邵怀英的意思。

33. 彭龟年诗题中有《同陈秘监诸丈送黄商伯守常州，石叔访守上饶，会于艮山门张园，以"人生五马贵，莫受二毛侵"分韵，得"贵"字》（第48册）。汉代的太守出行用五马，彭龟年等人所选的一联诗句不仅切合所送的两位行者的身份，而且祝愿他们能够青春常在。

34. 孙应时诗题中有《送友人杨仲能东下，以"一蹴自造青云"分韵，得"一"字》（第51册）。孙应时等人所选佳句显然有祝福杨仲能来日飞黄腾达的意思。

35. 崔与之诗题中有《柴秘书分符章贡，同舍饯别用蔡君谟"世间万事皆尘土，留取功名久远看"之句分韵赋诗，得"世"字》（第51册）。崔与之等人选取的两句诗亦明显体现出预祝柴秘书在将要就任的职务中建立功业的用意。

36. 崔与之诗题中有《陈秘书分符星渚，同舍饯别用杜甫"老手便剧郡"之句分韵赋诗，得"老"字》（第51册）。在这次创作中，崔与之等人选取的诗句主要是称赞陈秘书的治理才能，预言其将来必能够驾轻就熟，成就一番功业。

37. 程公许诗题中有《祖饯三山赵茂实二首》（第56册），以"东海独来看出日，石桥先去踏长虹"分韵赋诗。程公许这里选择的两个诗句，表达的并非实际情形，而是借助想象勾画所送之人悠游自得的未来生活，体现的也是良好的祝愿。

---

① 北京大学古文献研究所：《全宋诗》第14册，北京大学出版社，1993，第9482页。

以上8个例子都发生在送别的集会上。尽管离别很容易让人伤感，但有了这样的祝福，气氛也就变得欢快了。

四　表达悲伤之情

聚会本来是难得的人生乐事，所以在上面提到的这些例子中，表达的情感都偏于欢快。但如果集会的主题是为了送别，或者怀人，或者其他不如意之事，则大家的心情就会受到影响，就会在分韵作诗时选择表现悲伤之情的佳句。属于这种情况的不多，仅有以下8例。

38. 王安石诗题中有《送裴如晦即席分题三首（以"黯然销魂，惟别而已"为韵，拟""而""惟"字韵作)》（第10册）。从题中注释可以看出，王安石所说的"分题"其实就是分韵。《别赋》里的佳句本来表现的就是分别的痛苦心情，当时诸人选择这二句分韵，跟他们为裴煜送别时的情感很切合。

39. 李廌诗题中有《同德麟、仲宝过谢公定酌酒赏菊，以"悲哉秋之为气萧瑟"八字探韵，各赋二诗，仍复相次八韵，某分得"哉""萧"二字》，其中包括分韵诗二首（第20册）。这次集会发生在秋天，所以引发了宾主心头的悲秋情怀，从而想到了中国最早表现悲秋的诗句，这也是很自然的事情。

40. 谢逸诗题中有《游西塔寺，分韵赋诗怀汪信民，以渊明〈停云诗〉"岂无他人，念子实多"为韵，探得"念"字》（第22册）。这次创作的主题是怀念汪革，所选诗句已经很清楚地表达出这样的怀念意思。

41. 周紫芝诗题中有《次卿与余终日坐竹间，以"何人有酒身无事，谁家多竹门可款"为韵，余得上七字》（第25册）。这次分韵发生在金兵南下时，周紫芝与好友王相如在宣城逃难山中，无聊时分韵赋诗。虽然所选诗句本身可能没有悲凉的成分，但事危时艰，读起来分外悲凉，表现出对于太平生活的殷切期望。

42. 李流谦诗题中有《同冯缙云游无为，以"吾独胡为在泥滓"分韵赋诗，得"泥"字》（第38册）。李流谦等人之所以选择这样一个诗句，不仅仅因为出游途中遇到了大雨，道路泥泞难行，而是借此突出了他们的

197

天涯沦落之苦。

43. 朱熹诗题中有《巢居之集以"中有学仙侣，吹箫弄明月"为韵，探策赋之，而熹得中字，遂误为诸君所推高，俾专主约，既而赋诗者颇失期，于是令最后者具主礼以当罚，乃稍集。独敦夫、圭甫违令后至，众白罚如约，饮罢以"苍茫云海路，岁晚将无获"分韵，熹得"将"字，而子衡兄得"苍"字，实代熹出令》（第44册）。朱熹等人在饮酒后选择"苍茫云海路，岁晚将无获"分韵，显示出他们仕途的失意和对未来的迷茫。

44. 项安世诗题中有《送江陵刘县丞得"多"字（孟容，字公度。近诗云"四海良朋能几多"，因以为韵）》（《全宋诗》第44册）。以送别之人的诗句来分韵，这种情况在宋代非常罕见。所选诗句不仅表明项安世等人对友情的珍重，而且体现出他们的依依不舍。

45. 度正诗题中有《送王中父制干东归，探韵得"限"字，分韵用"离别不堪无限意，艰危深仗济时才"》（第54册）。这次分韵所选诗句固然有对将行者"济时才"的赞美，但主要还是突出无限惆怅的离别之情。

不过，由于诗人聚会本来就是难得的乐事，所以参加者会尽量渲染出一些欢乐和喜悦，所以像这样抒发感伤之情的例子相对要少得多了。

相对于上一节所论及的佳句大都偏重叙述和说明，情感特征不大明显，本节论及的佳句感情色彩总体上比较强烈。这样的佳句有45例，约占总数的31%。宋人分韵时之所以选择抒情性的佳句，是因为他们需要这些佳句来烘托集会的欢乐场景或气氛，表现对人物的赞美和肯定，对将行者的祝愿和期盼。当然，如果他们当时的感情确实偏于悲哀，他们也会使用一些伤感的佳句来分韵。这样以来，佳句本身的情感色彩与当下分韵赋诗者心中的情感基调就被有机地沟通在一起，亦显然妙不可言。

第三节　现场环境

除了集会的主题要素和气氛，分韵创作时选择什么样的佳句还要受到现场环境的影响。既然是集会，总要在一个具体的场所里才能进行，无论是处于自然状态下还是人工环境中，眼前看到的情境总是更容易令诗人们想起一些相关的佳句来，从而对选择产生直接的影响。

一 着力勾画自然风景

所有的集会都离不开具体的环境。当赋诗者置身于野外时，看到周围美丽的自然景色，他们曾经熟悉的某些表现类似情景的诗文佳句会在心中产生强烈的共鸣。即便赋诗者选择在寺庙、园林、亭台楼阁或官署以及私宅集会，远处的自然景色也会受到他们的关注。属于这种情况的共有29例。

1. 韩维诗题中有《同胡、江、范、邵、裴、二宋、司马饮会灵水轩即席赋，以"日暮天无云，春风扇微和"为韵，得"日"字》（第8册）。韩维等人尽管集于灵水轩之中，所选佳句却是表现了周围自然景色的特征。

2. 曾巩诗题中有《送韩玉汝（春日城东送韩玉汝赴两浙转运，以"池塘生春草，园柳变鸣禽"为韵，得"生"字)》（第8册）。曾巩等人选择的佳句，应该大致是他们眼前景色的写照。

3. 苏轼诗题中有《游桓山会者十人，以"春水满四泽，夏云多奇峰"为韵，得"泽"字》（第14册）。这次出游发生在春天，苏轼等人之所以选择这个诗联，主要原因在于其中"春水满四泽"一句表现的情境与眼前的景象有相近之处。

4. 苏轼诗题中有《与王郎昆仲及儿子迈绕城观荷花，登岘山亭，晚入飞英寺，分韵得"月明星稀"四首》（第14册）。苏轼等人身处飞英寺，晚上分韵时更多关注的却是"月明星稀"那样的自然美景。

5. 刘跂诗题中有《与李深梁山泊分韵，得"轻风生浪迟"五首》（第18册）。刘跂与李深在游赏梁山泊分韵，"轻风生浪迟"正与二人当时眼前看到的景象吻合，所以才会被选用。

6. 李廌诗题中有《谷隐饮中以"采菱渡头风起，策杖村西日斜"为韵，探得"采""头"二字》（第20册）。李廌等人所选诗句中的景色，至少其中的某些景象，也应该与他们当时在山谷中所看到的景象相一致。

7. 李鷹诗题中有《又九月十四日登秋风阁,以"余霞散成绮,澄江静如练"为韵,分得"余""静"二字》(第20册)。李鷹等人登上秋风阁,居高临下看到的也是天边的晚霞和脚下的长河。

8. 邹浩诗题中有《知府吕大卿饯别樗年,以"今我来思,雨雪载途"为韵赋诗,得"雨"字》(第21册)。邹浩等人之所以选择这两个句子,跟当时正好下了一场大雨有关。

9. 释德洪诗题中有《中秋夕以"月色静中见,泉声幽处闻"分韵,得"见"字》(第23册)。这次集会的地点不详,但所选佳句表现的月色与泉声无疑都是属于自然的景色。

10. 郭印诗题中有《中秋待月,以"星辰避彩乾坤静"为韵,分得"避"字》(第29册)。郭印等人所选佳句表现的正是他们当时抬头看到的天上景象。

11. 李弥逊诗题中有《黄蘗归途,以"碧潭清皎洁"为韵,分得"碧"字,真歇泛舟先归》(第30册)。李弥逊等人之所以选择这个诗句,也应该是因为他们眼前确实有一潭湖水。

12. 冯时行诗题中有《出郊以"江路野梅香"为韵,得"路"字》(第34册)。这次创作的缘由,自然是他们当时看到、闻到了路旁的野梅,然后才想到选择这句恰当的诗句来分韵。

13. 李流谦诗题中有《以"春草碧色"分韵送朱师古知洛县,得"色"字》(第38册)。既然是春日送行,李流谦等人选择的佳句,不正是他们眼前所见景色的写照吗?

14. 韩元吉诗题中有《雪中以"独钓寒江雪"分韵,得"独"字》(第38册)。韩元吉等人虽然未必真去雪中垂钓,但眼前的雪景总有其一致性。

15. 朱熹诗题中有《同丘子服游芦峰,以"岭上多白云"分韵赋诗,得"白"字》(第44册)。朱熹等人之所以选择这个句子,当是他们登上芦峰后看到了天上的白云。

16. 朱熹诗题中有《秋日同廖子晦、刘淳叟、方伯休、刘彦集登天湖,下饮泉石轩,以"山水含清晖"分韵赋诗,得"清"字》(第44册)。在这次创作中,朱熹等人之所以选择这个诗句,也是因为眼前的天光水色确实令他们非常欣喜。

17. 朱熹诗题中有《宿黄沙以"山如翠浪涌"分韵赋诗，得"如"字》（第 44 册）。这里选用的诗句，应该也跟他们看到的山景是一致的。

18. 朱熹诗题中有《腊月九日晚发怀安，公父教授、寿翁知丞载酒为别，而元礼、景嵩、子木、择之、廷老、考叔、舜民诸贤相与同舟乘便风，顷刻数十里，江空月明，饮酒乐甚，因以"星垂平野阔，月涌大江流"分韵，熹得"星"字，醉中别去，乃得数语，略纪一时之胜云》（第 44 册）。由诗题即可看出，当时朱熹等人看到的情景，也正是所选两句诗所表现的情景。

19. 朱熹诗题中有《游昼寒，以"茂林修竹，清流激湍"分韵赋诗，得"竹"字》（第 44 册）。朱熹等人登武夷山昼寒亭观瀑布，所选佳句中"清流激湍"正好跟看到的自然景色比较吻合。

20. 张孝祥诗题中有《劝农以"湘波不动楚山碧，花压阑干春昼长"为韵，得"干"字》（第 45 册）。这里所选诗句表现的春天，不正是张孝祥等人眼前的景象吗？

21. 陈文蔚诗题中有《寒食后一日，赵国兴携具拉游清风峡，登一览亭分韵赋诗，以"尘埃已逐双溪去"为韵，得"已"字》（第 51 册）。陈文蔚等人所选诗句很好地反映了寒食节后清风峡春意盎然令人耳目一新的面貌。

22. 崔与之诗题中有《李大著赴豫章别驾，同舍饯别，用杜工部"天上秋期近，人间月影清"之句分韵赋诗，得"天"字》（第 51 册）。崔与之等人之所以选择杜甫这样带有较强季节特征的写景佳句，当时因为他们面临的时令和环境都与杜甫所写相近。

23. 崔与之诗题中有《张秘书分符星渚，同舍饯别，用山谷"晚风池莲香度，晓日宫槐影西"分韵赋诗，得"晚"字》（第 51 册）。著作郎张虙出知南康军在八月，所选诗句中所写的景色，也正是崔与之等人为其饯别时看到的景色。

24. 陈宓诗题中有《延平郡斋分韵（序：壬午诏友人赴漕适南剑，郡斋流杯石乃故家百年物。同席十人以"时秋积雨霁，新凉入郊墟"分韵，得"时"字)》（第 54 册）。这次在郡斋分韵，所选佳句当与彼时的情景比较吻合。

25. 魏了翁诗题中有《韩叔冲约客泛舟沧江,分韵得"落"字("落日放船好,轻风生浪迟",杜句)》(第 56 册)。由诗题本身亦不难看到,所选两句诗的意思跟魏了翁等人泛舟江上所看到的景致也是一致的。

26. 魏了翁诗题中有《中秋无月,分韵得"狂"字(东坡"狂云妒佳月,怒飞千里黑")》(第 56 册)。正因为中秋无月,满天阴云,魏了翁等人才会想到苏轼表现类似情景的两句诗。

27. 蔡节自江东提刑抵家,三馆诸公为其送别,以"风霜随气节,河汉下文章"分韵赋诗(第 57 册)。今 10 首诗皆存。选择这两句诗,除了表现季节特征外,还有赞美其富有文采的意思。

28. 张榘诗题中有《约台府同官王元敬以次七人登巾山,以"前峰月照半江水"分韵,得"半"字》(第 62 册)。张榘等人选择这样一句诗,显然也是因为他们当时看到的情景就是月亮照在峰头又映在江中,于是这个诗句在他们那里唤起了共鸣。

29. 周密诗题中有《游绣谷以"柳塘春水慢,花坞夕阳迟"分韵,得"水"字》(第 67 册)。在山谷里游赏,周密等人眼前的景色应该与选用的两个诗句里所写的情景比较类似。

在以上 29 例中,集会的地点虽然各不相同,但所选诗句都是侧重表现自然景色。无论是天上的风云,还是地上的雨雪,也不论是远处的山水,还是近处的花草,都通过选择佳句的方式得到了表现。

二 描写人工色彩浓重的环境

除了表现自然风景,当集会的地点在寺庙、园林、亭台楼阁以及官署、私宅时,诗人自然也会关注这些人工环境,从而在分韵时选择一些佳句加以表现。即便是里面仍涉及自然物象,也已被打上了浓重的人工烙印。属于这种情况的有以下 12 例。

30. 曾诚诗题中有《与同舍诸公饮王诜都尉家,有侍儿辈侍香求诗者,以"烟浓近侍香"为韵(得"浓"字)》(第 18 册)。曾诚等人在王诜家中集会，所选佳句正是他们当时看到的实景的写照。

31. 谢逸诗题中有《游逍遥寺，以"野寺江天豁，山扉花木幽"为韵，探得"山"字》（第22册）。如果说寺庙里看到的江天已不同于野外的江天，寺院门外的花木更是僧人护理和栽培的结果。

32. 谢逸诗题中有《同吴迪吉、汪信民游西塔寺，分韵赋诗，以"荷花日落酣"为韵，探得"荷""花"字》（第22册）。谢逸等人游寺庙，看到的荷花自然是寺庙里种植的荷花。

33. 周紫芝诗题中有《晚集江园，会者五人，黄叔鱼、林平父、黄文若、刁黄（一作文）叔与仆也，以"暝色带飞鸟"为韵，余得"色"字》（第26册）。周紫芝等人的集会地点在江园，其所谓"暝色带飞鸟"也是他们在该园里所看到的景象。

34. 赵鼎诗题中有《乙巳二月初八日集独乐园，夜饮梅花下，会者宋退翁、胡明仲、马世甫、张与之、王子与、林秀才及余，凡七人，以"炯如流水涵青苹"为韵赋诗，分得"流"字》（第28册）。独乐园是司马光在洛阳所筑之园，赵鼎所咏的梅花自然是园中的梅花。

35. 李弥逊诗题中有《与罗、邵诸公同游陈氏园，分"江头千树春欲暗"，得"树"字》（第30册）。李弥逊等人所赏的树，自然也是陈氏园中的树。

36. 李弥逊诗题中有《岁后三日，与罗叔共、二邵、似表弟席上分"梅花年后多"韵，得"多"字，刻烛成》（第30册）。这次集会在年后，而且似乎是在私宅中，所以李弥逊等人眼中看到的梅花，很可能就是私人种植的梅花，因为宋人爱梅成痴，很喜欢种植。

37. 陈与义诗题中有《夏日集葆真池上，以"绿阴生昼静"赋诗，得"静"字》（第31册）。葆真池在开封葆真宫内，相传为梁惠王的故池。陈与义所赏的池边景色自然也属于人工环境了。

38. 陈造诗题中有《分韵得"家"字（以"人家寒食月，花影午时天"为韵）》（第45册）。陈造等人选择的佳句虽然写到月，写到天，但"人家"与"花影"的限制，使得描写带有浓重的家居色彩。

39. 周孚诗题中有《登多景楼，分"楼高天一握"为韵，得"一"字。楼非旧址，惟东南面可眺，三隅暗甚，时方改作榜，称米元章书，盖

203

伪也，语寺僧当易之》（第 46 册）。从周孚等人所选诗句可以看出，他们是站在高楼上才想起用这个楼上观天的诗句来分韵赋诗的。

40. 胡仲弓诗题中有《夜饮颐斋，以"灯前细雨檐花落"为韵，分得"前"字，又得"花"字，赋二首》（第 63 册）。所选诗句，本来就是雨夜在室内看到的窗外景象，胡仲弓等人既然是"夜饮颐斋"，所以想到了这个诗句。

41. 张绍文诗题中有《云溪叔父赐饮大梅花下，以"疏影横斜，暗香浮动"分韵，得"动"字》（第 70 册）。既然是在大梅花下集会，则选择林逋咏梅名句也是极其恰当的。

在以上 12 例中，诗人们所关注的环境已经不是比较单纯的自然环境，而是打上了一定人工色彩的自然环境，或者就是人工环境中的景色了。而他们选择的佳句，也能很好地反映出所处环境的特点。不过，人工环境和自然环境虽然有很大的差别，宋代诗人在选择带有描写性质的佳句表现时却是一致的，至少没有明显的差别。

三　吟咏花木

有时，宋代诗人在结伴游赏时还会对看到的某种花木表现出特殊的兴趣，于是分韵创作咏物诗。于是，他们分韵时所选佳句也往往能够描写出所咏对象的基本特征。属于这种情况的仅有以下 4 例。

42. 谢逸诗题中有《游西塔寺，分韵咏双莲，以"太华峰头玉井莲"为韵，探得"华"字》（第 22 册）。这次咏的对象是双莲，所以谢逸等人就选择了一个描写莲花的诗句。

43. 谢逸诗题中有《游逍遥寺咏庭前柏树，以老杜〈病柏诗〉"偃蹙龙虎姿，主当风云会"为韵，得"蹙"字》（第 22 册）。因为咏柏树，谢逸等人就选用了杜甫描写柏树的诗句。

44. 郭印诗题中有《诸公咏竹，以"笼竹和烟滴露梢"为韵，得"滴"字》（第 29 册）。郭印等人歌咏的对象是竹，所以就选了一个描写竹子的佳句。

45. 章甫诗题中有《同张伯子、威子、季子、雉闻、子陆、及之、时子政、家弟辅、小子盘过马清叟摘樱桃，以"万颗匀圆讶许同"分韵，赋得"许"字》(第47册)。章甫等人当时在摘樱桃，所以选择了一个描写樱桃的诗句。

这样的例子虽然不多，但做法非常一致，都是众人为了咏某种物象，就从前人的相关诗作中寻找一个描写佳句来分韵，从而进一步密切了佳句与当时创作之间的联系。

从以上分析可以看出，以描写为主的佳句表现环境也是45例，占总数的31%。环境因素对宋人选择佳句有着非常重要的影响，不论他们的集会在哪里举行，总要有一个具体的场所。无论处在什么样的场所里，都会有一个具体的环境，既包括比较单纯的自然环境，也包括带有较多人工色彩的园林寺庙，甚至包括一些其中特定的花木。为了很好地表现这样的环境，宋人分韵时较多选择描写性的佳句分韵，也就很容易理解了。

在可考的144次创作中，除了一次使用了苏轼的一首绝句无法确定外，其余143次创作中，在表现集会的要素以及时间、地点时使用了53例叙述或者说明性的佳句，占37%；在表现集会的气氛时，使用了45个抒情性的佳句，占31%；在表现集会的环境或景物时，使用了45个描写性的佳句，亦占31%。这种现象表明，宋人使用的佳句在书写功能上虽可分为叙述、写景和描写三类，但彼此之间的数量差别不大，甚至可以说比较均衡。

第四节　集会人数

在上面三节，笔者探讨了集会的主题、气氛和环境等几个因素对佳句选择产生的影响。本节再换一个角度，探讨一下佳句选择跟赋诗人数之间的关联。不过，由于不少作品没有留下对具体参加人数的记载，所以此节只能依据现有的文献来考察。大致来说，如果参加人数多，就要选择字数较多的佳句；参加人数少，就要选择字数较少的佳句。现分三个方面来加以论述。

一　佳句的字数同于赋诗的人数

在宋代分韵诗创作中，最常见的现象是有多少人参与赋诗，就选择多少字的佳句来分韵。根据可以确定的人数，分为以下几种情况。

如果参加者为 4 人，则他们通常会选择一个四言佳句。两宋可以考证的创作见于以下 9 例。

1. 苏轼诗题中有《送蒋颖叔帅熙河（并引）》（《全宋诗》第 14 册）。据第二章所引诗序"颖叔出使临洮，轼与穆父、仲至同饯之，各赋诗一篇，以'今我来思'为韵，致遄归之意，轼得'我'字"可知，当时参加者也是 4 人，所以同样选择了一个四言诗句。

2. 邹浩诗题中有《与仲孺、文仲、述之作诗送仲弓赴籍田，以"之子于征"为韵，分得"子"字》（第 21 册）。由诗题可知，这次分韵赋诗者为 4 人，所以选择了一个四言诗句。

3. 程俱诗题中有《与江仲嘉褒、赵叔问子昼、潘杲卿杲分题赋诗，以颜鲁公、裴晋公、贺监、陈希夷画像为题，以"我思古人"为韵，余得"裴晋公""我"字韵一首》（第 25 册）。这次活动虽然不只是单纯意义上的分韵创作，同时带有分题的意味，但如单就分韵这方面来说，仍然是 4 人参加且选择了一个四言诗句。

4. 程俱诗题中有《同叔问诸人以橘、栗、柿、蔗为题，以"东南之美"为韵，余得"橘""美"字韵一首》（第 25 册）。这次创作参加的人数虽然不详，但从仅仅取四种水果供分题来看，应该也是 4 人，所以同样选择了一个四言诗句。

5. 向潘诗题中有《从吴傅朋游芝山登五老亭，以"驾言出游"分韵赋诗（得"驾"字）》（第 33 册）。按，此处所指参加人数虽然不明，然第三章已引《容斋三笔》卷九"向巨原诗"条："亡友向巨原，自少时能作诗，予初识之于梁宏夫坐上，未深知之也。是日，偕二友从吴傅朋游芝山，登五老亭，以'驾言出游'分韵赋诗，巨原得'驾'。"由引文不难看出，当时参加者也是 4 人，所以选择了一个四言诗句。

6. 李流谦诗题中有《同游公玉、伯氏、季氏游水陆院濯缨阁，以"清斯濯缨"分韵赋诗，得"斯"字》（第 38 册）。李流谦带领三人出游，也是 4 个人参加分韵，所以选择了一个四言诗句。

7. 朱熹诗题中有《彦集、圭父、择之同饮白云精舍，以"醉酒饱德"为韵，熹分得"饱"字，醉中走笔奉呈》（第 44 册）。朱熹等四人分韵，就从《诗经·大雅·既醉》中截取了四个字组成一句来分韵。

8. 徐照诗题中有《朱可翁、陈西老、徐灵渊携酒饯别，饮罢以周兴嗣〈千字文〉中语为韵曰："谓语助者。"且名为江上行云，分得"语"字》（第 50 册）。徐照等四人赋诗，就从《千字文》中选择了一个四字句来分韵。

9. 林尚仁诗题中有《此山林金、药房陈户偕张牧隐暮春晦日载酒相过，席上以"手挥素弦"为韵，得"弦"字》（第 62 册）。林尚仁与三位来访者加在一起也是四位，故选择了一个四言诗句。

这些佳句中，出自《诗经》的最多，因为《诗经》是以四言诗为主，其中大多数诗句都是四言；当然，也有出自其他文献的佳句，这一点在上章已经分析过。

如果参加者为 5 人，则他们通常选择一个五言佳句，其中大多数为诗句。两宋可考的创作见于以下 10 例。

10. 邹浩诗题中有《送裴仲孺为太和尉（时与崔遐绍、苏世美、乐文仲、王仲弓以"故人从此去"为韵，分得"去"字)》（第 21 册）。邹浩与四人分韵，一共五人参加，就选择了一个五言诗句。

11. 周紫芝诗题中有《晚集江园，会者五人，黄叔鱼、林平父、黄文若、刁黄（一作文）叔与仆也，以"暝色带飞鸟"为韵，余得"色"字》（第 26 册）。题中明确地说"会者五人"，选择一个五言诗句也就很自然了。

12. 李弥逊诗题中有《岁后三日，与罗叔共、二邹、似表弟席上分"梅花年后多"韵，得"多"字，刻烛成》（第 30 册）。由诗题可知，参加者为 5 人，选用的也是一个五言诗句。

13. 陈与义诗题中有《康州小舫与耿伯顺、李德升、席大光、郑德象夜语，以"更长爱烛红"为韵，得"更"字》（第 31 册）。陈与义与四友夜话，五人使用了一个五言诗句分韵。

14. 冯时行诗题中有《登洪雅明月楼与陈舜弼、杨养源、任道夫、孙彦和探"山水有清音"韵，赋诗得"有"字》（第 34 册）。冯时行与四友共登明月楼，就选择了一个五言诗句分韵。

15. 冯时行诗题中有《绍兴六年十月六日，同信可、舜弼、进道谒隐甫，值渠晒画于中庭，遂得纵观。中间不无可人意，独范宽雪山人八幅超然绝群，令人意象肃如，真得脱身归岩壑间者，请赋诗，以"知君重毫素"为韵，得"君"字》（第 34 册）。冯时行携三客拜访杨炜（隐甫，亦作隐父），一共也是五个人，所以分韵时选择了一个五言诗句。

16. 韩元吉诗题中有《上巳日王仲宗、赵德温见过，因招赵仲缜、任卿小集，以"流水放杯行"分韵，得"行"字》（第 38 册）。韩元吉来了两位客人，就又召集两位友人，一共也是五个人，分韵时使用的也是五言诗句。

17. 朱熹诗题中有《秋日同廖子晦、刘淳叟、方伯休、刘彦集登天湖，下饮泉石轩，以"山水含清晖"分韵赋诗，得"清"字》（第 44 册）。朱熹与四客同登天湖后饮泉石轩，五人选择了一个五言诗句分韵。

18. 赵蕃诗题中有《三月，审知以余行有日，置酒于智门寺后竹间小亭，时与者王彦博、审知之侄彦章、余之弟成父，审知命以"尊前失诗流"为韵，分得"流"字，书以呈之》（第 49 册）。这次集会也是五人，使用的也是五言诗句。

19. 刘宰诗题中有《崇禧夜坐（以"五士三不同"为韵，得"士"字)》（第 53 册）。这次虽然刘宰的题目和诗歌中都没有关于参加人数的记载，但从选择了"五士三不同"这样一个诗句来逆推，参加者也当是五人。

以上 10 例创作中，所选择的五言佳句皆是诗句，无一例外。

如果参加者为 7 人，他们通常会选择一个七言诗句。两宋可考的创作见于以下 7 例。

20. 李彭诗题中有《奉同伯固、驹甫、师川、圣功、养直及阿虎寻春，因赋"问柳寻花到野亭"，分得"野"字》（第 24 册）。据诗题统计，这次创作有 7 人参加，选择的也是一个七言诗句。

21. 赵鼎诗题中有《乙巳二月初八日集独乐园，夜饮梅花下，会者宋退翁、胡明仲、马世甫、张与之、王子与、林秀才及余，凡七人，以"炯如流水涵青苹"为韵赋诗，分得"流"字》（第 28 册）。诗题中明言"凡七人"，所选择的也是一个七言诗句。

22. 王十朋诗题中有《送胡正字（宪）分韵得"来"字（胡上书言事，得祠还乡，同赋者七人，以"先生早赋归去来"为韵）》（第 36 册）。诗题中明言"同赋者七人"，所选择的也是一个七言诗句。

23. 张镃诗题中有《锦池芙蓉盛开，与谭德称、何国叔、曾无逸、王季嘉、吕浩然、张以道小集，以东坡诗"细思却是最宜霜"分韵，得"却"字》（第 50 册）。据诗题可知，这次创作有 7 人参加，所以选择了一个七言诗句。

24. 刘学箕诗题中有《余少日不能持养志气，所暴多矣，迩来方喜问学之有益也。近筑小楼藏书，楼之下建堂，名曰养浩，七客落成以"善养吾浩然之气"分韵，得"养"字》（第 53 册）。诗题中名言"七客"，所以选择了一个七言文句。

25. 张榘诗题中有《约台府同官王元敬以次七人登巾山，以"前峰月照半江水"分韵，得"半"字》（第 62 册）。诗题中明言"七人"，选择的也是一个七言诗句。

26. 吴琳诗题中有《上巳集七客顾南墅以"踏遍仙人碧玉壶"分韵得"壶"字》（《全宋诗补辑》第 6 册，其人已见于《全宋诗》第 67 册）。题中明言"集七客"，同样选择了一个七言诗句。

以上 7 例中，除了第 24 例中使用的句子出自《孟子》，属于文句外，其余 6 句都是七言诗句。

参加者为 8 人的情况有 3 例。

27. 梅尧臣诗题中有《永叔席上分韵送裴如晦（得"黯"字）》（《全宋诗》第 5 册），欧阳修诗题中有《送裴如晦之吴江（原校：一本无下三字，注云"席上分得已字。嘉祐元年"）》（《全宋诗》第 6 册），王安石诗题中有《送（张本送上有"席上赋得'然'字"六字）裴如晦宰吴江》（《全宋诗》第 10 册）。这次创作有 8 人参加，选择"黯然销魂，唯别而已"分韵，出自江淹《别赋》，已见本书第二章考证。

28. 苏轼诗题中有《送范中济经略侍郎分韵赋诗，以"元戎十乘，以起先行"为韵,轼得"先"字,且赠以鱼枕杯四、马棰一》(第 14 册)。这次创作共 8 人参加,今皆见于《宝真斋法书赞》卷十七《元祐八诗帖》,其序云:"元祐八年三月二十四日会于信安西园,饯中济帅庆,分韵赋诗,仲至'元'字,中济'戎'字,明叟'十'字,孝锡'乘'字,器资'以'字,子瞻'先'字,穆父'启'字,彝叟'行'字,皆五言十韵。"[①] 两者对照,可知也是 8 人参加,选择了《诗经》中的两个连续诗句。

29. 朱熹诗题中有《游昼寒,以"茂林修竹,清流激湍"分韵赋诗,得"竹"字》(《全宋诗》第 44 册)。据第三章所引朱熹《游密庵记》,知参与这次创作的有"朱仲晦父、刘彦集、敬父、平父、黄德远、方伯休、陈彦忠"和"陈力就深父"8 人,使用了王羲之《兰亭集序》中的两个连续的四字句。

如果参加者为 10 人,则他们通常选择一联五言诗句。两宋可考的创作有以下 8 例。

30. 韩维诗题中有《同胡、江、范、邵、裴、二宋、司马饮会灵水轩,即席赋"日暮天无云,春风扇微和"为韵,得"日"字》(《全宋诗》第 8 册),司马光诗题中有《清明后二日同邻几(秘阁校理江休复)、景仁、次道、中道(国子监主簿宋敏求)、兴宗、元明、秉国(大理评事韩维)、如晦(国子监直讲裴煜)、公疏(篆石经胡恢)饮赵道士东轩(以"日暮天无云,春风扇微和"为韵,得"和"字)》,是同一次创作的结果。据司马光诗题可知,当时参加者为 10 人,使用的是一个五言诗联。

31. 苏轼诗题中有《人日猎城南,会者十人,以"身轻一鸟过,枪急万人呼"为韵,得"鸟"字》(第 14 册)。诗题中明言"会者十人",分韵使用的是一个五言诗联。

32. 苏轼诗题中有《游桓山,会者十人,以"春水满四泽,夏云多奇峰"为韵,得"泽"字》(第 14 册)。此例情况与上例一致。

33. 李之仪诗题中有《大暑不可逃,偶携数友过湖上,因咏老杜槐叶

[①] (宋)岳珂:《宝真斋法书赞》,《文渊阁四库全书》第 813 册,台湾商务印书馆,1982~1986,第 755 页。

冷淘句，凡十人，以"君子纳凉晚，此味亦时须"为韵，得"须"字》（第17册）。诗题中明言"凡十人"，同样选用了一个五言诗联。

34. 谢薖诗题中有《集庵摩勒园，会者十人，以"他年五君咏，山王一时数"为韵，赋得"时"字》（第24册）。这次也是"会者十人"，同样使用了一个五言诗联。

35. 朱熹诗题中有《腊月九日晚发怀安，公父教授、寿翁知丞载酒为别，而元礼、景嵩、子木、择之、廷老、考叔、舜民诸贤相与同舟乘便风，顷刻数十里，江空月明，饮酒乐甚，因以"星垂平野阔，月涌大江流"分韵，熹得"星"字，醉中别去，乃得数语，略纪一时之胜云》（第44册）。据诗题统计，这次赋诗参加者也是10人，同样使用了一个五言诗联。

36. 陈宓诗题中有《延平郡斋分韵》（第54册）。诗题中虽然未及人数，但第三章考察所引其小序云："壬午，诏友人赴漕适南剑，郡斋流杯石乃故家百年物。同席十人以'时秋积雨霁，新凉入郊墟'分韵，得'时'字。"可见也是"同席十人"分赋一个五言诗联。

37. 王撝诗题中有《淳祐七年丁未十一月朔，蔡久轩自江东提刑归，抵家时，三馆诸公以"风霜随气节，河汉下文章"分韵赋诗送别，得"随"字》（第57册）。这次创作共10人参加，今作品俱在。

以上8例中，每次创作使用的都是一联五言诗句，没有一处例外。

除了以上分析的这些常见情况，还有以下几种出现得相对较少的情况。

参加者为3人，则使用一个三字佳句分韵，仅见一例。

38. 李廌诗题中有《同仲宝风雨中过德麟留宿，以"夜未央"为韵，分得"未"字，并和二公夜、央字韵》（第20册）。

参加者为6人，则使用六言佳句分韵的情况，亦仅见一例。

39. 史浩诗题中有《陪洪景庐左司、马德骏、薛季益、冯园中三郎中、汪中嘉总干游蒋山，以"三十六陂春水"分韵，得"三"字（壬午正月十五日）》（第35册）。由诗题可知，这次创作有6人参加，选择了一个六言诗句。

参加者为14人，选择一个七言诗联。这样的情况亦仅有两例。

40. 陈与义诗题中有《游慧林寺以"三峡［伏］炎蒸定有无"为韵，得"定"字。是日欲逃暑阁下，而守阁童子持不可》(《全宋诗》第31册)。又据前引白敦仁《陈与义年谱》："顷在东都，一日，陈去非、吕居仁诸公同予避暑资圣阁，以'二仪清浊还高下，三伏炎蒸定有无'分韵赋诗，会者适十四人。"

41. 魏了翁诗题中有《游北岩之畴昔，梦作二诗，觉而仅记一联云："鬓发丝丝半已华，犹将文字少年夸。"明日为客诵之，客十三人，请以是为韵，予分"鬓"字》(第56册)。既然是"客十三人"，加上魏了翁为14人，选用的是一个七言诗联，但诗联中有一字重复，不知当时是怎么处理的。

参加者为18人的创作有一例。

42. 魏了翁诗题中有《重阳领客以老杜"旧日重阳日"诗分韵，凡宾主十八人，得"不"字》(第56册)。在这次创作中，分韵所用的是杜甫《九日五首》其三："旧日重阳日，传杯不放杯。即今蓬鬓改，但愧菊花开。北阙心长恋，西江首独回。茱萸赐朝士，难得一枝来。"[①] 据魏了翁诗歌题目及其分得"不"字两方面看，此次分韵使用的杜诗的前四句，共20字。在这20字中，"日""杯"二字皆重复使用，除去重复，为18字，而参加者为18人，所以正好每人一字。

最值得注意的是，有时赋诗者竟然可以多达28人，于是选择一首七绝来分韵。这样的例子也仅有一处。

43. 王之道诗题中有《上元后漕幕同僚二十八人会饮于西湖，登千佛阁，运干赵渔樵希圣以坡诗七言绝句分韵，得"陌"字》(第32册)。虽然无法确定选择的是苏轼的哪首绝句，但28人分韵，选择一首绝句，人分一字，却是无疑的。

综合以上各种情况，共得43例，在全部144次创作中约占30%。

二 人分一字的调节机制

尽管宋人分韵时总想使佳句的字数与赋诗的人数相当，但他们所喜爱

[①] （唐）杜甫：《杜甫集校注》第6册，谢思炜校注，上海古籍出版社，2015，第2449页。

212

的诗句大多为四言、五言和七言，因此很难在每次创作时都做到恰好吻合。当遇到赋诗人数与佳句字数不吻合，宋人是怎么处理的呢？这又可以分为两种情况。

第一种情况，赋诗人数略少于佳句的字数。共有 5 例，先看以下 4 例。

1. 赵鼎臣诗题中有《寒食前一日率赵伯山、李汉老、杨时可、秦夷行、刘仲忱游西池，泛舟置酒，分韵赋诗，以"每日江头尽醉归"为韵，余得江字，因即赋所见》（第 22 册）。在这次创作中，参加者为 6 人，所分佳句有 7 字。

2. 李光诗题中有《九日南楼坐客十有二人，以"人世难逢开口笑，菊花须插满头归"分韵，得归字》（第 25 册）。在这次创作中，"坐客十有二人"，即使加上自己，参加者为 13 人，所分佳句有 14 字。

3. 李弥逊诗题中有《与德洪、明甫、伯与暮春六日同登乌石，饮于浴鸭池，琴侍以"石上坐忘归"分韵得石字》（第 30 册）。在这次创作中，参加者为 4 人，所分佳句有 5 字。

4. 李石诗题中有《九日同胡子远携三子，以"重阳能插菊花无"分韵（得"无"字)》（第 35 册）。在这次创作中，参加者为 5 人，所分佳句有 7 字。

在以上 4 个例子中，所选佳句的字数都比人数略多，可以确认其基本分韵方式仍是人分一字。可是，既然字数多于人数，多出来的个别字怎么处理呢？这也许可以从下面这个例子看出端倪。

5. 程公许有《祖饯三山赵茂实二首》（第 57 册）。其序已见第三章之考察，中云："饮酣，有诵大苏公'东海独来看出日，石桥先去踏长虹'之句，相约赋诗为赠分韵，凡十一人，余三韵，三人各补一篇。"这次创作有 11 人参加，所分佳句却有 14 字，在人分一字外剩余 3 字，于是又有"三人各补一篇"。

由这个例子可以看出，当赋诗人数略少于佳句的字数时，除了每人一字的常例外，剩余的字可由其中的少数参加者继续分配。当然，也可能存在另外一种可能，即剩余的个别字被弃置不顾了，不过由于缺少文献，也难以确定。

第二种情况，参加人数略多于佳句的字数。这样的创作不多，共有以

213

下 4 例。先看这样一例。

6. 朱熹诗题中有《淳熙戊戌七月二十九日，与子晦、纯叟、伯休同发屏山，西登云谷，越夕乃至，而季通、德功亦自山北来会，赋诗记事，以"云卧衣裳冷"分韵赋诗，得"冷"字》（第 44 册）。在这次创作中，参加者为 6 人，所分佳句有 5 字。至于多出的一个人使用什么韵字，这里没有说明。可是下面三个例子却提供了三个不同的解决办法。

可以选择一个人作序，这样其余参加者还是人分一字。

7. 王十朋诗题中有《送胡正字（宪）分韵，得"来"字（胡上书言事，得祠还乡，同赋者七人，以"先生早赋归去来"为韵）》（《全宋诗》第 36 册），汪应辰诗题中有《送正字胡丈》（得"先"字。《全宋诗》第 38 册），周必大诗题中有《胡原仲（宪）正字特改官除宫观，馆中置酒饯别，会者七人，以"先生早赋归去来"为韵，人各赋一首，仆得"早"字（辛巳正月）》（《全宋诗》第 43 册）。这次创作，周必大诗题载"会者七人"，又洪迈《馆阁送胡正字诗序》中有"酒阑以往，诸公诗且成，迈醉不遽，愧不暇诗，独序其所以然者"几句，则集会者实为 8 人，但洪迈当时因醉未参与赋诗，只作了一篇诗序。这也算是一种特殊的处理办法。

可以在所选佳句之外再增加韵字，这样可以保证人分一字。

8. 冯时行等 15 人在成都王建梅林以"旧时爱酒陶彭泽，今作梅花树下僧"分韵赋诗。今皆存。第三章据《成都文类》所引冯时行《梅林分韵诗序》中云："客十有五，韵止十四，吕义父别以'诗'字为韵。"为了解决字数不足这个问题，现场增加了一个"诗"字作为韵字。

可以让二人同赋一韵，这也是一种解决办法。

9. 魏了翁诗题中有《端平三年春三月戊午朔，天子有诏，俾臣了翁以金书枢密院奏事。既上还山之请，乃休沐日丁丑与宾佐谒濂溪先生祠，宾主凡二十有二，谓是不可无纪也，遂以明道先生"云淡风轻"之诗分韵而赋，而诗有二言，有四言，同一韵者，则二客赋之。了翁得"云"字》（第 56 册）。由此可知，这次分韵使用的是程颢《偶成》一诗："云淡风轻近午天，傍花随柳过前川。时人不识予心乐，将谓偷闲学少年。"全诗为 28 字，而"计宾主凡二十有二"，不当出现"同一韵者，则二客赋之"的情况。据魏了翁分得"云"字推断，这次分韵使用的是程诗的前 3 句，因

214

总共只有21字，所以才会出现两人同赋一韵的情况。

从上面对9个例子的分析可以看出，无论是人数略少于佳句的字数，还是人数略多于佳句的字数，其实都还是以每人一字作为基础。这里提到的几种调节方法，说到底都是为了解决有时人数与佳句字数不吻合的技术处理。

三　人分多字的几种情况

宋人使用佳句分韵赋诗时虽然以每人一字为常例，但并不排斥一人两字甚至多字的情况。现亦分几种情况来介绍。

第一种，每人二字，或者以每人二字为主。这样的情况共有以下6例。先说恰好每人分赋2字的情况。

1. 李廌诗题中有《同德麟、仲宝过谢公定，酌酒赏菊，以"悲哉秋之为气萧瑟"八字探韵，各赋二诗，仍复相次八韵，某分得"哉""萧"二字》（第20册）。在这次创作中，参加者为4人，所分佳句8字，正好每人2字。

2. 张孝祥诗题中有《吴伯承生孙，交游共为之喜，凡七人，分韵"我亦从来识英物，试教啼看定何如"，某得"啼""定"字》（第45册）。在这次创作中，参加者为7人，所分佳句有14字，也是正好每人2字。

但在更多的情况下，并非每次都这么巧合，而只能是以每人2字为主罢了。如以下几例。

3. 谢逸诗题中有《同吴迪吉、汪信民游西塔寺，分韵赋诗，以"荷花日落酣"为韵，探得"荷""花"字》（第22册）。在这次创作中，参加者为3人，所分佳句有5字，如每人2字，则缺少一字。笔者颇疑题目中"荷花日落酣"一句是王安石《题西太一宫壁二首》其一"荷花落日红酣"的误写。如所疑正确，则亦是正好每人2字。

4. 赵鼎臣诗题中有《乙未寒食前一日，陪姚季一、吴和甫登崇德寺阁，赋诗以"驾言出游，以写我忧"为韵，分得"我""出"二字》（第22册）。在这次创作中，参加者为3人，所分佳句有8字，如果每人分2字，则剩余2字。从赵鼎臣所分的两字看，这次创作应该以每人2字为主。

215

5. 赵蕃诗题中有《徐审知置酒，会者三人，以"为此春酒，以介眉寿"分韵作诗，蕃得"介""眉"字二首》（第49册）。既然是"会者三人"，而所选佳句有8字，而赵蕃所分为二字，则这次也是以每人2字为主。

6. 陈造诗题中有《招朱法曹、赵宰、赵予野饮（以"寒食数日，得小住为佳耳"为韵，分得"食""得"二字)》（第45册）。在这次创作中，参加者为4人，所分佳句有10字，只能以每人2字为主。从陈造所分两个韵字亦可看出这一点。

第二种，以每人三字为主。这样的创作仅有一例。

7. 赵蕃诗题中有《与彦博、审知同为问梅之行，到溪南，仆与审知俱以畏风罢兴，止小酌于僧房，以"有寒疾不可以风"分韵作诗，得"有""寒""可"字三首》（第49册）。在这次创作中，参加者仅为2人，所分佳句有7字，只能是每人3字而剩余一字，或者一人3字而另一人4字。

第三种，每人分得连续的四字。这样的创作有3例。

8. 苏轼诗题中有《与王郎昆仲及儿子迈绕城观荷花，登岘山亭，晚入飞英寺，分韵得"月明星稀"四首》（第14册）。在这次创作中，参加者4人，每人所分应该也是4个韵字，故可推断分韵时使用了曹操《短歌行》中"月明星稀，乌鹊南飞。绕树三匝，何枝可依"几句。

9. 苏轼诗题中有《泛舟城南，会者五人，分韵赋诗得"人皆苦炎"字四首》（第14册）。非常值得注意的是，苏轼所分的"人皆苦炎"并非一个完整的句子，出自唐文宗与柳公权《夏日联句》的第一句，原作"人皆苦炎热"。既然"会者五人"，苏轼分得4字，却非一句，如果其余4人也每人4字，则总共为20字，由此可以推断这次分韵使用的正是那首完整的《夏日联句》。

10. 李廌诗题中有《岑使君牧襄阳受代还朝，某同赵德麟、谢公定、潘仲宝皆饯于八叠驿，酒中以西王母所谓"山川悠远，白云自出。相期不老，尚能复来"各人分四字为韵以送之，某分得"相期不老"》（第20册）。如果说在上面两条的分析中还带有一些推断成分，这里则明确提出"各人分四字为韵"。李廌是苏轼的学生，所谓"六君子"之一。李廌的记载不仅说明每人4字的分韵方式在宋代确实出现过，而且似乎就是苏轼开创的。

216

第四种，每人分得五字。这样的创作仅有一例。

11. 刘跂诗题中有《与李深梁山泊分韵，得"轻风生浪迟"五首》（第18册）。在这次创作中，只有2人参加，刘跂分得"轻风生浪迟"一句，按照分韵诗的基本规则，另外一个参加者李深所分当是该句的上联"落日放船好"（杜甫《陪诸贵公子丈八沟携妓纳凉晚际遇雨》）。

第五种，每人分得七字。这样的创作亦仅有一例。

12. 周紫芝诗题中有《次卿与余终日坐竹间，以"何人有酒身无事，谁家多竹门可款"为韵，余得上七字》（第26册）。既然周紫芝所分为"上七字"，即"何人有酒身无事"，则另外一人所分的当是"谁家多竹门可款"。

在以上五种情况中，涉及的创作总共有12例，超过全部数量的8%。虽然数量不多，但已足以表明，当参加人数比较少的时候，宋人还会采用每人分2字或2字以上的创作方式。

从以上考察可以看出，宋人分韵时如何选择佳句跟参加人数的多少有直接的关联。最常见的情况是，他们尽量选用字数与人数相同的佳句，每人分赋一字；如果不能吻合，则采用一些灵活的方式来加以弥补。有时，特别是在参加人数较少的情况下，他们也会选择字数是人数2倍、3倍、4倍、5倍甚至7倍的佳句来分韵，如仍不能吻合，也可以使用与上面相同的弥补机制。

本节分析了64个例子，超过总数的44%。至于另外的80例，由于参加人数不详，无法进行具体分析。不过，照常理推测，其余创作应该没有超出这里分析的几种情况。吕肖奂在《宋代诗歌分题分韵创作的活动形态考察》一文中说：

> 宋代分题分韵赋诗的聚会规模，从二三人到二三十人不等。人数一般可以通过分韵的"韵句"字数看出，因为"赋韵者"或"主约人"会根据人数来选择相等字数的"韵句"。[1]

---

[1] 吕肖奂：《宋代诗歌分题分韵创作的活动形态考察》，《徐州工程学院学报》（社会科学版）2013年第4期，第59页。

总的说来，佳句选择受多种因素的影响，不仅离不开诗人的内在文化素养，更与集会现场的若干因素以及赋诗人数有密切的关联。而这些关联，在此前的分韵创作里不可能建立，都是随着"宋型分韵方式"的出现才建立起来的。

第五章 宋代分韵诗发展的阶段性

在前面几章里，笔者考察了宋代分韵创作的基本文献，分析了宋人使用诗文佳句的主要倾向，并且探讨了佳句选择与现场要素以及参加人数之间的内在关系。本章则从作品的角度揭示宋代分韵诗的发展过程及其在不同时期呈现出来的阶段性特点。

从宏观的角度看，新型的分韵方式在宋代文人集会时最受重视，远远超过了联句、分题、同题等方式，其作品数量也很惊人。可是仔细梳理其具体过程，可以看出其发展其实也并不容易，少量杰出诗人的开拓、组织、参与和影响，在其中具有非常关键的意义。不仅如此，在不同的发展阶段中，作品的内涵也有所不同。大致说来，北宋的文坛宗主欧阳修、苏轼和南宋的理学宗师朱熹对分韵诗发展产生了最为重要的影响。

第一节 欧阳修开创了分韵诗的新面貌

作为北宋中期诗文改革的领袖，欧阳修对分韵方式进行了多方面的探讨（第一章对此有具体的考察），但只有使用诗文佳句分韵这样一种方式投合了士人的心理，得以一步步发展壮大。仁宗嘉祐年间是这种方式的出现和初步发展时期。嘉祐只有八年，却至少出现了三次这样的实例。而这几次创作都跟欧阳修有着直接或间接的关系。

一 欧阳修送别裴煜时拉开了宋代分韵诗的大幕

从第二章的文献考察可以清楚地看出，宋代最早采用新型分韵方式的创作是欧阳修发起的,时间在嘉祐元年(1056)十月。裴煜出知吴江,欧阳修设宴为其饯行,除二人外,参加者尚有苏洵、梅尧臣、王安石、王安国、姚辟、焦千之,一共八人。席上众人以"黯然消魂,唯别而已"分韵,该句出自梁江淹《别赋》,原作"黯然销魂者,唯别而已矣"。

在这次创作中,梅尧臣分得"黯"字,所作即《永叔席上分韵送裴如晦》:

> 霜华夜夜浓,汴水日日减。行迈唯恐迟,离怀不须黯。远轻吴江潮,乃见丈夫胆。君意应洗然,吾方困尘惨。①

从诗题可以看出,"永叔"即欧阳修才是这次设宴的主人。梅尧臣此诗从眼前的景色写起:霜意越来越浓,汴河里的水也越来越少了。此时为裴煜送行,希望他的心情不要灰暗。诗人说,裴煜不远千里远赴吴江,足见出大丈夫本色,所以内心应该释然,总比自己目前的困顿强得多了!此诗紧紧扣住送别的主题,并结合眼前的情景和自己的处境,写得饱含深情。

王安石分得"然"字,所作为《席上赋得"然"字送裴如晦宰吴江》:

> 青发朱颜各少年,幅巾谈笑两欢然。柴桑别后余三径,天禄归来尽一廛。邂逅都门谁载酒,萧条江县去鸣弦。犹疑甪里英灵在,到日凭君为舣船。②

此诗自然也是"席上"所作,但王安石全然没有顾及在座的诸人,对主人欧阳修也仅仅用"谁载酒"一笔带过,而是专力回忆自己和裴煜过去的交往,体现出彼此的亲密关系,然后预祝其在吴江县能鸣琴而治,并且想象唐代的诗人陆龟蒙也会在那里等着驾船迎接呢。王安石此诗不仅用典较多,而且带有奇趣。

---

① (宋)梅尧臣:《梅尧臣集编年校注》下册,朱东润编年校注,上海古籍出版社,2006,第896页。
② (宋)王安石:《王荆文公诗笺注》,(宋)李壁笺注,中华书局,1958,第390页。

作为宴会的主人，欧阳修分得"已"字，所作即《送裴如晦之吴江》：

> 鸡鸣车马驰，夜半声未已。皇皇走声利，与日争寸晷。而我独何为，闲宴奉君子。京师十二门，四方来万里。顾吾坐中人，暂聚浮云尔。念子一扁舟，片帆如鸟起。文章富千箱，利禄求斗米。白玉有时沽，青衫岂须耻。人生足忧患，合散乃常理。惟应当欢时，饮酒如饮水。①

此诗从世人汲汲于"声利"即名声和利益写起，然后写自己与他们不同，设宴为了招待"君子"。接着，写到"坐中人"来自四方万里，"暂聚"实为不易。之后，转入饯别的主题，诗人既赞美裴煜的才华，又为其出仕县令感到惋惜。最后，诗人再次把思绪转向宴席，说聚散乃是常理，希望大家开怀畅饮，且毕今日之欢。

以上几首诗，梅尧臣、欧阳修之作为五古，王安石之作为七律，可见当时在采用新的分韵方式的同时，还有意放松了对诗歌形式的限定。而这一点，同样具有显著的创新意义。

其余几位参加者中，苏洵分得"而"字，然全诗已佚，今存"谈诗究乎而"一个断句。而另外的几人，则连所分哪个韵字也无法确定了。

考虑到欧阳修和梅尧臣曾在多方面对诗歌加以改革，特别是此前已经从不同的方面对分韵方式进行了改造，我们有理由相信这次变革是由欧阳修或者梅尧臣提议，至少也是欧阳修大力主张的。

这些作品反映出诸人送别的殷殷之情，当它们被按照"黯然消魂，唯别而已"的顺序排列在一起的时候，就成了一个有机的整体。裴煜在长路漫漫中读到这些作品，想起这次聚会，心里一定非常温馨。

由欧阳修发起的这次创作发生在帝都开封，参加者中包括了当时的一流诗人，影响深远，引领了一种创作新风尚。这种方式后来成为文人聚会时使用频率最高的一种创作方式，成为典型的"宋型分韵方式"。

---

① （宋）欧阳修：《欧阳修全集》第1册，李逸安点校，中华书局，2001，第99页。

二 韩维、司马光等人接受了新的分韵方式

嘉祐四年（1059）春，韩维、司马光、江休复、范镇、宋敏求、宋敏修、邵亢、裴煜、胡恢和元明等 10 人在开封聚会。这次聚会属于同僚、朋友间的聚会，主人不详。当时分韵使用的佳句是"日暮天无云，春风扇微和"，出自晋陶渊明的《拟古》其七。在这次集会中，韩维分得"日"字，今存其《同胡、江、范、邵、裴、二宋、司马饮会灵水轩，即席赋"日暮天无云，春风扇微和"为韵，得"日"字》：

> 华轩压春波，樽酒四座密。柔软柳间风，舒迟花后日。晚色帘卷静，欢兴觞行疾。一陪诸英游，黾勉惭落笔。①

由于只是单纯的聚会，韩维此诗所表现的也仅仅是宴会的情形。韩维从轩车纷纷、群英聚会写起，写到周围的风景：柔软的轻风从柳条的缝隙中吹来，懒洋洋的太阳从花后晒来，一切都那么安闲、美好。当此良辰美景，众人举杯畅饮，场面非常热烈。最后，诗人谦虚地说，虽然自己很努力，可是写出来的作品却难以和大家相比。

司马光分得"和"字，所作即《清明后二日，同邻几、景仁、次道、中道、兴宗、元明、秉国、如晦、公疏饮赵道士东轩（以"日暮天无云，春风扇微和"为韵，得"和"字）》：

> 寂寥清明后，余春已无多。闲轩富佳致，不惜载酒过。水木晚尤秀，风烟晴更和。临樽不尽醉，奈此芳菲何。②

相对于韩维之诗，司马光这首诗的层次更加清晰：第一、二句点名季节特征，清明过后，春日无多，带出惜春之情。第三、四句写聚会者，佳客屈驾载酒前来，一个个兴致高昂。第五、六句写周围环境，树木清秀，

---

① （宋）韩维：《南阳集》，《文渊阁四库全书》第 1101 册，台湾商务印书馆，1982～1986，第 556 页。
② （宋）司马光：《司马温公集编年笺注》，李之亮编年笺注，巴蜀书社，2008，第 114 页。

风烟晴和，的确是良辰美景。第七、八句写宴席，彼此如不能不尽醉而归，岂不辜负了此情此景？从诗意推测，司马光似乎是这次宴会的东道主，至少也是组织者之一。

虽然其余参加者的作品皆已失传，或者无法考辨，仅从以上二诗可以看出，虽然五言八句，但明显都不是律诗，这多少有点令人奇怪。这似乎是在暗示我们：当时虽然没有限定诗体，但似乎限定了每句的字数和全诗的句数。不然，我们就无法理解这样的问题：如果当时限定写五律，则韩维和司马光不可能都写出这样平仄和对仗都不达标的诗歌。既然写古体诗，则长短相对自由，二人恰好都是八句，这未免过于巧合了。至于二人今存之诗都是五言诗，也可能是当时限定每句字数的结果。

由于是同僚、朋友间的欢聚，所以场面很欢畅，现有的二诗里洋溢的都是欢快的情绪。这跟以送别为主题的聚会有着明显的区别。

这次分韵创作出现在欧阳修组织的那次活动几年之后，则其受上次的影响是显而易见的。除了采用佳句分韵之外，这次创作跟欧阳修举行的那次创作还有几个方面的共同点：其一，都是每人分赋佳句中一个韵字。在欧阳修之前，没有出现过使用佳句分韵且每人分赋其中一字的情况，所以这种方式必然是对上次的学习。其二，使用古体诗的形式。唐人分韵创作时主要写作近体诗，特别是五律，占了其中的一半以上。有鉴于之前的"宋初三体"皆以近体为归而远离生活现实，欧阳修出于革新文风的目的，大量提倡和创作古体诗。其开创新型分韵方式的时候，并没有限用近体诗，原因即在于此。从这个意义上说，嘉祐四年的这次创作跟元年的那次创作关系也很密切。其三，两次创作还有一个共同的参加者。欧阳修设宴送行的客人裴煜，正好也是这次活动的参加者之一。有这样一个特殊的纽带，则其联系更加密切了。其四，创作地点都在帝都开封。在嘉祐四年分韵赋诗的诸人中，即便除了裴煜，其他人也不可能不了解欧阳修等人的那次创作。

基于以上各个方面的考察，可以对当时创作的情形作如下推断：当众人饮酒至乐想要写诗时，有人——最可能就是裴煜，突然想起欧阳修等人开创的分韵方式，于是大家一致同意。欧阳修虽然没有参加这次聚会和创作，他所开创的分韵方式却为这次创作接受了。

三　曾巩等人送别韩缜时的分韵创作

嘉祐七年（1062）三月，韩缜出任两浙转运使，曾巩等人在开封城东为其饯行，以"池塘生春草，园柳变鸣禽"分韵。该二句出自刘宋谢灵运《登池上楼》。今存曾巩《送韩玉汝（春日，城东送韩玉汝赴两浙转运，以"池塘生春草，园柳变鸣禽"为韵，得"生"字）》：

> 野岸涨流水，名园分杂英。旭景冠盖集，清谈樽酒倾。重此台省秀，驾言江海行。已喜怀抱粹，况推材实精。众许极高远，时方藉经营。讵止富中廪，固将泽东氓。还当本朝用，不待芳岁更。功名自兹始，勿叹华发生。①

这次分韵的参加者，除了韩缜和曾巩外，皆已无考。然曾巩当时编校史馆书籍，其余参加者中当不乏三馆中人。这次聚会虽然也是为人送行，但韩缜是升迁后外放的，所以宴会的场面应该还是比较欢乐的。曾巩此诗采用五古的形式，也是先从周围的美景写到冠盖云集、美酒清谈，继赞韩缜的才学和能力，预言其远赴江海，必能造福一方，并且很快就会受到朝廷重用，从此开始建立自己的"功名"。

相对于前两次，有关这次创作的文献保存得更少，仅有一首诗存世，多数参加者的姓名都无法考知了。曾巩是欧阳修的门生，他发起或至少参与这样的活动，从中仍可看出欧阳修的深刻影响。

分韵创作虽然在唐代已比较盛行，但唐人分韵时都是使用孤立的韵字，尚没有出现使用诗文佳句分韵的情况。即便是到了北宋仁宗至和年间，这样的创作方式也没有出现。可是到了嘉祐年间，这样的创作方式不但出现了，而且竟然出现了至少三次之多。而这还仅仅是有文献证明的创作，真正发生过的创作数量肯定多于三次。这就意味着其出现并不仅仅是偶然现象，而且正逐渐为人所接受。由此已后，这种创作方式越来越受人

---

① （宋）曾巩：《曾巩集》，陈杏珍、晁继周点校，中华书局，1984，第69~70页。

欢迎，甚至成了后世文人雅集时首选的创作方式。惟其如此，其开创意义就更大了。

这种创作方式的形成跟欧阳修有极大的关系。如果不是他在送别裴煜的宴席上带领众多名士率先使用江淹《别赋》中的佳句分韵，这种创作方式以后是否会出现，或者什么时候才能出现，都是一个疑问。第二次创作的参加者之一裴煜正是欧阳修等人开创这种创作方式时所送之人，因此跟欧有割不断的联系。再以第三次创作来说，作为参加者之一甚至可能是组织者的曾巩是欧阳修的学生，更可见出欧阳修的影响。

受制于文献的保存，已不可能看到以上三次创作的全部作品了，但仅就现存的6首诗而言，除王安石之作为七律其他全部都属于古体诗。这应该也不仅仅是巧合，从中可以看出一定程度上的因袭关系，进而可看出欧阳修的影响。

由嘉祐已后，直至南宋初年，采用这种创作方式的诗人主要是苏轼、"苏门"诗人和江西诗派成员，而他们跟欧阳修都有着程度不同的师承关系。嘉祐时期，欧阳修积极推动诗文革新，他对分韵方式的创新正可看作其中的组成部分。

另外，这三次创作都是在开封举行的。开封是北宋的政治、文化中心，也是优秀诗人的荟萃之地，这才是分题、分韵这类诗歌创作的基本条件。这种分韵方式最早在开封出现并逐渐传播，正是基于这样的条件。由于帝都的特殊地位，这里产生的文学新变更能起到引领天下风骚的意义。《后汉书·马援传》附录其子马廖传中引长安民谣云："城中好高髻，四方高一尺。城中好广眉，四方且半额。城中好大袖，四方全匹帛。"[1] 当嘉祐时期的诗人在开封开展这样的创作时，其产生的影响是可想而知的。之后，这种创作方式逐渐走向各地，并且越来越日常化，在一定程度上正可看作从京城辐射的结果。

"宋型分韵方式"在后世文人雅集时最为常见。这种方式是在"唐型分韵方式"的基础上，由欧阳修加以变革而形成，并经过嘉祐时期若干诗人的认可和进一步实践，逐步流传开来，终于在南宋以后蔚成大观。

---

[1] （刘宋）范晔：《后汉书》第3册，（唐）李贤等注，中华书局，1965，第853页。

第二节　苏轼推动了新型分韵诗的发展

"宋型分韵方式"的出现虽然可以追溯到嘉祐年间，但在此后的近二十年里，似乎创作并不太多，以至于今天看到的分韵作品相当有限。当然，这也跟文献保存的复杂原因有关。不过，从现有的材料看，到了元丰年间，苏轼积极组织和参与创作，这种方式才真正发展起来，从而成为宋人分韵的常规形式。

一　苏轼多次组织和参与分韵诗创作

"宋型分韵方式"自然并非始于苏轼，但他却是这种创作方式出现后第一位大力倡导和创作的诗人。在本书所考的144次创作中，他至少组织和参加了6次，今存作品13首。

1. 元丰二年（1079）正月初七，徐州知州苏轼与僚属至城南打猎，以杜甫《送蔡希鲁都尉还陇右，因寄高三十五书记》中的"身轻一鸟过，枪急万人呼"分韵赋诗。今存苏轼《人日猎城南，会者十人，以"身轻一鸟过，枪急万人呼"为韵，得"鸟"字》：

> 儿童笑使君，忧愠常悄悄。谁拈白接䍦，令跨金騕褭。东风吹湿雪，手冷怯清晓。忽发两鸣髇，相趁飞䖘小。放弓一长啸，目送孤鸿矫。吟诗忘鞭辔，不语头自掉。归来仍脱粟，盐豉煮芹蓼。何似雷将军，两眼霜鹘皎。黑头已为将，百战意未了。马上倒银瓶，得兔不暇燎。少年负奇志，蹭蹬百忧绕。回首英雄人，老死已不少。青春还一梦，余年真过鸟。莫上呼鹰台，平生笑刘表。①

此诗不仅写出打猎的情趣，而且借将军雷胜抒发了怀才不遇的感慨和

---

① （宋）苏轼撰，（清）王文诰辑注《苏轼诗集》第3册，孔凡礼点校，中华书局，1982，第918页。

人生如梦的悲哀。由于将官雷胜不善诗，苏轼又代其作了一首，即《将官雷胜得"过"字代作》：

> 胡骑入回中，急烽连夜过。短刀穿虏阵，溅血貂裘涴。一来辇毂下，愁闷惟欲卧。今朝从公猎，稍觉天宇大。一双铁丝箭，未发手先唾。射杀雪毛狐，腰间余一个。①

此诗以雷胜的语气出之，不仅渲染了他的英雄壮举，而且借打猎展示了他的超群武功。两诗都是五古，但篇幅差别很大，可见在这次创作中同样没有限定诗歌的长短，最多只是限定了诗歌的体式即五古。

2. 同月月底，苏轼与诸人游桓山，以顾恺之《神情诗》中的"春水满四泽，夏云多奇峰"分韵赋诗。今存苏轼《游桓山，会者十人，以"春水满四泽，夏云多奇峰"为韵，得"泽"字》：

> 东郊欲寻春，未见莺花迹。春风在流水，凫雁先拍拍。孤帆信容漾，弄此半篙碧。舣舟桓山下，长啸理轻策。弹琴石室中，幽响清磔磔。吊彼泉下人，野火失枯腊。悟此人间世，何者为真宅。暮回百步洪，散坐洪上石。愧我非王襄，子渊肯见客。临流吹洞箫，水月照连璧。（自注：谓王氏兄弟也。）此欢真不朽，回首岁月隔。想象斜川游，作诗继彭泽。②

徐州的正月，野外并没有多少生机，河里只有水在流淌，天上只有大雁在飞翔。苏轼等人乘船至桓山出游，弹琴长啸，并散坐在水边的巨石上畅谈。他非常珍惜这次聚会，将其比作陶渊明的斜川之游，所以写诗将其记载下来。由于戴道士未能及时写出诗歌，所以苏轼又代其作了一首《戴道士得"四"字代作》：

> 少小家江南，寄迹方外士。偶随白云出，卖药彭城市。雪霜侵鬓

---

① （宋）苏轼撰，（清）王文诰辑注《苏轼诗集》第 3 册，孔凡礼点校，中华书局，1982，第 919 页。
② （宋）苏轼撰，（清）王文诰辑注《苏轼诗集》第 3 册，孔凡礼点校，中华书局，1982，第 923 页。

发，尘土污冠袂。赖此三尺桐，中有山水意。自从夷夏乱，七丝久已弃。心知鹿鸣三，不及胡琴四。使君独慕古，嗜好与众异。共吊桓魋宫，一洒孟尝泪。归来锁尘匣，独对断弦喟。挂名石壁间，寂寞千岁事。①

由于是代戴道士所作，此诗也是以其人的口气写出。从诗中可以看出，戴道士是江南人，当时寓居徐州，以卖药为生。生活的风霜和磨难，唯有借琴声传达的山水意趣才能消解。这次陪知州出游，深有知音难遇之叹。最后，他说既然此后再无知音，留琴又有何用？干脆将其锁在匣子里挂在石壁上好了。这两首五古的长度也不同，同样见出当时的分韵诗创作有意放松了对于诗歌篇幅的限制。

3. 同年四月，苏轼与人绕湖州城观荷花，分韵赋诗。今存苏轼《与王郎昆仲及儿子迈，绕城观荷花，登岘山亭，晚入飞英寺，分韵得"月明星稀"四首》：

昨夜雨鸣渠，晓来风袭月。萧然欲秋意，溪水清可啜。环城三十里，处处皆佳绝。蒲莲浩如海，时见舟一叶。此间真避世，青蒻低白发。相逢欲相问，已逐惊鸥没。

清风定何物，可爱不可名。所至如君子，草木有嘉声。我行本无事，孤舟任斜横。中流自偃仰，适与风相迎。举杯属浩渺，乐此两无情。归来两溪间，云水夜自明。

苕水如汉水，鳞鳞鸭头青。吴兴胜襄阳，万瓦浮青冥。我非羊叔子，愧此岘山亭。悲伤意则同，岁月如流星。从我两王子，高鸿插修翎。湛辈何足道，当以德自铭。

吏民怜我懒，斗讼日已稀。能为无事饮，可作不夜归。复寻飞英游，尽此一寸晖。撞钟履声集，颠倒云山衣。我来无时节，杖屦自推扉。莫作使君看，外似中已非。②

---

① （宋）苏轼撰，（清）王文诰辑注《苏轼诗集》第 3 册，孔凡礼点校，中华书局，1982，第 924 页。
② （宋）苏轼撰，（清）王文诰辑注《苏轼诗集》第 3 册，孔凡礼点校，中华书局，1982，第 985~986 页。

这次创作与上次时间接近，参加者为四人，分韵方式当也是一样的。据此可以推断，诸人当是选择曹操《短歌行》中的"月明星稀，乌鹊南飞。绕树三匝，何枝可依"几句诗分韵，苏轼分到了前四字。

4. 同年六月，时任湖州知州的苏轼与人泛舟城南，以出自唐文宗与柳公权的《夏日联句》分韵赋诗。今存苏轼《泛舟城南，会者五人，分韵赋诗，得"人皆苦炎"字四首》：

城中楼阁似鱼鳞，不见清风起白蘋。试选苕溪最深处，仍呼我辈不羁人。窥船野鹤何曾下，见烛飞虫空自驯。绕郭荷花一千顷，谁知六月下塘春。

苦热诚知处处皆，何当危坐学心斋。海螯要共诗人把，溪月行遭雾雨霾。乡国飘零断书信，弟兄流落隔江淮。便应筑室苕溪上，荷叶遮门水浸阶。

紫蟹鲈鱼贱如土，得钱相付何曾数。碧筒时作象鼻弯，白酒微带荷心苦。运肘风生看斫鲙，随刀雪落惊飞缕。不将醉语作新诗，饱食应惭腹如鼓。

桥上游人夜未厌，共依水槛立风檐。楼中煮酒初尝荚，月夜新妆半出帘。南郭清游继颜谢，北窗归卧等羲炎。人间寒热无穷事，自笑疏顽不受痁。①

苏轼分到"人皆苦炎"的四字，但这不是一个完整的句子。唐文宗与柳公权的《夏日联句》："人皆苦炎热，我爱夏日长。（帝。）熏风自南来，殿阁生微凉。（柳公权。）"②该诗二十字，五个人参与，每人四字，正好适合了他们当时的需要。因为苏轼的地位最高，所以他分到最前面的四个字，写了这组诗歌。对于宋代分韵诗发展来说，这次创作也有明显的新意，即每人所分不是一个韵字，而是出自前人诗歌中的连续几个字。从苏轼四诗全部都是七律这一点来看，这次创作应该是事先约定采用七律的

---

① （宋）苏轼撰，（清）王文诰辑注《苏轼诗集》第3册，孔凡礼点校，中华书局，1982，第975～977页。
② 《全唐诗》第1册，中华书局，1960，第49页。

形式。

5. 元祐二年（1087）六月，开封府推官张商英提点河东路刑狱，范祖禹等人为其饯行，以"登山临水送将归"分韵。苏轼作有《送张天觉得"山"字》。详见下节所引。

6. 元祐八年（1093）正月，蒋之奇出知庆州（今甘肃庆阳），工部侍郎王钦臣为其饯行，苏轼也参加了，宾主八人以"元戎十乘，以先启行"分韵。详见下章所引。

需要特别指出的是，由于在当时的集会中这种使用佳句分韵的方式越来越常见，越来越普遍，除了专门的组诗诗卷外，诗人收录自己的分韵作品时一般只保留一个简单的题目，通常不再交代创作时使用的佳句。至于其中不少作品连当时分赋的韵字都没记录，那就更没有办法确定了。可以这么说，在苏轼及其后诗人的名下，但凡有言及"得某字"的诗歌，如无其他方面的限定，都可确定为使用诗人佳句分韵创作的分韵诗。在《苏轼诗集》中，这样的诗歌还有《送钱藻出守婺州得"英"字》《送曾子固倅越得"燕"字》《送段屯田分得"于"字》《与梁先舒焕泛舟得"临""酿"字二首》《台头寺雨中送李邦直赴史馆，分韵得"忆"字、"人"字，兼寄孙巨源二首》《访张山人得"山""中"字二首》《坐上赋戴花得"天"字》《与顿起、孙勉泛舟，探韵得"未"字》《云龙山观烧得"云"字》《与秦太虚、参寥会于松江，而关彦长、徐安中适至，分韵得"风"字二首》《端午遍游诸寺得"禅"字》《与客游道场何山得"鸟"字》《城南县尉水亭得"长"字》《送张天觉得"山"字》《参寥上人初得智果院，会者十六人，分韵赋诗，轼得"心"字》等19首。照常理推测，由于其他分韵方式都没有得到发展，这些作品，至少其中的绝大多数应该也是使用诗文佳句分韵的结果，只不过题目写得不够详细，或者保存得不够完整罢了。

将以上两方面的数据加起来，共有32首之多。这样的数量，不仅远远超过之前的欧阳修、王安石等人，也超过了其身后的众多诗人，显得非常突出。

从前面的分析可以看出，对于宋代分韵诗的发展来说，苏轼的贡献特别突出。他不仅多次主持这样的创作，而且参加过更多的创作，成为这个阶段分韵诗最多也影响最大的诗人。

二 "苏门"诗人成为分韵诗创作的主力

苏轼对分韵诗的贡献,不仅体现在他自己主持和参与创作上,而且体现在对其门生后学的影响上。苏轼是元祐前后的诗坛领袖,而且围绕他形成了一个今人所称的"苏门"文学集团。"苏门四学士"都有这样的分韵诗传世。如黄庭坚《送张天觉得"登"字》、《同王稚川、晏叔原饭寂照房(得"房"字)》和《赋陈季张北轩杏花(得"酒"字)》等3首,秦观《司马迁(分韵得"壑"字)》《漫郎(分韵得"桃"字)》《同子瞻端午日游诸寺赋得"深"字》《与子瞻会松江得"浪"字》《清明前一日李观察席上得"风"字》《喜雨得"城"字》《东城被盗得"世"字》等7首,晁补之《子固席上雪得芰字》,张耒《送张天觉使河东,席上分题得"将"字》和《同无咎、遐叔、文叔同游凝祥得"游"字》,一共13首,都是这样的作品。这些情况表明,"苏门"已经成为当时分韵诗创作的主力了。元祐二年(1087)六月,开封府推官张商英提点河东路刑狱,范祖禹等人为其饯行,以"登山临水送将归"分韵。今存以下几首,即黄庭坚《送张天觉得"登"字》:

> 张侯起巴渝,翼若垂天鹏。历诋汉诸公,霜风拂觚棱。去国行万里,淡如云水僧。归来头益白,小试不尽能。湖海尚豪气,有人议陈登。持节上三晋,邦刑寄哀矜。公家有闲日,禅窟问香灯。因来叙行李,斩寄老崖藤。①

苏轼《送张天觉得"山"字》:

> 西登太行岭,北望清凉山。晴空浮五髻,晻霭卿云间。余光入岩石,神草出茅菅。何人相指似,稍稍落人寰。能令堕指儿,虬髯苗冰颜。祝君如此草,为民已痌瘝。我亦老且病,眼花腰脚顽。念当勤致

---

① (宋)黄庭坚:《黄庭坚全集辑校编年》上册,郑永晓整理,江西人民出版社,2011,第482页。

此，莫作河东悭。①

范祖禹《席上分韵送天觉使河东，以"登山临水送将归"为韵，分得"临"字》：

> 唐尧茹藜藿，民俗犹忧深。晋国壮山川，羌虏皆外禽。宸心敬折狱，使节慎所临。夫君台阁旧，空老翰墨林。松柏饱岁寒，雕鹗候秋阴。揽辔上太行，北风爽烦襟。当令桑枣地，愁叹为讴吟。二江带双流，三峨耸危岑。何时早归耕，杖屦日相寻。②

张耒《送张天觉使河东，席上分题得"将"字》：

> 张侯蜀都秀，玉立身堂堂。手持明光节，六月登太行。三晋雄中夏，朔方临大荒。传声贤使者，父老相扶将。控弦百万户，十年废耕桑。但使把锄犁，自然息桁杨。主人延阁老，别酒泛兰觞。寄声梁谏议，欲试紫参方。（原注："梁欲寄上党参，久未至也。"）③

这组诗虽然保存得不够完整，但仅据以上可考的四首作品就可看出，四位作者中有三位属于"苏门"诗人，从一个角度可以看出"苏门"的创作热情。

"六君子"中除了"四学士"的另外二人，也都有这样的作品。陈师道有《与魏衍、寇国宝、田从先二侄分韵得"坐"字》一诗。比较而言，李廌的作品更多，其中明确指出使用诗文佳句分韵的就有7题15首之多。如《岑使君牧襄阳受代还朝，某同赵德麟、谢公定、潘仲宝皆饯于八叠驿，酒中以西王母所谓"山川悠远，白云自出。相期不老，尚能复来"，各人分四字为韵以送之，某分得"相期不老"》：

> 使臣抚南夏，万夫久以望。道粹韵宇胜，德满声誉香。炳然龙虎文，琢此金玉相。笑谈府中居，无为民自康。

---

① （宋）苏轼撰，（清）王文诰辑注《苏轼诗集》第5册，孔凡礼点校，中华书局，1982，第1532~1533页。
② 北京大学古文献研究所：《全宋诗》第15册，北京大学出版社，1993，第10367页。
③ （宋）张耒撰《张耒集》，李逸安、孙通海、傅信点校，中华书局，1990，第73~74页。

我生世寡与，所幸贤者知。徽中山川意，赏音有钟期。荆楚非我里，从公甘栖迟。今兹复舍去，何以纾吾悲。

间阎无居人，倾城饯贤守。拥车不得前，遮拜奉卮酒。民言荷恩勤，抚育逾父母。公不鄙我邦，端能再来不。

公如照乘珠，居朝作贤宝。公如三秀芝，后天锡难老。聿归供奉班，漆简探幽讨。悬应念伦父，沧洲灈苹藻。①

这次创作使用的佳句虽然出自小说《穆天子传》中西王母所唱的歌谣，跟原文"白云在天，山陵自出。道里悠远，山川间之。将子无死，尚能复来"也有很大的差别，但这种分韵方式跟前面苏轼的做法如出一辙，可能是受其影响。又如《谷隐饮中以"采菱渡头风起，策杖村西日斜"为韵，探得"采""头"二字》：

东西南北人，志向各有在。一言契所适，纠缠胡可解。英英坐上客，声闻著寰海。婆娑诸侯邦，未去亮天绎。顾余寸有长，葑菲误见采。山空佛宫冷，秉烛集飞盖。笑歌触松风，出谷作天籁。后夜风雨时，惟应鬼神会。

山川纳商气，凛凛天地秋。草木将玄黄，讵肯乌我头。蚤岁谬怀璧，轇镳辙欲周。富贵来无期，舍鞅息林丘。复弃农圃业，为兹山水游。来寻弥天释，软语忘百忧。夜倾双玉壶，禅谈互相酬。试浇魄磊胸，洗我千斛愁。②

与此类似的还有《又九月十四日登秋风阁，以"余霞散成绮，澄江静如练"为韵，分得"余""静"二字》《同德麟、仲宝过谢公定，酌酒赏菊，以"悲哉秋之为气萧瑟"八字探韵，各赋二诗，仍复相次八韵，某分得"哉""萧"二字》《同诸公饯望元，因宿谷隐，以"何当风雨夜，复此对床眠"为韵，分得"对""此"二字》《同仲宝风雨中过德麟留宿，

---

① 北京大学古文献研究所：《全宋诗》第20册，北京大学出版社，1995，第13564~13565页。
② 北京大学古文献研究所：《全宋诗》第20册，北京大学出版社，1995，第13572~13573页。

以"夜未央"为韵,分得"未"字,并和二公"夜""央"字韵》等,都在标题中指出了使用的诗文佳句。此外,未在诗题中指出所用佳句的还有《史次仲、钱子武与余在报恩寺纳凉分题,各以姓为韵》和《分题得古香炉(分韵得"迟"字)》两首。

"四学士""六君子"之外,同属苏轼门下且有分韵诗传世的还有苏过和李之仪。苏过有《陪郡守游西湖,泛舟曲水,分韵得"会"字》和《同赵伯充游曲水赵氏庄,分韵得"抱"字》两首。李之仪《维扬会张曼老、陈莹中,分韵得"柳"字》《大暑不可逃,偶携数友过湖上,因咏老杜〈槐叶冷淘〉句,凡十人,以"君子纳凉晚,此味亦时须",得"须"字》《张圣行解官入京,僚友饯别,分韵劝酒,得"醇"字》《朱伯轩、才英昆仲见过,曲相慰藉,因留饮,得"花"字》四首。如《大暑不可逃,偶携数友过湖上,因咏老杜〈槐叶冷淘〉句,凡十人,以"君子纳凉晚,此味亦时须",得"须"字》云:

> 百年观不足,一日乐有余。况兹夏日长,而与君子俱。号呶谢呼笑,谈论皆诗书。门外方烁石,座上如冰壶。仰怀冥冥鸿,俯愧戢戢鱼。我老百不堪,嗜好终蒲葅。殷勤相得心,黄昏尚踌躇。追随自此始,莫厌频招呼。何必得美酒,然后方将须。①

"苏门"是北宋后期最重要的文人集团。这个集团如此喜爱分韵创作,不仅进一步扩大了其影响,而且使得"宋型分韵方式"从都城逐渐走向了各地。

三 "江西诗派"积极组织和参与分韵创作

除了上面提到的"苏门"诗人,还有以宗尚黄庭坚而形成的"江西诗派"成员也积极参与分韵诗创作。从总体上说,这些诗人并不学苏,但其宗主黄庭坚却是重要的"苏门"诗人。从这个意义上说,"江西诗派"仍与苏轼存在着间接的师承关系。

---

① 北京大学古文献研究所:《全宋诗》第 17 册,北京大学出版社,1995,第 11253 页。

第五章 宋代分韵诗发展的阶段性

作为"苏门四学士"之一，黄庭坚以其杰出的诗歌成就引起了众多人的仿效，形成了"江西诗派"。既然黄庭坚可以与苏轼一起参加分韵诗创作，则"江西诗派"成员自然也可以参加。据笔者统计，他们今存的分韵诗多达51首。

1. 洪朋7首，即《奉诸同人饯潘氏兄弟，赋"凤凰鸣矣，于彼高冈"为韵，得"凰"字》《雪霁陪诸公登滕王阁，分韵得"阁"字》《陪师川纳凉大宁寺，得"绿"字》《陪诸公步城北，分韵得"亦"字》《邃清阁分韵得"洪"字》《玉父赋倦壳轩韵，得"壳"字》和《立秋日诸公过敝庐，得"秋"字》。如《奉诸同人饯潘氏兄弟，赋"凤凰鸣矣，于彼高冈"为韵，得"凰"字》：

维南斗日月，川岳上景光。何人赤壁下，种此双截肪。故知汝南士，蚤经许子将。识君陟厘间，想见顾而长。僧夏滕叔国，胡床对清扬。膜外齐鹏鹖，胸次明冰霜。佛界狮子尾，妙处亦难忘。西江渺波澜，索去有底忙。挽衣不得留，晨风动余皇。顷投胶在漆，今为参与商。能事镜中像，此道何足臧。古来归根地，相期未渠央。①

这次创作为饯别潘大临、潘大观而发起，洪朋此诗主要写潘氏兄弟曾受到苏轼的奖掖，且胸次明净、诗思高妙以及对他的想象和向往，然后转入相识的欢乐和离别的感伤，最后表达了祝愿和相思之情。

2. 洪刍1首，即《宴李氏园亭，得"庆"字韵》。

3. 饶节1首，即《春日饮王立之家同赋三头牡丹，依次定十韵，节得"牡"字》。

4. 谢逸21首，即《吴迪吉载酒永安寺，会者十一，分韵赋诗，以字为韵，予用"逸"字》《游逍遥寺，以"野寺江天豁，山扉花木幽"为韵，探得"山"字》《游文美清旷亭，各以字为韵》《同吴迪吉、汪信民游西塔寺，分韵赋诗，以"荷花日落酣"为韵，探得"荷""花"字》《游西塔寺，分韵得"异"字》《游西塔寺，分韵得"溪"字》《与诸友游南湖，分韵得"红"字》《汪文彬载酒率诸人过予溪堂观芝草，以"煌煌

---

① 北京大学古文献研究所：《全宋诗》第22册，北京大学出版社，1995，第14440页。

灵芝，一年三秀"为韵，探得"煌"字》《游西塔寺，分韵赋诗怀汪信民，以渊明〈停云诗〉"岂无他人，念子实多"为韵，探得"念"字》《游西塔寺，分韵咏双莲，以"太华峰头玉井莲"为韵，探得"华"字》《中秋与二三子赏月，分韵得"中"字》《游西塔寺，分韵得"处"字》《怀李智伯，以洪龟父赠智伯诗"气盖关中季子心"为韵，探得"盖"字》《集西塔寺怀亡友汪信民，以"言念君子，温其如玉"为韵，探得"念"字》《冬至日陈倅席上分赋"一阳来复"，探得"复"字》《陈倅席上分韵得"我"字》《游逍遥寺咏庭前柏树，以老杜〈病柏诗〉"偃蹇龙虎姿，主当风云会"为韵，得"蹇"字》《与诸友访黄宗鲁，宗鲁置酒于思猷亭，席上分韵赋思猷亭诗，各以姓为韵，予得"谢"字》《游泉庵寺怀璧上人，以"徐飞锡杖出风尘"为韵，探得"徐"字》《与诸人集陈公美书堂观雪，以"朔雪洗尽烟岚昏"为韵，探得"烟"字》。如最后一首：

踏雪敲门愧履穿，孟公饮我酒盈船。卷帘光动山人帐，入户寒侵坐客毡。急洒江村迷净练，深藏茅舍认孤烟。明年策马长安去，谁念清吟孟浩然。①

谢逸此诗首联写踏雪至陈公美家，陈设宴招待；颔联写宴饮时雪花飘入室内的情形；颈联写野外看到的雪景；尾联说自己明年要去帝都开封，这次在座的人还会想起自己吗？

5. 谢薖6首，即《同董彦光、陈妙音游安乐寺分韵（二首）》《分韵招无逸兄得"益"字》《翠云分韵得"禅"字》《集庵摩勒园，会者十人，以"他年五君咏，山王一时数"为韵，赋得"时"字》《集庵摩勒园，观李伯时画〈阳关图〉，以"不能舍余习，偶被世人知"为韵，赋得"人"字，赋六言》。如最后一首：

摩诘句中有眼，龙眠笔下通神。佳篇与画张本，短纸为诗写真。渭城偶落吾手，小圆传观众宾。坐上宴如居士，暗中摸索离人。②

---

① 北京大学古文献研究所：《全宋诗》第22册，北京大学出版社，1995，第14849页。
② 北京大学古文献研究所：《全宋诗》第24册，北京大学出版社，1995，第15789页。

在分韵诗创作中，很少有使用六言的情况，所以谢邁的这首诗也很值得珍惜。这次创作应该没有约定使用的诗体，他之所以"赋六言"应该是为了别出心裁。

6. 李彭1首，即《奉同伯固、驹甫、师川、圣功、养直及阿虎寻春，因赋"问柳寻花到野亭"，分得"野"字》。

7. 汪藻1首，即《十月二十六日会于北禅，分韵赋诗，应辰得"多"字……》。

8. 吕本中5首，即《与李去言诸人分题，得"之"字》《与钱逊叔饮酒，分韵得"鸟"字》《郡会分韵得"蛮"字》《郡会赏牡丹，分韵得"裳"字》《喜宗师诸公数见过，分韵得"席"字》。

9. 陈与义8首，即《汝州吴学士观我斋分韵，得"真"字》《同叔易于观我斋分韵，得"自"字》《观我斋再分韵，得"下"字》《游玉仙观，以"春风吹倒人"为韵，得"吹"字》《夏日集葆真池上，以"绿阴生昼静"赋诗，得"静"字》《游慧林寺以"三峡炎蒸定有无"为韵，得"定"字。是日欲逃暑阁下，而守阁童子持不可》《浴室观雨，以"催诗走群龙"为韵，得"走"字》《康州小舫与耿伯顺、李德升、席大光、郑德象夜语，以"更长爱烛红"为韵，得"更"字》。

在《全宋诗》中，苏轼的诗歌被收在第14册，由此至第43册，众多诗人参与创作的分韵诗共有75题，而苏轼、"苏门"诗人和"江西诗派"中8人参与创作的就多达30题，占总数的40%。"苏门"文人和"江西诗派"是北宋后期至南宋初年最重要的诗人群体，他们都积极投身到分韵诗创作中来，使得"宋型分韵方式"终于走到社会下层，或者说已经在不同形式的诗人集会中被普遍使用。在这个过程中，苏轼发挥了最重要的作用。

第三节　理学家对分韵诗的改造

经过几代人的不断努力，到南宋前期，"宋型分韵方式"早就成了诗人集会时最喜闻乐见的创作方式；与此同时，理学对文学的影响也逐步深入，已经显示出逐步合流的趋势。在这样的背景下，理学家参与创作的积极性越来越高，甚至成为创作的主体。朱熹今存分韵诗36首，魏了翁28首，这个数量，不仅使得他们在南宋诗人中位居第一、第二，在整个宋代也能排到第一和第三（苏轼有32首）。朱熹与魏了翁都不是一流诗人，但其文学修养在理学家中已属较高。他们如此热心于使用诗文佳句分韵，并且成为创作的主力，既体现出理学家对这种创作方式的热爱，也在一定程度上反映出理学家企图以理学思想控制文学的努力。

一　朱熹是宋代创作分韵诗最多的诗人

南宋所有的诗人中，今存分韵诗数量最多的是朱熹，多达36首。更重要的是，朱熹并不仅仅是参加了这些创作，其中多数活动应该是在他的主持下进行的。在其诗题中，仅标明使用的诗文佳句或出处的就有《岁晚燕集，以"梅花已判来年开"分韵赋诗，得"已"字》《三月三日祀事毕，因修禊事于灵梵，以"高阁一长望"分韵赋诗，得"一"字》《巢居之集以"中有学仙侣，吹箫弄明月"为韵，探策赋之，而熹得"中"字，遂误为诸君所推高，俾专主约。既而赋诗者颇失期，于是令最后者具主礼以当罚，乃稍集，独敦夫、圭甫违令后至，众白罚如约。饮罢，以"苍茫云海路，岁晚将无获"分韵，熹得"将"字，而子衡兄得"苍"字，实代熹出令》《游武夷以"相期拾瑶草"分韵赋诗，得"瑶"字》《九日登天湖，以"菊花应插满头归"分韵赋诗，得"归"字》《游昼寒以"茂林修竹，清流激湍"分韵赋诗，得"竹"字》《彦集、圭父、择之同饮白云精舍，以"醉酒饱德"为韵，熹分得"饱"字，醉中走笔奉呈》《游百丈山，以"徙倚弄云泉"分韵赋诗，得"云"字》《同丘子服游芦峰，以"岭上多白云"分韵赋诗，得"白"字》《秋日同廖子晦、刘淳叟、方伯休、刘彦集登天湖，下饮泉石轩，以"山水含清晖"分韵赋诗，得"清"字》《淳熙戊戌七月二十九日，与子晦、纯叟、伯休同发屏山，西登云谷，越夕乃至，而季通、德功亦自山北来会，赋诗记事，以"云卧衣裳冷"分韵赋诗，得"冷"字》《宿黄沙以"山如翠浪涌"分韵赋诗，得"如"字》

《正月五日,欲用斜川故事结客载酒过伯休新居,风雨不果,二月五日始克践约,坐间以陶公卒章二十字分韵,熹得"中"字,赋呈诸同游者》《腊月九日晚发怀安,公父教授、寿翁知丞载酒为别,而元礼、景嵩、子木、择之、廷老、考叔、舜民诸贤相与同舟,乘便风,顷刻数十里,江空月明,饮酒乐甚,因以"星垂平野阔,月涌大江流"分韵,熹得"星"字,醉中别去,乃得数语,略纪一时之胜云》《游石马以"驾言出游"分韵赋诗,得"出"字》《十月上休日游卧龙玉渊三峡,用山谷"惊鹿要须野学,盟鸥本愿秋江"分韵,得"鸥"字》等16首。

此外,诗题中未标明佳句及出处的尚有《赵君泽携琴载酒见访,分韵得"琴"字》《敬简堂分韵得"月"字》《游密庵分韵赋诗得"还"字》《游密庵分韵赋诗得"绝"字》《游芦峰分韵得"尽"字》《刘平甫席上分韵得"写"字》《立秋日同子澄寺簿及佥判教授二同寮、星子令尹约周君、段君同游三峡,过山房,登折桂,分韵赋诗得"万"字,辄成十韵呈诸同游》《暇日侍法曹叔父陪诸名胜为落星之游,分韵得"往"字,率尔赋呈,聊发一笑》《卧龙之游得"秋"字,赋诗纪事呈同游诸名胜,聊发一笑》《卧龙之游钱通守得"江"字,不及赋诗,已解维矣。熹用其韵纪事以赠,并附卷末》《分韵得"眠""意"二字,赋醉石、简寂各一篇,呈同游诸兄》《游白鹿洞熹得"谢"字,赋呈元范、伯起、之才三兄,并示诸同游者》《闰月十一日月中坐彭蠡门,唤船与诸人共载泛湖,至堤首回棹入西湾,还分韵赋诗,约来晚复集,诗不至者,浮以太白(签判渺、教授空、知县望、吴学录柱、掌仪明、大彭兄兰、判官击、南公一、小彭兄邈、彦忠人直卿、余公度浆、敬直怀、卫父流、晦翁、光泰、儿美棹方)》《熹罢官观康王谷水帘,夜饮山月轩,分韵得"主"字奉别送行诸君》《宿密庵分韵赋诗得"衣"字》《游密庵分韵赋诗得"清"字》《游密庵得"空"字》《伏承子直都督侍郎临饯远郊,仍邀严州郎中及诸名胜相与燕集,分韵赋诗,熹得"时"字,辄成鄙句》《石马斜川之集分韵赋诗得"灯"字》等20首。

作为南宋最大的理学家,朱熹虽然主持和参与分韵创作,但他将其视为诗人的交游手段,并没有借此宣传自己的理学思想。如《游武夷以"相期拾瑶草"分韵赋诗,得"瑶"字》:

秋风入庭户，残暑不敢骄。起趁汗漫期，两袖天风飘。眷焉此家山，名号列九霄。相与一来集，旷然心朗寥。栖息共云屋，追寻唤鱼舠。一水屡萦回，千峰郁岧峣。苍然大隐屏，林端耸孤标。下有云一壑，仙人久相招。授我黄素书，赠我英琼瑶。茅茨几时见，自此遗纷嚣。①

携众游览家乡的武夷九曲，看到景色如此优美，作者的心情无比畅快，他觉得自己仿佛已置身仙境之中。又如《正月五日，欲用斜川故事结客载酒过伯休新居，风雨不果，二月五日始克践约，坐间以陶公卒章二十字分韵，熹得"中"字，赋呈诸同游者》：

玄景雕暮节，青阳变暄风。忽寻斜川句，感此胜日逢。驾言当出游，一写浩荡胸。云物疑异候，凄迷久连空。今朝复何朝，顿觉芳景融。畴曩庶复践，邻曲欢来同。伊雅一篮舆，连翩数枝筇。绿野生远思，清川照衰容。遥瞻西山足，突兀弥亩宫。庭宇豁清旷，林园郁青葱。于焉一逍遥，芳樽间鸣桐。既爵日树隐，班荆汀草丰。纤鳞动微波，新蕤冠幽丛。惆怅景易晏，徘徊思无穷。愿书今日怀，远寄柴桑翁。仰止固穷节，愧兹百年中。②

此诗不仅比较完整地叙述了集会的过程，显得意趣盎然，而且在最后表达出对陶渊明的仰慕之情。以上所举虽只有两例，但代表了朱熹分韵诗的一般特色。他虽然喜欢创作分韵诗，但只是将其当作一般的交游活动，并没有跟自己的理学思想联系起来。

值得注意的是，从朱熹的诗题看，他们有时还放松了时间限制，即没有要求参加者当场完成。如《巢居之集以"中有学仙侣，吹箫弄明月"为韵，探策赋之，而熹得"中"字，遂误为诸君所推高，俾专主约。既而赋诗者颇失期，于是令最后者具主礼以当罚，乃稍集，独敦夫、圭甫违令后至，众白罚如约。饮罢，以"苍茫云海路，岁晚将无获"分韵，熹得"将"字，而子衡兄得"苍"字，实代熹出令》：

---

① 北京大学古文献研究所：《全宋诗》第 44 册，北京大学出版社，1998，第 27545 页。
② 北京大学古文献研究所：《全宋诗》第 44 册，北京大学出版社，1998，第 27620 页。

一昨楼上饮，所欢不可忘。群公各赋诗，佩玉何锵锵。二子朱丝弦，掩抑独巨量。经营久不作，一奏声满堂。巧迟未足多，谴负先取偿。主盟谬夙推，否德愧莫当。兹焉不举法，何以存令章。刘子具盘食，魏子输壶浆。悠然复一醉，归路相扶将。①

既然是"既而赋诗者颇失期"，可见这次创作没有要求当场完成，而是要求参加者回家后完成，到约定的集合时间一起上交。尽管如此，仍有两人"违令后至"，即没有在限定的时间内到达，于是罚他们一出饭菜钱，一出酒钱。朱熹的这首诗所记就是这样一件事。又如《闰月十一日月中坐彭蠡门，唤船与诸人共载泛湖，至堤首回棹入西湾，还分韵赋诗，约来晚复集，诗不至者，浮以太白（签判渺、教授空、知县望、吴学录柱、掌仪明、大彭兄兰、判官击、南公一、小彭兄溯、彦忠人直卿、余公度浆、敬直怀、卫父流、晦翁、光泰、儿美棹方）》：

解组无多日，归哉喜欲狂。临风成邂逅，载月下沧浪。酌酒传清影，鸣桡击素光。它年隔千里，此夜莫相忘。②

从诗题可知，这次分韵在"闰月十一日月中"，约定参加者交诗的时间是"约来晚复集"，而且惩罚方法很明确，"诗不至者，浮以太白"。朱熹这首诗重点表现众人月下出游并于船上饮酒作乐的盛事，至于是当夜所写还是次日所写，也就不得而知了。

总之，朱熹不仅是南宋，也是整个宋代主持和参与分韵诗创作最多的诗人。作为一个大儒，他创作分韵诗时重视叙事和抒情，说理反倒不多，更没有借以宣扬理学思想的成分，这是难能可贵的。

二 魏了翁分韵诗中理学意味增强

朱熹之外，今存分韵诗最多的诗人是魏了翁，今存 28 首。跟朱熹喜欢在分韵诗题目中说明使用的佳句不同，魏了翁的分韵诗大都直接说分得某

---

① 北京大学古文献研究所：《全宋诗》第 44 册，北京大学出版社，1998，第 27513 页。
② 北京大学古文献研究所：《全宋诗》第 44 册，北京大学出版社，1998，第 27613 页。

字而已，如《送黄考功□［赴］广东运判，分韵得"汉"字》《送曾尚右（从龙）知信州，分韵得"州"字》《送程左史（骧）以右撰知夔州，分韵得"重"字》《送陈大著（晦）知蕲州，分韵得"辉"字》《送赵编修（大全）知眉州，分韵得"登"字》《送范吏部（子长）知崇庆，分韵得"兮"字》《送苏大著（大璋）知吉州，分韵得"章"字》《约眉之寓公饮郡圃梅下，分韵得"动"字》《西郊访梅约李提刑（壄）、李参政（壁）八客，分韵得"尔"字》《领客君子轩木芙蓉盛开，分韵得"红"字》《重阳分韵得"放"字》《约客十有二人泛舟东山，分韵得"大"字》《至后再见大雪，杨尚书（汝明）约登天开图画阁，分韵得"平"字》《送刘寺丞（垕）赴浙西提举，分韵得"霄"字。盐官县，以海漂荡命措置》《送郑侍郎（损）四川制置，分韵得"盖"字》《十二月二十日，领客登介亭，分韵得"梅"字》《四月二十日，领客寻龙井前盟，以雨阴晴未定，不果往，买舟下西湖，步至玉泉观鱼，分韵得"东"字》《六月十四日，后殿侍立，新永康太守成嘉甫朝辞奏事，词气恳恻，上为嘉纳。尝随笔纪其事，今乡人祖帐，分韵得"西"字，遂书以赠行》《约漕使泛舟东郊，坐客十人，分韵得"江"字》《九月分韵得"寒"字》《江东漕使兄约游钟山，分韵得"泠"字》《许侍郎（奕）同饮郊外王氏亭，分韵得"风"字》等22首都是。而诗题中提到使用诗文佳句的又有《韩叔冲约客泛舟沧江，分韵得"落"字（"落日放船好，轻风生浪迟"杜句）》《重阳前一日约寓公饮于新开湖之西港，有歌词者，其乱曰："会与州人饮，公遗爱，一江醇醲。"遂以此分韵赋诗，某得"一"字》《中秋无月，分韵得"狂"字。东坡："狂云妒佳月，怒飞千里黑。"》《重阳领客以老杜"旧日重阳日"诗分韵，凡宾主十八人，得"不"字》《游北岩之畴昔梦作二诗，觉而仅记一联云："鬓发丝丝半已华，犹将文字少年夸。"明日为客诵之，客十三人请以是为韵，予分"鬓"字》《端平三年春三月戊午朔，天子有诏，俾臣了翁以金书枢密院奏事，既上还山之请，乃休沐日丁丑与宾佐谒濂溪先生，计宾主凡二十有二，谓是不可无纪也，遂以明道先生"云淡风轻"之诗分韵而赋，而诗有二言，有四言，同一韵者则二客赋之。了翁得"云"字》等6题。

跟朱熹的分韵诗相比，魏了翁体现了明显的转变，即欢情的减少和理学成分的增强。他前期的作品不仅诗意不丰盈，而且带有较浓郁的感伤色彩。如《送赵编修（大全）知眉州，分韵得"登"字》：

> 炎炜烁穹昊，火云助其丞。冠巾拂尘土，庭户喧蚊蝇。便面不停举，况欲填吾膺。其间寂寞人，随念生凉冰。凉意方未透，一夕三四兴。造物解人意，如叫呼得应。越乡万里回，令名作先登。固知栖栖者，得丧初何曾。贤者于本朝，晓宿垂舣棱。今日送枢掾，明日辞礼丞。采采不盈掬，引去何如陵。百忧结中肠，坐挑短檠灯。①

此诗为送人而作，天正大暑而人心冰冷，宾主的悲苦心情洋溢在字里行间。诗中虽有议论，但却被强烈的悲伤情感所笼罩了。又如《至后再见大雪，杨尚书（汝明）约登天开图画阁，分韵得"平"字》：

> 天公闵赤子，踊为营杯羹。寸白未云厌，赐以一尺平。微阳动黄宫，万宝随孽萌。蝗妖坐远屏，疠鬼亦就烹。东邻文昌伯，志气为我倾。携朋乐时丰，举酒浇空明。忻忻各有适，耿耿未忘情。不知宇宙内，肯尔同阴晴。前时闻帝辇，随雪登山亭。亭高一流盼，淮楚接神京。新町正露立，旧戍方长征。②

此诗虽然是宴集时分韵所写，但作者表现欢乐的地方依然很少。在开头，诗人大力赞美天道的无私和仁慈；在结尾，诗人又想到了沦陷的中原故土，想到了遗民和战士的不幸。

随着欢情的减少，魏了翁诗中的理学成分却逐渐增加了。如《中秋无月，分韵得"狂"字。东坡："狂云妒佳月，怒飞千里黑。"》：

> 金低辟老火，月管行仲商。是为阴之中，正与日相望。浮云横相掩，人谓妒且狂。彼云初无心，此月亦何伤。水月本同体，其中根于阳。炯炯舍内景，随时发辉光。天机之浅者，为人作闲忙。③

---

① 北京大学古文献研究所：《全宋诗》第56册，北京大学出版社，1998，第34870页。
② 北京大学古文献研究所：《全宋诗》第56册，北京大学出版社，1998，第34892~34893页。
③ 北京大学古文献研究所：《全宋诗》第56册，北京大学出版社，1998，第34905页。

一首分韵诗，竟然被魏了翁写成了讲解天理的演讲稿，实在是没有多少诗意了。又如《重阳领客以老杜"旧日重阳日"诗分韵，凡宾主十八人，得"不"字》：

> 天根敛秋阳，雨毕水归薮。胡为爽常度，白昼变昏黝。农功将纳场，余秉尚栖亩。昨朝告方社，卷去日中蔀。羲和鞭六龙，为我作重九。云顽驱复来，浑未识臧不。终然划劐之，金镜发蒙瞍。所忻阳德竞，吾岂为杯酒。悠然见南山，陶公意何厚。况今祠太宫，群公正奔走。①

此诗的理学意味虽然没有前诗浓重，但写得呆头呆脑，没有什么情趣。诗人仅就重阳日天气的变化展开议论，虽然为天晴而感到欣喜，却又矜持地说"所忻阳德竞，吾岂为杯酒"，破坏了饮酒的情调。特别是最后两句又谈到"群公"要奔走王事，可谓始终都没能让心情安静下来。

特别值得注意的是，在魏了翁等人这里还出现了以自己诗句分韵赋诗的新情况。如其《游北岩之畴昔梦作二诗，觉而仅记一联云："鬓发丝丝半已华，犹将文字少年夸。"明日为客诵之，客十三人请以是为韵，予分"鬓"字》：

> 时事雕壮心，词华误双鬓。昨梦忽儆予，觉来起孤愤。五官予所司，此梦乃予训。是心协蓍龟，是气通禖辉。形骸且不察，理性抑难尽。晓笻度云窦，疏林露鹰隼。暮归踏江声，寒流烛蛟蜃。惕思怀曩日，气势如项陈。天根忽晨见，卷去不盈瞬。犹然玩文采，吾果不知分。群饮习未忘，依前赋分韵。②

这首诗是宋代仅存且仅有的使用自己诗句分韵的例子。诗人不仅几乎一直都在讲道理，讲理学，而且告诉读者其诗歌缺少诗味的原因——他竟

---

① 北京大学古文献研究所：《全宋诗》第 56 册，北京大学出版社，1998，第 34914~34915 页。

② 北京大学古文献研究所：《全宋诗》第 56 册，北京大学出版社，1998，第 34915 页。

然将诗歌中的文学成分称为"玩文采",而且认为这样做是"不知分"。正因为如此,虽然与朱熹同为理学家,虽然也喜欢主持和参与分韵诗创作,但魏了翁有意排斥文学成分,有意强化理学意蕴,从而显示出与朱熹的明显差别。

除了朱熹和魏了翁,参与分韵创作的理学家尚有王十朋、杨万里、刘子翚、吕祖谦、张栻、陆九渊等多人。理学家创作分韵诗,受其理学修养影响,总会或多或少带出一定的理学倾向,而且随着时间的推移,这种倾向有逐步增强的趋势。特别是到了南宋后期,情况愈加严重。如淳祐七年(1247)十一月初一日,三馆诸公为蔡杭送别,以"风霜随气节,河汉下文章"分韵赋诗。蔡杭为蔡元定之孙,蔡沈之子,祖孙几代都是理学家。他因为上疏直言,被出为江东提刑,三馆同僚为其饯行。组诗载于明蔡有鹍《蔡氏九儒书》卷八《久轩集》附录,本书下章所引据《全宋诗》。综观这10首诗歌,除了牟子才的《得"河"字》体现一些词彩和气势外,他人之作或者赞美其正节立朝、忠言逆主,或者歌颂其理学修养,甚至从其先辈写起,大都呆头呆脑,不仅没有多少诗味,还有意突出浓浓的理学思想。至此,真可谓是"押韵之语录"了。

当然,一些文人在参与分韵诗创作时仍然会坚持文学性,只是他们在南宋中期以后已经被边缘化了。

从前面的分析可以看出,理学影响分韵诗有一个渐进的过程。在朱熹那里,主要将其作为交游的手段,借以抒发对友情的珍惜和对自然的热爱;到了魏了翁,有意宣扬自己的理学思想,甚至排斥其中的文学成分;迨至南宋后期,理学色彩进一步加强,分韵诗创作也几乎成为宣传理学思想的阵地了。

宋代分韵诗的发展既受到唐人的影响,又体现出宋人自己的创新之功。北宋前期的诗人在继承唐人的同时,开始以诗句分题而又分韵,既而又发展出同时使用诗句分题和分韵,为典型的"宋型分韵方式"的出现奠定了基础。至欧阳修等人直接使用前人的诗句分韵,一种新型的分韵方式就诞生了。后来经过苏轼的大力倡导和发展,分韵在北宋后期和南宋前期显得生机勃勃,成为诗人集会时最喜爱的创作方式。南宋中期以后,随着理学家的文学修养不断提高,他们参与分韵的热情也不断上升,甚至逐渐成为分韵诗创作的主力,使得作品的文学意味逐渐丧失,而理学习气越来越重。这样的重大转变,应该是欧阳修、苏轼这样的大文豪当年做梦都不会想到的。

第六章　宋代分韵组诗的新特征

本书所说的"宋代分韵组诗",专指宋人采用诗文佳句分韵这种新方式创作出来的组诗。从理论上说,由于分韵诗创作至少需要两个以上的诗人参加,所以每次完成的作品都是一组诗。可是由于文献保存的原因,绝大多数这样的组诗都已经散佚了,今天能看到的基本上都是其中个别参加者的作品,尤其是一些有别集传世的诗人,其作品留存的几率更大一些。上章所论,基本上就是这样保存下来的零散作品,本章专从组诗的角度探讨宋代分韵诗的新鲜特征。

由于都是分韵创作的结果,宋代分韵组诗也有与唐代一致的地方,比如有些组诗前也会有一篇精心撰写的小序,用来解释创作的缘由、背景等相关内容。但由于选择韵字的方式不同,又导致唐、宋诗人对组诗的要求有诸多的差别。跟唐代作品相比,宋代分韵组诗在以下几个方面体现出明显的新变色彩。现分为三节来分析。

第一节　组诗的完整性进一步加强

"唐型分韵方式"分配的仅仅是孤立的韵字,故组诗内诸人之作除了共同的主题外,彼此之间并无更多的关联。为了强化彼此之间的联系,他们不仅限定诗体和句数、字数,而且按照完成的顺序将诸人之作排列在一起,有时还配上一篇精美的序言。在这样的体制内,即使有少数参加者不能按要求完成作品,对组诗的影响也不大。"宋型分韵方式"则不然,由于使用的韵字来自所选的诗文佳句,组诗的顺序是由每人所用韵字在佳句中的位置决定的。这样一来,不仅重新确立了组诗内部各作品的排列顺序，而且使得组诗内各诗之间的关联大大加强，真正成为一个有机的整体。此处举出岳珂《宝真斋法书赞》卷十七所录元祐八年（1093）苏轼等人为送别范子奇出帅庆州时所作的《元祐八诗帖》组诗：

> 元祐八年三月二十四日会于信安西园，饯中济帅庆，分韵赋诗。仲至"元"字，中济"戎"字，明叟"十"字，孝锡"乘"字，器资"以"字，子瞻"先"字，穆父"启"字，彝叟"行"字，皆五言十韵。
>
> 工部侍郎王公仲至《奉送中济经略侍郎赴镇庆州，得"元"字，钦臣上》：
>
> 远驭寡上策，羁縻有前言。平生西戎论，感慨江应元。家世近三河，游历多塞垣。谁言一方面，十载滞上恩。前日诏书下，旌麾方及门。部曲已稍集，始知旗鼓尊。边书尚羽急，戍卒仍云屯。东山旧部落，自昔为墙藩。铦锋固可用，内实须禾䅳。胸中自有策，肯为浅见论。
>
> 前户部侍郎环庆经略安抚使范公中济子奇《承诸公酌别西郊，分韵得"戎"字》：
>
> 西戎未解严，置帅滥及蒙。自揣非长才，自使制羌戎。仰赖庙堂算，庶几或成功。此行春已晚，柳丝华正红。联辔向名圃，四筵皆巨公。高韵薄虹霓，笑谈生清风。顾予实何似，有愧参其中。遽然千里别，不辞一尊空。浮云聚与散，临岐西复东。无以报礼意，举目攀飞鸿。
>
> 兵部侍郎王公明叟《送中济侍郎帅庆，分韵得"十"字，觌上》：
>
> 承平万事康，干戈百年戢。蠢哉彼西戎，乃敢侮边邑。庆阳用武地，战士一当十。指纵惟其人，破竹在呼吸。堂堂高平君，谋帅公论及。拥麾当一面，意气动百执。圣时务怀柔，闻寄贵安辑。贺兰黄口儿，焉用长缨繋？方当仁草木，况忍尚首级？伫见贡琛人，还从玉关入。
>
> 刑部侍郎杜公孝锡《送中济侍郎帅庆，得"乘"字，纯上》：
>
> 羌马轶河西，诏下纯贡聘。自是封疆臣，都俞命弥敬。莫如小司徒，

钦哉往临庆。貔貅十万人，大半爵公乘。恩将怀其心，威足系其颈。牧无南向尘，指挥周不定。边氓歌夜耕，更续公刘政。今日燕西园，愧接儒林盛。阳关断谁肠，笑把金钟听。家世本诗书，无劳霍去病。

吏部尚书彭公器资《汝砺得"以"字》：

池水日夜流，日行无停轨。人生长道路，扰扰还如此。莫辞饮我酒，酒尽君且起。赠君双宝剑，有言惭近俚。圣仁之于物，爱视独一子。顾复愁不至，不知分能尔。谁兹较寻尺？竟莫知所以。夷外当反内，表伤须及里。边陲今无事，自可缓带理。愿君宏远业，赫赫光祖祢。

礼部尚书苏公子瞻《轼从诸公饮饯中济经略侍郎，分韵赋诗得"先"字》：

梁李久乐祸，自焚岂非天？两鼠斗穴中，一胜亦隅然。谋初要百虑，善后乃万全。庙堂选世将，范氏真多贤。仁风被草木，绿浪摇秦川。号令耸毛羽，先声落虚弦。我家天一方，去路城西偏。投竿困障日，卖剑行归田。赠君荆鱼盏，副以蜀马鞭。一醉可以起，毋令祖生先。

户部尚书钱公穆父《分韵奉送中济侍郎出帅环庆，得"启"字，会稽钱勰》：

除戎问边锁，谋帅系国体。遴简出丝缯，光华建旌旗。威谋重兼济，垢玩当一洗。游刃无全牛，岂复论肯綮。勇猛不为边，九伐秉周礼。行期凯歌还，宸廷聊聚米。游从惜暌离，合醵置甘醴。灵囿郁敷腴，天潢湛清泚。偕赋踵前修，银钩阔方底。从予轻若飞，吾方惭七启。

吏部侍郎范公彝叟《送中济侍郎帅庆，得"行"字，纯礼上》：

为国虽以德，御戎难去兵。夏人久犯顺，边氓常废耕。遣帅扬我武，谋帅直非轻。辍自金谷寄，倚以关塞行。壮怀吞猖狂，沉机足经营。新伤乃民力，未振亦军声。既膺阃外寄，当思千里清。吾家世此官，所得蕃汉情。未尝任杀戮，接以信与诚。方略固多在，惟公守其成。①

---

① （宋）岳珂：《宝真斋法书赞》，《文渊阁四库全书》第813册，台湾商务印书馆，1982～1986，第755～757页。

如果仅仅依据以上记载，似乎诸人所分赋的只是八个孤立的韵字，跟唐代的分韵方式并没有什么不同，可在实际上，这八个韵字并非各自孤立，彼此原本属于一联有意义的诗句。据苏轼之诗在《施注苏诗》中的题目《送范中济经略侍郎分韵赋诗得"先"字，且赠以鱼枕杯四、马棰一，以"元戎十乘，以先启行"为韵》可知，创作时使用了《诗经·六月》中的"元戎十乘，以先启行"二句来分韵。再对照上引这组诗中具体作品来看，诸人之作正是按照8个字的先后排列的，可以证明《施注苏诗》记载的可信。这种排列彻底颠覆了唐人对分韵组诗的排列顺序，确立了按照佳句中各字排列的新原则。需要说明的是，由于文献的大量散佚，像上引这样保存完整的分韵组诗已经不多了，但在可以看到的有限几组中，都是按照这样的顺序排列，没有例外。

新的排列方式还进一步强化了组诗的完整性。由于宋人分韵时使用的佳句通常具有相对完整的意义（即便原文被改动或压缩，其意义仍然是比较完整的），那么最后完成的诗歌数量必须与佳句的字数相一致，否则就会伤害其完整性。从上面例子可以看出，按照"元戎十乘，以先启行"二句中各字顺序排列的8首诗，即便没有前面那篇作者不详的小序，本身也已经非常完整。

为了保障组诗的完整性，宋人在分韵时争取做到赋诗人数与佳句字数保持一致，每人分赋一字，各自完成一首诗。这样的难度还比较适宜。如果赋诗人数与佳句韵字不同或者不成比例，则使用一些相对灵活的调节方法：当佳句字数多于赋诗人数时，可以把多出来的韵字追加给其中有才力的诗人；当佳句字数少于赋诗人数时，可以让两人同赋一个韵字，或者再专门增加一个韵字。至于每人分赋两个韵字或者更多的情况，则比较少见，而且可以按照同样的调节方式灵活处理。而他们之所以这么做，主要目的是要把佳句中所有的字都能落实到每个诗人，努力为组诗的完整性扫除障碍。

可即便佳句中各字作为韵字落实到具体的参加者，万一有人写不出诗歌，组诗的完整性就受到威胁。对于这样的情况，宋人是如何补救的呢？从现有的文献看，主要有现场补救和事后补救两种方法。

所谓现场补救，就是指参与分韵的诗人中有人当场代作。如元丰二年

（1079）正月初七，徐州知州任上的苏轼与将军雷胜等十人在徐州城南打猎，然后以"身轻一鸟过，枪急万人呼"分韵赋诗。苏轼分得"鸟"字，于是作《人日猎城南，会者十人，以"身轻一鸟过，枪急万人呼"为韵，得"鸟"字》。由于雷胜是武人，虽然分得一个韵字，却无力写成诗歌，于是苏轼就代其作了一首，即《将官雷胜得"过"字，代作》。代人作诗的事情苏轼还不止做过一次。就在这次创作的同月月底，苏轼与诸人共十人游桓山，以"春水满四泽，夏云多奇峰"分韵赋诗。苏轼分得"泽"字，今存《游桓山，会者十人，以"春水满四泽，夏云多奇峰"为韵，得"泽"字》。由于戴道士未能成诗，苏轼就又代他作了一首，今存《戴道士得"四"字，代作》。虽然这方面的文献不多，似乎仅有苏轼作品中所见的两例，但对其后分韵产生的影响是不可低估的。

所谓事后补救，就是在创作时有人未能完成诗歌，其他参加者又无人现场代作。于是主事者只好在事后约请其他诗人补作，以保障组诗的完整性。由于保存完整的组诗很少，这样的例子仅见于绍兴三十年（1160）冯时行等15人在成都王建梅林的一次创作，以"旧时爱酒陶彭泽，今作梅花树下僧"分韵。由于分得"树"字、"僧"字的参加者未能成诗，所以冯时行事后又约请了樊汉广和张积各作一首。通过这样的方式，终于使得组诗以完整的面目出现了。详见下面第三节所引作品。

无论是现场补救还是事后补救，说到底都是为了解决个别参加者虽然分得佳句中的个别字作为韵字却又未能写出作品从而使得组诗无法完整的问题。从形式上说，使用佳句分韵对宋代分韵诗具有两个方面的意义，既决定了组诗的排列顺序，又使得完整性变得至关重要。

第二节 以古体诗为主

由于使用佳句分韵，使得组诗之间的内在关联大大加强了，真正成为互为依赖、缺一不可的整体。正是因为有了这样的内在逻辑，所以宋人另一方面又开始在诗体形式上做文章，从而形成了以古体诗为主的基本特色。

唐人创作分韵诗往往带有很强的竞技色彩。为了便于比试，就要预先进行具体的约定。选择古体还是选择近体形式，是唐人分韵时首先要约定的问题。也就是说，唐人分韵时虽然可以使用古体诗，也可以使用近体诗，但在同次创作时只能使用其中一种。当然，唐人创作分韵诗时主要使用近体诗，使用古体诗的情况较少。据笔者在《唐代分韵诗研究》一书中的考察和统计，今可考的唐五代分韵创作有217次，今存作品304首。如单单就这些作品而言，属于古体的仅有14首（包括6首四言诗、7首五言诗和1首杂言诗），不到总数的二十分之一，所占比例极低；而属于近体诗的却多达289首（包括七绝12首、七律15首、五排82首、五律180），所占比例极高，超过总数的95%；其中仅五律一类就接近总数的60%。此外，还有一处七言断句，难以归类。

与唐人不同，宋代分韵诗却明显呈现出以古体为主的特征。这可以从两个层面来解释。

第一个层面，有些创作专门限用古体诗。如上面所举的《元祐八诗帖》，全部使用古体诗形式，而且长度相同，显然是预先约定的结果。由于保存的原因，如此整齐划一的分韵组诗在现在能看到的宋代作品中仅此一例。绍兴三十年（1160）十二月冯时行等人在成都创作了一组《梅林分韵诗》多达15首，虽然也都是古体诗，但不仅有五言、七言之差异，而且各诗的篇幅长短不一，可推知当时既未约定五言还是七言，也未约定诗歌的长度。

限用古体诗可能是宋人的惯例。特别是在宋代分韵诗发展的早期阶段，更是如此。上章所考嘉祐时期三次创作所留下来的几首诗歌，几乎都是古体诗，仅有一首属于近体诗；在所引苏轼和"苏门"诗人的一些作品中，也大都是古体诗。虽然与这些作品同时创作的他人之作已不可见，但至少可以表明写作古体诗是当时分韵创作的常态。照常理推测，像唐人限用近体诗的分韵创作应该也是存在的，但现存作品中属于近体的比较少见，至于整组诗都属近体的更是未见一例。这至少表明，限用近体诗的情况在宋人分韵时比较少见，而古体诗才是他们最常用的诗体。

第二个层面，当宋人不限诗体时，组诗中的古体诗远远多于近体诗的数量，亦可见出他们以古体诗为主的努力方向。如淳祐七年（1247）十一

第六章　宋代分韵组诗的新特征

月初一日，三馆诸公为蔡杭送别，以"风霜随气节，河汉下文章"分韵赋诗。需要说明的是，由于记载组诗的原书《蔡氏九儒书》非常罕见，难以觅得，此处暂以《全宋诗》中所录为据。这组作品是这样的：

陈南《得"风"字》：
自叹年余七十翁，道山重上摄高风。一封疏奏胆如斗，三请投闲气直虹。宪节可能摅蕴抱，男儿到底要英雄。江皋父老如相问，为说吾今计亦东。①

黄洪《得"霜"字》：
恋阙心逾赤，乘轺鬓未霜。只家将六学，综国札三章。眷近花明路，风驰锦过乡。临分不成饮，相对独凄凉。②

王撝《得"随"字》：
嵯峨武夷山，中有梁栋姿。凤凰鸣高岗，隐见视其时。孰若阿房宫，下容五丈旗。孰奏箫韶乐，和声召来仪。才大古难用，论高人先知。晦翁千载人，源流有余师。衣传正大学，时吐寒谔辞。国步方险艰，忧端终南齐。袖有济时策，真言琅玕披。忠嘉计稷契，不事激与随。辩论黼座侧，听纳天颜怡。林林陛楯郎，相顾骨叹咨。中有张万福，拜贺太平基。正赖中流柱，障澜使东之。胡为勇于去，神龙不容羁。平生廉靖操，为国张四维。西风送汉节，凛凛和霜威。皇华驰周隰，昼锦辉绣衣。清台占二星，今夕躔已移。江右九州地，俗弊民已疲。高褰赤帷裳，下照及隐微。刑清民乃服，莠除苗始滋。烹鲜戒政扰，漏鱼宁纲稀。要令珥笔俗，洗心学书诗。更令佩犊子，竭力事耘耔。鄱江歇澜波，贯索韬光辉。丕变东楚俗，若咏洙泗涯。小试大儒效，泰山一毫厘。宁如立本朝，措世复雍熙。无容孔席暖，伫兴宣室思。归来纳绛节，平步登黄扉。富贵推不去，乘留复奚疑。③

周梅叟《得"气"字》：
九峰洪范篇，雅是书之纬。顷尝一读之，懵然云雾蔚。晚校中秘

---

① 北京大学古文献研究所：《全宋诗》第59册，北京大学出版社，1998，第37224页。
② 北京大学古文献研究所：《全宋诗》第59册，北京大学出版社，1998，第37382页。
③ 北京大学古文献研究所：《全宋诗》第57册，北京大学出版社，1998，第35820页。

藏，讲此愧犹未。喜逢尚书郎，家传得之既。何以名内篇，一扣倘知味。无几即语离，匆匆怪何谓。天子仁圣心，闻过未常讳。岂嫌有直疏，斥彼恶之汇。矧兹龙卷前，正欠王与魏。得见丹凤鸣，士党意乃慰。黯也不居中，物论几鼎沸。虽然上所命，所重在民事。暨淑问皋陶，持平尔廷尉。突使江东人，德泽尽沾溉。惟公有古心，所守至弘毅。我不畏孔壬，污吏必我畏。所愿敷好生，物物皆吐气。回想揽味甘，诏书登七贵。①

陈协《得"节"字》：

贾生陈治安，难与绛灌列。汲黯触公卿，不得补疑阙。直道非身谋，古今同一辙。吾观蔡子贤，木讷有志节。道山得良友，同舍颜色悦。家学传考亭，议论接贤哲。尘污具瞻地，两数愤激切。当宁垂宽容，在庭竞称说。屡章丐投闲，一节往司臬。狱情贵平反，人物宜区别。要令大江东，精彩与昔别。君诚给谏姿，上恩讵轻绝。即当宣室对，忠言合稷契。②

牟子才《得"河"字》：

群玉之峰千丈高，太微左宁凌星河。承明著作记仙室，汗青芸香老研磨。瀛洲学士水苍佩，清响戛击谐云和。我朝仁祖重兹选，涵养泽媲周菁莪。一时搜罗尽才杰，论事往往无讥诃。四贤景祐国之镇，肯为公议轻倒戈。当年枨触鼎霭意，愿与希文同谪播。庆历一客伤众客，醉饱过耳宁有他。文符搜索网打尽，谣咏可但仇傲歌。古来馆阁有如此，劲气金石相荡摩。能令皇图耸天际，势与泰华并嵯峨。南箕贝锦半天下，翻作采葛伤谗多。视若弁髦如土梗，甚者足蹋鲸海波。吁嗟此意久不作，遗响近续应非讹。西山有孙剩文采，二十八宿心包罗。芳菲弥章楚骚蕙，硕大且俨陈陂荷。峨冠蓬岛两冰署，凌溯迤逦风玉珂。俯而就之岂不可，议论乃欲降妖魔。纪纲一疏有奇气，几微半语驱沉疴。手披逆鳞触震电，心翼汉鼎扶羲娥。悠然群聩发深省，诵之穆若清风过。凤凰肯啄我伤粟，骐骥岂饫天山禾。殿头拜疏勇莫

---

① 北京大学古文献研究所：《全宋诗》第63册，北京大学出版社，1998，第39406页。
② 北京大学古文献研究所：《全宋诗》第59册，北京大学出版社，1998，第37049页。

第六章 宋代分韵组诗的新特征

遏，指点归问烟江蓑。要津未若急流退，苞栩孰与考盘过。使乎六辔咏柔耳，清节人士歌五绔。之齐出昼有时义，去就大抵师丘轲。寒予羁旅生也后，頡頏蚩佩应殊科。前时连章乞身去，夜梦栩栩思珉璠。天高不闻心转切，为人岂忍甘婆娑。斧扞心事忧国念，大略相似柯伐柯。君今询度我如执，啜其泣矣心谓何。君不见熙宁元祐国是易，未尝俯仰惟东坡。又不见绍圣更张罹祸惨，百折不挫称浯磻。世间富贵何足道，倏忽殆类赴烛蛾。妍者妩媚姿天冶，轻儇佻巧甘媕婀。甜淡只腥八九息，酣寝喧呜奏鼓鼍。谏君超然独醒苏，回首万望蓬一窠。倘陪高风驾黄鹄，归傲泉石间壁梭。俯佣鱼钩晚获得，远寄或可酬清哦。疏桐缺月漏初断，鸿影缥缈还见么。他年邂逅谈旧事，抚掌一笑重呵呵。①

常挺《得"汉"字》：

庆元道学家，紫阳诸弟冠。正印君得之，理窟讲深贯。雄文擒玉堂，直笔插东观。粹然中和容，清庙古珪瓒。遁翁上封事，犹或以著断。君袖秋月章，直造紫皇案。赤手搏长鲸，未能分万段。白华久无诗，清风可激顽。去身似叶轻，来事如麻乱。帝忧大江东，所至有水旱。列宿选郎闱，福星下霄汉。只恐席未温，宣室夜将半。②

庄师熊《得"下"字》：

清时屏臣奸，琴瑟大更化。四俵斥昕朝，一札颁丙夜。明庭集孔鸾，清庙荐琼珓。堂堂西山孙，藉藉少室价。给札承晨庐，䌷书群玉舍。功名渠自来，迫逐不容赦。君心政事本，治化朝廷下。纪纲始宫闱，国本关宗社。累章沥忠赤，万口齐脍炙。迩来忠佞杂，异论淆王霸。吴天且不容，膻仕骈姻娅。回遹何日沮，好官从唾骂。人方酣势利，君独辩奸诈。同僚俱愧赧，灶婢亦惊讶。官职一涕唾，名声穷泰华。列之绍符间，允矣陈邹亚。江东天一方，使者星言驾。我亦縢眠麈，何幸寇君借。国步正艰危，人心实凭藉。良民困盗贼，螟蟊损禾

---

① 北京大学古文献研究所：《全宋诗》第59册，北京大学出版社，1998，第37377～37378页。
② 北京大学古文献研究所：《全宋诗》第63册，北京大学出版社，1998，第39367～39368页。

稼。豪姓侵细民，荆榛害桑柘。污官混廉吏，鲍秽薰兰麝。少烦六辔濡，行见四辈迓。君诚梁栋材，好与支大厦。①

留梦炎《得"文"字》：

天地蕃庶草，美恶极莸薰。古来谁览察，离骚清楚氛。著作大雅姿，书传挟香芸。蠹简不烦碎，豕牙贵能豮。仰天沥肝胆，端欲泾渭分。太阿秘尚方，风霆发绸缪。臣直彰主圣，声容谅沄沄。平生本朝心，畎亩岂忘君。见几诚不忍，属兹宸虑殷。自从春无泽，牲璧委冬雰。何者最感触，民气愁深文。儒服今绣衣，片言况前闻。四牡何骓骓，迢递泪遵渍。君为朝阳凤，我非相府群。小草志或远，深情词不耘。幽屏未须去，圣德如放勋。②

杨世奕《得"章"字》：

富贵宁如节义香，也教青史播余芳。四年谏省归何暮，七十新参老欲强。孺子早闻辞爵位，君谟今又去班行。轺车玉节江东路，清梦时应绕建章。③

在 10 首诗中，属于近体诗的仅有 3 首，黄洪之作为五律，陈南、杨世奕二人之作为七律，其余 7 首属于古体诗，古体诗的数量明显多于近体诗。当然，这组作品同时包括了古体诗和近体诗两种诗体，明白无误地表明诗人们创作时并没有限定专门使用古体诗或者专门使用近体诗。这一点与唐人严格限定诗体有根本的不同。

尽管宋代的分韵组诗大都保存得不完整，但绍兴三十一年（1161）王十朋等馆阁诸人送别胡宪所作的诸诗也是古体、近体并用。洪迈《馆阁送胡正字诗序》：

前二年，诏起胡先生于建安以司直廷尉，先生辞曰："臣宪老矣，春秋七十有四，居山林，蕫蕫自足。官于朝，非壮有力而材者不可，臣老矣，谊不得奉诏。"天子揽其章，换以中秘书官，使无累职事，

---

① 北京大学古文献研究所：《全宋诗》第 62 册，北京大学出版社，1998，第 39262~39263 页。
② 北京大学古文献研究所：《全宋诗》第 64 册，北京大学出版社，1998，第 40323 页。
③ 北京大学古文献研究所：《全宋诗》第 67 册，北京大学出版社，1998，第 42123 页。

益自养。先生不得辞,来。来数月,又请曰:"臣不能使老复少,今形容旅力又不逮在前时,而陛下留臣无为也。"于是宰相言:胡宪半世为官,进不能以寸,愿加宠秩之,益广圣世贵老养贤之义。即日拜八品京官,予祠禄使归。归有日,馆阁之士八人举故事,载酒毂祖之于国东门之外,相属赋诗。番阳洪迈独拱手言曰:"先生之去美,而其所以去则不可。夫翘关负乘,击剑驰马,加一日之老亦愈耳,况过七十者乎。至于雍容在廷,标榜后进,坐乎安车蒲轮之上,惧不能老而已,而先生去之,是使黄发皤皤之士终不一朝居也。且陛下择官以处,奉钱廪粟,岁时诸恩泽甚厚,非所谓无人子思之侧者;满朝贤大夫注意高仰,无公孙子侧目辕固之嫌;儒生文士执弟子礼,恐不得一解颜笑,无有骊驹狗曲之诮,而先生居之若不释然者,往来屑屑,不惮烦于道路,吾党之士未有所闻于先生,若之何?"同舍生啙曰:"畴昔之岁,先生且对延英,以病告。上书公车,卓卓然五千言,今皆略施行,其有补于朝廷多矣。子之云云奈何?"迈竦然曰:"迈有罪!"酒阑以往,诸公诗且成,迈醉不遮,愧不暇诗,独序其所以然者。

绍兴三十一年二月四日序。①

相关组诗已失传,今所见仅有以下三首,即汪应辰《送正字胡丈》(得"先"字):

绍兴九年,应辰自正字与外任。同舍载酒郊外,留题壁间,且分韵赋诗为别。自后禁网浸密,无敢以诗送行者。今二十有二年,应辰以流落之余,再入册府,而正字胡丈得请归建安,于是同舍始复用故事,分韵赋诗。

先生高卧武夷巅,一旦趋朝岂偶然。报国自期如皎日,归田曾不待来年。怀铅共叹扬雄老,鞭马今输祖逖先。册府风流久寥落,送行今复有诗篇。②

---

① (元)富大用:《古今事文类聚遗集》,《文渊阁四库全书》第929册,台湾商务印书馆,1982~1986,第445~446页。
② (明)程敏政:《新安文献志》,《文渊阁四库全书》第1375册,台湾商务印书馆,1982~1986,第711页。

周必大《胡原仲（宪）正字特改官除宫观，馆中置酒饯别，会者七人，以"先生早赋归去来"为韵，人各赋一首，仆得"早"字（辛巳正月）》：

西伯王业兴，海滨归二老。汉家念羽翼，坐致商山皓。恭惟陛下圣，尊德继雍镐。先生学孔孟，不但遗编抱。致身虽苦晚，闻道固已早。昨随弓旌召，着脚历蓬岛。夜陪藜杖青，朝奏囊封皂。第令坐台阁，不减照乘宝。思归独何事，起为子规恼。祠官厚廪假，命秩略资考。恩荣固无愧，出处吾有道。漫漫七闽路，去去春风好。都门送别处，怀抱要倾倒。相思常情耳，再拜请善祷。临雍有故事，乞言非草草。指期裹蒲轮，未可迹如扫。①

王十朋《送胡正字（宪）分韵，得"来"字（胡上书言事，得祠还乡，同赋者七人，以"先生早赋归去来"为韵）》：

武夷之山高崔嵬，武夷先生贤矣哉。山中高卧似孤竹，颜苍节劲清无埃。吾君养老过西伯，不远千里归乎来。胸中万卷可医国，首荐廊庙真人才。（胡上书荐张和公。）人言朝奏暮必逐，天颜独为忠言开。崇文三馆不浪辟，端为天下收奇瑰。平时论议即涵养，富贵岂以三缄媒。西京老儒作符命，苍黄投阁真可哀。何如皇朝有欧范，开口不惮干霆雷。（文忠、文正二公皆以馆职言事。）先生学力到前辈，一时盛事光麟台。宸衷宵旰急忠说，伫观前席延邹枚。先生掉头竟不住，扁舟自载高风回。道山游从尽英隽，顾我晚进宁容陪？梅花满枝柳弄色，赋诗送别同衔杯。吾庐三径亦荒草，松菊怪我何迟徊。②

将四处材料互相对照，可以断定为同一次创作的作品。仅就这里考出的三首来看，汪应辰之作是七律，周必大之作是五古，王十朋之作是七古，表明当时的创作同样没有限定诗体。单就这现存的三首而论，近体诗

---

① （宋）周必大：《文忠集》，《文渊阁四库全书》第 1147 册，台湾商务印书馆，1982～1986，第 38～39 页。
② （宋）王十朋著，王闻诗、王闻礼编《梅溪集》，《文渊阁四库全书》第 1151 册，台湾商务印书馆，1982～1986，第 352～353 页。

只有一首，古体诗却有两首，其优势也是很明显的。

从前面的分析可以看出，宋代分韵组诗在诗体形式上跟唐代有根本的不同。一方面，宋人彻底改变了唐人以近体诗为主的做法，有意限作古体诗，使得古体诗占有最重要的地位。另一方面，即便在不限诗体的情况下，宋人写作古体诗的热情仍然高于近体诗。这样，在一组分韵诗里就会古体、近体并存，五言、七言同在，组诗在形式上显得更加丰富多彩，别有韵致。

第三节　篇幅更加长短自由

在唐代的每一次分韵创作中，赋诗者都对诗歌的句数和每句的字数预先作出约定，尤其是唐人喜欢写作近体诗，使得最后完成的一组作品篇幅完全相同，排在一起显得非常整齐。宋人分韵，固然可以像唐人那样追求整齐划一，但在更多的情况下，他们不仅不拘古体诗和近体诗，甚至有意突出古体诗，使得古体诗的数量远远超过近体诗。宋人分韵创作时偏爱古体诗，其实就是有意追求篇幅的长短不一，从而体现出前所未有的参差错综之美。

在上面两节所引的例子中，淳祐七年（1247）三馆诸公为蔡杭送别，以"风霜随气节，河汉下文章"分韵而完成的组诗中，黄洪之作为五律，40字；其余6首五古中，王㧑之作三十二韵，320字；陈协之作十三韵，130字；庄师熊之作二十四韵，240字；常挺之作十二韵，120字；周梅叟之作十八韵，180字；留梦炎之作十六韵，160字。七言诗3首中，陈南、杨世奕二人之作为七律，皆56字；牟子才之作为七古，长达四十一韵，计580字。各人作品的篇幅差别很大，如果拿篇幅最长的牟子才之作与篇幅最短的黄洪之作相比，前者竟然是后者的14.5倍。再以绍兴三十一年（1161）王十朋等馆阁诸人送别胡宪所作组诗中仅存的三首诗来说，汪应辰之作为七律，仅有56字；周必大之作为五古，十六韵，160字；王十朋之作为七古，十五韵，210字；三者的篇幅差别也很大。

在宋人分韵时，即便限定全用古体诗，不用近体诗，其篇幅长短也同样显得多种多样。绍兴三十年（1160）十二月冯时行等人在成都创作了一组《梅林分韵诗》即是如此。冯时行《梅林分韵诗（有序）》：

> 绍兴庚辰十二月既望，缙云冯时行从诸朋旧，凡十有五人，携酒具，出西梅林。林本王建梅苑，树老，其大可庇一亩。中间风雨剥裂，仆地上，屈盘如龙，孙枝丛生直上，尤怪古者凡三四。酒行，以"旧时爱酒陶彭泽，今作梅花树下僧"为韵，分题赋诗。客既占韵，立者倚树，行者环绕，仰者承芳，俯者拾英，吟态不一，皆可图画。是行也，余被命造朝，行事薄遽，重以大府衣冠谒报，主人馈劳，酬对奔驰，形神为之俱敝。诸公导以斯游，江流如碧玉，平野秀润，竹坞桑畴，连延弥望。民家十五五，篱落鸡犬，比闾相亲，不愁不嗟。余散策其间，盖不知向之疲苶厌苦所在也。昔人谋于野，则获闲暇清旷，有爽于精神思虑，游不可废，如此哉！又况所与游皆西州名俊惠事者耶！诗成，次第不以长少，以所得韵之后先联成轴。客十有五，韵止十四，吕义父别以"诗"字为韵。又有首昡诗不成者，缺"树"字一韵。余过沉犀，樊允南监镇税，语允南补之。诸公又属时行为之序。十五人者，成都杨仲约、施子一、吕周辅、义父、智父、泽父、宇文德济、吕默夫、杜少讷、房仕成、杨舜举，绵竹李无变，潼川于伯永，正法宝印老、缙云冯当可。

《得"旧"字》　阙名[①]

竹村喜纡徐，江云迷昏昼。踟蹰马上语，嫩寒入衣袖。天公惜梅花，破腊开未就。端待使君来，春风本依旧。一樽既相属，勿辞作诗瘦。明年用和羹，请为使君寿。

《得"时"字》　李流谦

巾冠堕城府，桔橰无停时。胸脾贮黄埃，非复林壑姿。涎流方外胜，秦人望轩羲。万金买闲日，驾言一舒眉。冒踏众俊场，更从百代师。食鱼得河鲂，熊蹯佐其滋。暖暖烟雨村，霜条出冰蕤。乌鹊噪寒暝，玉立山差差。置樽扶疏下，老干虬蛟驰。落蕊不动尘，初无犀骇

[①] 据《蜀中广记》所载，当为杨仲约。

鸡。羞我木石资，斗公琼琚词。深酌起自劝，滕莒吾封圻。公行对宣温，云雾生攀跻。能来玩墟落，匹马却盖麾。蟠胸万蝉蛛，区寰眇毫丝。以兹接群动，白羽坐指挥。笑彼蓁外者，组绂为之靰。它年驷马还，梅花当十围。识此黄公垆，下车挽客衣。未觉邈山河，一醉也大奇。

《得"爱"字》 吕及之

去城十里南郊外，突兀老梅余十辈。玉雪为骨冰为魂，气象不与凡木对。我来穷冬烟雨晦，把酒从公对公醉。人言此实升庙堂，埋没荒村今几岁。清芳不为无人改，捐弃何妨本根在。瑰章妙语今得公，国色天香真有待。归路从公巾倒戴，俗物污人非所爱。我公行向日边归，此段风流入图绘。

《得"酒"字》 宇文师献

平生慕英游，望公真山斗。一见开心诚，已落他人后。龙门岂甄择，大小俱容受。联骖寻胜践，春风倚樽酒。惟公对江梅，端若同志友。玉色洗尘沙，幽姿出蓁莽。命客花下坐，相与沃醇酎。非公无此客，譬诸草木臭。向晚入深巷，苍根欹瓮牖。始知水西头，卧梅胜卧柳。有客三叹息，此树警老丑。一笑客诚痴，万法要经久。奇卉如尤物，过眼不必有。惠我终日香，重来香在否？但从此理悟，那复长搔首。念公捧召节，修名当不朽。叙舟未忍去，招寻访林薮。中心甚虚明，外慕厌纷纠。杖屦循古岸，细话犹开诱。再拜诵公诗，一洗刍蓁口。

《得"陶"字》 杨大光

蟠根寄荒绝，擢干空槮槮。乡来闻妙语，剪拂到儿曹。垂老犹巨堪，开落几徒劳。不谓勤杖屦，惠然排蓬蒿。尚能领诸生，相就醉澄醪。真赖旁辉映，并觉标韵高。酒阑兴未已，分韵看挥毫。籍湜俱可人，冥搜争过褒。乃知天地间，一等为贤豪。横飞与陆沉，亦各系所遭。再烦起穷边，国柄行当操。尽期如此花，晓夕幸甄陶。得备和羹用，宁不出伊皋。百年几春风，勿令心忉忉。

《得"彭"字》 于格

庭柯卧苍龙，阅世如聃彭。朔风破檀蕊，零露滋玉英。江空人响绝，影落千丈清。今代文章橐，缙云主齐盟。跃马觇春色，觞客江上亭。三嗅韵胜华，霜霰饱曾经。及时剥其实，可用佐大烹。幸因辎轩使，锡贡充广庭。王明倘予烛，和羹登籩铏。

《得"泽"字》　僧宝印

江路岁峥嵘，酸风更萧瑟。发兴访梅花，主盟得诗伯。孤芳有余妍，初不带脂泽。香度竹篱短，影摇溪水碧。同时饮中仙，着我林下客。春槽沸滴红，满坐喧举白。浇胸独茗碗，臭味曾不隔。公今日边去，陛下正前席。请看枝头春，中有和羹实。反骚试与提，不碍心铁石。

《得"今"字》　杨舜举

兰亭久陈迹，修竹空自阴。龙山亦凄凉，鲜花谁与簪。英游旷千载，盛事新梅林。四海冯黎州，未妨铁石心。提携到诸子，遍赏江之浔。亭亭姑射仙，玉立何森森。谢氏六君子，对饮香满襟。西陵访老龙，奇怪尤可钦。宛然如先生，高卧岁月侵。从兹饱薰风，佳实共鼎鬻。正味悦天下，妙用无古今。去去好着鞭，江南春已深。

《得"作"字》　吕商隐

一树知独秀，十里方出郭。江流浩清冷，露气凝凄薄。胡为此行色，疲马外踊跃。玄冥正擅令，植物困摇落。身心纵未改，佳意久已恶。喜见南北枝，粲然秀冰壑。千林色辉映，百亩香旁礴。首破春风荒，独傲清雪虐。坐令芳信传，芬菲到群萼。如一君子信，茹连俱有托。相期饮此意，浩荡放杯酌。更应护攀折，嘉实须若若。终收调鼎功，傅岩真可作。持问缙云老，一樽笑相酢。

《得"梅"字》　冯时行

霜朝马蹄无纤埃，锦城城西江之隈。金兰合沓俱朋来，白沙鳞鳞江水洄。梅花傍江高崔嵬，人言犹是王建栽。豪华过眼浮云哉，下马酌酒聊徘徊。飞英送香来酒杯，酒酣疾呼竹篱开。走寻屋角如龙梅，梅龙虽多此其魁。睡龙屈盘肘承胲，风皱雨散封苍苔。孙枝迸出谁胚胎，天公抚摩春为回。慎勿变化随风雷，年年开花照樽罍。我欲结茅买芋煨，与梅周旋送衰颓。

第六章 宋代分韵组诗的新特征

　　　　《得"花"字》　吕凝之

　　出郭岂惮远，满城无此花。新枝开玉雪，老树卧龙蛇。临水互葱蒨，傍篱忽横斜。诗声写奇怪，画本出槎牙。老子晋彭泽，诸公贾长沙。不寻龙李盟，来嗅霜露华。杖屦穿茅舍，壶觞倩酒家。饥餐香馥郁，醉藉影参差。月白雁成字，江清鱼可叉。风流一时胜，野意十倍加。只恐天上去，迹陈锦江涯。归来马蹄疾，惊飞满林鸦。

　　《沈黎使君与客饮王建梅林，分韵作诗，过沉犀，以诗相示，
　　　　阙"树"字，令汉广补之》　樊汉广

　　墙头冉冉新阳露，忽作玲珑玉千树。老蛟偃蹇独避人，卷回飞雪江皋暮。何处鸣禽来好音，四月枝垂起黄雾。摧折霜余初不惧，笑看春光等闲度。百年梦幻欲无言，吹落吹开岂风故？时来荐鼎真偶尔，小住疏篱非不遇。我知天意绝茫茫，无为展转独多虑。为花凄断却回头，尔亦微酸苦难茹。

　　　　《得"下"字》　施晋卿

　　郊原宿雨余，雪重云垂野。春信初动摇，欲往岂无驾。使君早着鞭，问路逢耕者。深寻烟雨村，共作诗酒社。庭荒六老树，气象自俨雅。一笑呼酒来，大盆注老瓦。最后看枯株，何意当大厦？夭矫待风云，有年天实假。须知羹鼎调，嘉实系用舍。我欲寿使君，樽罍更倾泻。明朝得楚骚，健甚无屈贾。君今有锡环，诏落九天下。蜀江雪浪来，棹趁船人把。留滞以诸生，斯文要陶冶。惟应郢中歌，倡绝和自寡。更闻督熊儿，夜赋烛余蛇。它年看无双，声誉出江夏。却笑昌黎公，阿买字能写。

　　《冯先生访梅于成都西郊，同游十五人分韵哦诗，而积不与。
　　　　翌日，先生分"僧"字，属积作之》　张积

　　春回九地阳潜升，南枝破腊如酥凝。疏篱度香竹梢短，寒沙倒影溪流澄。魁然老株忽骇目，雪鳞矫矫双龙腾。天公一叱困仆地，掀髯弄爪高曲肱。长林望断千百株，奋首直欲青云凌。黎州太守和羹手，十里往看车呼登。西江破晓郊路净，合簪者谁金兰朋。欢笑藉草飞大白，行厨载酒多于渑。风花飘摇落杯面，漱齿浇胸如嚼冰。湘流之清岘山瘦，千古邂逅一笑兴。却踏东风急回首，侵夜霜月寒生棱。入门

263

未坐亟相诧,曰今见之生未曾。成都胜事多四蜀,我欲问津云水僧。先生功成早丐身,未老重来醉倚藤。

《得"诗"字》 吕宜之

寒梅如高人,冰雪凛风期。霜威凌万木,孤芳缀疏枝。古来岁寒心,肯与时节移?家家浣溪南,横斜映疏篱。老树更崛奇,矫矫蛟龙姿。中有调鼎味,几年江之湄。征衫十里寒,霜蹄快追随。先生羊叔子,到处英名垂。对花有妙想,豪气无百卮。兴来属湛辈,同出春容诗。①

这组诗中虽然没有近体诗,但可以分为五古和七古两类。其中五古多达十首,如排在最前面的无名氏(杨仲约)《得"旧"字》为六韵,60字;排在第二的是李流谦《得"时"字》,二十韵,200字,篇幅为前诗三倍多。同样属于五古的还有排在第四的宇文师献《得"酒"字》,二十韵,200字;排在第五的杨大光《得"陶"字》,十四韵,140字;排在第六的于格《得"彭"字》,九韵;排在第七的僧宝印《得"泽"字》,十韵,100字;排在第八的杨舜举《得"今"字》,十二韵,120字;排在第九的吕商隐《得"作"字》,十四韵,140字;排在第十一的吕凝之《得"花"字》,十二韵,120字;排在第十三的施晋卿《得"下"字》,十八韵,180字;排在第十五的吕宜之《得"诗"字》,十韵,100字。以上诸人虽然都采用五古的形式,但其篇幅却差别很大,可见当时对诗歌的篇幅并未限定。

除了五古,这组诗中还有少量七古。其中排在第三的是吕及之《得"爱"字》,八韵,112字。特别值得注意的是,排在第十的冯时行《得"梅"字》竟然采用了柏梁体的形式,多达20句,140字,却句句押韵,难中见巧,不仅在这次创作中非常另类,在其余分韵创作中也罕见其俦。

此外,排在组诗第十二的樊汉广《沈黎使君与客饮王建梅林,分韵作诗,过沉犀,以诗相示,阙"树"字,令汉广补之》是七古,八韵,112字;排在第十四的张积《冯先生访梅于成都西郊,同游十五人分韵哦诗,

---

① (宋)扈仲荣、程遇孙:《成都文类》,《文渊阁四库全书》第1354册,台湾商务印书馆,1982~1986,第408~413页。

而积不与。翊日，先生分"僧"字，属积作之》是七古，十四韵，196字。不过，此二诗并非现场所作，而是事后所补。

从以上分析可以看出，这次创作虽然可能约定了诗歌的体式，即专用古体，但在使用五古还是七古上则没有限定，至于篇幅的长短则全看各位赋诗者自己的发挥了。

从上面三节的分析可以看出，相对于唐代，宋代分韵诗明显朝着两个不同的方向发展，呈现出两方面的新特征。一方面，宋人通过使用佳句分韵的方式，将佳句中所有的字分配到具体的诗人，如果有个别人不能成诗，则采用现场补救或事后补救的方式，以确保组诗的完整性；另一方面，在确保完整性的同时，宋人又放松了对诗体和篇幅的限制，既可以限定古体，也可以古体、近体并存，但明显偏重古体诗，从而使得完整的组诗内部呈现出长短自由、丰富多彩的新面貌。

正是由于分韵组诗具有这样两个特征，也是两个优势，才使得"宋型分韵方式"不仅迅速超越了典型的"唐型分韵方式"，而且超越了宋代曾经出现过的其他多种分韵方式，得以一步步发展成为诗人雅集时最常用的创作方式。

第七章　宋代分韵诗的横向影响

　　自金谷、兰亭以来，文人在集会时一起创作诗歌的风气愈演愈烈，先后开拓出同题、分题、分韵、限韵等不同的赋诗方式，其中以分韵最受诗人的重视。早在唐代，分韵已超越分题，成为最有生机的创作方式。至宋，诗人在继承与创新的双重力量推动下，开创并确立了"宋型分韵方式"。依赖这样的创作方式，宋人一方面改变了分韵组诗的编排方式，按照诗歌所用韵字在佳句中的先后排列，而且特别重视组诗的完整性；另一方面又非常偏重古体诗，但并不完全排斥近体诗，使组诗呈现出前所未有的参差错落之美。分韵创作不仅在宋代取得辉煌的成就，在宋后的文人集会赋诗中也一直盛行不衰，将另外几种方式远远甩在后面。元、明、清各朝诗人继承的都不是"唐型分韵方式"，而是"宋型分韵方式"。不仅如此，这种分韵方式在此后的六百多年里基本保留了宋代的特色，再也没有发生明显的变化。从这个意义上说，宋代分韵诗对后世分韵诗的影响不仅巨大，而且深远，无论怎么评价都不算过分。这是学者熟知的事情，无需赘言。这属于纵横影响的方面。除了纵向影响，宋代分韵诗的发展和繁荣还带来一定的横向影响，其中最主要表现在对个人分韵组诗与分韵词创作两个方面。

第一节　个人分韵组诗

　　在新型分韵方式的推动下，宋代出现了一种由个人采用佳句分韵的方式创作而成的组诗。这种创作虽然带有一点分韵的性质，但毕竟只是个人创作，跟多人现场创作的分韵组诗具有根本的不同，因此本书称之为"个人分韵组诗"。严格地说，个人分韵组诗不是分韵诗，不属于本书的研究范围，但它又与分韵诗有关，是宋代分韵诗影响的结果。

一 个人分韵组诗的发展状况

据《全宋诗》统计，现存的个人分韵组诗共有62位作者、109组。按照作品的创作情况，可将宋代个人分韵组诗的发展分为四个阶段。

第一个阶段，北宋中期之前，个人分韵组诗开始出现。今存最早的作品是刘攽《送韩玉汝司封奉使两浙，闻诸公先分题，用"池塘生春草，园柳变鸣禽"字，合为十章四句》：

> 赤骥脱羁䩭，轩然视瑶池。公持汉使节，不减豸冠时。
> 三江亘东南，波浪浮日光。峡中起奔涛，积钱仅成塘。
> 吴帆若飞鸿，千里长风生。组练白玉粒，一月来上京。
> 利术析秋毫，心计游无垠。亦有甘棠荫，蔽芾如旧春。
> 忽为严霜诛，惨戚动秋草。狐狸不足问，豺狼诓横道。
> 诸公惜分手，置酒倚名园。长廊蔽修景，昼无车马喧。
> 露光洗高花，风力曳垂柳。上客请赋诗，主人起为寿。
> 春浓芳菲杂，日夕境气变。望望樯上乌，去去令人羡。
> 壮年吴会游，常有怀远情。想见瓜步南，草长莺乱鸣。
> 驿骑传梅花，书牒封来禽。何以慰别愁，迟此瑶华音。[①]

由刘攽的诗歌标题可以看出，他之所以想到创作这样一组诗歌，是因为听说韩缜奉使两浙时，"诸公"为其送行时使用谢灵运《登池上楼》中的两句诗分韵赋诗。如果没有这次分韵创作在前，就不会有刘攽开创个人分韵组诗。第二章已经考证，这次"诸公"分韵发生在嘉祐七年（1062）三月，刘攽这组诗亦当作于同月或稍后。需要补充说明的是，由于分韵原本就是从分题发展而来，而且是分题的一种特殊形式，所以唐代以后一直有称之为分题者。故刘攽诗题中所说的"分题"，其实就是"分韵"。刘攽

[①] 北京大学古文献研究所：《全宋诗》第11册，北京大学出版社，1993，第7295页。

这组作品的创作，表明个人分韵组诗在北宋中期已经出现了。

第二个阶段，两宋之交，个人分韵组诗迅速发展起来。据《全宋诗》第22册至38册统计，共有夏倪、释德洪、苏过、葛胜仲、李彭、王安中、张扩、程俱、汪藻、韩驹、刘一止、李纲、胡舜陟、朱淑真、郑刚中、王之道、李处权、朱翌、仲并、曾协、周麟之、韩元吉、李吕等23位诗人的38组，分别约占宋代作者总数的37%和作品总数的35%。有的作者一人就创作了好几组，如释德洪有《粹中自郴江，莹中与南归，时余在龙山，容泯斋为诵唐诗"入郭随缘住，思山破夏归"之句，为韵十首》《余所居竹寺，门外有溪流石桥，汪履道过余必终日，既去，送至桥西，履道诵"笑别庐山远，何烦过虎溪"之句，作十诗以见寄，因和之》《三月二十八日枣柏大士生辰，用"达本情忘，知心体合"为韵，作八偈供之，时在健康狱中》《二十九日明白庵主寂灭之日，用"欲得现前，莫存顺逆"为韵作八偈》4组，而李彭有《谢灵运诗云："中为天地物，今成鄙夫有。"取以为韵，遣兴作十章，兼寄云叟》《以"形模妇女笑，度量儿童轻"为韵赋十诗》《以"酒渴爱江清"为韵寄秦廿四》《予与谢幼盘、董瞿老诸人，往在临川甚昵，幼盘已在鬼录。后五年，复与瞿老会宿于星渚。是夕大风雨，因诵苏州"谁知风雨夜，复此对床眠"之句，归赋十章以寄》《喜遇洪仲本于山南，以"蝉噪林逾静，鸟鸣山更幽"为韵，作十诗寄之，兼呈驹父》5组。特别值得注意的是，女诗人朱淑真也加入到这样的作者队伍中了。其《会魏夫人席上，命小鬟妙舞，曲中求诗于予，以"飞雪满群山"为韵作五首》云：

管弦催上锦裀时，体态轻盈只欲飞。若使明皇当日见，阿蛮无计况杨妃。

香茵稳衬半钩月，来往凌波云影灭。弦催紧拍捉（一作促）将遍，两袖翻然作回雪。

柳腰不被春拘管，凤转鸾回霞袖缓。舞彻《伊州》力不禁，筵前扑簌花飞满。

占断京华第一春，清歌妙舞实超群。只愁到晓人星散，化作巫山一段云。

烛光影里粉姿闲，一点愁侵两点山。不怕带他飞燕妒，无言逐拍省弓弯。①

在宋代的诗人队伍中，女诗人的数量很少。从这个意义上说，朱淑真这组诗的出现，有利于说明个人分韵组诗在两宋之交的发展状况。

第三个阶段，南宋中期，个人分韵组诗走向高潮。据《全宋诗》第39册至52册统计，共有陆游、杨万里、喻良能、释宝昙、项安世、陈造、虞俦、周孚、章甫、吕祖谦、陈傅良、舒邦佐、滕岑、杨冠卿、蔡戡、曾丰、赵蕃、孙应时、韩淲等19人的45组，分别占作者总数的31%和作品总数的41%。虽然作者人数比上期略有下降，作品数量反有一定增长，原因在于个别作者的创作较多。如陆游有《和陈鲁山十诗，以"孟夏草木长，绕屋树扶疏"为韵》《岁暮感怀十首以"余年谅无几，休日怆已迫"为韵》《舟中咏"落景余清晖，轻桡弄溪渚"之句，盖孟浩然〈耶溪泛舟诗〉也，因以其句为韵，赋诗十首》《新秋以"窗里人将老，门前树欲秋"为韵作小诗十首》《冬日读〈白集〉，爱其"贫坚志士节，病长高人情"之句，作古风十首》《开岁半月，湖村梅开无余，偶得五诗，以"烟湿落梅村"为韵》《斋中杂兴十首，以"丈夫贵壮健，惨戚非朱颜"为韵》《秋怀十首，以"竹药闭深院，琴尊开小轩"为韵》《杂兴十首以"贫坚志士节，病长高人情"为韵》《秋夜感遇十首，以"孤村一犬吠，残月几人行"为韵》《读王摩诘诗，爱其"散发晚未簪，道书行尚把"之句，因用为韵，赋古风十首，亦皆物外事也》《幽居记今昔事十首，以"诗书从宿好，林园无俗韵"为韵》《杂感十首以"野旷沙岸净，天高秋月明"为韵》等13组。而陈造亦有《复吴秘正五诗（以"识子用心苦"为韵）》《近榆亭（予以近榆名亭，取少陵诗"种杏仙家近白榆"，而梁教授作长篇见赠，以诗句为韵答之)》《谢程帅、袁制使（安抚程丈诗筒不乏，近袁丈制帅附寄蜀书五部，以"把笔已头白，见书犹眼明"为韵以谢)》《同陈宰、黄簿游灵山八首，宰云："吾辈可谓'忙里偷闲，苦中作乐'。"以八字为韵》《十诗谢廖计使（以后山诗"何以报嘉惠，江湖永相

---

① 北京大学古文献研究所：《全宋诗》第28册，北京大学出版社，1998，第17977~17978页。

忘"为韵）》《寄严文炳（以"寄声来问安，足音到空谷"为韵，严寄书存问甚至云）》《次张学录韵十首（张以"新凉入郊墟，灯火稍可亲"为韵）》7组。作为南宋最重要的诗人，陆游积极创作个人分韵组诗，说明这种创作已经大诗人所重视，因而取得了更大的成就。

第四个阶段，南宋后期，个人分韵组诗逐渐衰落。据《全宋诗》第53册至72册统计，共有刘学箕、刘宰、陈耆卿、包恢、程公许、王迈、赵时韶、戴昺、徐经孙、唐士耻、方岳、李曾伯、陈著、姚勉、方回、周密、蒲寿宬、戴表元、陆文圭等19位作者的25组，分别占作者总数的31%和作品总数的23%。虽然作者数量下降尚不明显，但作品数量仅为第二阶段的三分之二，而略多于第三个阶段的一半而已，其衰落趋势是非常明显的。尽管如此，此期仍有个别人的作品较有新意。如刘学箕《紫溪庄舍读癸丑壁间旧题，转眼忽十八年，同游十不存一，滋兰弟亦作古人，拂拭洒涕几不能去，因诵欧公诗云："人昔共游今有几，树犹如此我何堪。"以是为韵，感怀成十四章，庚午四月中浣》：

维昔旧游，十有八春。中间往来，合散风尘。词翰在壁，瞻之愈新。忆我仲弟，眇然怀人。

吁嗟人生，年不满百。天地圈形，百代过客。去日苦多，来日苦窄。我曷不乐，慨念畴昔。

丱角灯窗，砚席是共。春山朝吟，秋堂夜诵。弃背三年，心骨沉痛。几夜见君，似梦非梦。

念昔童稚，泛然若弟。惟我与君，孤诣同修。博文约礼，匪遽匪游。子方盛年，遽赴玉楼。

朱垣素壁，醉墨漓淋。虚堂重临，思古伤今。文不忍诵，盟弗可寻。即事即物，抆泪痛心。

旧题墨妙，龙蛇户牖。步骤欧虞，模仿颜柳。醉里百篇，冥搜九有。天胡夺我，张仲孝友。

屈指友于，只今存几？自仲之去，失此奇伟。言不胜情，心旌愤悱。哀哉苍天，雨泪如洗。

团团庭柯，清美无度。今我来斯，忽然老树。偃蹇轮囷，剥蚀摧蠢。朱颜舜华，讵得如故？

兴念陈迹，梦寐吾犹。植杖风雩，某水某丘。日居月诸，循环靡休。迭尔遄迈，曾不我留。

忆自束发，兹焉寓居。载思载瞻，宛不异初。极目遐眺，清风穆如。抚事怀人，悲来感余。

少生四方，游紫之水。每有良朋，见止遘止。长哦伐木，求友乎此。乐以忘忧，云胡不喜。

维亲与朋，杂然满坐。华屋连甍，红紫繁夥。半世重游，雾迷烟锁。慨然抚膺，谬悠老我。

念昔考盘，硕人之蘧。琴豆觞酒，寤寐笑（一作啸）歌。逝者弗返，涕泗滂沱。念彼不乐，伤如之何？

贤乎仲弟，和乐且湛。自我不见，岁龠换三。百感交集，忧心如惔。山凝暮云，回首不堪。①

每首皆四言八句，不仅形式非常独特，而且以多达 14 首的规模，成为难得的大型组诗。

由以上分析可以看出，个人分韵组诗在宋代经历了产生、发展、高潮和衰落四个阶段，呈现出一个比较完整的发展周期。

二 个人分韵组诗的主要特征

现存宋代的个人分韵组诗多达 109 组，已经表现为较大的规模，同时也形成了自己的若干特点。

其一，组诗形式整齐。所有的个人分韵组诗，全部都是齐言，或者都是五言诗，或者都是七言，或者都是四言诗，没有交叉的情况。再就每组内的诗歌而论，在形式上也非常整齐，即每组诗中的各首诗的形式都是一致的。如上面所举的几个例子，刘攽的十首都是五言四句，朱淑真的五首都是七言四句，刘学箕的十四首都是四言八句，虽然采用的诗

---

① 北京大学古文献研究所：《全宋诗》第 53 册，北京大学出版社，1998，第 32917~32918 页。

体不同，但每组诗在形式上都非常整齐。不仅这三组如此，其余的组诗也大都是如此。至于例外，则只有组诗内各诗长短不同的情况，仅涉及以下几组五言诗：葛胜仲《送伸仲归漆塘，以"语及君臣际，经书满腹中"为韵十首》其一、其二、其四、其五、其八为六韵，其三、其七，其十为七韵，其六为四韵，其九为五韵。① 刘一止《送吴兴太守卢给事赴兵部侍郎召四首，以"邦家之光"为韵》其一为九韵，其二为六韵，其三为八韵，其四为十三韵。② 朱翌《十月旦读子美"北风吹瘴疠，羸老思散策"之句，初寮尝作十诗，因次其韵》其一、其六、其七为七韵，其二、其三，其八、其九为八韵，其四为五韵，其五、其十为六韵。③ 最为奇特的是程俱《黄鲁直有"食甘念慈母，衣绽怀孟光"之句，用为韵作五首以寄旅怀》：

据梧不必席，襄趼不必舄。饥来太仓陈，饱胜列鼎食。愿言伏嵁岩，保此稼穑甘。正使能已百，宁当笾豆三。

涧林如白鬈，色变不可染。招提据木末，清凛绝浮念。俯窥群啄鸡，仰见乌哺儿。敛手不敢吓，无为伤彼慈。

吴山视诸山，笋秀若诸母。上有一段云，使我屡回首。瀫水向浙水，凉飙生远漪。中有一双鲤，为传我所思。高堂有华发，游子行当归。归欤不可缓，霜露沾人衣。

棼丝不可经，百结不可绽。吾今成放浪，岂复事编简。羁游无好怀，坐看西日颓。壮心正不已，亦复何为哉。

伯鸾未山栖，俯首愧贤孟。一朝相告语，矫首谢三聘。谢公卧东山，故有经纶兴。夫人劝之仕，拥鼻作伧咏。终然为时须，起揽晋国柄。古人重行藏，二士聿有光。吾志属有在，姑安此糟糠。④

---

① 北京大学古文献研究所：《全宋诗》第 24 册，北京大学出版社，1998，第 15616～15617 页。
② 北京大学古文献研究所：《全宋诗》第 25 册，北京大学出版社，1998，第 16682～16683 页。
③ 北京大学古文献研究所：《全宋诗》第 35 册，北京大学出版社，1998，第 20816～20817 页。
④ 北京大学古文献研究所：《全宋诗》第 25 册，北京大学出版社，1998，第 16246～16247 页。

跟本节所讨论的其余所有组诗中的所有作品都一韵到底不同，程俱的这组诗每首使用两个韵字，也就意味着都要换韵一次。而且组诗中各诗的长度也不一致，其一、其二、其四为四韵，其三为六韵，其五为七韵。以上情况表明，虽然存在个别组诗中各诗长度不够一致的情况，但为数甚少，不足以改变个人分韵组诗在总体上形式整齐的结论。

其二，古近体并存。这可以从两个层面来分析。第一，从组诗的层面看，有的组诗属于近体，有的组诗属于古体，二者并存。如上面所举刘学箕的十四首四言诗自然都是古体；程俱的五首五言诗竟然换韵，当然也是古体。除了这两种情况，即便是那些各诗长度相同的五言、七言组诗，属于古体的尚多，不再一一列举。而有的组诗属于近体，如胡舜陟《泛歙溪用老杜诗"青惜峰峦过"为韵》：

港净千寻碧，峰回两岸青。鹭飞烟漠漠，猿啸竹（一作雨）冥冥。鸡犬闻声地，云霞蔽隐扃。桃源疑此是，时复问渔舲。

溪山美有余，自古神仙宅。筑室隐宣平，题诗来李白。至今负薪人，间（一作闻）是餐霞客。不向此寻真，飘蓬端可惜。

万山回合处，葱郁钓台峰。道义高千古，箪瓢敌万钟。羊裘甘寂寞，凤阙肯从容。勿谓狂奴态，清风激懦庸。

草木纷纷落，江山正薄寒。云藏桐子宅，波急沈郎滩。回首家林远，多愁革带宽。青枫知客恨，涂血点林峦。

观山如走马，倏忽千群（一作寻）过。水从云际来，身疑天上坐。羁旅猿失群，往复蚁旋磨。五韵写中肠，悲词成楚些。[①]

尽管在两首仄韵诗中仍有个别字不合平仄，但总的说来，每首都是五言八句，中间两联对仗，各联之间皆注意粘对，因此可以从总体上看作五律。又如虞俦《汉老弟寄和"花发多风雨，人生足别离"韵十绝，因和之》：

自笑为容非白璧，从渠入耳有黄华。一行作吏浑无况，两眼新来

---

① 北京大学古文献研究所：《全宋诗》第 27 册，北京大学出版社，1998，第 17851 页。

病有花。

　　风前无赖花飞急，少待须臾莫仓卒。不堪姚魏遽飘零，尚有酴醾能秀发。

　　春尽园林莺懒唤，日长官舍雀堪罗。二毛老去浑无用，一掬愁来不奈多。

　　几多白白与红红，争似淮山小桂丛。薄领沉迷春又过，枉教二十四番风。

　　有酒不浇坟上土，浮花浪蕊何须数。营巢燕子恰迎风，逐妇鹁鸪还唤雨。

　　割鸡自叹非初意，有底徘徊绊此身。官事未知何日了，溪边谁识望云人。

　　三春已过二春了，十日那无一日晴。已是飘零成老丑，更怜行乐负平生。

　　照坐雕盘花一簇，满瓮葡萄酒新绿。那知身后更浮名，若论眼前不翅足。

　　莫将杨柳轻攀折，人生会少多离别。芍药留残十日春，杜鹃啼破千山月。

　　十首新诗逼黄绢，数行妙墨写乌丝。摩挲老眼还惊顾，文采珊瑚斗陆离。[1]

这组诗中，只有其九的第二句"人生会少多离别（平平仄仄平平仄）"，竟然与前句同，不合格律，按照仄韵格律的要求，此处当为"仄仄平平平仄仄"。此外其二的两联也失粘了。不过，失粘的诗歌一般是看作近体诗的。说实话，由于每组诗中都会有一些仄韵诗，而古人又不太习惯写作仄韵近体诗，这就使得整组都是近体诗的情况比较少。因此即便如此处所举两组，其中的仄韵诗仍会出现一些问题，显得不那么合律。

第二，更多的组诗虽然各诗句数相同，但有些属于近体，有些属于古体。如李吕《和吴微明"疏影横斜水清浅"七咏韵》：

---

[1] 北京大学古文献研究所：《全宋诗》第46册，北京大学出版社，1998，第28575页。

深丛茉莉香有余,秋李争春俗不除。借箸推排风味胜,尖新莫向小梅疏。

避俗渊明心会景,只咏孤松秀冬岭。争识槎牙竹外枝,月上空阶间金影。

倚竹风神不胜情,裁云刻月斗轻明。澄鲜只合骚人惜,懒对红尘肉眼横。

岭上休将贝阙夸,江头聊比玉川家。个中真趣谁能会,独对回风雪阵斜。

碧涧潺潺暮山紫,闭关危坐心如水。窗间微见一枝横,鼻观得香尤可喜。

胜赏须倾竹叶青,此花元自圣之清。翻思杜老尤耽玩,野水横吹当酒行。

斜入茅檐如有恨,高情每赖吟题遣。要知调鼎会有时,且占寒溪照清浅。①

这组诗中,其一、其二显然是古体,其三、其四、其五、其六显然是近体,只有其七比较麻烦,大致属于近体,可是第三句第六字处当用平声字,不当用"有"。当然,不管将这首诗看作近体还是古体,这组诗都是由古体、近体共同组成的。最典型的是韩淲《小酌饯耿运干、赵推官分韵复和韵(时坐人以"叶润林塘密"为韵分赋,皆次其韵)》,这组诗共五首,均五言八句,可是却被分作两处,其中三首被收入"五古",而另外两首却被收入五律。②

从上面的分析可以看出,在个人分韵组诗中虽然有一些全用古体的情况,也有少量全用近体的现象,但更多的情况其实是古体与近体并存。

其三,以每组十首为主。组诗是由一定数量的诗歌组成的,那么对于这109组来说,按照每组诗的诗歌数量计算,呈现出一种什么样的分布状态呢?尽管出现了每组十四首、十首、九首、八首、七首、五首、四首等

---

① 北京大学古文献研究所:《全宋诗》第38册,北京大学出版社,1998,第23840页。
② 北京大学古文献研究所:《全宋诗》第52册,北京大学出版社,1998,第32484、32556页。

七种情况,但每组十首的数量最多,共有 62 组,超过总数的一半以上。其次为每组五首,有葛胜仲《余谪沙阳,地僻家远,遇寒食如不知,盖闽人亦不甚重其节也感而赋诗五首,以杜子美"无家对寒食"五字为韵》、李彭《以"酒渴爱江清"为韵寄秦廿四》、程俱《黄鲁直有"食甘念慈母,衣绽怀孟光"之句,用为韵作五首以寄旅怀》、汪藻《庚午岁屏居零陵,七月二十日以"门掩候虫秋"为韵赋五首》、胡舜陟《泛歙溪用老杜诗"青惜峰峦过"为韵》、朱淑真《会魏夫人席上,命小鬟妙舞,曲中求诗于予,以"飞雪满群山"为韵作五首》、王之道《送彦立兄游太学,以"恩袍草色动"为韵》、陆游《开岁半月,湖村梅开无余,偶得五诗,以"烟湿落梅村"为韵》、杨万里《临贺别驾李子西同年寄五字诗,以杜句"君随丞相后"为韵和以谢焉五首》、项安世《大人生朝代诸儿五首,以"春风花草香"为韵》、陈造《复吴秘正五诗(以"识子用心苦"为韵)》、舒邦佐《以昌黎"验长常携尺"为韵赋笋五首》、曾丰《用山谷"新诗徒拜嘉"之句为韵赋五篇报尹直卿》、赵蕃《留别成父弟以"贫贱亲戚离"为韵五首》、孙应时《送张敬夫栻以"追送不作远"为韵赋诗五章,借手言别,不胜惓惓爱助之诚,情见乎辞,惟高明幸教》、韩淲《小酌饯耿运干、赵推官分韵复和韵(时坐人以"叶润林塘密"为韵分赋,皆次其韵)》、陈耆卿《以"新凉入郊墟"为韵简叶孟我丈》、王迈《寄浙漕王子文野以"思君令人老"五字为韵得诗五首》李曾伯《用"谈笑青油幕"为韵贺吴叔永制机》等 19 组,接近总数的五分之一。

至于其余情况,数量都要少得多了。每组八首的有释德洪《三月二十八日枣柏大士生辰,用"达本情忘,知心体合"为韵,作八偈供之,时在健康狱中》《二十九日明白庵主寂灭之日,用"欲得现前,莫存顺逆"为韵作八偈》,仲并《送大理金少卿赴阙,以"老成耆德,重于典刑"为韵,兼寄呈刑曹徐侍郎》等 9 组,不到总数的十分之一。每组七首的有韩元吉《送杜少卿起莘知遂宁府,以"高明千古重如山"为韵七首》、李吕《和吴微明"疏影横斜水清浅"七咏韵》、陈造《近榆亭(予以近榆名亭,取少陵诗"种杏仙家近白榆",而梁教授作长篇见赠,以诗句为韵答之)》、舒邦佐《以鲁直"露湿何郎试汤饼"为韵赋荼䕷七首》等 8 组。每组十四首的有韩驹《曾大父有诗云:"三春拂榻花粘袖,午夜淘丹月在池。"舍弟子飞归蜀,与语及此,因取为韵》、赵蕃《以坡公"君如大江日千里,我如此水千山底"为韵作小诗十四首,重送在伯,盖深有感于斯句》、刘学箕《紫溪庄舍读癸丑壁间旧题,转眼忽十八年,同游十不存一,滋兰弟亦作古人,拂拭洒涕几不能去,因诵欧公诗云:"人昔共游今有几,树犹如此我何堪。"以是为韵,感怀成十四章,庚午四月中浣》等 6 组。每组四首的有刘一止《太守生辰四首,以"受天百禄"为韵》、刘一止《又以"永锡难老"为韵》、刘一止《送吴兴太守卢给事赴兵部侍郎召四首,以"邦家之光"为韵》和吕祖谦《送丘宗卿博士出守嘉禾,以"视民如伤"为韵(乾道七年正月)》等 4 组。而每组九首的更只有姚勉《谢久轩蔡先生惠墨九首("墨以传千古文章之印"为韵)》一组而已。

总之,宋代出现的个人分韵诗不仅形式整齐,而且古体、近体并存,甚至还形成了以十首为主的组诗形式。

三 个人分韵组诗与宋代分韵诗之关系

分韵诗与个人分韵组诗虽然都有"分韵"的性质,其实是两种不同类型的诗歌。那么,二者之间有着什么样的关系呢?这可以从两个方面来探讨。

一方面,个人分韵组诗深受宋代分韵诗的影响。这种影响是多方面的。首先,分韵诗推动了个人分韵组诗的出现,没有前者也就没有后者。前文已经说过,刘攽之所以写作了最早的个人分韵组诗即《送韩玉汝司封奉使两浙,闻诸公先分题,用"池塘生春草,园柳变鸣禽"字,合为十章四句》,就是由于听说"诸公"用"池塘生春草,园柳变鸣禽"写了一组分韵诗,而他自己没有机会参加,大概是为了弥补这种遗憾,他就凭一己之力完成了这组诗歌,同时也开创了一类新的诗歌。即便在个人分韵组诗产生后,分韵诗的影响仍是巨大的。试想,如果没有社会上普遍存在的分韵诗创作风气,也就不会有个人分韵组诗发展的文化环境。又如周密有题作《游法华瑶阜蜃洞,以"糁径杨花铺白毡,点溪荷叶叠青钱"分韵,余既有作,复各赋古诗一以纪游事》的个人分韵组诗。由诗题不难看出,周密等人游法华瑶阜蜃洞时,以"糁径杨花铺白毡,点溪荷叶叠青钱"为题作了一组分韵诗。之后，他意犹未尽，于是又作了一组个人分韵组诗。这也是宋代分韵诗影响个人分韵组诗创作的明显例子。这里再举一个极端的例子。前面提到韩淲《小酌钱耿运干、赵推官分韵复和韵（时坐人以"叶润林塘密"为韵分赋，皆次其韵）》本是一组诗，却被分作两处。其中被收入"五古"的三首为：

山林闲放身，幽意苦不惬。因来我壶觞，且送尔官牒。池莲红未葩，园笋绿已叶。去住岂愿违，人寰付尘劫。

痫疾已烟霞，药石从美疢。谁怜名宦迟，我觉幻化迅。兴与山孤高，语带涧深润。去去上下塘，应劳青眼瞬。

勿云杯酒阑，且认语笑密。婆娑真一老，跌宕忻六逸。交游贵忘年，志意当惜日。舒而有鼎鬵，卷而有篇帙。①

而被收入"五律"的另外两首是：

潜鱼空浪藻，倦翼漫风林。邂逅留连饮，从容取次吟。名言惊思苦，离话惜情深。昔尔那知此，他还未必今。

雨歇收朝润，风回起夕凉。君今过澧浦，客有到钱塘。落涧高槐影，浮檐细竹光。寻思须浪赋，杂伯更谈王。②

虽然这组诗在收入诗人别集时分作两处，但其原本就是一组，而且是按照"叶润林塘密"的顺序排列的。因为是次韵创作，由此也可推断出诸人所作分韵诗原来的用韵情况。至于同是五言八句，为何又有古体，又有律诗，可能分韵诗的作者将几首仄韵诗都写成了古体。

尽管分韵诗对个人分韵组诗的影响如此强势，也并不意味着这种影响只是单向的。事实上，对于分韵诗的发展，个人分韵组诗也具有一定的反作用。分韵诗带有较强的竞技性质，为了适应这样的创作环境，并尽量能按时创作出更好的作品，诗人在平时必须进行这方面的训练。个人分韵组

---

① 北京大学古文献研究所：《全宋诗》第 52 册，北京大学出版社，1998，第 32484 页。
② 北京大学古文献研究所：《全宋诗》第 52 册，北京大学出版社，1998，第 32484、32556 页。

诗的创作正好可以起到这方面的作用。

另一方面，分韵诗又与个人分韵组诗有着诸多的明显不同。个人分韵组诗虽然深受分韵诗的影响，其相同之处也很多，但二者毕竟是不同诗歌形式，这也就决定了它们在一些方面具有明显的不同。

首先是集体性创作与个人独创之不同。本书所说的分韵诗，专指两个以上的作者在同次创作中按照分得的一个或多个韵字创作出来的诗歌。这是带有较强的集体性色彩的创作。这样完成的组诗中，每个作者拥有创作权的通常只有一首，也有两首和多首的情况，但相对较少。至于整组诗，则不能看作是哪位诗人的作品，而是所有参加者共同创作的结果。而个人分韵组诗则完全是一个人独创的产物，并没有其他作者参加。这也是其虽然带有"分韵"性质却不能被看作分韵诗的主要原因。

其次是创作时间之不同。分韵诗创作强调即时性，即当场完成。既然是多人参加的创作活动，参加者就要当场写出作品，以便彼此互相交流和赏玩，也方便将全部作品及时编辑在一起。前引冯时行《梅林分韵诗序》专门交代有人的诗歌不是现场所作，原因是参加者"首眩"，于是几天后另请人补了一首。这种特别情形的出现，恰好反证出要求参加者现场完成诗歌才是常例。当然，似乎也有不要求现场完成的情况。朱熹有《闰月十一日月中坐彭蠡门，唤船与诸人共载泛湖，至堤首回棹入西湾，还分韵赋诗，约来晚复集，诗不至者，浮以太白（签判渺、教授空、知县望、吴学录柱、掌仪明、大彭兄兰、判官击、南公一、小彭兄邈、彦忠人直卿、余公度浆，敬直怀、卫父天、野流、晦翁、光泰、儿美棹方）》一诗，据其题意可知，诸人分韵赋诗是在晚上，但将完成诗歌的时间定在第二天晚上。需要指出的是，作为一种特例，这次分韵创作虽然没有要求现场完成，而是留了一天时间，但对时间还是做出明确地限定，甚至对违反者还申明了惩罚措施："诗不至者，浮以太白。"即到时拿不出诗歌的人，要被罚喝一大杯酒。而个人分韵组诗只是一个人的独创，与其他人没有关系，所以什么时候完成全凭作者的兴致和能力。正因为如此，个人分韵组诗既可以在较短的时间一气呵成，如前引朱淑真的五首诗就是在魏夫人的宴席上现场完成的；也可以在不同的时间里渐次完成。滕岑有

《三月十二日晚雨,因取渊明诗"微雨洗高林,林飙矫云翩"之句定韵,赋十诗。翌日雨未已,侄坦适来相招,时方赋六首,暮雨暗,还舍遂足十韵》,据其题意可知,滕岑选择陶渊明"微雨洗高林,林飙矫云翩"两句诗写作个人分韵组诗,是因为那天晚上正好下雨了,至于当时写几首,则不得而知。到了第二天,雨还在下,他就接着写。中间因为有事外出,创作也就暂停了。晚上雨还在下,他就回家后续写了四首,终于完成了这组诗。

其三是作品保存情况不同。对于一组分韵诗来说,由于是多人共同完成的,所以参加者往往只会将自己的作品收入别集。不过,当时的参加者大都会将其汇成一卷,以便集中流传。可是从保存的角度来说,这样的诗卷虽然很多,却很难真正流传下去。而得以流传下来的少量几组,往往依赖于一些特殊的因素。有的附录在某人别集之中。如淳祐七年三馆诸公为蔡杭送行,以"风霜随气节,河汉下文章"分韵,完成的作品就因为附录在蔡杭的《久轩集》中得以保存。有的依赖于地方文献的收录才得以保存。如冯时行等人的《梅林分韵诗》是因为被扈仲荣及时收入《成都文类》才能流传到现在。有的原因更为偶然,如苏轼等人所作的《元祐八诗帖》是作为书法真迹被岳珂收录到《宝真斋法书赞》中才得以保存的。正因为分韵诗的保存如此不易,所以尽管当时开展了那么多的创作,尽管今天尚能在个人名下见到那么多的零散作品,完整的组诗却寥寥无几。比较而言,个人分韵组诗在保存上有一个明显的优势,因为同属一个人的创作,自然要收入作者的别集。只要别集能够流传,其中的个人分韵组诗也就有机会被保存下来。相对于分韵诗来说,个人分韵组诗创作的次数要少得多了,可是那些分韵组诗却很少被完整保存下来,而个人分韵组诗大都保存得很完整,其原因即在这里。

总之,个人分韵组诗虽然在发展过程中受到分韵诗深刻影响的同时,也形成了一些不同于分韵诗的若干特点。

个人分韵组诗是宋代出现的一种诗歌新类别。它是在分韵诗的推动和影响下发展起来的,同时与分韵诗保持着非常密切的关联。个人分韵组诗虽然不像分韵诗那样需要作者和其他人同台竞技,但也带有一定的逞才性质。这两种诗歌形式既互相联系，又互相区别，彼此互相推动，所以得以共同发展。宋代如此，宋代以后也是如此。在元、明、清三代，不但"宋型分韵方式"一直非常盛行，个人分韵组诗的创作也同样非常盛行。

第二节　分韵词

个人分韵组诗虽然与分韵诗不同，毕竟还属于诗歌一类。不仅如此，分韵诗的横向影响还体现在这样一个独特的方面，即推动了词中的一个类别——分韵词的产生和发展。只是分韵词无论在宋代还是宋代以后都发展得不够充分。

一　分韵词在宋代的出现和发展

北宋似乎没有出现分韵词。最早带有"分得某字"标志的作品是赵鼎《浪淘沙·九日会饮分得"雁"字》：

霜露日凄凉。北雁南翔。惊风吹起不成行。吊影苍波何限恨，日暮天长。　为尔惜流光。还是重阳。故人何处舣危樯。寄我相思千点泪，直过潇湘。①

略读一遍即不难看出，这根本就不是分韵词，而是分题词。在相关的分题创作活动中，赵鼎分得的题目是《雁》，所以全词都是咏雁的内容；至于其用韵，则与"雁"字毫无关系。至于将"分韵"称为"分题"，则是因为"分韵"本来就是"分题"的特殊形式。前文谈到分韵诗时也有这样的例子。直至南宋，从史浩的《西江月·即席答官伎得"我"字》，我们才见到真正的分韵词：

---

① 唐圭璋：《全宋词》第 2 册，中华书局，1965，第 948 页。

红蓼千堤挺蕊,苍梧一叶辞柯。夜阑清露泻银河。洗出芙蓉半朵。　　解带初开粉面,绕梁还听珠歌。心期端的在秋波。想得今宵只我。①

此词主要赞美某官伎的美丽过人和声音美妙,但在用韵时使用分到的"我"字,因此的确是分韵词了。据现有的文献看,南宋前期可以确定为分韵词的作品只有这一首,可以推断当时的创作本来就不多。

南宋中期以后,分韵词创作逐渐增多,见于记载的作品也逐渐多了。今存以下诸作:

1. 史达祖《齐天乐·湖上即席分得"羽"字》:

鸳鸯拂破蘋花影,低低趁凉飞去。画里移舟,诗边就梦,叶叶碧云分雨。芳游自许。过柳影闲波,水花平渚。见说西风,为人吹恨上瑶树。　　阑干斜照未满,杏墙应望断,春翠偷聚。浅约接香,深盟捣月,谁是窗间青羽。孤筝几柱。问因甚参差,暂成离阻。夜色空庭,待归听俊语。②

2. 吴泳《满江红·仓江分韵送晏钤干词》:

元帅筹边,谁肯办、向前一著。大丞相、孙儿挺伟,素闲兵略。杨柳依依烟在眼,檀车啴啴春浮脚。更何妨、二十五长亭,横冰檗。　　登剑栈,怀关洛。机易去,愁难割。岂而今全是,从前都错。鹿走未知真局面,兽穷渐近空篱落。早经营、勋业复归来,江头酌。③

3. 赵以夫《龙山会·去年九日,登南涧无尽阁,野涉赋诗,仆与东溪、药窗诸友皆和。今年陪元戎游升山,诘朝始克修故事,则向之龙蛇满壁者,易以山水矣。拍阑一笑。游兄、几叟分韵得"苦"字,为赋商调龙山会》:

九日无风雨。一笑凭高,浩气横秋宇。群峰青可数。寒城小、一

---
① 唐圭璋:《全宋词》第 2 册,中华书局,1965,第 1265 页。
② 唐圭璋:《全宋词》第 4 册,中华书局,1965,第 2342 页。
③ 唐圭璋:《全宋词》第 4 册,中华书局,1965,第 2510~2511 页。

水萦洄如缕。西北最关情,漫遥指、东徐南楚。黯销魂,斜阳冉冉,雁声悲苦。　今朝黄菊依然,重上南楼,草草成欢聚。诗朋休浪赋。旧题处、俯仰已随尘土。莫放酒行疏,清漏短、凉蟾当午。也全胜、白衣未至,独醒凝伫。①

4. 吴潜《满江红·景回计院行有日,约同官数公,酌酒于西园,取吕居仁〈满江红〉词"对一川平野,数间茅屋"九字分韵,以饯行色,盖反骚也。余得"对"字,就赋》:

把手西园,有山色、波光相对。金马客,明朝飞棹,水肥帆驶。问我年华旬并七,异乡时景春巴二。最堪怜、游子送行人,垂杨外。　聊小小,旌旗队。聊且且,笙歌载。正冥蒙烟雨,许多情态。南北枝头犹点缀,东西玉畔休辞避。待莼鲈、归思动西风,相携未。②

在这个时期,作品最多的是吴文英,今存可考的分韵词有 8 首,下文专门论述这些作品。

迨至宋亡前后,分韵词创作似乎更少,但见于《全宋词》的仍有以下几首。

1. 汪元量《疏影·西湖社友赋红梅,分韵得"落"字》:

虬枝茜萼。使轻盈态度,香透帘幕。净洗铅华,浓抹胭脂,风前伴我孤酌。诗翁瘦硬□□□,断不被、春风熔铄。有陇头、折赠殷勤,又恐暮笳吹落。　寂寞。孤山月夜,玉人万里外,空想前约。雁足书沉,马上弦哀,不尽寒阴砂漠。昭君滴滴红冰泪,但顾影、未忺梳掠。等怎时、环佩归来,却慰此况萧索。③

2. 赵必璆《朝中措·饯梅分韵得"疏"字》:

冰肌玉骨为谁癯。只为故人疏。憔悴粉销香减,风流不似当

---

① 唐圭璋:《全宋词》第 4 册,中华书局,1965,第 2662 页。
② 唐圭璋:《全宋词》第 4 册,中华书局,1965,第 2755 页。
③ 唐圭璋:《全宋词》第 5 册,中华书局,1965,第 3343 页。

初。　　聚能几日，忽忽又散，骑鹤西湖。整整一年相别，到家传语林逋。①

3. 张炎《西河·依绿庄赏荷，分"净"字韵》：

　　花最盛。西湖曾泛烟艇。闹红深处小秦筝，断桥夜饮。鸳鸯水宿不知寒，如今翻被惊醒。　　那时事、都倦省。阑干来此闲凭。是谁分得半机云，恍疑昼锦。想当飞燕皱裙时，舞盘微堕珠粉。　　软波不剪素练净。碧盈盈、移下秋影。醉里玉书难认。且脱巾露发，飘然乘兴。一叶浮香天风冷。②

4. 张炎《大圣乐·华春堂分韵同赵学舟赋》：

　　隐市山林，傍家池馆，顿成佳趣。是几番临水看云，就树揽香，诗满阑干横处。翠径小车行花影，听一片春声人笑语。深庭宇。对清昼渐长，闲教鹦鹉。　　芳情缓寻细数。爱碧草平烟红自雨。任燕来莺去，香凝翠暖，歌酒清时钟鼓。二十四帘冰壶里，有谁在箫台犹醉舞。吹笙侣。倚高寒、半天风露。③

虽然张炎的这首词没有记录所分的韵字，但题中明确地说"分韵"，因此无疑也是分韵词。

据《全宋词》和《全宋词补辑》二书考察，能确定的分韵词大约只有以上17首。这类作品的数量虽然不多，但足以证明分韵词不仅在南宋已经出现，而且也得到了一定程度的发展。这些词作有长有短，史浩用的《西江月》、赵必瓛用的《朝中措》属于小令，而他人之作均属于慢词。不论选择小令还是慢词，诸人之作还有一个共同的特点，即全都使用一韵到底的词调。只有《西江月》稍有不同，该词调虽然不算换韵，但上下阕均用同部的三个平声韵字和一个仄声韵字。

---

① 唐圭璋：《全宋词》第5册，中华书局，1965，第3385页。
② 唐圭璋：《全宋词》第5册，中华书局，1965，第3478页。
③ 唐圭璋：《全宋词》第5册，中华书局，1965，第3864~3865页。

二　吴文英的分韵词

虽然南宋的分韵词创作次数不多，但却出现了一个作品相对较多的词人——吴文英。他一人即有八首作品，占了总数近一半。其作品依次如下：

1.《瑞鹤仙·钱郎纠曹之严陵》：

夜寒吴馆窄。渐酒阑烛暗，犹分香泽。轻帆展为翻。送高鸿飞过，长安南陌。渔矶旧迹。有陈蕃、虚床挂壁。掩庭扉，蛛网粘花，细草静摇春碧。　　还忆。洛阳年少，风露秋蓥，岁华如昔。长吟堕帻。暮潮送，富春客。算玉堂不染，梅花清梦，宫漏声中夜直。正逋仙、清瘦黄昏，几时觅得。①

此词在《全宋词》中的题目虽然没有"分得某字"字样，但在《梦窗词汇校笺释集评》本题作《钱郎纠曹之严陵分韵得"直"字》。② 对照词作中各韵脚，"分韵得'直'字"是可信的。

2.《宴清都·送马林屋赴南宫，分韵得"动"字》：

柳色春阴重。东风力，快将云雁高送。书萦细雨，吟窗乱雪，井寒笔冻。家林秀橘霜老，笑分得、蟾边桂种。应茂苑、斗转苍龙，唯潮献奇吴凤。　　玉眉暗隐华年，凌云气压，千载云梦。名笺淡墨，恩袍翠草，紫骝青鞚。飞香杏园新句，眩醉眼、春游乍纵。弄喜音、鹊绕庭花，红帘影动。③

3.《暗香·送魏句滨宰吴县解组，分韵得"阖"字》：

县花谁葺。记满庭燕麦，朱扉斜阖。妙手作新，公馆青红晓云湿。天际疏星趁马，帘昼隙、冰弦三叠。尽换却、吴水吴烟，桃李靓

---

① 唐圭璋：《全宋词》第4册，中华书局，1965，第2876页。
② （宋）吴文英：《梦窗词汇校笺释集评》，吴蓓笺校，浙江古籍出版社，2012，第45页。
③ 唐圭璋：《全宋词》第4册，中华书局，1965，第2883页。

春屐。　风急。送帆叶。正雁水夜清，卧虹平帖。软红路接。涂粉闹深早催入。怀暖天香宴乗，花队簇、轻轩银蜡。便问讯、湖上柳，两堤翠匝。①

4.《探芳信·丙申岁，吴灯市盛常年。余借宅幽坊，一时名胜遇合，置杯酒，接殷勤之欢，甚盛事也。分"镜"字韵》：

暖风定。正卖花吟春，去年曾听。旋自洗幽兰，银瓶钓金井。斗窗香暖悭留客，街鼓还催暝。调雏莺、试遣深杯，唤将愁醒。　灯市又重整。待醉勒游缰，缓穿斜径。暗忆芳盟，绡帕泪犹凝。吴宫十里吹笙路，桃李都羞靓。绣帘人、怕蓦飞梅翳镜。②

5.《声声慢·友人以梅、兰、瑞香、水仙供客，曰四香，分韵得"风"字》：

云深山坞，烟冷江皋，人生未易相逢。一笑灯前，钗行两两春容。清芳夜争真态，引生香、撩乱东风。探花手，与安排金屋，懊恼司空。　憔悴欹翘委佩，恨玉奴消瘦，飞趁轻鸿。试问知心，尊前谁最情浓。连呼紫云伴醉，小丁香、才吐微红。还解语，待携归、行雨梦中。③

6.《高阳台·丰乐楼分韵得"如"字》：

修竹凝妆，垂杨驻马，凭阑浅画成图。山色谁题，楼前有雁斜书。东风紧送斜阳下，弄旧寒、晚酒醒余。自销凝，能几花前，顿老相如。　伤春不在高楼上，在灯前欹枕，雨外熏炉。怕舣游船，临流可奈清臞。飞红若到西湖底，搅翠澜、总是愁鱼。莫愁来，吹尽香绵，泪满平芜。④

---

① 唐圭璋：《全宋词》第4册，中华书局，1965，第2902页。
② 唐圭璋：《全宋词》第4册，中华书局，1965，第2919页。
③ 唐圭璋：《全宋词》第4册，中华书局，1965，第2920页。
④ 唐圭璋：《全宋词》第4册，中华书局，1965，第2922页。

7.《倦寻芳·花翁遇旧欢吴门老妓李怜,邀分韵同赋此词》:

坠瓶恨井,尘镜迷楼,空闭孤燕。寄别崔徽,清瘦画图春面。不约舟移杨柳系,有缘人映桃花见。叙分携,悔香瘢漫蓺,绿鬟轻剪。　听细语、琵琶幽怨。客鬓苍华,衫袖湿遍。渐老芙蓉,犹自带霜宜看。一缕情深朱户掩,两痕愁起青山远。被西风,又惊吹、梦云分散。①

8.《瑶花·分韵得"作"字,戏虞宜兴》:

秋风采石,羽扇挥兵,认紫骝飞跃。江蓠塞草,应笑春、空锁凌烟高阁。胡歌秦陇,问铙鼓、新词谁作。有秀荪、来染吴香,瘦马青刍南陌。　冰澌细响长桥,荡波底蛟腥,不浣霜锷。乌丝醉墨,红袖暖、十里湖山行乐。老仙何处,算洞府、光阴如昨。想地宽、多种桃花,艳锦东风成幄。②

从上面引录可以看出,吴文英的分韵词不仅全都使用了慢词词调,而且所选择的词调也都是一韵到底的,跟上面所引录的那些作品相同。

三　分韵词的创作方式

从前面的考察可以看出,宋代的的确确曾经多次出现文人集会时分韵作词的活动,并且留下了少量作品,可是当时的分韵方式是怎样的呢?由于词人大都不载相关内容,直接的文献不多。

1. 前引吴潜《满江红》一词的题目为:

景回计院行有日,约同官数公,酌酒于西园,取吕居仁《满江红》词"对一川平野,数间茅屋"九字分韵,以饯行色,盖反骚也。余得"对"字,就赋。

---

① 唐圭璋:《全宋词》第 4 册,中华书局,1965,第 2923 页。
② 唐圭璋:《全宋词》第 4 册,中华书局,1965,第 2934 页。

在这段话中，吴潜明确记载了当时使用了吕本中《满江红·幽居》中的词句"对一川平野，数间茅屋"分韵。这样的分韵方式，显然是在分韵诗的影响下出现的。

2. 管鉴《蝶恋花·辛卯重九，余在试闱，闻张子仪、文元益诸公登舟青阁分韵作词。既出院，方见所赋，以"玉山高并两峰寒"为韵，尚余"并"字，因为足之》：

> 楼倚云屏江泻镜。尊俎风流，地与人俱胜。酒力易消风力劲。归时城郭烟生暝。　　幕府俊游常许并。可惜佳辰，独阻登临兴。妙语流传空叹咏。一时珠玉交相映。①

严格地说，管鉴这首词并非在分韵时现场所作，而是见到他人的一组分韵词后补作的一首词。不过，该词的存在再次提供了当时人使用佳句分韵的证据。"玉山高并两峰寒"句出自杜甫《九日蓝田崔氏庄》。

以上两个例子可以证明宋人分韵作词时同样使用现成的诗文佳句，这一点正是受到当时分韵作诗风气的影响。那么，紧接着的问题是，分韵词创作时对使用什么词调是否有所限制呢？

在吴潜参与的那次创作中，由于缺少其他人的作品对照，我们无法确定当时的作词者是否都使用了《满江红》词调。照常理推测，很有可能。其理由有二：其一，既然选择了吕本中《满江红·幽居》中的词句，而且"盖反骚也"，也就是要反其意为词，当然沿用原调最为恰当。其二，相对于其他词调，《满江红》的调式较多，不仅可以用平声韵，而且可以用仄声韵，甚至可以专门使用仄声中的入声韵。这样一来，参加集会的人无论分到哪个字，都可以写出合乎要求的《满江红》来。

在管鉴提到的那次创作中，由于当时他看到的分韵组词已经失传，实在没有办法确定他人使用了什么词调。管鉴的补作使用《蝶恋花》，但这个词调只能用仄声韵，不能用平声韵。假如有人分得平声韵字，则只能选择押平声韵的词调了。

由于词调中像《满江红》一样可平可仄的调式并不多。也就是说，如

---

① 唐圭璋：《全宋词》第3册，中华书局，1965，第1567~1568页。

果采用换成只能用仄声韵或者只能用平声韵的词调，就要出现所分韵字与所用词调平仄不合的问题。那么，宋人是怎么解决的呢？最主要的解决方法是不对词调加以限定。这样，无论分到什么样的韵字，词人都可以自己找到合适的词调去创作。可惜由于文献保存的问题，宋代没有完整的分韵组词传至今天，因此也就无法来正面证明这一点了。不过，元代尚有完整的分韵组词流传至今。元代《名儒草堂诗余》卷中连续记载了以下几首词：

梅洞宋远（徐川）《意难忘·同滕玉霄、周秋阳、刘尚友、萧高峰邂逅古洪，流连数月。北鸿南雁，感意气之相期，转羽移宫，写情词以为别。托光华之日月，纵挥洒之云烟，岂无知言，为我回首。以"重与细论文"为韵，题樟镇华光阁志别。分韵得"重"字》：

鸡犬云中。笑种桃道士，虚费春风。山城看过雁，春水梦为龙。云上下，燕西东。久别各相逢。向夜深，江声浦树，灯影渔篷。旧游新恨重重。便十分谈笑，一样飘蓬。元［玄］经摧意气，丹鼎赚英雄。年未老，世无穷。春事苦匆匆。更与谁，题诗药市，沽酒新丰。

玉霄滕宾（天台）《齐天乐·前题，分得"与"字》：

片帆呼度西山曲，匆匆载将春去。路入苍寒，浪翻红暖，一枕欹眠烟雨。酒朋诗侣。尽醉舞狂歌，气吞吴楚。一样风流，依然犹是晋风度。　人生如此奇遇。问老天何意，五星来聚。句落瑶毫，香霏宝唾，惊倒世间儿女。渭川云树。怅后夜相思，月明何处。怕有新诗，雁来烦寄与。

秋阳周景（南阳）《水龙吟·前题，分得"细"字》：

人生能几相逢，百年四海为兄弟。旧时青眼，今番白发，年华陨涕。春更无情，抛人先去，杨花无蒂。况江程渐短，别期渐紧，须重把、兰舟系。　幸自清江如带，指黄垆、流莺声细。沧波如许，平芜何处，明朝迢递。何预兴亡，不如休去，墙阴挑荠。且相期共看，蓬莱清浅，更三千岁。

尚友刘将孙（庐陵，须溪先生子）《忆旧游·前题分得"论"字》：

正落花时节，憔悴东风，绿满愁痕。悄客梦惊呼伴侣，断鸿有约，回泊归云。江空共道惆怅，夜雨隔篷闻。尽世外纵横，人间恩怨，细酌休论。　　叹他乡异县，渺旧雨新知，历落情真。匆匆那忍别，料当君思我，我亦思君。人生自非麋鹿，无计久同群。此去重销魂，黄昏细雨人闭门。

高峰萧列（徐川）《八声甘州·前题，分得"文"字》：

可怜生，飘零到荼蘼，依然旧销魂。残春几许，风风雨雨，客里又黄昏。无奈一江烟雾，腥浪卷河豚。身世忽如叶，那自（一作是）清浑。　　莫厌悲歌笑语，奈天涯有梦，白发无根。怕相思别后，无字写回文。更月明洲渚，杜鹃声里，立向临分。三生石，情缘千里，风月柴门。①

在宋远的词题中可以看到，当时集会者共有五人，所以选择了杜甫的五言诗《春日忆李白》中的一个诗句"重与细论文"来分韵。至于各人所用的词调，则各不相同，宋远用《意难忘》，滕宾用《齐天乐》，周景用《水龙吟》，刘将孙用《忆旧游》，萧列用《八声甘州》，各不相同，但这应该是各人自觉选择的结果。五人的作品按照"重与细论文"的顺序排列，亦与分韵组诗的排列顺序是一致的。

宋代分韵词的数量不多，但由于创作时不限词调，每个参加者都可根据需要选择恰当的词调，所以最后完成的组词不仅在音韵上变化多端，而且在形式上也更加丰富多彩。

不过，即便是到了明、清时期，分韵词创作的次数也不算多，与分韵诗创作的盛况不能同日而语。但是到了民国时期，竟然出现了分韵创作时不限诗、词的新现象。据尹奇岭《民国南京旧体诗人雅集与结社研究》中考察了民国时期生活在南京的旧体诗人在扫叶楼、豁蒙楼和玄武湖的几次

---

① （元）无名氏：《名儒草堂诗余》，王云五：《丛书集成初编》，商务印书馆，1937，第41～43页。

大型集会。在"癸酉扫叶楼登高雅集"中,参与创作者87人,以龚半千《半亩园诗》分韵,作品大多为诗,但也有一些词,即:

乔曾劬大壮:《满江红·癸酉九日缦蘅招集清凉山楼得"必"字》。

廖恩焘忏庵:《永遇乐·清凉山扫叶楼登高,以龚半千〈半亩园诗〉分韵得"大"字,以梦窗乙巳中秋风雨四声,赋呈诸公》《水龙吟·前题》。

黄福颐茀怡:《台城路·癸酉重九日集凉山扫叶楼分韵得"岁"字》。[①]

这样的情况表明,这次创作并没有限定一定要作诗,所以才会有几位参加者选择了作词。在此后的"甲戌上巳玄武湖修禊雅集"和"甲戌重九豁蒙楼登高"时所进行的创作中,分别以王羲之的《兰亭集序》和杜甫的《九日五首》分韵,也都是不限诗词,表明这种情况已经为人所接受了。

总之,以"宋型分韵方式"为特征的分韵诗不仅在宋代盛极一时,而且对其后的创作产生了极其深远的影响;不仅如此,宋代分韵诗的繁荣还催生了个人分韵组诗的发展,并启发了分韵词的产生。也就是说,无论从纵向还是横向,都可看出宋代分韵诗的巨大影响。

---

① 尹奇岭:《民国南京旧体诗人雅集与结社研究》,中国社会科学出版社,2011,第200~201页。

后 记

《宋代分韵诗研究》这本小书终于要出版了，而此时，距离我最初对宋代分韵诗动心已归去了十多年了。

2004年，我在南京大学写作博士论文《北宋徽宗朝诗歌研究》的过程中，第一次对宋代以诗文佳句分韵的创作方式产生了浓厚的兴趣，但当时无暇顾及，就想着等以后稍微空闲一些再去探讨。博士毕业回到阜阳师范学院，首先花费很大力气对我的博士论文进行修改和完善，2008年以《徽宗朝诗歌研究》为题在上海古籍出版社出版。之后，被受命与同事合写一部关于曹操家族的文学研究专著《曹氏文学家族研究》（第一作者），2009年在安徽教育出版社出版。接着我又将自己的硕士论文《论西昆体研究的几个问题》加以充实和完善，2010年在人民文学出版社出版。之后，我的兴趣又转移到对集句诗的研究上去了，2011年在中国社会科学出版社出版《集句诗嬗变研究》（第一作者），2012年在社会科学文献出版社出版《集句诗文献研究》（第一作者）。但是，在研究集句诗的同时，我开始认真思考宋代分韵诗的问题，并逐渐有了这样一种深切的感受：要准确理解宋代分韵诗，必须首先对唐代分韵诗进行系统的研究。为此，我以《唐代分韵诗研究》为题申报了2010年教育部人文社会科学课题并获得立项，2013年在社会科学文献出版社出版了同名专著。之后又因为各种原因，我把精力用在了集句诗、集句词研究和地方文献整理研究上，先后于2014年在黄山书社出版《王铚王明清家族研究》（第一作者），在中国社会科学出版社出版《文化视域中的集句诗研究》；2015年在凤凰出版社出版《近代珍稀集句诗文集》（第一作者），在黄山书社出版《清代稀见集句诗词集》；2016年在中国社会科学出版社出版《集句词研究》；2017年在社会科学文献出版社出版《芦花湄集校注》（第一作者），在中国社会科学出版社出版

后 记

《嘉靖颍州志（李本）校笺》（第一作者），在黄山书社出版《清代稀见集句诗词集》第二辑（第一作者）；2018年在中国社会科学出版社出版《正德颍州志校笺》（第一作者），在黄山书社出版《清代稀见集句诗词集》第三辑（第一作者）。同时我又撰写和整理以下几本小书：《梅与诗》，2018年在暨南大学出版社出版；《顺治颍州志校笺》（第一作者），2019年在中国社会科学出版社出版；《汪渊词集辑校》（第一作者），2020年在华东师范大学出版社出版；《嘉靖颍州志（吕本）校笺》（第一作者），2021年在社会科学文献出版社出版。当然，写作《宋代分韵诗研究》的初衷我并没有忘记，终于在两三年前完成了这本书的初稿。其后，又进行了两次较大的修改，一方面对于宋人分韵诗选择佳句的文化原因进行了深入考察，另一方面结合分韵创作的具体情境，从不同侧面探讨了现场因素对佳句选择的重要影响。这部书稿将宋代分韵诗作为研究对象提了出来，针对两宋时期所有的分韵诗创作，只要能证明分韵时使用了佳句，均认真加以考证，在此基础上统计出准确的数据。之后，以这些数据为基础，笔者又进行分类研究，去揭示影响宋人选择佳句的文化因素和现场因素。希望后来者阅读本书时能有所启发，在分韵诗研究领域有更多、更好的成果发表、出版。

2021年6月8日，张明华书于闽南师范大学。

图书在版编目（CIP）数据

宋代分韵诗研究/张明华著.--北京：社会科学文献出版社，2021.10
 ISBN 978-7-5201-8717-6

Ⅰ.①宋… Ⅱ.①张… Ⅲ.①宋诗-诗歌研究 Ⅳ.①I207.227.44

中国版本图书馆 CIP 数据核字（2021）第 146554 号

宋代分韵诗研究

著　　者／张明华

出　版　人／王利民
组稿编辑／任文武
责任编辑／丁　凡
责任印制／王京美

出　　版／社会科学文献出版社·城市和绿色发展分社（010）59367143
　　　　　地址：北京市北三环中路甲 29 号院华龙大厦　邮编：100029
　　　　　网址：www.ssap.com.cn
发　　行／市场营销中心（010）59367081　59367083
印　　装／三河市龙林印务有限公司

规　　格／开　本：787mm×1092mm　1/16
　　　　　印　张：18.5　字　数：295 千字
版　　次／2021 年 10 月第 1 版　2021 年 10 月第 1 次印刷
书　　号／ISBN 978-7-5201-8717-6
定　　价／88.00 元

本书如有印装质量问题，请与读者服务中心（010-59367028）联系

▲ 版权所有 翻印必究